陕西新华出版传媒集团
陕 西 人 民 出 版 社

图书在版编目(CIP)数据

十字镇／魏晓英著，—西安：陕西人民出版社，2019

ISBN 978－7－224－13306－6

Ⅰ. ①十… Ⅱ. ①魏… Ⅲ. ①长篇小说—中国—当代
Ⅳ. ①I247.5

中国版本图书馆CIP数据核字(2019)第170763号

总 策 划：宋亚萍　李晓锋
策划编辑：梁彩虹
责任编辑：袁　刚　焦佩华
封面设计：姚肖朋

十字镇

作　　者　魏晓英
出版发行　陕西新华出版传媒集团　陕西人民出版社
（西安北大街147号　邮编：710003）
印　　刷　广东虎彩云印刷有限公司
开　　本　787mm×1092mm　1/16
印　　张　20.5
插　　页　2
字　　数　332千字
版　　次　2019年10月第1版
印　　次　2020年9月第2次印刷
书　　号　ISBN 978－7－224－13306－6
定　　价　52.50元

自序

《十字镇》从孕育到成稿花费了整整十年的时间，从初稿到最终完成，共修改七次，我吸取著名评论家李星先生，好友蔡永信先生，以及对此书成书提出批评建议和帮助的老师与朋友的建议，才使得《十字镇》有了现在的面貌呈献给大家。我总想把它书写得完美。然而，这可能是我毕生都无法完成、却要用毕生去追求的目标。这就是文学创作过程中不断地自我挑战吧。

《十字镇》诞生在我人生最迷茫的阶段，在写作的道路上，我仿佛走在人生的十字街口，怎么办？与大师交流、与朋友交流、与时代交流；走进生活，感受生活，生活便馈赠我很多好的素材……那些人物跳跃着从我的脑海奔涌而来，跃然纸上，他们的命运和这个时代交织着、碰撞着、和解着……也许我们迷茫，也许我们挣扎，但诗和远方在向我们招手、呼唤；无论我们如何艰难，无论我们如何地不知所措，无论生活多么地不尽如人意，然而，只要我们确定了正确的目标和方向，去努力，去奋斗，去坚持，坚信“始正而末奇”，结果总会使我们惊艳不已！

2018 年 11 月 18 日于琅玕斋

第一章

2008 年冬天的一个傍晚，周良的母亲和她的孙儿洗完脚，早早地钻进被窝，小家伙拿着《格林童话》书，闹着让奶奶讲故事，周良和媳妇在一旁弯着腰，将手伸进被窝里暖和着。媳妇从被窝抽出热乎乎的手，贴在儿子红红的脸蛋儿上说："别让奶奶讲了，奶奶每天给你讲故事，都讲累了。"周良望着祖孙俩一脸的欢喜，他一边推着媳妇往屋外走，一边对媳妇说，随他们祖孙闹去吧。他对着手心哈口气搓搓手，转身又看了祖孙一眼，乐滋滋地关上房门。

周良回到西屋，和媳妇拉拉家常，亲亲热热，也便睡了。夜深了，冷风将人们的酣睡声和偶尔几声狗吠声，从角角落落收起，在空中打几个旋儿，然后抛向黑夜。雪花在不知不觉中悄然落下，夜间的温度越来越低，呼啸的北风无情地从门缝、窗隙间灌进屋里……周良一个激灵从噩梦中惊醒，他匆匆披上棉衣跳下床，急匆匆地冲向东屋，到了门口他骤然停下，清晰地听见妻子梦呓般说了句："周良，你这是何苦呢。"他站立数秒，深深地一吸一呼，然后屏住呼吸，轻轻地推开母亲的房门，母亲和儿子的酣睡声，交替着在冰冷的空气中香甜地回旋着，他蹑手蹑脚地来到炕沿边，俯下身轻轻地从母亲手中抽出《格林童话》放在一边，给母亲掖好被子，又轻轻地用他那双粗糙温暖的大手，将儿子冰凉的胳膊也塞进被窝掖好被角，他拽一下灯绳，屋子顿时一片漆黑，正当他蹑手蹑脚想要离开时，忽听儿子一串咯咯咯的笑声，儿子呓语道："奶奶再讲一个，再讲一个……"周良轻轻摸到儿子跟前，将他露出的胳膊又塞进被窝里。他摇了摇头，嘴巴凑近儿子的脸蛋儿，心里笑着说：

小兔崽子，天天闹着听故事，做梦都要奶奶讲故事。他轻轻地吻了儿子一下，隔着被子拍了拍儿子的双肩，思忖片刻，轻轻叹息一声转身离开。

周良关上母亲的房门，他转过身，一道刺眼的白光，像一个幽灵被刺骨的冷风裹挟着穿过堂屋的门缝向他袭来，他浑身悸动一下，突然觉着小腹憋胀，急忙打开后院门，只见漫天的大雪急舞着："哎呀，这下好了，终于下雪啦。"他低声咕哝着跑向后院，一阵急促而响亮的撒尿声……他提上衬裤转身就往屋里跑，没跑几步，便听见身后腾腾腾的脚步声，他急忙转身吆喝一声："谁?"只见一个黑影蒙着面，明晃晃的尖刀瞬间向他刺来，他一躲闪刀子刺进他的左臂，他疼得大叫一声，手捂着流血的伤口，来回躲闪着刺向他的凶器……这时母亲和媳妇房间的灯光都亮了，周良的母亲披着衣服跑了出来，见有人拿着刀对着自己的儿子，脑子"嗡"地一下，瞬间要吐泻的感觉，她扶着墙硬撑着，正好儿媳妇也跑了出来，她对儿媳说："快，门后有顶门的棍子。"儿媳急忙拿起棍子冲到院子，没承想那个蒙面人上前一把夺过棍子，对着周良脑袋就是一棍，周良一下子倒在地上晕了过去，接着，他又朝着周良媳妇头部一棍子抡下去，扔下棍子仓皇而逃。周良媳妇也倒在地上，周良母亲见状已经浑身瘫软，呼吸也急促起来，她想喊人救救她的儿子和媳妇，却怎么也喊不出来，顺着墙壁倒下去，然后不省人事……

也不知过了多久，雪已经停了，周良慢慢地睁开眼睛，突然看见妻子就倒在自己身旁，他顾不得胳膊的伤痛，用衣袖擦去媳妇脸上的血迹，叫喊着："醒醒，媳妇，醒醒，快醒醒!"他又看见倒在屋檐下的母亲，急忙爬到母亲身旁，他一直哭喊着母亲，直到120、110同时呼啸着来到古龙村。

刹那间，古龙村每一家的大门几乎是在同一时间瞬间拉开，全村的人像听见部队的集结号那般从屋里跑出来，惶恐地聚集在了周良家门口。

大家叽叽喳喳地在私下议论着，说什么的都有。

第二章

十字镇，是原来的古龙乡与十字乡合并后更名为十字镇。十字乡属于城乡接合部，经济较发达，和原来的古龙乡形成天壤之别，为了带动穷乡经济快速发展，推动城乡一体化建设，都城区决定以镇带乡，使乡镇经济能够均衡发展。合并以后，前任班子没有使十字镇经济发展起来，书记兼镇长王明喜以渎职和贪污受贿罪被逮捕。之前，在王明喜任职期间，十字镇就因选举问题，先后出现过毁票、打伤候选人的恶性事件，而这两起恶性事件都发生在古龙村。

周良，地道的农民出身，父亲退伍还乡一直在家务农，母亲在村小学教过几年书，由于家里没有什么背景，被别人顶替回家。父亲为人耿直，曾为母亲的事和村长理论，几次动起手脚，但无济于事。母亲劝父亲算了，不教书又能怎样，不就一个民办教师，只要孩子们争气，就比什么都好。不行，父亲说，这什么世道，他要去讨个说法。母亲怎么也劝不住父亲，他非要去找有关部门理论。他骑着自行车头也不回地就走了。就是那一天，父亲出门就再也没有回家，他连人带车一起掉进河里淹死了。从此，母亲撑起一个家，家里田里艰难地将两个儿子抚养成人。周良高中毕业放弃了考大学回家务农，他和父亲一样为人耿直敦厚，看不惯的事情就要站出来说道说道，就古龙村贿选村长的问题，他几次到乡政府反映过情况。而王明喜不但置之不理，还将此事泄露给当事人，使周良莫名其妙地挨了一顿毒打。尽管如此，周良依然不管不顾，不顾亲人劝告，毅然决然地向上面反映情况。

随着古城经济的快速发展，为了使古城的落后村镇能够跟上经济的步伐，2008 年 11 月，政府决定，委任一直在基层工作多年，工作经验丰富的原东河镇镇长——李咏斌为十字镇的党委书记；董涛为十字镇镇长。

董涛，祖籍南京，大学毕业后，在省城打工一年，经过严格的公务员考核，录取后被分配到都城区政府办公室工作。上班没几天，他立即上书领导，要求下基层到乡镇工作。经上级领导研究批准，董涛被破格以镇长助理的身份在李咏斌手下工作，当年他二十六岁。他瘦小精干，精力旺盛，做梦都想在西部大开发的进程中做个弄潮儿。文件下达后，他振臂欢呼，庆幸自己终于如愿以偿，可以大展宏图了。

董涛报到后，东河镇立即召开会议。会议室里所有人员都已到齐，就等着李镇长来主持会议。当稳健高大的李镇长身后出现一位瘦小、文质彬彬的年轻人时，会议室的人都在窃笑。然而，通过几年的实践，董涛的才华突显。可以说，东河镇的迅速发展，是和李咏斌大胆采用董涛的合理化建议分不开的。谁也不会想到，这么一个瘦小的南方人，竟然有比电脑还要敏捷的思维，有和他那矮小身材无以比拟的干劲，他的细致严密无不使其他乡镇的干部们惊叹。之后，无论李咏斌镇长带着董涛出现在什么地方，留下的都是赞叹。五年后，董涛被调到西兴镇任镇长，西兴镇经他一番治理和改进，也发生了不小的变化。

现在，李咏斌和董涛搭档，可以说，是都城区所有乡镇中最得力的搭档。

李咏斌书记是土生土长的古城北堡村人。他的父亲是方圆几十里出了名的爱土地如命的长者。他的父亲常说，一个农民，如果没有了土地，就等于没有了生命。受父亲影响，李咏斌对生他养他的这方黄土地有着深厚的感情。他毕业于古城师院中文系，毕业后，在乡村教了两年书，一个偶然的机会，他被调到乡镇工作，由于他聪明好学，处事机智，能有效地解决群众之间的矛盾纷争，很快成为乡镇干部中的培养对象，先后被任命为副镇长、镇长、副书记、书记，这一干就是十几年。直到 2002 年拿到省委党校研究生学历。而他从没有因为学习而延误过工作。在他的人生哲学里，没有“怕”这个字。他说，他从来就不知害怕是什么滋味，因为他从来不做任何对组织、对群众有害的事情，怕从何来？如果一个人的行为中有了害字，那他就一定会怕。他将害怕二字这样拆开分析，他的部下们恍然大悟，赞叹我们中华民族语言之深奥。这也许就是他的岳父喜欢他的缘由。

李书记和董镇长到任后，各村基本完成村官选举，他们对各村的选举情况正在了解和熟悉。其间，李咏斌去南方招商引资引项目，有几个投资项目正在商榷之中。回来后，他和董涛对十字镇遗留的诸多问题进行梳理、规整、解决：第一，要解决的是将农民从农业领域转移出来，招商引资建企业，安置富余劳动力，提高农民收入；第二，实行生产自救，扩大自身造血功能，对回乡青年实行免费技能培训；第三，加快几个落后村“一村一品”，“整村推进”的扶贫速度；第四，镇政府节省开支，严格财务制度，不能乱花一分钱，一定要想方设法将前任留下的财务黑洞补齐，把几个落后村的道路修好；第五，财务公布于众，特别是扶贫款项要巨细说明；第六，建立十字镇网络民意处理渠道，书记、镇长定时对群众提出的建议和问题进行回复，加强与民众沟通，及时解决问题，取得群众信任；第七，面对金融危机带来的影响和年底大批农民工返乡就业，我们要做好各项工作。

他们对以上内容拿出实施方案后，对具体的细则进行修改，经镇党委会议研究通过后，文件已送达各村委会。

就在周良被刺伤的那天晚上，董涛在李咏斌的办公室里谈完工作，抬头看一眼墙上的挂钟，已是夜里 11 点，他起身告辞，让李书记赶快休息，刚拧开门锁，书记突然叫住董涛，说要问他一件事，让他如实汇报。董涛有些意外，蹙了蹙眉头，看着李书记。李书记急忙说：“瞧把你紧张的，老实说，谈女朋友了没有？”

“这怎么说呀，书记，”董涛如释重负地说：“还没呢。”

“真没有？”

“真没有。”

“唉！对你关心不够，”李书记说：“三十有二了吧？”

“书记好记性。”董涛说。

“该有个家啦。”李书记说：“不能只知道工作而忘记了生活。”

“还说我呢，到这里多少天了，你回去过吗？”董涛说：“嫂子都打了多少次电话了，你，还是有空回家看看吧。”

“贫嘴，”李书记说，“郑重告诉你，工作重要，成家也重要，忙完这阵子一定要带个女朋友来。”

“遵命，等确定关系后再说。”董涛声音还在李书记耳边回荡，人已经出了门。

“确定关系后？这不说明有嘛。”李书记摇摇头自言自语道：“现在的年轻人，真是难以捉摸。”

董涛走后，他浑身放松，头仰靠在椅子背上长长地嘘了口气，突然看到桌上厚厚一沓报纸自语道，这一天忙得连报纸还没有来得及看。他打开报纸，忽然发现里面有一封寄给他的信，信封上写着：

都城区十字镇

李咏斌（书记）收

古龙村周良

信封上的字迹刚劲有力，挥洒自如，一看就是出自念书人的手笔。李咏斌急忙拆开信：

尊敬的李书记，您好！

人们都说，我们十字镇来了好书记，秉公办事，铁面无私。李书记，你可要替古龙村做主，要不古龙村就危险了。这村子都快成贺海自家的了，谁敢说什么，他弟弟就恐吓谁，村民们敢怒不敢言。我冒死给你们写信，他贺海再有所谓的什么靠山，可古龙村是大家的，凭什么他把群众的土地卖了那么多，群众却见不着几个钱？凭什么他们把集体的财产瓜分了，我们没有一分钱？他们开着轿车挥霍享受，我们辛苦耕作还要受穷。这都不是最重要的，最重要的是，我们没有了尊严，没有了说话的权利，恐吓、威胁、殴打，谁还敢说话！村民没有了觉悟，没有了主见，没有了原则，对这个村，我们没有主权。我因为上届村上选举不公正，揭发了贺海，就被他弟弟殴打一顿。因为在换届之前贺海的弟弟贺彪牵头，组织他们的亲戚朋友拉票，他们用钱买，好说话的少点，不好说话的多点，竟把真想为群众做事的人给选下去了。我并不想做什么，只是处于作为一个农民的公心、私心和良心！前阵子王明喜被抓前，古龙村换届更是离奇了，贺彪牵头和他们一伙的对村民进行恐吓，扬言说：谁不满意呀，看谁还敢告去……贺彪威胁我说：再敢上告，当心小命。

我怕他何来，当真就没有王法了吗，没有公理了吗？

李书记，早听说你是个好书记，上天有眼让你到了十字镇，我们村有救了，古龙村有救了。

古龙村村民　周　良

草于2008年12月6日夜

李咏斌看完信，“啪”地将信扣在桌上，真没有王法了吗？一个村子竟成了私人说了算？这还有一点国家意识吗？这简直成了土匪！李咏斌突然想起，王明喜任职期间，周良因检举不公而遭到报复事件。他拿着周良的信匆匆去敲董涛的门，董涛见书记一脸严肃，问：“书记，出什么事了？”

李书记把信递给董涛说：“你看看这封信。”

董涛将信迅速读了一遍说：“这么看来，古龙村真是没王法了。这可怎么办？咱们来到十字镇，全镇的选举已经结束了。”

“但是，这股黑势力还在。”李咏斌说着，眉宇间皱成个“川”字。他回到自己的办公室，将那个信封放在桌上，凝望着窗外，透过灯光，他发现外面飘起了雪花，他自言自语说：“终于下雪了。”他拿了件外套就往外走，走出镇政府大院，走到大街上，地上好像降了一层薄薄的霜，空气潮潮的，掺杂着泥土的味道，他站在离镇政府不远的十字街口，仰面看着夜空，雪花轻盈地落在他的脸上，点点凉意刺激着他的皮肤，他真想在这静静的夜里喊几嗓子。可是，他嘴张得老大却不能出声，他点了一根烟，从十字街口的这头走到那头，又从那头走到这头……灯光下，柏油路上湿漉漉的，就像一个平面的十字架，偶尔有过往的汽车打破寂冷的夜，司机还抻出头来看一看十字街口的人影，嘴里骂着神经病，大半夜在这里转悠，吓人一跳。

雪越下越大，一团团如鹅毛一样雪白的冰花，从天上撒下来虚掷在房顶上、路上、树上、李咏斌的身上，待他走回办公室，头发上和身上只剩下点点的小水滴，他脱下外套抖了几下，用毛巾擦了擦头发，疲惫地靠在床上，不知不觉地睡着了。

朦胧中，他似乎听见有人在他耳边呼喊：救救我……救救我……他忽地起身，急忙点着一根烟，在房间里踱来踱去。他自言自语地说道：“看到周良这封信，为什么会这样惴惴不安呢？”书记为这事几乎是一夜没有合眼。

与此同时，还有一人几乎也是一夜没有合眼，他就是古龙村村主任贺海。他家幽暗的客厅里冒着呛人的烟味，透过忽明忽暗的烟头，隐约看见贺海那肥胖的脑袋在一上一下地晃动着，不一会儿，一个黑影抱着一团东西，从他的家急匆匆出来，消失在雪夜里。

贺海依然坐在客厅的沙发上，手颤抖着将烟头摁灭在烟缸里，他脸上那颗大乌痣，在未散尽的烟雾中不时抽搐着，直到东方发亮，他惊愕地听见120和110刺耳的鸣叫声。贺海立即从沙发里弹了起来，看了看满地的烟头、烟灰，急忙打扫干净。这时，他老婆从二楼卧室下来，见此情景便问："你一夜没睡？外面出什么事了？"贺海说："回房去，少管闲事。"老婆瞪了贺海一眼，转身又上楼去了。贺海将垃圾倒进垃圾桶，走进卫生间洗一把脸，对着镜子里的自己似笑非笑了一下，整理整理他那溜光的头发转身走出卫生间，他听见了警笛声，不慌不忙地向大门外走去。这时的古龙村已经是一片哗然。贺海刚拉开院门，差点儿和跑进来的年轻人撞个满怀，只听年轻人惊恐地喊道："贺主任，周良和他媳妇被人拿刀捅了……他妈也不知怎么的了，人快不行了，120和110都来了。"

贺海听言急忙说："啊，是真的？那赶快先去看看。"

他们一同朝周良家跑去。

第三章

李咏斌大早起来刚打开房门，只见一位六十多岁的老汉蹲在他的门口，见他出来，老汉立即跪地抱住李咏斌的腿说："李书记，可等着你了，你可要为我做主呀!"李咏斌说："大叔，你有什么话，站起来说，这是干什么呀。"老汉哭喊着说："李书记，你不知道，我这事都上访了快二十年了，到现在还没人给解决。"书记让老汉松开他进屋说话。老汉说，不解决问题他就不松开。这时，董涛闻声急忙赶来，李咏斌吩咐董镇长，快去把办事员给叫来，问问这大叔的事，怎么这么多年还没有解决？董涛答应着去了。老汉一听这话，立即松开了书记的腿，自己起来进屋，一屁股坐在沙发上说："不解决问题，我就天天来这儿，你们看着办。"

董镇长叫来了具体办事员，书记问办事员，到底怎么回事?

办事员说，这位李大爷是古龙村村民，因为邻居盖房挖地基时，多占了他家的庄基半尺，为此，李大爷和邻居贺解放成天吵架打架，这个说，是他家多占了他家的，那个说，他没有多占。隔壁的贺解放家盖了几间大瓦房，李大爷家后盖了几间厢房，两家为此你要拆了他的房，他要拆了你的房，打了十几年，上访了十几年，李大爷要求政府把他们两家房子都推平了，重新丈量庄基地。

书记问办事员："这么多年，你们都是咋样解决这问题的?"

李大爷理直气壮地说："把我拉到街上，请我吃一碗羊肉泡，就把我打发了。李书记，我只要求把我们的房子都拆了，推平重新量，重新划，反正他家盖的是大瓦房，我也不吃亏。”

李书记摇头笑了笑，对着李大爷刚想说什么，桌上的电话机叫了起来，董涛拿起听筒：“喂，什么……周良一家昨晚被人杀害了?”李咏斌简直不敢相信自己的耳朵，在场的人全都惊呆了。李咏斌夺过董涛手中的话筒：“你再说一遍。”

“周良被人拿刀捅了。”

“你是谁？人要紧不要紧?”

“我是贺海。人，120 拉医院去了。”

“混蛋!”只听“啪”的一声，话筒重重地摔在话机上。李咏斌说：“董涛，快，快去古龙村。”

“那我的事……”李大爷喊着说。

“现在出了天大的事，你是回村呢，还是留下吃羊肉泡，自己选择。”李咏斌说着拿了那封信就往外走，李大爷坐在那里一动没动，嘴里咕噜说：“我的事才是天大的事，不解决我不回去。我吃了羊肉泡回去也不晚……”

李咏斌坐在车上心急如焚，他不停地催促司机快点儿，再快点儿。到了古龙村他们急忙下车，突然，人群中有人喊道：“书记和镇长来了。”

贺海急忙凑上来，对刑警队长严峰介绍了李书记和董镇长，他们握手问好后，李咏斌急忙问：“有什么线索?”

严峰说：“我们在现场只发现一根棍子，再没有什么了。凶犯作案后匆忙逃离现场，也没有留下任何指纹，看来，凶手是有备而来。”

贺海听言不由心里一紧，又马上恢复镇定。

“我们已经封住每条出村路口，在案情没调查清楚之前，凡古龙村村民及所有进村的人暂时不能出村。”

严峰说：“李书记，能单独向您了解一些情况吗?”

“好，我这儿正好有一封信给你看看。”李咏斌说。

严峰让李书记去车上谈，正往车那边走着，严峰电话响了，说周良的母亲由于惊吓诱发心脏病，经抢救无效已经去世了。严峰问：“周良和他媳妇怎么样?”对方说：“周良刀伤不是很严重，还好没伤及筋骨，头部做了包扎，周良媳妇轻微的脑震荡。”

严峰将刚才得到的消息告诉了李书记。李书记说：“这不是雪上加霜吗?周良现在情绪怎么样?”

“能怎么样，情绪激动。”严峰说。

“严队长，现在咱们一起去医院，我要去看看周良他们。”李咏斌说。

“也好。”严峰说：“先把人弄回来，入土为安吧。”

据办案人员了解：在案发前几天，贺彪曾来威胁过周良，并警告他，要是再敢写信揭发什么选举的事，小心他的命来。还说这个村，轮到谁也轮不到周良家的人当村干部。为什么这样说，因为周良也是村长选举的候选人，因为受到威胁，考虑到家人的安全，周良想退出选举。

再说，母亲不同意周良当什么村干部，让他过好自己的日子就行。周良的弟弟认为，哥哥应该争一下，公平竞争，不是为一己私利，是看谁能将古龙村带到正道上，让古龙村的群众都过上好日子谁就当。周良觉得弟弟说的是，那就顺其自然吧。周良在古龙村声望要比贺海好，肯定会碍了有些人的事，所以就对他下手，还因此害死了他的母亲。

后来，办案人员来到贺彪的家里询问一些情况。贺彪母亲说，贺彪这一阵子一直都没有在家，不知道在哪里打工去了。

不过，有村民们提供了一条线索，说贺彪的妻子也是古龙村人，经人介绍1996年结婚并育有一子。后来两家不合，贺妻的娘家人都不知搬到哪里去了。经几番周折，办案人员找到了贺彪他妻子的哥哥，他提供了一封妹妹出走前的信件，并向办案人员诉说了当年他们全家离开古龙村的原因。他说，五年前，他们一家人离开古龙村是为了躲避贺彪的暴力。那个时候，他妹妹和贺彪天天打架，还去过法院起诉离婚。在妹妹留下的信中详细记录了遭贺彪暴力的情况。信中还说，贺彪因怀疑孩子不是自己的，就因为妹妹说过周良的妈妈当过教师，人家有文化的人教育出来的儿子就是不一样这样的话，因此动辄就殴打妹妹，恐吓说，要是妹妹再敢和周家人来往，就杀了周家全家。妹妹一怕惹出祸端，再怕拳脚相加，她无法再忍受贺彪的暴力，产生离家出走的念头。妹妹是2004年离家出走的，妹妹走后，贺彪经常到家里来闹，当年为了躲避那个王八蛋的骚扰，秋后他们举家迁到外面做生意。直到现在，他的妹妹还杳无音信，生死未卜。

周良的小弟周浩，大专毕业后，才去南方打工不久，听到母亲去世的噩耗，又急忙赶回家来，他知道了来龙去脉以后，对周良说，虽然母亲不是被他们直接杀害的，但是，由于惊吓导致心脏病猝死，这就是间接杀人。这就是贺彪干的，要不他为什么会突然失踪？他们这是蓄谋已久。有的乡亲说，这一阵都没见贺彪的影，不可能是他干的吧？还说，公安局判案全凭证据，没有证据，法办不了任何人。

12 月 14 日下午，各媒体记者来到十字镇政府了解周良案件的有关情况。记者问李咏斌："李书记，在周良被害前一天，您是否收到过一封他写给您的信？"

李咏斌说，他确实在前一天的晚上，收到一封周良的信。记者又问："这封信会不会和凶手有关？周良母亲的死到底是谁的责任？"李咏斌说："信的内容不便透露，至于周良母亲的死肯定和凶手有关，凶手罪责难逃。"

记者又问："刚到十字镇不久，就发生这样的事情，您怎么想？"

李咏斌说："感到很不安。我和董镇长到任前，十字镇各村的选举已基本结束。我们还没有来得及摸清楚各村的情况，就发生这样的事情。我们将全力配合公安机关的工作，给受害人一个说法。至于谁是凶手，一切要等公安机关找到证据才有定论。"

第四章

2009年春节前夕，十字镇许多外出务工人员从南方回乡，有多年不回家的人，也回来和家人团聚。以往回家过年，过了正月初五就要出门打工，今年过完年，大部分人都不想走，要在家门口就业。还没过正月十五，年轻人都在家坐不住了，有的想法子申请贷款自主创业，有的就地重新找工作，有的还在徘徊，走还是不走……面对新形势下的新情况，陕西省出台农村青年“领头雁”培训活动，和对农村“两后生”参加劳动预备制培训。联系当地有关院校、科研单位，以及农业技术推广部门等各类机构，创建农村青年“领头雁”培训基地。

十字镇的许多有志青年听说了这一政策，纷纷来到镇政府找书记、镇长为他们创业提供培训机会。李咏斌看着这群充满活力的年轻人，对办公室主任说，这是好事，安排他们在会议室等他，并吩咐工作人员给他们倒上茶水。

李咏斌处理完手头的工作来到会议室，看着这群年轻人，眼睛里充满笑意，他自我介绍说：“我叫李咏斌，你们来有什么请求，告诉我，也许，我可以帮助你们。”

“那要看您能不能说了就算。”一个围着大红围巾的姑娘说。

“噢，”李咏斌笑了笑说：“好厉害的一张嘴，先说说看，你们要干什么？”

“我们都是从外地打工回来的十字镇人，不想走了，但是，又不知道该怎么办，就像走到十字口不知朝哪儿走，没招了。”姑娘又说。

“这姑娘的嘴可真厉害，似乎不帮你们都不行啊。”李咏斌笑了笑问，“你们真都不想走了？”

“不走了。”大家齐声回答。

“为什么?”书记问。

“西部大开发呗。”红围巾的姑娘站起来说，“经济发展至东向西移，我们每个人都有做老板的机会，何不把力量和智慧贡献给自己的家乡呢。”

“哦，你不说没招了嘛，什么经济由东向西移这词都出来了，这不都打好主意了。”

“您先说，您能不能为我们做主吧。”姑娘说。

“围红围脖这位姑娘，你叫什么名字?”

“如果您能做主，我就告诉您我的名字。”

在一旁的办公室主任笑着对他们说：“他是我们镇的李书记，你说做得了主做不了主?”

姑娘伸伸舌头，赶快坐下了。李书记看着姑娘说：“这下可以告诉我你的名字吗?”

姑娘站起来大方地说，“您就叫我秦小花吧。”

“秦小花，这名字好听。那你们是怎么知道‘领头雁’培训的。”

“网络时代，什么消息能瞒过天下呀。”

“给东部做了几年贡献？”

“三年了。”小花说：“书记大人，我们这些人有在外打工三四年的，有五六年的，还有没出过门的，我们开始真不知道做什么好？想着下来该怎么办?该干什么？我们就像徘徊在十字街头的流浪儿，有点儿不知所措，正当我们茫然的时候，突然在网上看到了这则消息，就仿佛看到了光明一样，今天我们就急急忙忙来到这儿，我们都想当明天的‘领头雁’。”

“有志气！小花今年多大了?”

“二十一。”

“好年华！看样子，你们年龄都差不多，你们今天来，全为了这件事吗?”

“是的，书记大人，请答应我们的请求。”秦小花话音刚落，大家又齐声附和道，“李书记，我们想成为十字镇的第一批‘领头雁’，不光为自己，也想为家乡建设增添一份力。”

“好，就凭你们这股子热情，我决定：你们中一个不少的都去参加市里的‘领头雁’培训。”

工作人员拿来笔记本递给秦小花，李书记告诉他们，都将姓名、性别、年龄、文化程度写在本子上，乡政府一个不留地报上去。李书记话音未落，欢呼声掌声填满了镇政府的每一个角落。

“领头雁”第一期在华夏职业培训学校培训基地正式开班，来自各村镇的学员有百余名，涉及计算机、足疗推拿、美容美发、酒店管理、家政服务、饮食营养等一些实用专业。

秦小花斟酌再三，决定参加了足疗师培训班。娜娜和李萧都劝她，那么细致一个女孩学什么足疗，和她们一起学学美容、美甲或酒店服务得了。小花前思后想说，听他们说这行最缺人，工资也高。娜娜说：“嗨，人各有志，不必勉强，她都不心疼那双玉手，谁也没法子。”小花说：“我不像你们，我妈病着，我要为爸爸减轻负担。”李萧和娜娜听小花这么说，想想小花的妈妈常年病着，一年到头要住院好几次，家里确实有些困难，也不再阻拦她。

培训结束后，小花被分配在“健康堂足疗中心”就业；李萧在“帝都大酒店”就业；杨娜娜到了美甲店上班；王小虎到一家小饭店当了厨师。

第五章

秦小花到“足疗中心”上班的事，引来村里村外许多人的非议。一开始，她并不在乎别人说什么，她认为，足疗也是一门技术，她靠一双手自食其力，这没有什么丢人的，别人爱怎么非议他非议去。

浴足店里平常来洗脚的客人大都是男性。上岗一段日子后，小花思想有点儿波动，一是她觉得每天给那么多男人洗手、洗脚、按摩，有点儿别扭，心里越来越觉着不舒服。她觉着在家从来都没有给爸妈洗过一次脚，在这里整天给别人洗臭脚。有时，还要遭不怀好意客人的骚扰，而且手关节都变了形，有时疼得钻心；二是前几天，有一家“浴足中心”的女孩子，夜里下班回宿舍的路上，被一群劫匪捅了几刀，由于抢救不及时，失血过多死了。小花想到这些，再看看自己的手，想想也觉着害怕，还真有些不想做了。她后悔当时没有听爸妈的话，没和娜娜一起学美甲，这下倒好，每天下班提心吊胆。当时学习浴足，爸妈就告诉过她，到时可别后悔。可是现在，她真有些悔了，虽然提成多，挣钱多，可是，心里总感觉不安全，怎么办？离开吗，自己当时满腔热情连李书记都佩服得不得了，而现在自己要退缩、打退堂鼓？再说，李萧和娜娜当时再三劝她不要学足疗，而她给人家一大堆的理由，说是为了给妈妈治病，现在，工作没多久就要退缩，这岂不是自己打自己嘴巴子吗？经过几天的自我斗争，小花决定：不行，我还是要坚持，这是我目前的工作，也是自己的选择，我不但要坚持做，还要做得更好！足疗中心大家有目共睹，是个干净之地，客人来消费，足疗技师给他们应该的服务，大家互惠互利，

这钱挣得很干净，有什么呀。既然政府能大张旗鼓地让开足疗中心，这就是一个很正当的行业，有什么不好意思的。对个别不正经的客人，只要你正确对待，谅他也不敢怎样。这是个集体，我怕从何来？话又说回来，大多数的客人来洗脚，都是为了放松身心，我们为他们服务，使他们健康，他们就能更好地去工作，这不是更好吗？如果大家都健健康康的，这个世界不知有多美好呢。再往自私点说，每月工资底薪加提成，给客人服务一次，提成10到15元不等，客人消费越高，我们提成越多，这样算来，我每月最少可以挣到好几千呢，而且老板管住管吃，我一月奢侈点花掉五六百，还余两三千，可以减轻爸爸每月要负担妈妈的医药费。我一定要好好干，要考足疗中级技师、高级技师，到那时，工资就更高了。嗯，我要调整好心态，这也是个技艺活儿，收入也比较稳定，不比以前，今天干干这，明天又干干那的没个稳定强多了。至于人身安全，大家下班一起走，小心就是了。

小花深思熟虑之后，从态度漠然变得两个酒窝里都充满了深深的笑意，从此后，点她的客人越来越多了。

刘一梅是小花的同事，和她同岁，是从商南来古城的，在这个行当，刘一梅已经干了好几年了，是老同志了。小花自进店以来，却总没见一梅高兴过。听大家说，她和天水来的中级技师叫周和的在谈恋爱，他们已经同居了。不过，这个商南女子确实长得水灵灵的，惹人怜爱。小花见她整天脸上愁云不散，目光就像打了皱似的，她就想，一定要让一梅笑起来。小花便开始有意接近她，逗她，刘一梅开始以为小花想打听她那点事，就不理睬小花，一梅越不理她，她就越走近她。有几次客人点小花的钟（足疗师谁手法好，客人可以自由挑选就叫点钟），她都让给了一梅，并且逗一梅说："美女，笑一笑更美，瞧你整天跟个黛玉似的愁眉不展，我这个姐姐都急了。"一梅问小花，给谁当姐姐，谁大、谁小、谁是宝钗，还不一定呢。就这样一来二去的，她俩渐渐熟了，一梅受小花的情绪感染，人也活泛起来，脸上慢慢有了笑意。

周和看到一梅嘴角绽出了笑容，他也振奋起来，工作起来也有了劲儿。为了感谢小花，恰巧他们又一起轮休，周和就邀请小花去他们宿舍吃饭，小花也没推辞，便答应了。

一梅和周和没有住集体宿舍，他们在距离足疗中心不远的城中村租了一间房子。小花到了他们住处，见门外放着煤气灶和其他杂物，心想，这俩人还真是过起小日子了。她敲了敲门，应声进了房间。水泥地面，乳漆白墙，没有家具，一张单人床里面加了一块板，小花心里笑着说，这么小一张床，他们俩也能挤下。一张破旧的桌子上摆满了东西，有各种调料、碗碟等；靠南面的窗户上放着镜子、梳子、粉饼、睫毛夹之类，两个对在一起的方凳上放着两个盘子，里面还有剩下的土豆丝和咸菜，旁边有两个塑料小凳子。小花感慨地说："哦，这就是你们的小日子，不错嘛。不过，怎么没看出来要请我吃饭的意思，冰锅冷灶的。"

"你看，菜都买了一大堆，"周和歉意地笑道。

一梅说："天热了，在这屋里招待好友有点儿委屈，咱们还是出去下馆子，去吃四川炒菜怎么样？"

"行啊，客随主便。"小花说。

一梅和小花先下楼，周和锁上门，随后跟了上来。

正逢春夏交替的季节，夕阳西下，皎月方来，晚风轻拂人面，便是一身的惬意与爽快，为了不辜负这少有的悠闲，他们徒步融入繁华的古城暮色中。

谈笑间，他们到了"小四川"饭馆，只见饭馆里华丽的灯光下人声喧闹，他们三人被漂亮的门迎带上二楼，将他们交给服务员，临窗坐定后，服务员拿来菜单请他们点菜，周和接过菜单递给了小花，小花和一梅谦让几个回合，周和看了着急，建议她们俩各自点两个爱吃的，之后三人随便聊起来。周和对小花感激不尽，说要不然，他都不知如何是好了，小花这才问到底发生了什么。

小花这么一问，一梅眼睛又红了，周和见一梅这样，豁出去了，反正也是朋友了，告诉小花也没什么。他说："今年春节，我和她一起回她家，到家后，一梅就给他父母公开了我们的关系，她父母马上就沉下脸，知道我是甘肃人，家里境况又不好，坚决表示不同意，一梅给她父母解释，我们是怎么怎么的相爱，说她不在乎我远，不在乎我穷，以后的日子要靠我们自己打拼，又不靠谁。可是不行，她父母就是不同意，而且坚决不让一梅跟我走，说就地给一梅找个好婆家。你说，我在她家还有什么脸待着。我要走，一梅不让，我知道一梅一年才能回家和父母团圆一次，劝她留下过了年再说。她也不同意，可我又处在那种尴尬境地，我再留下，恐怕她家年都过不好了。她也很矛盾，怕我走了，父母亲真的不让她出来打工，再给她找个婆家，那我们俩真就惨了。结果在她家就待了两天。第三天一大早，趁天不亮，我们俩就跑出山了，她哭了一路，回来后就变成你所见到的那样呗。"

小花瞥了一眼正在掉泪的一梅说："好了好了，真成林妹妹了。菜来了，赶快吃饭，晚上夜班呢。"

周和递过纸巾，小花给一梅一边擦眼泪，一边又说："今天，可是你们请我客，想让我和你一起哭嘛，那我要是一哭可是谁也哄不了的。"一梅听见这话扑哧笑了，抹抹眼泪拿起筷子开始吃饭。小花示意周和别再提以前的事了，为了岔开一梅的心事，她讲了个笑话，逗得大家哈哈大笑，周围的客人目光投来，他们赶紧捂住嘴。邻座的一桌买单起身走了。小花鬼祟说："是不是咱们把别人吵烦了，看那一桌菜可够浪费的。"

那没准儿，又是哭又是笑的，谁受得了。周和说："咱们还是雅一点儿吃吧。"顿时说话的声音降了八度。

说话间，旁边又上一桌人，这时几个熟悉的声音传到小花耳朵里，他们嚷嚷着服务员赶快收拾桌子。小花歪头一看，露出惊喜之色，本想大叫一声，又怕再次失雅，她嘘一声说，我的几个同学。一梅和周和会意后诡秘地笑了笑，她轻手轻脚来到桌子旁，手背后，身体前倾低声说道："这是公众场合，请不要大声喧哗。"结果这桌的几位几乎是齐声大声惊呼："秦小花，怎么这么巧，可想死我们啦!"

这时，邻座又有人提出抗议。

他们伸伸舌头缩缩脖子张大嘴巴相互哑笑。

"我也想死你们了。"小花手指一梅和周和压低嗓门儿说："我和同事一起来的。你们几个一起聚餐，怎么不叫上我?"

"打你手机，人家说是空号。"杨娜娜说："怎么换号也不告诉我们。"

李萧、王小虎附和道："快说，为什么?"

"手机被偷了。今天才买的，一直没空，准备明儿告诉你们呢，今天倒是巧了。"小花说。

"哎，叫你朋友一起过来坐，热闹，今儿我请客。"娜娜说。

"很荣幸，是她请客，我只掏钱。"王小虎说。

"你俩狗皮袜子没反正，谁谁都一样。"小花说："你们先点菜，我一会儿再过来。"

小花归座后，周和问小花，"还需要什么吗?"小花说，"谢谢，不用了。"周和说，他和一梅先走，让小花和朋友聚聚。小花点头夸周和善解人意。

周和买了单，让服务员拿来饭盒打包剩下的饭菜，周和不好意思地说，剩下怪可惜的。

浪费才是犯罪呢。转而小花又说："不能就这么走了，过去认识一下，都是我高中的同学。"小花拉他俩过去做了介绍，一梅、周和就先行告辞了，走到楼梯口，一梅回头叮嘱小花，别忘了夜班。小花答应着坐在李萧一边。

娜娜脸上笑着，心里却藏着心事。她藏着的心事没逃过小花的眼睛，小花低声问李萧，"娜娜怎么了？"李萧低声答，"你不是不知道，他俩从南方回来就打算订婚的，可是，娜娜她父母死活不同意，嫌这嫌那的。"李萧看看小虎那副吃相又说："唉！也难怪，瞧他不管不顾地多能吃。"

"他一直就那样，谁不知道啊。"小花说。

"没办法，丈母娘相不中，就是不同意。"李萧说。

"他们不同意又咋样，只要我愿意，娜娜愿意就行呗。"小虎突然说，"娜娜，你说是吧。"

"我不知道。"娜娜摇摇头说，"我爸妈硬是不愿意，我该怎么办呢？"

"凉拌。"小虎说，"还害怕我养不了你呀？"

"一个小饭馆打工的，难说。"娜娜说。

"嗨，你咋就变得这么快呢？不管怎样，我都会对你好的。"小虎挠挠头，有点儿不好意思地说，"虽然之前吧，我喜欢过小花，可是，人家压根儿就没有看上我。"

"你们甭拿我说事，这和我又有什么关系。"小花说。

"说了怎么了，那会儿我就是喜欢你。"小虎拿起一杯啤酒一饮而尽说。

"喝酒壮胆了是吧，癞蛤蟆还想吃天鹅肉。"娜娜含酸道。

"娜娜，你别这样，我跟你说句真心话，在外打工这几年，你我相互照顾相互喜欢，我虽然穷点儿，这边有养父母，那边有生父母也不宽裕；但是，你们看见了吗，我学武人出身，有一个好身板，我有力气，我可以养活你，照顾你，我尽我最大努力给你幸福。"

"幸福？"娜娜哼一声，"怎么幸福？我算看透了，没钱，谈什么幸福。"

"娜娜，这话怎么不像你说的。"小花说。

小虎咕咚咕咚又喝一杯啤酒说："你最近怎么老是钱钱钱的，我很讨厌！"

"没钱，没钱怎么活呀。我都听得不厌烦了。"李萧嘟噜说。

"你看你那样，整天奇装异服、浓妆艳抹的，都是你影响了娜娜，金钱主义，拜金主义！"小虎又喝一杯说。

李萧瞪他一眼，起身生气走了。

“滚滚滚，有什么呀!”小虎又一杯下肚，他再去倒酒，瓶子全空了。他喊道：“服务员，拿酒来!”

服务员说：“我们要打烊了。”

“娜娜劝他别喝了，我去一下就来。”小花说着离开了。

服务员结账。小虎喊着服务员，手在口袋里掏来掏去，只掏出几十块钱。娜娜鄙视地瞪他一眼说：“真不嫌丢脸，还说什么给我幸福，呸!”

小虎说：“你给我添上，工资发了还你。”

娜娜刚想发火，小花过来说：“走吧。”

娜娜说：“嗯，我去买单。”

小花说：“今天我请客，单已经买过了。”

小虎摇摇晃晃地跟在她俩后面，出了饭店。

第六章

李咏斌几次被周良一起拽到法院，去问他的案子是否有进展。然而，每次答案只有一个：证据不够，案件还在继续调查。

周良气愤道："这明明是秃子头上的虱子明摆着，你们竟然……你们是干什么的……这究竟是什么世道啊！"

"李书记，你还是让他回去吧，这案子我们也在努力，没有足够的证据，我们也没法子定案。"办案人员对李咏斌说，"他老来闹也不起作用。唉！这有些事情我们也没办法。"

周良说："我妈就这样白死了吗？我就这样白白地被人捅刀子吗？"

李咏斌紧紧地握着拳头，阴沉着脸，始终没说一句话，任凭周良在办案人的面前发一通火；然后，他令司机先送周良回村去。

周良和书记道了别，看着汽车扬起的尘土在春天里弥漫，周良的眼前迷茫混沌，他的心里一阵憋闷，一阵凄凉，一阵酸楚，他跌跌绊绊来到母亲的坟地跪下就哭："妈，你死得好冤啊！都怪我，我这到底是为了啥啊？我这到底是为了啥呀？妈呀，都是我害了你，你的孙子天天给我闹着要奶奶，要奶奶给他讲故事……妈，我想你啊……"

周良一把鼻涕一把眼泪地哭诉，他说，他和弟弟周浩真想提刀宰了他们，可真要是那么做了，他们周家不就绝户了吗？他想起母亲的话，忍字头上一把刀，能忍则忍。

李咏斌一路上也真窝火。他心里明白，周良的案子是和他检举有关。但

是，他又隐隐感觉到一股暗流在向他逼近，他没忘记有人给他的暗示。但是，这又有什么了不起，大不了这个书记不当了，我行光明大道，任谁将我如何?!

从法院回到十字镇，他一直紧握的拳头就没有松开，春天美丽的景色似乎和他没有任何关系。回到办公室他关上门，跌坐在椅子里，他抡起拳头砸在办公桌上，桌面上的东西哐啷哐啷响作一团……

别人都说十字镇复杂，没有人愿意来，都说王明喜只不过是个替罪羊……他还不信这邪，现在才知其中暗藏的礁石有多大！十字镇穷吗？其实不穷。处在城乡接合地带，那么多民办企业，那么多土地都卖掉了，可是，十字镇的百姓为什么还喊穷呢？西部开发近十年，这里不是偏远地带，为什么还会严重滞后，为什么没有将原古龙乡带动起来？李咏斌现在来这里蹚水，他要是明哲保身，岂不是辜负了这里的百姓，这也不是他一贯的作风。怎么办？他能观望吗？这不是他的本色。然而，王明喜的死讯和电话里“你要慎重……”的叮咛，如惊雷一般又在他耳边炸响，他这个书记到底该如何当？怎么当？

最近，董涛已经改变了工作作风，他和李咏斌从无话不谈到遮遮掩掩，工作节奏明显慢了几拍。

十字镇在王明喜任职期间瓤子就坏了，好好的人，在这里也能染成斑马，咋回事？古龙村周良的案子，李咏斌心里明镜似的，可又不能为此讨个说法。他明白，古龙村村主任贺海身后的背景，听说是贺海曲里拐弯的亲戚，说是他舅妈的哥嫂的妹夫的哥哥，为攀上这门亲戚，贺海真没有少费了心思，孝敬他舅妈的哥嫂的妹妹妹夫，那简直比那些孝子孝敬他爹娘还要超出千万倍，周周折折攀上了亲。自那以后，凭谁他也不会放在眼里，镇政府只不过是古龙村的一个牌子而已，“我能用就大用，用不了就摘掉。”古龙村就是他的自治村，想咋治就咋治，结果就造就了王明喜之类。这期间，贺海的靠山出了点儿事，但不是大事，王明喜活该倒霉，听说不忍刑辱，在狱里自尽身亡。后来贺海的大靠山要调任外省，却丝毫也没影响贺海的猖獗。贺海的兄弟贺彪动辄扬言说：“我大哥有道，挪个窝有啥关系，嫡系多了去了，怕他个鸟。”

贺家在他们编织的网里像黑寡妇蜘蛛似的四处结网，古龙村除了周良，村民们就是放个屁，都要看看是不是地方。贺海趾高气扬地开着大奔在他的道上忙活着。

一天中午，贺海从城里回村直接去看他母亲，他母亲问贺彪在哪儿？贺海说：“您就甭管了，没事。”

母亲埋怨贺海道：“你就知道没事没事，贺异(贺彪的儿子)还小，他妈又活不见影，死不见尸的，哪天我要是死了，这孩子可怎么办？”

贺海对他母亲说：“我大哥说了，没事，有的是路子，贺彪在外面过得舒坦着呢。妈，就是您没了，贺异不还有我呢。”

“呸，放你丈母娘的屁！”贺海母亲啐他一口继续骂，“你是他亲伯伯，可你媳妇长得那眼镜蛇似的窄心肠，连我都不容，就能容得下贺异？”

“她敢，我断了她银根。”

“那你兄弟就这样在外面待着？”

“哎呀妈，他现在不能回来，他在外面那日子过得好着呢。”

“聒噪个啥，多花钱才能保平安，这道儿，你不懂吗。否则，难逃干系。”贺海母亲说。

“妈呀，现在的人还有谁关心谁，都关心自家的道怎么走，关心口袋里有几个钱。贺彪日子久了不回来，大家就把他给忘了，谁问起，就说在外地打工得了。”

“别说我不警告你……”贺海的母亲说话间，贺异跑进屋来，她将贺异搂在怀里继续说：“小心，你们可是一条火线上的炮仗，一条道上的。”说完领着贺异去厨房做饭。只听贺异说：“婆(奶奶)，我(e)要吃干面条。”

“好，婆给我娃擀干面，我娃吃得壮壮的，看谁敢欺负。”

贺海听着侄子和母亲的对话走出贺彪家。他飙车进城，在车上打了个电话，半道上拉了一个时髦女郎上了车，开车进城到某某名居 A 座楼前停好车，两人搂搂抱抱进了电梯。

第七章

李咏斌应妻儿要求，原计划五一长假去黄山旅游，可 4 月 30 日晚上回到家，他却告诉妻子说，黄山不去了。妻子、儿子问他，不去黄山去哪儿。他说哪儿也不去了。“为什么?”妻儿异口同声问。

他在卫生间一边洗手、一边说：“玉舒，理解一下，最近烦心事多，你知道的。这不，南和村马上拆迁，那里的居民违法盖房子，都想多赔一点儿，你不是想写点儿东西吗，我领你去体验生活，为了阻止他们违法盖房，公安保安都出动了，这么大动静，在我管辖之内，这节骨眼上我能去逛吗?”

“爸爸，您又在哄我妈。我可不听您那一套，我再不出去玩，以后上了高中更没时间，你们不去，我自己去。”儿子说。

“儿子大了，可以。要不和妈妈一起跟旅行社去。”

“算了儿子，你自己跟旅行团去吧，又不是第一次。我留下陪你爸爸。”玉舒说。

“我妈什么时起又开始关注大人们的问题了?”儿子说。

“你妈妈什么时候不管小孩以外的事情了?”

“什么也别说了。行，就这么定了，儿子，明天你就去旅行社定你出行时间，我陪你爸爸去看看拆迁现场。现在开饭了，请老主人、小主人入座。”当当当当，当当当当……玉舒哼哼着贝多芬的“命运”曲。

“爸爸听听，咱们一家只要在一起吃饭，我妈就是当当当当，不知是高歌命运还是悲叹命运。”

“儿子，别忘了，你妈可是激进分子，乐观主义者，要不怎么能当作家。”说着，李咏斌掰一块馒头塞进嘴里。一家人说说笑笑共进晚餐，此时的李咏斌望着妻儿，早已将工作中的烦恼抛到九霄云外去了。

五一大清早，三人匆匆吃了早餐，李思明骑着单车去旅行社定出行日期，玉舒建议李咏斌步行去拆迁现场，她对李咏斌说：“以后你能不开车就不开车，能少开车就少开车，节能减排，给地球少排放点儿二氧化碳。哎，你注意没有，网上各国有识之士联盟上万人，裸体抗议全球气温升高问题。所以呀，咱们从现在做起，从我做起，节约能源，减少排量。再说，多走路有益健康，走累了我们就坐公交。你没有发现，咱们古城的公交车越来越方便了，双层公交车也愈来愈多了。”

“你说得有道理，傻丫头，这个我听你的。”李咏斌应着，牵着玉舒的手下了楼。他们走在大街上，玉舒亲昵地挽着李咏斌的胳膊说：“很久没有这样散步了。”

“对不起丫头，这段事情太多，等什么时候不忙了，都给你补上。”

“那我只好等你退休那天了。”玉舒说。

李咏斌笑笑，刮一下玉舒的鼻子转了话题道：“丫头，现在人们整天在说幸福指数，你看看，咱们这个城市幸福指数有多少？”

“30%吧。”

“什么，才30%呀，你好好看看，这可是全国十大宜居城市之一。”李咏斌说，“不说别的，就渭水旁边那汪清澈的湖水，就给古城增色不少，你现在去湖边看看，人们都在那儿休闲，放风筝、练剑、跳操、打太极、散步，湖边的公园和中心广场供人们游乐、健身、放松。丫头，亏你还是个写手，自由撰稿人呢。”

玉舒说：“你说，GDP增长了，这个增长了，那个增长了，怎么到老百姓这里，蛋糕就没有多少了。再说，你看到广场以外的世界了吗？”

“我说你激进派，不动脑子，国家需要时间，谁也没有经历过这样的时期。改革改革，就是一边探索一边修正，最终还是要让老百姓全都能享受到改革的成果。你看看现在，农村合作医疗、城镇居民的医疗保险、养老保险，还有一系列的住房政策、贫困地区的危房改建、棚户区住房改建、三告别政策，等等。”

“那么，拆迁户的生活保障呢，很多人还买不起房子呢，还有那些真正贫

困的人拿不到低保，他们的生活在这座看似和谐的城市还不能得到最低保障呢，还有……”

“玉舒，你怎么就只看到那些，我们这代人是最能见证祖国的发展变化的，我们都是六七十年代初出生的人，你睁大眼睛看看现在的生活，看看我们身边的变化；想想以前的商场、市场，看看现在超市这样的自由便利；再看看公路、铁路、航空、航天业的发展。我们的国家才成立60年，改革开放才30年，就有了这么大的变化。其中，还经历了洪水、非典、冰灾、汶川地震，这些大灾难，我们和祖国一起挺过来了，2008年成功举办奥运会，今年又迎建国60岁华诞，我们让全世界都看到了中国的变化。玉舒啊，不管怎么说，你也是个写手，你要改变观点，不要跟那群人一样，整日地你吹我捧，写不出好东西，还怨人家不尊重他们，如果这样后人怎么效仿。我支持你写作，你好好深入生活了解了解，人们到底是怎么生活的，多感受阳光，心里的阳光。”

“好了好了，我不和你理论了，你是你，我是我，反正每次都辩不过你，讨厌。”玉舒说。

俩人不知不觉已经到了村口，李咏斌笑着又刮了一下玉舒的鼻子，对她说：“你看，那里围着多少人。”

这时，玉舒手机响了，李咏斌示意自己先进村去。玉舒一边接听儿子电话，一边往村里走。只见通往村里狭窄的水泥路两旁堆满了沙子、水泥、楼板、砖块，把个道上堵得满满的，来往的人都要踩着沙子走，玉舒艰难地走进村，看见有的已经盖到三层四层还往上面加；有的楼板上到一半，有的内外墙都粉刷了，有的粉刷一半全停工了；人们有的坐在自家门口，有的站在街道两旁，都在观望。

玉舒和儿子通完话，踩着沙子走进去，她来到一位大叔面前问：“大叔，这是怎么回事，怎么几乎全村都在盖房子？”

“嗨，要拆迁了，以后没有生活来源，又没有什么保障，就这一次，谁家不愿意让多给赔点儿。”大叔一边抽烟一边说。

“那一平方政府给赔多少？”

“一千六，可是，要返迁回来一平方要两千多。如果现在在外面买商品房，一平方要三千多了，买了房子什么都没有了。”

“大叔，政府会想办法安置的。”

“想什么办法，政府要是有办法，大家会这样没命地往上盖吗？拆迁多少了，有例子，没办法，没保证。”

“大叔，别着急，会有办法的。”

大叔问：“你是记者吧，你要是记者，就替我们这些拆迁户呼吁呼吁，占了我们的土地，拆了我们的房子，赔点儿钱就什么都不管了。能不能给我们一定的生活保障和对我们的子女就业上一些照顾。”

“大叔，我不是记者。不过，我相信政府会为你们想办法的。”玉舒说着，看见李咏斌和几个人走过来了，她灵机一动问：“大叔，您屋里有厕所吧？”大叔朝屋里指了指：“楼梯底下，快去吧。”

只听李咏斌问大叔：“刘主任人呢。”大叔说：“刚还在这儿，可能是回家去了。”

一街两行的人聚集在南和村的十字街口，站的站，蹲的蹲，都不吱声。李咏斌指使一个年轻人去叫刘主任，平常不怎么抽烟的他，却给旁边抽着烟的年轻人要了一根，年轻人给李书记点着烟，他深深地吸了一口，看了看眼前这些村民，他来回地踱步思考，都想多拿拆迁款，连最起码的生死安危都不顾了，该如何说服他们。有些村民私下议论说，看书记有什么能耐，让大家停止盖房子。

不一会儿，村主任来到李书记和王主任面前，殷勤地从烟盒抽出香烟，李咏斌没接，他说：“少来这一套，说，你这是咋管的？”

刘主任无奈地说：“李书记、王主任，这都乱套了，我管不了啊，没人听，白天晚上地往上盖，我要说多了，他们就说，以后你家供我们吃饭呀，我实在没办法了。”

王主任说：“这样太危险，地基浅，往上几层的加盖，万一出事你们划得来吗？”

“我们盖了这么多，不也没有什么事吗？那你们给我们按商品房价赔，我们就不盖了，费这劲。”一个村民说完，很多村民附和着。

“我想问你们，你们现在住的房，比起以后迁回的房子哪个设施好？”大家都不说话。

“怎样才能改变现在的脏乱差？”还是没有人应答。

李咏斌接着说：“告诉你们，现代化进程是必须的，大拆大建是免不了的；没有现在的喧嚣，哪有以后的安静？大拆大建还要加速。你们已经是古城的城镇居民，城市要建设、要发展，要缩小城乡差别，是不是要先改造生活环境，要让更多的人住进设施齐备的漂亮房子。你们能不能把目光放远一点。难道我们只能靠国家，难道我们缺胳膊少腿，动辄怨声载道，动辄向国家伸手，难道你们就不觉得难为情！一个母亲把孩子抚养长大，教孩子念书做人，你长大成人了，还伸手跟母亲要钱，你伸得出手吗？那些汶川人，他们遭受的是什么样的打击，还不是要自食其力，要靠双手重建他们的家园。健健康康一个人，没有吃苦奋斗的精神，蹲在家里靠别人施舍，那是可耻！”

李咏斌稳了稳情绪继续说，“现在条件多好，自由开放，你真有种，找个外国媳妇回来都成，多少老外在咱中国安家，就这样的宽松环境，咱还不好好把握，不奋斗，不努力，不如干脆给脖子上挂个锅盔饿死去球。”

“乡亲们，俗话说得好，靠亲戚靠邻里，耽搁自己的好时辰。年老的就不说了，年轻力壮的就应该去闯一闯，不要整天窝在家里打麻将，打麻将能打出好日子吗？游手好闲能游出好日子吗？不能！所以，人活着不光是为享受，还要去拼搏，用自己的双手去改变生活现状。否则，咱还活个啥劲儿。你们呀，就好好想想吧。”

李咏斌说完，个个低头不语。他又对刘主任说：“全力配合拆迁办完成拆迁任务，把乡亲们安置好，安置费按时发给每户。再有，尽快处理路面的建筑材料，尽可能地减少他们的损失。”

说完，和王主任一起往外走，王主任说：“李书记，真有你的，把村民们说得一句反驳的话都没有。”王主任又说：“你猜，我们一来，他们教孩子们说啥？”“啥？”

流浪狗，流浪猫，有人收容有人瞧，有人心疼流眼泪，媒体报道多关注；拆迁户，平民多，强迫搬迁没理说，有人发财有人穷，不公不正理不平；拆迁办，一出现，撒向人间都是怨，哪里来了拆迁办，哪里的人遭大难！

“老百姓还不知道国家和政府的难处啊。是我们工作没有做好，没有做到啊。从茅草房变成瓦房，瓦房变成平房，平房变成楼房，这些变化老百姓难道看不到吗？哪一个发达国家的发展没有这样艰难的过程？光羡慕美国好，外国好，怎么好？难道满地都是棚户区，临建房，贫民区，就好吗？要想有更好的环境，就要改变，就要大拆大建，这是城市整体规划建设的需要。一切的矛盾都是不可避免的，一切的矛盾又都要解决。有的老百姓看问题的角度比较窄，只看眼前利益，这都是人之常情。但是，拆迁是不可更改的事实，只要咱们注意公众形象，不要和老百姓动武，把政策给他们讲清楚，把道理给他们说清楚，我想，他们不至于太难为政府，除非是个愣头青。”

“哎呀，我说李书记，咱们俩干脆调个个得了。”

“调个不调个，谁在什么位置都不重要，重要的是，把道理给他们讲清楚，以理服人。也许再过若干年，他们才知道政府真是在为他们着想！”

玉舒站在距李咏斌不远处，觉得李咏斌刚才一席话，说到了这些人的痛处，抓住了这些人的软肋。倒也是，为什么不奋斗呢？过去的生活已经过去，他们每一个人将要面临新的生活，新的挑战。身强力壮的，为什么要将手伸向国家靠政府施舍呢。如果大家都是这样，那我们的国家岂不是要走向衰弱。每一个人是应该好好想想，不能一味去责难我们的母亲，家太大，孩子太多，我们做儿女的就应该替母亲尽可能地担当一些，就应该砥砺奋发，自强不息。这点上，也许老李是对的。

李咏斌和王主任在路口又给维持秩序的保安叮嘱几句，看时间不早了，王主任驾车先走了。李咏斌这才目光四顾地寻找玉舒，正好玉舒打村子里走过来，他就招招手，他们一起从来时的路徒步返回。

这时有保安说：“嗨，快看，李书记领的女人漂亮吧，是情人还是老婆？”

有人答：“这个女的好像那儿见过，哦，想起来了，是在电视上。”

“难怪，是老婆还是情人？”又有人说。

“现在这事，难说。”有人答。

“打赌。”

“赌什么？”

“一包芙蓉王。”

“傻小子们，别瞎议论了。这是嫂子，真真的。”李咏斌听见他们的议论大声道。

一片笑声。赌输那小子，乖乖地往小商店去了。

玉舒说：“咱们去超市顺便给儿子买点儿东西，他打电话说，晚上就要出发了。”李咏斌应着一起往超市走去。

他们边走边聊着，李咏斌手机响了，他看着来电，犹豫片刻，脸上的不悦瞬间逝去，玉舒丝毫没有察觉，他接通电话：“哦，默然啊，好久不见了，

你是在县里还是？……哦，你到古城了，在什么地方？……好好好，我和玉舒马上过来，咱们见面好好聊聊。”

默然过来了？玉舒想从李咏斌脸上观察出他的内心。她知道，他有点儿不舒服。

“他今天从县里返回省城，路过这里，说是给你，哦，不，是给咱们带了些山里的核桃。他现在在咱们家门口，赶快回去，你弄几个好菜，今天我们要好好喝几盅。”

默然，是玉舒的大学同学，也是初恋情人，至今还单身一人。他现在是名人，今年年初被上级委派到县里挂职县委副书记。他每次回省城，路经古城都要来看看李咏斌和玉舒，每次来，吃一顿玉舒亲手做的饭菜就离开。

吃完饭，玉舒在厨房洗碗，李咏斌和默然在客厅边喝茶边聊天。正在这时，值班的小赵打来电话，说镇上有事让李咏斌去一趟，李咏斌吩咐儿子陪叔叔喝茶，默然说，不用了，他也要走。玉舒赶紧从厨房出来和默然道别。

李咏斌先下楼去了。玉舒对默然说，“赶快成个家吧，一个人这样不是个办法，你需要有人照顾，再说……”

默然笑笑阻止她道，“你就别管这事了，我心里有数。”

玉舒说，“好吧，好吧，我不管。不过，下次你来，最好带上女朋友，我就再不会问了。”

“默然叔叔再见！”李思明说。

“好好学习，思明。”默然说完，下楼和李咏斌告别后，俩人各自去了。

李咏斌到镇上处理完事情，早早回家，因为晚上他要亲自送儿子去火车站。一家人吃完晚饭，玉舒给儿子收拾好行李，俩人都要去送思明，思明说：“哎呀！不用了，节能减排，是我妈的口号。旅行社有车把我们一起送过去，你们就在家好好待会儿吧，我自己走。”玉舒又千叮咛万嘱咐地说了一大堆，一起送儿子出门，李咏斌挡了出租，玉舒告诉儿子要多注意安全，思明答应着上了出租车向旅行社奔去。李咏斌和玉舒站在原地，一直望着那辆载着儿子的出租车，消失在他们的视线里。

玉舒挽着李咏斌的胳膊，他们随着街灯下流动的人群慢慢走向湖边，走下堤坝，一股清新气息扑鼻而来，他们不由得深深地呼吸，似乎要把平日里积在胸中的废气全部呼出去。青草的气息，树的气息，花的气息，湖水的气息，自然的气息，使聒噪的古城仿佛一下子变得恬静惬意。他们俩没有随游湖的人们由西往东，也不像那些小年轻似的钻进小树林，他们坐在湖岸边一条长椅上，玉舒紧紧地靠在他的肩上，他将她的手贴在自己的手心里，他们望着夜色中斑驳的湖面，望着在水中摇曳的星光，微笑着的月牙儿，他们沉浸在这样美丽的夜色中，仿佛回到了年轻时。李咏斌脸上洋溢着得意，玉舒，美丽的玉舒最终属于他，任默然时时出现在他们面前，嫉妒他们的幸福，他心里感觉无比的快乐。

手机铃声将李咏斌与默然从那场争取爱情的战斗中拉回。他对电话那头说："不行不行。"玉舒靠在他的肩膀上问："什么事你谢绝别人?"他说："是朋友约明天一起去农家乐吃饭。"玉舒说，"好不容易个礼拜天，回绝得对。"她突然兴奋起来，建议李咏斌带她去浴足。李咏斌犹豫不定，说这样不好吧。玉舒觉着这有什么不好，这儿不就是浴足城吗，为什么别人都能去，他们就不能。不行，非去不可。李咏斌想了想，也倒是，自己消费，无可非议，满足爱妻一回，没啥不妥。他刮了一下她的鼻子，牵着爱人的手，亲密地向浴足中心走去。

他们来到健康堂浴足中心，门迎热情地问："几位?"

玉舒说："两位。"

"请稍等。"门迎拿起报话机报告客人情况后，对他们说："请上二楼稍等片刻，马上给您安排。"

他们在二楼小客厅沙发落座后，玉舒说："没想到，生意这么好。"

"这行业，给咱们古城经济繁荣增色不少。"李咏斌说。

"那以后我们也常来消费，就当为古城人民做贡献了。"

"哪有那闲工夫。"李咏斌说，"上次南方招商会签了几个意向，我们已经协商得差不多了。这几天，他们要过来确定投资项目，如果这次他们来敲定，就可以马上动工了。"

"什么项目?"

"你忘记这座城市有一大资源。"

"哦，原来他们要开发温泉。"

"如果顺利，不到一年就可成。"李咏斌说，"到时候十字镇可就热闹了，古城人民多了个比这里还好的去处。"

"这不是又给古城添了一景嘛。"

两人说着，只见服务生拿来拖鞋，他们换好鞋，跟着服务生拐了两拐，进了一个温馨的二人间，服务生请他们坐在特制的沙发上，打开电视，然后问他们是否需要空调。他们摆摆手。服务生又问他们需要高级、中级，还是一般技师。他们说，一般就行。服务生再问他们用什么泡脚料。玉舒问，“都有什么?”服务生说：“二位是第一次来吧，是这样，男的适合用草药，女的适合用玫瑰花或牛奶，每位 45 元，你们先感受感受，好了以后常来就是。”他们点头。服务生说，“请稍等，然后转身轻轻关门出去了。”

不一会儿，有人敲门，进来一男一女端着热气蒸腾的木盆，他们分别向客人问好并介绍自己的工作牌号，然后将木盆放在各自服务的客人脚下，男的给玉舒服务，女的给李咏斌服务，当女服务员要给李咏斌脱袜子时，李咏斌说：“你们两个调换一下，小伙子，你来给我做。”

“李书记，您真不认识我了。”女服务员说。

“你是……哦，是秦小花啊。这么巧，你分到这家工作啦。”

“是啊，快两个月了。”小花一边给玉舒洗手，一边说，“谢谢您书记，我们全都有工作了。”

“她就是参加‘领头雁’培训那帮孩子中的秦小花?”玉舒问。

李咏斌点点头说：“鬼精灵个丫头。怎么样小花，在这里一月能挣多少?”

“干得好了，能挣三千呢，能帮家里啦。”

“前些天到你们村去，听村长说，你妈心脏病犯了住院了，有困难就开口，我尽量帮你们想办法。”

“谢谢书记，现在不用愁了，住院费能报销差不多一半了。”

“好！好！哎呀，等你们到我们这个年龄啊，一切都不用愁了。”

“那时候，全都实现小康了，生活比国外还好呢。”小花说。

这时，只听电视里女播音员悦耳的声音：根据财政部、国家发展改革委日前下发《节能产品惠民工程高效节能空调器推广实施细则》，细则规定，高效节能空调器财政补助标准，根据能效等级不同给予每台 650 元至 850 元财政补助……

“听听，你们听听，又出台新的惠民政策了。”李咏斌说。

“那太好了。”小花说，“夏天争取给我们家也买台节能空调。”

“咏斌，你说说，咱们国家再过十年会是个什么样子啊。”玉舒问。

只听电视里正在唱“……越来越好，啦啦啦，越来越好啦啦啦啦……”大家跟着一起哼哼着唱起来。心里都觉得，这个劳动节过得意外的快乐。

第八章

送走李咏斌和玉舒，小花正好下班。她刚换下工作服，手机响了，原来是王小虎在门外等她。小花拿起背包急忙走出换衣间，看见门外王小虎正在给他招手，她急忙过去问："什么事，这么急？都这么晚了，怎么一个人，娜娜呢？"

王小虎一脸郁闷，抽着烟，不知从何说起。

"你急不急人，不吭气，那我走了。"

王小虎一把拽住小花说："娜娜，娜娜他妈的她想甩我。"

"好好的，为啥？"

"你知道她爱跳舞，在舞厅认识一个四川的小包工头。以前听她说过，可是，我没在意，后来跟人家整天泡在舞厅，有时很晚才回来。我觉得越来越不对劲，今天饭店一打烊，我就急忙去找她。"

王小虎将烟头扔在地上狠狠地踩踩，又掏出一根烟，颤抖着点燃接着说，"去找她的路上我脑子乱极了，出租车停在'海洋舞厅'门前，我付了车费，焦虑地走进去。跟秦阳路上的明亮一比，'海洋舞厅'里像个黑洞。吧台后面的镜子捕捉到一些忽明忽暗的烟头如鬼火一般，黑暗处只能看见一对一对的黑影，我还没有适应里面的环境，有个女的就将我拉过拥挤的人堆，我嗅到一股浑浊的气味儿，她把我往窗帘后面拽，我一把推开她，说我是来找人的，她嘟囔着骂我什么，我也没听清。就这时，娜娜跟一个男人抱得紧紧的，脸贴着脸从我身边滑过去，黑暗中，我怕我认错人，就跟过去凑到他们跟前，

娜娜先是一惊，然后大叫一声推开那个男人就往门口挤，我一拳将那个男人打倒在地并对他说，再招惹她，我揍死你。出来后我直接就上你这儿来了。”

“好像听历险记，是真的吗?”小花问。

“你和娜娜是好朋友，我会瞎贬她吗？她真的变了，上次吃饭，你没听见她咋挤对我。我叫你来，是让你去劝劝她，她家嫌我穷，又是养父母，又嫌我老实，还嫌我太胖，嫌这嫌那，我觉得和她好了几年，她就是不和我谈了，也不能这样作贱自己。”说着小虎又点一根烟，小花夺了去扔掉，他又点上一根，小花见他那样也没再拦着，只是说：“走吧，还不快去找她。”

王小虎急忙挡了辆出租车，不一会儿出租车停在胡同口，他们下车朝里面走去。小虎说：“这里快住不成了。”

“为什么?”

“要拆了。”

“你们怎么办?”

“再找地方呗，还能怎么样。”小虎说，“你看，灯亮着，她回来了。”

“你要在乎她，就别再说话。”小花说。

小虎从裤环上取下钥匙开门。

进屋后，大家沉默着。

娜娜的声音从膝盖缝里传来：“他叫你来当说客，有什么话就说吧。”

小花清了清嗓子：“娜娜，小虎说的可是真的?”

“假的、真的能怎么样。我他妈的和他没戏了。”

“好了几年，说没戏就没戏了?”

“我家嫌他穷，嫌他胖，嫌他没本事，不同意。你说也是，一个小厨师能养活得了我吗。”娜娜抬起头谁也不看地说。

“到底是谁不同意，你当初怎么不嫌这嫌那的。”

“当初不懂事呗。”

“现在懂事了？看上那小包工头兜里的钱啦，那种地方认识的人有几个是可靠的。”

“开始我也这么想，但是，他和那些人不一样。”

“当然，他有钱呗，说不定还有老婆孩子。”

“不，他没有。”

“见鬼，你去他家看了还是咋的。”

“他手下的人都这么说。”

“他手下一天在工地上累得要死，晚上还有精神去舞厅?”

“他去只和我跳舞，和他们不一样。”

“如果哪天你不去呢?”

“我不去，他也不去，就算他去找那些人，那都是以前的事，可以理解。”“何况，我也不是处女。”

“你他妈的。”在一旁沉默的小虎浑身发抖，他忽地走到娜娜跟前，一个巴掌打在娜娜脸上，娜娜嘴角顿时流出鲜血。

小花呵斥小虎说：“你打她，就有能耐了?”

只见娜娜匆匆趿上鞋子，捂着泪脸，一声不吭，拿起包不顾一切地冲出门去，小虎站在那里一动不动。

“你们何必呢。”小花说完跟着跑了出去，却见一个瘦高个的男人扶着娜娜钻进出租车，她喊着娜娜，出租车像猫似的窜没影了。

小虎摔板凳踢桌子一通，大喊道，“滚，散就散。”

小花回到宿舍，室友还没有下班，她躺下辗转反侧难以入眠，她心下想，娜娜怎么说变就变，她说些话听起来叫人呕吐，她和小虎恐怕是完了，想来想去也没有想明白——人的感情到底是怎么一回事，怎么说完就完了呢?

第二天一上班，她就把娜娜的事告诉一梅，一梅说：“相爱不相爱，又能怎么样，谁家里把姑娘养大不愿意找个好去处。别说农村，现在城里的姑娘比我们更现实，别说我们要求婆家条件好，人家不但要求条件好，而且还要有车有房。感情值什么，人家不用奋斗就能当阔太，而我们呢，就算你人样好，还不是整天抱着男人的臭脚捏来捏去，有时受气还得忍着。我觉得，你朋友娜娜也没有什么不对。你没有听过有首民谣怎么唱的。”

现代社会疯狂了，绵羊开始吃狼了；
猫和老鼠上床了；兔子也吃香肠了；
没外遇就色盲了；女人九成出墙了；
包二奶也正常了；短信全都泛黄了。

小花听完，愣愣地看着她，眼睛里充满疑惑，她问：“你们这都怎么了?难道都要当红太狼，那男人个个要都像灰太狼似的，这个世界会成什么？我却不信这个浑理。”两人争辩着，经理喊她俩上钟(浴足工按钟点算工，所以为客人服务叫上钟)。

完了一个钟后，小花问一梅：“你到底什么意思，对现状不满了。”

一梅说：“心情不好。家里人知道我在干这行，坚决不让干了，让我回商南。”

“这行怎么了？光明正大的职业，挣的钱干干净净，凭什么不让干。你每年帮家里那么多，他们怎么不说。小花说，是不是对周和不满意连带的。”

“都有。”一梅说。“我答应他们，到忙收时就回去。”

“周和能让吗?”小花说。

“他肯定不同意，我现在慢慢地给他做工作。”

“一梅，你可招呼点，周和啥都好，就是心眼子小点儿，他一准儿不会放你的。”小花说，“一个个变得也太快了。看你们这样，我也改主意了，打算独身。”

一梅摇摇头说：“就你心高，没碰着好的吧。”

“不信等着瞧。”

“怕是还没瞧见，我就家去了。”

“小花，有人点钟啦。”经理喊道。

一梅迷乱的目光送小花出屋：“遇到好的，就好好把握吧。”

下班回到宿舍，小花打开灯，吓她一跳，一直空着的那张床上躺了个生面孔，她长长的黑发凉在枕上，散发着洗发水的清香，她似睡非睡，闭着的眼睛湿乎乎的，在灯光的刺激下微微颤动着，红红的面庞掩饰不了心中的哀伤。她听见有人进来，一动不动，薄毯遮盖下的身体微微地起伏着。

大家都知道她的事，她和一梅的男朋友周和是同乡，叫杜鹃，今年春节回家和邻村的小伙刚订婚，春节后两人早早来到古城，在宿舍待了几天，有些难舍难分，杜鹃不想让爱人再去挖煤，可小伙子说，等今年合同期满，就再不去了，然后他们就结婚，和杜鹃一起干浴足。两人商定后，小伙就奔山西煤矿。杜鹃带着爱人留下的甜蜜爱意快乐地工作着，生活着，期盼着，时常可听见杜鹃在电话里柔情蜜意的叮嘱和嬉笑。然而，这样的日子不到一月，噩耗传来 ，杜鹃的爱人所在的煤矿出事了，几百人被困在井下。杜鹃的婆婆家通知她时，她当时正在为客人服务，经理考虑片刻，找别人替换下她，直接告诉了她实情，然后让财务借给她了几千块钱，并打电话询问了火车时间。

杜鹃立即回宿舍收拾几样东西就奔山西去了。这一走就是数日，经理曾经给她打过电话，她只是哭，周和、一梅他们也给她打电话，她都不接，那几日《华商报》天天都报道矿难的情况，遇难74人，矿长被免职，等等。大家心里全明白了。

一会儿，只听楼道叽里呱啦，是燕子和小蕊她们去夜市消夜回来了，没进门就听见他们说涮菜辣，辣得嘴都麻了，只听“砰”的关门声，“哎呀”的大叫声，杜鹃立即侧身面朝墙壁。小花见状“嘘”一声，她们这才看见杜鹃床上躺着人，立即屏住呼吸，燕子轻手轻脚来到床前确认一下，没错，是她。燕子素日里和她最要好，燕子轻轻来到她床前，推了推杜鹃，抄一口东北音说：“鹃子姐，我知道你没有睡着，有什么委屈咱们姐妹闹闹，那事《华商报》追踪报道，大家都看了，我们贼恨贼恨那些黑煤窑，他们简直就是杀手，比杀手还可恨呢。”燕子说到此，杜鹃再也忍不住内心的伤痛，她不相信，爱人就这样抛她而去了，而且那样悲惨。当她清楚地看见被救出的一个个矿工，炭黑的脸上时而惊恐时而庆幸的表情时，她也为他们高兴，并且揪心地等着爱人能够活着上来。然而，一个，两个，三百多个活着的矿工中却没有她爱人的影子。在七十多具尸体中她找到了他，她晕了过去，被医护人员救醒以后，她耳边一片哭声，她默默地流着泪，眼前总是爱人的身影。那些可怜的人们哭得死去活来，颤抖的双手接过亲人拿命换来的钱，他们确实需要钱，可是，现在拿在他们手中的这钱，又怎么忍心花出去，每一块钱都是亲人的一滴血，这钱怎么花？怎么花呀？未来的婆婆哭死多少回……

杜鹃终于哭出声来：“太惨了，太惨了……千万不要叫自己的亲人再去挖煤……”

大家跟着她难过，说什么似乎都多余，只一把一把地陪着她一起抹眼泪。

杜鹃平静后，在道出自己痛苦的同时，讲了一件令人震惊的事实，使每个人听了都毛骨悚然、目瞪口呆。

每次矿难，死去的大都是未婚的小伙子，这些青春鲜活的生命，还未及享受爱情的甜蜜，就被黑色的魔鬼吞噬了。为此，也不知从何时起，有人操起了“配阴婚”的中介生意。

“什么？配阴婚？”小花、燕子她们一脸迷惑。

当一具具年轻的尸体摆在每一位活人的面前，那种丧子的痛哭声仿佛穿透了宇宙，你会听到“我可怜的儿啊，你还没有结婚，你还没有享受生活，你

还没有尝尝女人的滋味，怎么就孤独地走了……”每当这时，配阴婚者就像猎犬似的嗅到了血腥，逮到了死难者亲人痛失儿子的信息，他们便开始暗箱操作，到处去寻找年轻的女尸源：车祸死的、病死的、自杀的，甚至不惜于拐骗穷乡僻壤的少女然后毒死去配的；配阴婚和活人结婚一样，可以跨省份，无论多远只要双方家庭愿意，彩礼、棺椁、丧葬合葬费，等等，不比活人结婚花得少。只要搭上线的，大部分死难者的家属都愿意为自己未婚的儿子找个伴，成双成对地去另一个世界过活。

杜鹃说，她男朋友的父母，就为他们的儿子觅到一位不错的阴婚媳妇。他们征求杜鹃的意见，说杜鹃将来还会嫁人，他们的儿子却要孤单地一个人躺在那里。杜鹃能说什么，她没有资格说什么，因为她毕竟是未婚妻。他们就用矿上赔付的死难费为他们的儿子配了一个真正意义上的媳妇，还是个大学生，得白血病死的。他们家给女方家里两万元作为彩礼，丧葬费及所有运尸费和中介费用八千或一万不等全部由男方承担，双方家的亲戚一起来为死者，先举行婚礼再举行葬礼。

杜鹃作为死者的未婚妻，她放不下那份感情，护送着他的未婚夫回到甘肃老家，为未婚夫送葬，她亲眼看见了死去的未婚夫和他的阴婚妻子，合葬在一起。同时也葬掉了他们那一段美好的情缘。为此，她迷惑许久不能释怀。

第九章

李咏斌正在办公室看文件，周良又来找他。李咏斌泡杯茶递到周良手中说：“我前几天还给法院打了电话，人家依然说没有结果。”

周良低头闷闷的不说话。

李咏斌说：“周良啊，我理解你现在的心情。不过，我想告诉你的是……”

“李书记，说实话，我想不通，可是，又没有法子，我思量来思量去，这日子还得往下过，不提了，我不想再提了，总有水落石出的那天，这老天爷长着眼睛呢。”

“你能这么想，我就放心了。”李咏斌说，“那你今天来？”

“我来找您是想，想，”

“干脆点儿说，有什么事？”

“我，我想请书记帮我贷点儿款。”

“噢？”李咏斌将倒好的茶水递到周良手中。

“书记，我嘴又笨又没有个啥能耐，因为家里穷，爹死得早，大学都不敢考就回家帮母亲，我后来就爱上了家乡的土地，别人都去城里打工，我不想去，我总想在家乡干点儿啥，想了好久好久，还没有实现就出了这档子事，再悲痛还得要活下去吧，所以今天想……”

“你想贷款干什么用？”

“我想办个养猪场，就是差些钱。”

“养猪，好事呀，能差多少？”

“能给我贷两三万，我想先养几十头小猪，赚了钱再多养。”

“你有养猪经验吗？”

“养猪谁还不会。”

“不一样，像以前在家养一头、两头那样可不行，现在要讲科学，科学养猪才能致富。”李咏斌说，“这样吧，周良，你有这想法好，我给你联系一下吴村养猪专业户，你先去那里学习学习，看看人家是怎么养猪的。咱们镇正好有不少人也想养猪致富，我们准备办个培训班，请有关专家讲一讲科学养猪的方法。”

“那着实好了。”

“贷款的事，你放心，国家有政策，凭谁也不能阻挠，你只管放手干。”李咏斌的话让周良吃了定心丸似的，周良说：“书记，有你支持，我们就放心了。”周良紧紧握着书记的手，眼眶里浸满了泪水。

周良走后，李咏斌思忖半天，养猪？周良这个想法倒是提醒了他，搞养殖发展经济，对古龙村来说是个法子，只要周良和几个人带个头，将来可以带动一大片。想到这里，他有些兴奋。顺手打开电脑，想浏览一下这些天群众有什么留言，他进网站一看，除了有群众说李咏斌一上任就遇上罕见杀人案，并对此无能为力，等等，还有一条有关董镇长的留言颇为新鲜：

镇长大人想攀高枝，当了古龙村村主任他舅妈的侄女女婿，此女在某所中学任教，两人打得火热都快要结婚了。不信瞧着，董镇长很快就要高升了……

李咏斌一边看着留言，一边蹙眉深思，这时有人轻轻敲门，李咏斌竟然没有听见。来人见门开着，就轻轻来到李咏斌跟前，见李咏斌对着电脑发呆，他快速扫一眼页面，鼠标正指在有关董涛的那条信息，来人又轻轻退后几步，语速很快地叫一声：“李书记。”李咏斌吓一跳，说：“原来是你呀，董镇长。”

“门开着，我就进来了，对不起，吓你一跳。”

“噢，是你呀。有烟吗？”

“有。”董涛说，“老领导，您不是戒了？”说着从口袋里掏出一包烟拆开，抽出一根递给李咏斌，剩下的扔在李咏斌桌上。

“从今天起开戒了。”李咏斌说着，将烟叼在嘴上。

“坦诚地说老领导，”董涛又从另一只口袋掏出打火机，一边给李书记点烟，一边说，“我和她认识几个月以来，不曾知道，她和古龙村的村长贺海有亲戚关系。前些日子，我俩刚刚领了结婚证，本来一直想给您汇报，可是，我不知怎么说才好。现在这种关系，又处在这样一个说不清楚的当口，我只能换个地方。前些日子我给上面打了报告，上面也同意了。”

“去哪里？”李咏斌说。

“高新区。”

“都决定了，我还有什么可说。”

“老领导，我是怕你误会。”

“误会什么，难道你不辨黑白吗？”

“那倒不是。”

“人最怕的是不由自主，但是，必须坚持真理，否则，就会迷失方向。”李咏斌说，“你今天是来辞行的？”

“不，我是想先给您说一声，过几天……”董涛低着头说。

“好了，我知道了，好自为之吧。”

董涛答应着出去了。

李咏斌抽完一根，拿烟头引燃另一根，一根接一根，一时间，他孤单地被包围在烟雾缭绕中。

没有几天，区上通知李咏斌开一个紧急会议，区委吴书记说：“区委研究决定，董涛调离十字镇，任高新区主任一职，他的工作先暂时交给韩副镇长代管。”

韩旭人不到四十，头发虽黑，但已经是“农村包围城市”了。做了七八年副镇长，巴望着那天能坐上镇长的位子，等了快十年，还是个代镇长，扶正不扶正要靠成绩说话。不过，代镇长他已经满足。他当副镇长多年总结出一套工作理论：乘风而前，小心谨慎，宁可迟缓，不能过头，坚持原则，不犯错误。只要有人带头负责，他紧随其后，绝不做第一个开枪的人。这是他一贯的作风。

他任代镇长以来，事事要请示书记，事事要开会研究决定。

李书记在开会时说，古龙村要改变落后面貌，只有发展养殖业，要加快推进步伐，使他们尽快行动起来，请专家办培训，由韩镇长尽快落实。

韩镇长立即响应，马上投入工作。有愿意参见培训的，一律免费培训。

有些多年在外务工人员回乡后，不愿意再出外漂泊，加之一些客观因素的影响，工作又难找，他们手头也有些积攒。再说，国家鼓励人们创业，有些城里人都想到农村来办养殖场。听说十字镇办科学养猪培训班，而且还免费，都争先恐后地报名。

为此，韩镇长找李书记商量，李书记说："好啊，只要他们守法经营，能推动我们镇的经济发展，何乐而不为呢。他们自己投资，又不要国家贷款，好事啊！古龙村周围有些闲置地方，正好利用起来，咱们把古龙村建设成养殖基地，鸡鸭猪牛都可养。你赶快通知周良，先让他来参加培训，他早先来求我给他贷款，我们想办法让他办起养猪场，一定要帮助他。"

韩镇长明白李书记的意思：我们出面，谅他人也不敢干涉，再说，我们利用那些不毛之地办养殖场发展经济，凭他是什么，也不敢阻挡。

"你下来拟定文件派人送到古龙村，通知贺海，镇政府决定：利用那几个废弃了的砖厂办养殖场，请他予以支持。"李咏斌说。

"好，我立即办理。"韩镇长道："还有一事，十字镇学校周围网吧违纪昼夜营业，群众反映到镇政府，原来倒是查过、封过，可过后照样对孩子开放，有些学生整天不上学钻在里面，家长没办法找我几次，按说，这不纯属我们管。"

"管！"李咏斌一拳砸在桌上说："这些人无法无天了，残害青少年就是残害我们的国家。你去办养殖培训方面的事，我来处理网吧，我就不信他不认卯。"

李咏斌联合工商、税务及特行办一起行动，在几个部门的积极配合下，对学校周边的网吧进行突击暗访，他们看到那些稚嫩的面孔在上学时间不去上学而迷恋游戏，有的明目张胆地上黄色网站，有的黑网吧将孩子们晚上锁在里面任由他们。所到之处群众说起网吧个个咬牙切齿，骂这些开网吧害人的经营者不积阴德，残害青少年。李书记一行也看在眼里，惊颤在心，工商和特行办的负责人立即下通知迫使学校周围的网吧停业，没收经营者的有关证件和那些老掉牙不值钱的机器，清理封门，张贴启事，严禁在学校周边开网吧。三五天时间，学校周边清净了许多，群众赞不绝口，拍手称快。

大忙几天后，周五晚上，李咏斌回家将自己这几天清理网吧的事情告诉玉舒。玉舒说："网吧确实要管管了，不光是一个十字镇，而是到处嚣张，在那些偏远落后的农村，更是嚣张妄为，就像一根根毒苗侵蚀那些没有免疫能力的孩子们，他们可是祖国的未来啊。我听说，现在有些农村的孩子不爱上学，很多连初中都不读就辍学，现在不存在念不起学，都免费了，是不想念？这是为什么呀？”

“是目光短浅，只看到当下一点点利益。”李咏斌说。

玉舒真纳闷，是因为网络？是害怕吃苦？还是惰性？现在的年轻人没几个愿意抱着厚厚的名著仔细读，动辄就说网上知识多了去了，那么厚的书啥时候才能看完呀。你说说，现在这些孩子都怎么了？古人说：“遂营目前之务，而遗千载之功。”（注：曹丕的《典论·论文》里的名言）难道他们真是为了眼前那一点点短浅的利益，把更美好的东西都丢开了？难道他们的生命，他们的人格，他们的价值，他们的意义就只在于眼前这一点身外的利益吗？这真是太短浅了！只知道钱，这真应了那句话：贫不读书，富不积德，可惜也！

李咏斌和玉舒为此参来参去也参不明白。玉舒将这些矛盾留在自己的日记里慢慢地参。

第十章

秦小花，杜鹃，燕子，小蕊四人一起去上班，上班前领班经理带领他们做保健操。这时，燕子发现男技师多了两位，就悄悄对小蕊嘀咕，新来的这两个男技师，一个好帅，一个好憨，小花的目光跟着燕子她们投了过去，那个憨小子胖脸上那双三角眼对着小花笑得眯成一条缝。啊，是王小虎，几个月没见，他怎么也干这行了？她的目光里一连串的问号。

做完操，小花和女伴们各自进了工作间，一梅凑过来问小花，“怎么那个又高又胖的男技师看着眼熟。”

小花说，“上次吃饭碰到的那帮同学之一。”

“哦，想起来了，他怎么也来这儿了。”

“说不清，挣钱呗。”小花回答。

说话间，上了几拨客人。也不知为什么，最近生意特别好，技师们忙不过来，客人还要排队等。

这种时候，小花一般都是连续上两个班。上班期间，忙忙碌碌中她和小虎碰过几回面，没时间闲话。直到凌晨一两点，客人都走了，他们才换下工作服回宿舍。小虎没来之前，都是周和在外面等她们。今天，小虎和周和一起等着她们。小花和一梅一起走到他们面前，一梅向小虎打个招呼问了声好，然后一脸诡秘地对小花说：“你的粉丝都追到同一行来了，可见关系不一般。”说完拉着周和笑嘻嘻地走了。小花对着一梅说，“你瞎说什么呀。”

小虎只是嘿嘿笑。

小花说："你笑什么呀，我问你，怎么也干这个了？"

小虎反问："你能，我就不能吗？"

"厨师挺好的。"

"看你挣得多不服气呗。"

"害红眼病了？"

"不光是害红眼病。自娜娜走后，我就有了这种想法，也无心在小饭店上班，老板也看出来了，我就趁机不干了。再说，我住的那地方马上要拆了，我就浪荡着找个地儿住，在街上瞎转悠，有一天，无意中转悠到培训基地，就是咱们"领头雁"培训那地方，打那时起，我就想当你的同行了。"

这下连租房的钱都省了，真会打算。小花心里这么想，嘴上却说，"人家能随便叫你再培训吗？"

"你不知道，我也害怕人家不要我，又怕别人认出我曾参加过培训，但是人家问想学啥，我坚决地说足疗技师。他们嘀咕几句就收了，培训后我才知道，这行缺人，太缺，而且供不应求。"

"本来嘛。我那会儿就知道。可你们总有偏见。"小花转而又问，"有娜娜消息吗？"

"没有。我打过几次手机是空号，可能换号码了。"

"真有她的。想从此跟我们断了。"小花说。

"你饿吗？到夜市吃点儿东西去。"小虎说。

"怎么老板供的粮没够吃。"

"你知道，我学武人出身食量大，出那么多的力早就消化掉了。上班的时候我就想，下班后我一定美美地咥一碗面。"小虎说着咽下一口唾液。

小花见他那馋样儿笑一笑说，"还学武人出身，学武人有几个你这样的。"小花说笑着和他一起去了夜市。他们消夜完后，差不多是凌晨一点左右，离开闹市区，距离老板给他们租的宿舍还有差不多三站路，宿舍在明苑小区内，虽然稍偏离市区，但他们上班非常方便。

他们顶着繁星慢慢走着，一边走，一边聊高中时的一些趣事。一阵晚风袭来，梨花色洁白的裙子在小花身上飘动，她感觉一阵凉爽，她随手将绾了一天的长发松开，任黑发在流动的夜色中飞扬。这样的画面让王小虎的心底又一次激动了。

记得那一年即将高考，那时，王小虎没有这么胖，他们一群同学想放松一下紧绷的神经，就相约在湖边一起轻松轻松，女生中有小花、杨娜娜、李萧。那天，也是这样的夏夜，他们将自行车扔在一边，排成一排站在湖岸边，对着湖面尖叫、大喊，他们喊累了，都坐在岸边的长椅上，唯独小花还依然站在那里，也是一条白裙子，和长长的黑发一起在晚风中舞动。当时，小虎的心就怦怦乱跳，一种莫名的感动游上心来。从此，这一画面就永远镌刻在他的心里。后来，他们几个都没考上大学。当时，因为小花妈妈痼疾又发，没能和他们一起去南方打工。去了南方，小虎食量大，米饭稀粥什么的，小虎根本吃不饱，杨娜娜发现后，时常将自己的东西拿给小虎吃，俩人又是同乡又是同学，在外打工，有点相依为命的感觉。有一次小虎病了，杨娜娜对小虎无微不至的照顾，彻底地感动了小虎，小虎和娜娜就这样相爱了。

“王小虎，你想什么呢?”小花的问话打断了小虎。小虎这才从梦中醒来，他说：“在想很久以前的事情。”

“小虎。”小花突然压低嗓子道，“你看，前面拐弯处好像有人影。”小虎定睛一看，的确有两个人影，借着微弱的街灯，隐约看见一个人拿着明晃晃的刀子举在女孩儿面前说：“快，把钱拿出来！否则，小心小命。”

小虎紧行几步，听见女孩儿说：“我，我没钱。”这时，女孩倏然发现有人向这边走来，忙喊一声：“救命，有人抢劫啦……”

“你再喊，我弄死你！快把钱和手机给哥哥我拿出来，看见这个了吗？它一下去，脸蛋就毁了。哇，人样还不错，要不让哥……”那男子说着就将女孩儿往更黑暗的地方拉扯着。

“来人啊，救命！你这个流氓。”女孩儿喊着。

那男子一把搂住女孩儿，捂住她的嘴，下身紧紧地将女孩箍在墙角，她的身体紧贴着女孩儿的身体晃动着，“哥不是流氓，是伟哥。”说着一手持刀，一手扯掉女孩儿衣衫……

当王小虎确定抢劫只有一人时，他立即告诉小花，站着别动，赶快拨打110。然后，他腾腾腾飞快地冲了过去，大吼一声：“狗贼，放下刀子！我是警察!”小虎灵活地弯了一下腰，捡起一个什么东西，一边跑，一边对着捡的东西讲话：“队长，我这里有情况，有人正在抢劫一名女孩儿，请你马上支援，我现在的位置在东正街的岔路口，报告完毕。”

那黑影听见是警察来了，撒开女孩儿就跑，小虎扔了手中的东西，如金钱豹似的追赶上去，这时的小虎显得一点儿也不笨拙，灵活得犹如一只勇猛的豹子。他先打掉黑影手中的凶器，几个回合就将那黑影的胳膊拧在背后。小虎喘着气将黑影带到小花面前，那女孩儿过来抱着小花浑身哆嗦着就哭起来，小花一边安慰女孩儿，一边调侃王小虎武功不减当年。小虎说："所以嘛，以后让她们别笑话我胖啊。"说话间，110 警车停在他们旁边，小虎将罪犯交与警察。警察说："小伙子，有你的，大家若都像你这样，岂有这帮家伙嚣张的时候。走，一起去录个口供。"

"啊，原，原来，你他妈不是警察。"那男子结巴着说。

"你说呢。"王小虎反问罪犯一句。罪犯低下头咕噜道："今儿真他妈的倒霉。"

大家相视笑了笑。

第二天，足疗中心上上下下全知道小虎见义勇为的事迹。老板为此奖励了王小虎。有些人觉得他逞能，有的人对此嗤之以鼻，说小虎不小，块头吓人。周和说小虎是块头英雄。小虎只是嘿嘿一笑。可燕子她们经常嘲弄地叫他爱管闲事的"憨豆英熊"。

对小花来说，小虎就是小虎，在学校时，就凭他从小练的一身武功打抱不平，帮公安抓过好几次小偷呢。只不过，小花觉着他这块头没考上警校，倒是可惜。

第十一章

贺海见镇上的文件说，要在古龙村办养殖场，他刚想要卖掉那几个废旧的砖厂大赚一笔，看来遇到阻力，他心下思忖着：给不给大哥打电话说这事？要打吧，他又骂我这点儿屁事都要找他办，不打吧，这镇上文件都下了，到嘴边的肥肉要丢了。还是打个电话吧。他拨通电话吞吞吐吐地说了这事，果真被他的大哥痛骂了一顿。

下午一上班，韩镇长来到李咏斌办公室说，“李书记，上面有人打电话说，让咱们再考虑一下在古龙村办养殖的事。”

“任谁说也不行！”李咏斌对韩镇长说，“我就不信这个邪，不行，咱给总理写信，让他评一评这个理，是谁让我们领导农民致富？这次，这个养殖村就偏放在古龙村，我们在一年时间里，一定让古龙村村民脱贫。我们按政策做事，任谁阻拦也不成。”

有人说，李书记真是二杆子。李咏斌说，二杆子就二杆子，只要古龙村村民能过上好日子，大不了他撤我的职。

这种情况下，还真没有人再敢阻拦。否则，李咏斌二杆子劲一上来，真敢捅到中央去，他这可是光明正大按国家政策办事，谁敢明目张胆横加阻拦呢。因此，周良等几个村民在李咏斌和镇政府的鼎力支持下，率先办起几个小型养猪场实验基地，城里有几个人以租地的方式，合伙出资办一个大点儿的养猪场，他们买来一些种猪、一些肉猪开始饲养，李咏斌让专家定时来指导。

听到那些小猪仔子吱哇乱叫，贺海的心里就像被野猪踢了似的，嗅到那些猪屎味儿，就好像有人将猪屎抹在脸上似的窝火。镇长和书记让贺海跟随他们一起视察几个猪场，并告诉他，还要扩大养猪范围，希望他支持村民大搞养殖业，有愿意养猪、养鸡的都要大力支持。贺海笑嘻嘻地答应着。这时正好视察到周良家的猪场，贺海眼里的猪都变成钱飞到自己的腰包。李咏斌对贺海说："古龙村可是我们十字镇办起的第一个养殖实验基地，我们要提高警惕，严防有人破坏。"然后又对周良说："告诉他们，昼夜好生看管这些小家伙，让它们安全成长顺利出栏。"周良道："书记放心。我们会看管好的，还有它们——那两只大狼狗。"说话间，大狼狗对着生人汪汪汪汪吼叫起来，贺海学着狼狗汪汪两声，狼狗更凶猛地扑着吼着。周良还说："狼狗白天拴着的，晚上就放开了。"李咏斌连声说："好！好！肉猪四五个月就可以出栏了，最重要的是母猪苗，一定好生喂养。"

送走了李书记和韩镇长，贺海扭头就回家，进门就将放在院子的椅子一脚踢翻，结果弄伤了脚趾头。他一时气急，掂起那把椅子狠狠地往地上一摔，椅子顿时七零八散。这时贺海媳妇下楼来问他哪儿来这么大的气？他嘴里只骂："当老子是鳖呢，老子跳着票照样吃香的喝辣的。等着瞧，倒要叫你们看看老子到底有几颗牙！"媳妇说："你这乌七八糟说些什么。""闭嘴！你懂个屁。"贺海最近老在家里发火，媳妇有些忍无可忍，她反击道："别以为你那些屁事就能瞒我，我他妈又不是你家里的出气筒，自进你家门，就没有把我当回事，憋得我大气都不敢出，我一天还得小心伺候你们一群鳖孙子，有不顺心我就成了气筒子，连儿子都不待见我，老娘今儿我起义了，这日子我不过了，我惹不起还躲不起嘛。"说完上楼收拾东西要走，贺海跟上楼去，揪住媳妇头发就在脸上左右耳光连打带踢，"你他妈还想造反？还嫌老子耳根子清净咋的，嫁给我死都是我的鬼，跟着老子吃香的喝辣的，你他妈还敢翻天，我非弄死你不可……"

"贺海，你给我住手，弄死她，还让我活不！"贺海母亲这时赶来拉着他说，"你爸死得早，妈好不容易把你们兄弟拉扯大，怎么，你也要犯傻不成。"

"你们打死我算了，我过得这叫什么日子呀。"媳妇扑着扑着往贺海身上撞，贺海母亲抱住媳妇说："媳妇，省省吧，他兄弟在外面至今还没有个着落，他心烦，骂你两句就忍忍吧。"

"你来忍忍，别以为有点儿臭钱就无法无天，反正是早晚的事，我在这个

家，一天也不想待了，我要离婚!”媳妇话音刚落，贺海扑过去又揪起媳妇的头发拳脚相加，这次，贺海母亲没再拉儿子，她说道：“别出人命，让她认卯就行，省得她出去胡说。”撂下话就出去了。只听媳妇在房里杀猪般的吼叫。

周良正在给哼哼乱叫的小猪苗喂饲料，他听出李书记一番话的意思，他连夜晚上让家人都搬到猪棚里住，这些猪仔可是他们的命根子，他把家底全压在上面，决不能有任何闪失。

转眼到了秋天，周良他们在专家的指导下，除了采用先进的喂养方法，还采用“倒喂法”，使猪从小猪到中猪阶段，以长骨和瘦肉为主，对蛋白质和矿物质元素需求较多，加之此时猪对纤维的消化利用率极低，因而只有以精料为主，以满足猪对蛋白质和各种矿物元素的需要，使小猪迅速长到50～60公斤，减少不必要的消耗。

几个月过去，小猪们已长到200斤左右，快出栏了。周良想：等猪出栏后，再买10头母猪苗，等那10头半大的母猪配了种，下了猪仔，后买的几头母猪也该长大了，这样一来，就要再扩建猪圈了，母猪越多，成本相对就会减少，周良心下这么想着，脸上已露出微笑。

九月下旬的一天，骄阳时而露头时而隐进云里，天气闷煞个人，只见几辆蓝色的大卡车向古龙村驶来，车到之处荡起隆隆尘烟，第一辆车的司机刹车探出头来问路旁的一个老乡：“大爷，你们古龙村养猪场怎么走?”“前面右拐几百米就能看见。”老乡说道，“你们这是?”“大爷，我们是承运公司给屠宰场拉猪的，谢谢大爷。”司机说着向前开去。“哦，周良他们养的猪这么快就出栏了。”老人家自言自语，站在路旁看着一辆辆汽车从他身边开过去。

停在周良家的猪场前有两辆大卡车。不大一会儿，只听猪场叫声四起，猪们不舍圈地吱哇乱叫，一头一头装上车，罩在大网子下，它们汗流浃背却哼哼着挤成一堆，它们似乎明白自己四五个月的生命快要完结，在人们即将要屠宰它们的征程上需要相互安慰，它们似乎懂得，这是它们的命运使然，也是它们对人类的贡献。

周良他们望着远去的猪们，脸上挂满了笑容，心里却也有一种难以描述的情愫。有几个农民羡慕地对周良说：“看来，我们也要跟着你学着养猪致富啦。”这时，贺海也来给周良说：“祝贺，祝贺，这么快都出栏了。”周良没理贺海，给围过来的村民说：“乡亲们谁想养猪只管养，有政府支持，有专家定期指导，怕个啥。明天有想养猪的，跟我去看看猪苗。”大家争先恐后：“我去，我去。”周良说：“好。明天我们一起去。”贺海在一旁一脸奇怪的表情，并没有人理会他，他摔下烟头“哼！”了一声，开着小车进村去了。

大家散后，周良转身进了猪场，看着空空的猪栏，心情有些激动，30多头猪4个多月为他收入7000多块。他想，再买几十头猪苗，再盖几间猪舍，再买十几头母猪好苗子，哈哈，没想到我成功了，我要继续努力。他正得意，眼前的景象使他欢快的心情一落千丈，他的心紧缩在一起，猪场此刻异常的安静，这倒使周良倒吸一口气，他急忙跑近整日精心照料的十头母猪圈旁，他简直不敢相信自己的眼睛，“孩他妈，快来，孩他妈你快来看看，这是怎么啦，这些猪都怎么啦呀。”周良喊着媳妇已是泪流满面。周良妻子正在厨房做饭，听他一喊心里咯噔一下，急忙跑过去一屁股坐在地上，顿时傻了眼，几头半大的母猪全部躺下，口吐白沫奄奄一息。

李咏斌此时正在温泉娱乐场工地视察，接到韩镇长电话，立即驱车赶到古龙村。李咏斌赶到猪场，见韩镇长和派出所人员已到达现场，初步断定，是有人往猪槽里撒了大量鼠药。周良哭道：“书记，我这是防不胜防啊。亏了那些大猪刚卖出去。”

“别的猪场有没有问题?”李咏斌问。

“没有。”

“去，把贺海给我叫来！胆大妄为，谁这么胆大，竟然敢在我们的养殖基地搞破坏，一定查清严惩不贷。”李咏斌说完，有一个村民急急忙忙去叫贺海。

派出所的张干警说：“李书记，很可能是有人趁刚才出栏时的乱象溜进来投的毒。据刚才几个老乡说，他看见村里的二傻进去过，因为当时忙乱，想着他也是凑热闹，都没在意。”

“二傻是何人?”李书记问。

“他弟兄几个都是傻子，没念过书，大傻是个傻子但能说话，二傻哑但耳聪。”围观的村民中有人说。

“王干警已经去找二傻了。”韩镇长说着，只见王干警带着二傻进来了，王干警把他带到死猪跟前，他惊慌地摇着头嘴里“哇啦哇啦”地似乎在说不是他干的。李咏斌突然吼道：“把他铐起来，带走!”王干警意会，迅速从腰间拿出手铐，“啪”地扣在二傻手腕上，这下二傻急了，又“哇啦哇啦”的扑着叫喊一阵，头摇得像拨浪鼓似的，意思是说，不是他干的。“不是你干的，是谁让你干的，说了就放你。”李咏斌说。有个村民在给他用手势翻译书记的话，二傻看懂了，刚“哇啦”一声，忽然看见一双目光紧盯着他，立即低头不再言语了。

“李书记，韩镇长你们都来了，我从城里回来那会儿，猪都拉走了。刚听说出这事，我就赶紧过来了。”说完，贺海从容地将目光转向二傻，他问：“怎么，是你干的。”说着一巴掌扇在二傻脸上，“你敢在咱村的养殖基地搞破坏，啊，你不想活了……”贺海还想打二傻，却被王干警阻拦说：“贺主任，你没权利这样。”

“贺主任，你怎么知道是他干的，他并没说是他干的。”李咏斌说，“王干警，把二傻放了。”

王干警给二傻打开手铐，二傻说什么也不走，张干警过来问：“放你走，你还不走，你怎么个意思？”

二傻哇啦哇啦，就是不愿离开，还直往张干警背后钻。李咏斌走过来拉着二傻，手指着死猪问他：“这是不是你，把它们毒死的？”

二傻看看贺海，点点头又摇摇头，然后又“哇啦哇啦”说着，手举起来放在脖子上，喉咙里冒出“咔”一字，他又看了贺海一眼低下头不言语了。李咏斌问村民：“你们谁能听懂他说什么吗？”

“他说，他要说了，就有人要杀了他。”大家循声望去，原来是大傻钻在人堆后面咕噜着说了一句。

大家顿时你望望我，我望望你。

派出所的两位干警和镇长书记在一旁商量了一会儿，然后干警将二傻和大傻一起带走了，说是回去继续调查。韩镇长和李咏斌相互看了一眼点点头，李咏斌当着大伙的面宣布道：“古龙村的乡亲们，我们养殖基地刚出第一栏猪就出这样的事，是村主任严重失职，这样下去，不知还会出现什么样的问题。因此，我宣布，让贺主任暂且停职检查。毒死母猪一案待查清后，破坏者不但要加倍赔偿，还要依法处置。”大家听后虽然没有呼声却是一片掌声。贺海看大家拍手，也迎合一下，嘴角挂着不自然的笑容。李书记接着说，“贺海作为村主任，严重渎职，马上写一份书面检查来。待派出所调查清楚，这个投毒人无论他是谁，都将依法论处！”

第十二章

却说贺海，李书记在大伙面前让他停职写检查，他脸上笑着，心里却想着别的事。他回到家急急忙忙拨了几个电话，对方不知说了什么，他一气之下摔了手机骂道：“妈的，吃我的喝我的拿我的，这会儿，爷有事没一个人替爷担着，都是他妈的猪屎，狗屎。”他急得来回转圈，嘴里不停地念叨那两傻子……突然，他眼前一亮，有了办法。

第二天下午，村里人见大傻、二傻回来了，就问他们怎么回事？大傻和二傻只摇头，笑嘻嘻地直接进了村里的小商店，买了不少吃的，小孩子爱吃的那种小食品，还有油炸花生米，袋装的熟肉，几瓶啤酒等，商店的人大声说，怎么派出所还给你们发钱了？大傻、二傻只呀呀呀呀地含糊不清不知说些什么，跟前围了几个年龄大点儿的老人，故意逗他们，似乎要抢他们手里的东西，他俩头摇得像拨浪鼓似的，把东西抱在怀里，急不可耐地跑回家去大吃大喝起来。

第二天一大早，周良嘱咐妻子几句，转身骑上自行车飞快地来到镇政府，他急急火火地跟门卫打声招呼，说他找书记有急事。门卫说，书记这会儿有更急的事在处理。“啊，有人比我还急吗?”

门卫摇头笑一笑，周良匆匆将自行车撑在大院一旁，小跑着进了办公楼，老远看见书记办公室门口一堆人。他走近一看，原来又是南和村的那个老太太，六十多岁，身体多病，家里有一个儿子，这些年来就是靠出租房子度日，老太太的儿子、儿媳整天游手好闲打麻将；拆迁后除了留够回迁的一套房子钱，剩下的赔付款，儿子、儿媳大把大把地集中挥霍享受一阵，也差不多快没了。再说，政府给的拆迁补贴也是有限的，儿子和儿媳妇就这样坐吃山空也不行，怎么办？老太太的儿子忽然想起他家院子的两棵老树，那树也值些钱呢，当时没给赔钱。于是，他们就怂恿他们的老母亲找政府要钱。上次一到李咏斌办公室就晕倒休克，李咏斌派人将她送医院打几天针，和有关部门协调后给老太太赔了8000元，这才几天又来了。周良瞅一眼屋里，只见老太太躺在书记的沙发上有气无力地说："我今天来不是要钱，我有心脏病，我只要你们救我的命……"说完，老太太和上次一样又装着休克过去，李咏斌让韩镇长拨打120，先把老人送到医院去打几天针，报销后剩余的部分由他来付。韩镇长说，这样总不是办法。李咏斌想一想说，"像她这样的老人够不够条件申请低保。"韩镇长说，"可以申请。"李咏斌说，"老太太有这么个不肖子孙也够不幸的。"说话间120到了，医护人员将老太太抬上车一路呼叫着进城了。

周良一直在门外等着李咏斌处理完这件事，等大家都各自散了，周良才进去。李咏斌看见他就问："那些小猪仔怎么样？"

"书记，我都怕了。"

"怎么了？"李书记问。

"昨晚上半夜有人想放火烧猪圈，要不是大狼狗使劲吼叫，我和媳妇被惊醒，那昨晚上又要出大事了。"

"抓到人没？"

"哪顾得上，怕火苗蔓延，我和媳妇急着扑火，人早跑没影了。"

"看来，总有人和咱们过不去，"李书记说，"他越挡道，咱还要把养殖场办得越红火。不过，一定要警惕，我们只能防，防止坏人再来破坏！"

李咏斌和周良又来到古龙村去找贺海，贺海媳妇说，昨晚没回来，手机关机联系不上。李咏斌告诉贺海媳妇说，"贺海回来叫他马上到镇政府去。"

当天下午，贺海一到李咏斌办公室，李咏斌严厉地问："贺主任，你们村周良他们刚刚建立的猪场接二连三地出事，你这村主任是怎么当的？"

"什么？又出什么事了？"贺海惊异地问。

"出什么事了，你难道不知道？"

"我昨晚和几个朋友一起打牌，我媳妇打电话说，你找我，我立即就来了。"贺海说。

"贺主任，我警告你，如果周良他们的养猪场再有什么闪失，凭他是谁，我先撤了你的职!”

“你撤吧，反正我不想干了。”贺海一脸平静地说。

“你真不想干了?”李咏斌说。

“我外面的事情都忙不过来，正好我要去外地做生意。辞职报告我都写好了。”贺海说着从口袋拿出辞职报告递给李书记后，扬长而去。

李咏斌马上请示上级。接上级批准后，立刻召开镇党委会议，解决古龙村问题。

周良接到镇政府通知，立即赶到李咏斌办公室，李咏斌亲自倒茶递到他手中，然后说:“先凉快凉快，喝口水。”然后起身将台式电扇开大点转向周良，问他:“猪苗买了吗?”

“买了。这次我买六十头仔猪，又买了几头母猪，一头公猪。”周良还说，“李书记，让我高兴的是村里有十来户都想跟着一起养猪。”

“那好啊。我们大力支持。”韩镇长从外面走进来接话道，“如果有一天，全村人都觉悟起来大搞养猪，我敢说，不到两年，古龙村就是十字镇最富有的村子了。”

“是啊，”李咏斌说，“叫你来想委你以重任，养了一栏猪养得很成功，虽然有人搞破坏，人跑了，他跑得了初一，跑不了十五。现在关键就是要发展，有群众要跟随你，你要诚心帮助乡邻们发展生猪养殖事业，无偿传授养殖技术，资金方面我们先支持一下，待你们发展起来连本带利还了就是。怎么样，镇党委会研究决定暂时由你来当治保主任。”

“我，我，我哪儿行，不行书记……”

“我们知道你有这个能力，你要是早当上村主任，古龙村早富了。哎，不说了，特殊情况特殊处理。由我们推荐，区委批示，由你，周良同志带领古龙村群众一起致富，发展生猪养殖业。你也不要推诿，给你一年时间，如果搞得好就继续，搞不好就自动让贤。”韩镇长说完，李咏斌起身走到周良面前拍拍他的肩膀说:“这样总行吧，一年，到明年2010年9月份为限。只许成功不许失败。我和韩镇长为你顶着。”

“既然你们这样信任我，那我就只好试试。正好，我还有个想法。”

“你说。”

“是这样，我这次到人家那里去买仔猪，发现猪场周围一些地里面有好多大棚，有的田里都是绿油油的蔬菜，我就问场主，这里怎么这么多的大棚菜。

场主反问我：‘你们的猪粪怎么解决？’我说，都堆在一旁的树林子里，现在没人用粪。他说：‘有多少粪用不了，种菜，大棚菜，时令菜，有愿意种菜的，给他们免费提供猪粪，省了肥料钱，增加收入，何乐而不为呢。’我一想对呀，咱们好多菜都从外省进口，我们自产自销多好，减少成本，增加收入，城里人也能吃上咱本地的无公害新鲜菜，不是一举两得。”周良头一次在书记、镇长面前表现得这样亢奋。

书记和镇长同声说：“好想法，还能带动周边村的发展。看来，我们真是没看错人啊！”

“周良啊，我们再帮你申请贷款，再去多买母猪仔，你不是说200多元一头，再买几十头，再买两头公猪，不到一年就产下种猪，你要带头多养些种猪，大家到时候就不用去别的地方买猪仔，再盖几间猪舍，好好干吧。”书记又说，“把批文带上，回到村把村委会人员重新组织一下，我们明天就去村里开会。再有，愿意种大棚菜的，给群众提供好品种，投资大的，国家有政策到农村信用社贷款。带领群众多去别人那儿取取经。”

“书记、镇长，你们放心。”周良说。

周良回村后带领大家共同致富，自不必细说，但是，从古龙村传出的民谣却振奋人心，民谣这样唱道：

天上没有上帝，
地上没有救世主；
我就是上帝，
我就是救世主；
吼一声三秦父老，
向前冲！

中秋刚过，大地一片金黄。一件振奋人心的大事秘密传开，老百姓都说：这样的硕鼠，应该多惩治几个才大快人心。

大树倒了，乘凉的人也不知去了哪里，贺海、贺彪从此没有在古城出现过。此后，贺海的媳妇也走了，只剩下贺老太带着两个孙子一起过活着。

第十三章

星期五下午五六点时，有一个年轻小伙子戴副墨镜，在古城小学门口和家长们一起向里面张望着，与家长不同的是，他在等给孩子们教书的女教师。他大学毕业没多久出于玩心，考进公务员行列，分配在某机关工作。他所学专业是计算机，因此，在对待计算机方面比对工作还热心。然而，他并不懈怠工作，而且很努力，就是觉得和那种沉闷的办公风气格格不入，曾有一段时间他差点辞职。由于他父母离异，母亲走后，他一直和父亲生活，父亲是某单位的小领导，在他工作不久突然病倒，而且一病不起，为了父亲，他打消了辞职独自去闯世界的想法。参加工作几年来，好心人给他介绍几个女孩都没谈成，前几日又有人给他介绍一位女教师，家虽是农村的，但一见面还觉得女孩长得乖巧，两人还算投缘，也就相互交往起来。待学生和家长们走得差不多时，有几个女同学拥着她们的老师走出校门，小伙子向女教师招招手，只见她俯下身去对孩子们说了什么，然后裙衫摆动着，粉面含羞地朝小伙子走去，孩子们的目光还未离开老师窈窕的身影，就看见那个帅哥挽着她们的老师转身走了。“哇！好像周杰伦啊！帅呆了！”几个女孩同声惊道。

女老师转过身对孩子们喊道：“快点回家吧，晚了爸爸妈妈要担心的。”

小伙子也给孩子们笑着招招手，她们竟然高兴地唱起了“菊花台”。小伙子摆了个 pose 问：“你看，我像周杰伦吗？”

“大有味道。”女教师说。

“我可告诉你，咱就是咱，也就一个平民，不像人家明星大腕，要风得风要雨得雨。”小伙子调侃着说道，“我告诉你，刚大学毕业那会儿，我们怀着憧憬看了《奋斗》，当我们踯躅的时候，我们看了《我的青春谁做主》，就在我们即将豁然开朗的时候，一部《蜗居》把我们全拍死了。绝望中，我们看了《2012》顿时淡定了。买什么房子啊，早晚要塌的！”小伙子又说 ，“你看，朋友都说我就像‘陆涛’，可我没有人家陆涛有钱。请问，你还会像‘夏琳’似的和我交往吗？

“你会像‘陆涛’似的对‘夏琳’好吗？”

“新时代女性，上得了厅堂，下得了厨房，写得了代码，查得出异常，杀得了木马，翻得了围墙，开得起好车，买得起新房，斗得过二奶，打得过流氓……前者你能做到，后者不可为之啊。”

“新时代男性，睡得了地板，住得了走廊，跪得起主板，补得了衣裳，吃得下剩饭，付得起药费，带得了孩子，养得起老婆，耐得住寂寞，争做灰太狼……这些你能几样？”

“你可听说过，又帅又有车的，那是象棋；有钱又有房的，那是银行；有责任心又有正义感的，那是奥特曼；又帅又有车、有钱又有房、有责任心又有正义感的是在银行里面下象棋的奥特曼。”

“这么说，你一样也不能？”

“能，怎么不能。1911，只有资本主义才能救中国；1949，只有社会主义才能救中国；1979，只有资本主义才能救中国；1989，只有中国才能救社会主义；2009，只有中国才能救资本主义；2012，只有中国才能救世界。老师，你想想，到时候我什么不能，我甘愿做你的‘灰太狼’啊。到那时候咱中国也强大了，叫那些老外考中文四六级，文言文太简单，全用毛笔答题，这是便宜他们，不行就一人一把刀，一个龟壳，刻甲骨文；论文题目就叫论‘三个代表’，听力全用周杰伦的歌，双节棍只听一遍；阅读理解就用周易，口试要求唱京剧，实验就考包饺子。这下，你这个当老师的就不用发愁学生的英语成绩了。”

小伙子说完，女教师已经笑得不能自已了，小伙子扶着她也大笑起来说：“好不叫人过瘾！”

“你可说，这哪儿听来的，还是谁写的，我服了，真绝了，最后一句太经典了，真的希望有那么一天。哎呀，可要笑死我了。”女教师说着一边擦眼泪。

“你要爱听，今后多了去了。你再听听这个。”

当我们不懂爱情时，爱情是充满梦幻与浪漫的；
当我们需要爱情时，却发现爱情已被金钱俘虏；
当我们想继承传统时，发现传统离我们很遥远；
当我们想颠覆传统时，却发现传统对我们来说很沉重；
当我们自以为是时，一直以为世界是混沌的；
当我们幡然醒悟时，却发现原来我们自己是混沌的；
当我们慨叹命运时，同龄人已经开始有人奋发；
当我们终于想通去进取时，却发现机会已经越来越少。
我们还能再犹豫，还能在等待吗？
不能！我们要自强，我们要奋斗！

“奋斗，现在谁爱奋斗啊。找个有钱的不就行了。”女教师说。

“我可没钱，你要后悔，咱还没正式开始，来得及。”

“呵呵，你真贫，你在单位也这样吗？”

“单位谁这样，说话都不能大声。也就工作之余和你一起乐和乐和。”

“哦，我说呢。还有什么乐呵的？”女教师问。

“唉！咱这人又没什么想法，既不想当官，又不爱运动。下班回家就爱玩玩游戏，结果爱玩的游戏也被‘屏蔽’了。”小伙子转而一脸深沉道，“我们不敢说话，就算我们说了，也会被无视或断章取义。我们曾经和你一样天真，以为这里处处是花园，以为光凭努力，就能触及理想。但抬头仰望金字塔顶的服务者们，手捧着被赐予的‘幸福感’，退缩到全世界最自由的无路由网，以低廉的成本互相沟通，靠游戏来缓解生活的痛苦。仅仅这样，他们为了利益，仍然雁过拔毛般地想尽办法。我们已经习惯了沉默，但这沉默，并不代表奴颜婢膝，这钟声，会传给你、我们的力量……”

“我知道，这是网上电影里的一段台词。”

“你看过？”

“网上谁不看。其实，这‘网瘾’和男人们的‘烟瘾’及牌友的‘麻将瘾’或别的什么瘾都差不多，任何一种现象的存在都有其合理的理由。”

“有何新解？”

“你看，”女教师接着说，“有人信佛教，也有人信基督教，还有人信伊斯兰教，有人什么教也不信。就像我吧，也没有信什么，但是这些人又不给社会带来负担，而且尊重社会秩序，而且还相当爱国。我们教书育人，并不是所有学习好的孩子都是好学生，也并不是所有学习不好的孩子就不优秀，他们将来在这个社会上将各有各的作用，摸不准那些淘气的孩子中将来会有大出息的也说不定。”

“太对了，学生有你这样的老师简直就是遇到‘女神’了。”小伙子听女教师的言论，觉得与她的交往是越来越投缘，勇敢地拉着女教师的手就进了餐馆去解决肚子问题，随后又去了电影院。

第十四章

星期六中午，玉舒和李咏斌的表妹做了一桌的好菜等李咏斌回来，玉舒拿起电话拨着号码，手机响着进了屋，李咏斌进门就看见了表妹，他说："妮妮来啦，姑妈他老人家好吗?"

"好着呢，我前几天才回去看来着。妈让我给你们带点儿苹果和梨来。表哥怎么休息日还上班呀。"

"快去洗洗。你表哥要能休个双休日，那是我们的福分了。思明，出来吃饭。"玉舒说。

"爸爸回来了。爸，今个儿妮妮姑姑可有大事让你定夺呢。"思明说话间坐在李咏斌对面。

李咏斌看出妮妮有些不好意思，就问道："该不是谈对象了吧。"李咏斌这一问，妮妮脸都红了。

思明说："都什么年代了，这有啥脸红的。妮姑，他人长得帅不帅?"

"明儿。"玉舒瞪了儿子一眼说："小孩子家懂什么，只知道帅不帅。"说完，玉舒就给妮妮碗里夹几个鸡翅，给李咏斌碗里夹几块红烧肉，儿子看她要给自己夹菜，忙说道："谢了妈，我自己来。"

"他叫什么，多大了，人怎么样?"李咏斌问。

"他叫陈家新，比我大两岁，人怎么说呢，接触过几次，觉得还行吧。"

"怎么像女孩名字，他在哪儿工作?"

"在规划局机关办公室。人家是国家的家，新旧的新。"

“哦。学什么专业?”

“计算机专业。”宋妮妮答道。

“难怪,他父母在哪儿?”

“我刚才还给表嫂说呢,他父母离异后,他一直和父亲一起生活,而且现在他父亲病退一直在家,还常年吃药,就是这点我拿不准。”

“我刚才还告诉妮妮,家庭不是最主要的,关键是这男孩本人的品质。再说,单亲家庭多了,难道都不婚嫁啦。”玉舒说,“听妮妮说,她还是蛮喜欢人家的。”

“你表嫂说得对,人本身是最重要的。关键要看他是否有责任心和上进心,这是你们这些 80 后、90 后最缺乏的。”李咏斌说这句话时,着意看了看儿子,儿子伸伸舌头做了个鬼脸,他又接着说,“要说你们两个工作环境都不错,只要志趣相投,能说得来就好。不过,接触几次不能说明什么,再多接触接触,有空带他到家来,我和你表嫂也帮你参谋参谋。”

“其实表哥,我觉得我们 80、90 后并不缺乏那些,汶川地震后,国人对我们有肯定。”妮妮说这话,思明乐得伸出大拇指。

“那是危难时刻,每一个人都应该有爱国之心。有些品德要有持久性,是扎根在骨子里的,你们中有多少啃老族,好吃懒做怕奋斗,结了婚还要靠父母。现实生活当中,这样的人还少吗。”

“爸,我将来绝对不依靠你们。”

“人活在世上就要奋斗,老祖宗的话说得多好,‘天行健,君子以自强不息;地势坤,君子以厚德载物。’”玉舒说。

“你们好好琢磨琢磨这两句话。那什么,陈家新要有这种品德,我就没什么说的。”李咏斌说。

“这标准也忒高了点儿。”妮妮说。

“高吗?这是做人最起码的。”李咏斌说完,玉舒说:“我赞,赞,赞!”大家哈哈一笑。

吃晚饭,妮妮要帮表嫂洗刷,表哥说:“你们都歇着,这事从来都是我包干儿。”

收拾完毕,他们一起看看电视,又闲聊一阵,妮妮就回学校去了。

第十五章

刘一梅在父母再三威逼下，无奈，必须要回老家商南。她心里隐约感觉这一走怕是再不能来了。周和一心想留住不让她离开，一梅坚持要走。周和觉得一梅太狠心，根本就不顾及他的感受，几年的感情，几年的时光，几年来所挣的全都贴在一梅身上，一梅若真不回来，他这几年不是白折腾了吗？这些话虽然没讲在一梅当面，但是，这想法也随一梅对他的态度不断地在思想里活跃起来。不行，我不能就让她这么走了。他想和一梅一起回老家再试图说服一梅父母亲，就明告诉他们，一梅早都是我的人了，这些年都是我周和在照顾一梅。否则，一梅怎么会把所挣的钱，都寄回老家？可是他这种想法，没有得到一梅的理解，因为上次一梅是和周和偷跑出来的，一梅父母亲三天两头打电话说，她如果再不回家去，他们自会来住在这里，直到一梅回去。一梅正因为心里矛盾才拖到现在，若再不回去，她的父母就亲自来请她了。一梅只好安慰周和，等她回去看看情形再做打算，让周和放心，不行她再逃出来。这回若周和再和她一起去，逼急家人，恐怕对谁都不利，况且，跟了她去又误工也挺划不来的。周和再三思忖也就罢了。周和一再叮嘱一梅，尽快回来，如若不然，他就去了。

一梅走的那天，带了部分换洗衣服和女孩子的用品，和秦小花告别时，那种暗暗的忧伤无以言表，两人拥抱在一起，潸然泪下，一种说不清的感觉弥漫全身。一梅说：“小花，我如果来不了，你千万别让周和去找我，他会疯的……”

果然，一梅走后，周和就像没了魂似的，一有空就打电话，到了晚间下班，就只躺在床上打电话，总少不了问一句“你啥时候回来?”没多少日子，一梅手机停机，周和就打平日里一梅给家打的那个电话号码，是离她家不远处的小商店的电话，都是一梅父母接电话，周和礼貌地问一梅情况，他们都说不在。一而再，再而三，都是不在。小花也打了几次，也说不在。周和最后一次打到商店，商店人让他以后别打了，说都忙得啥似的，哪有空光给他叫人了。再打，对方就没人接了。小花看出来周和的惶恐和急躁，劝他说，说不定一梅就快回来了，让他别瞎想。小花告诉周和，千万别去找一梅，会火上浇油的。就这样，周和又闷闷地耐了数日，有几天时间，周和看着平静了许多。又过了几天，周和请假说，甘肃老家有事需回家去几天，走的前一天还微笑着问小花，可有一梅的消息？小花摇摇头说，兴许她这几天就来了。他说也许……也许……小花看见他情绪有些好转，也就没再说什么。只是让他早去早回。

其实不然，周和是去找一梅了。他到了一梅的家乡，没有直接找一梅，他打听到一梅的父母已经给她定了亲，而且给她哥也定了亲，一梅的未婚夫就在离她家不远的镇上做生意，家底还算殷实。

周和听到这个消息，怒发冲冠，七窍生烟，他不顾一切地冲到刘一梅家里喊着刘一梅的名字：“你个混蛋，一梅，你给我出来，一梅，一梅。”一梅的父亲和兄弟听声急忙出来将他推出大门。他大叫着，撕心裂肺地叫着一梅，他知道一梅在家里躲着，就往死里地喊，一梅的弟弟拉扯着他，警告他说，你再喊我们就报警。周和唾沫乱飞道：“快报，快报，快报，正好叫警察来评评理，我就是来找媳妇的，有啥不对，她早就是我媳妇，我们都同居三年了，呵呵，快报警吧。”

“放开他。”一梅突然出现在周和面前，一把掀开他们，将周和拉进家去。周和全身的血液都聚到头上，他唾沫星子飞着说：“为什么，为什么我打电话你不接，狠心婆，原来你在家订婚了，那我们算什么？我这些年的努力算什么?”一梅任他指责，任他骂，只是流泪。这时，一梅的父亲气急败坏地走过去，抬手一巴掌打在一梅的脸上，骂道：“你个不要脸的东西，人都被你丢尽了，这下全村的人都知道你跟这个下流货混了几年!”接着又是一脚，“这要传到女婿的耳朵里，我看你怎样解释去!”一梅只是哭。周和见一梅的父亲还要打她，抬手拦住：“你休要打她。这些年她在外面打工，你们关心过她吗？只知道要钱要钱，你知道为了给你们寄钱，我们省吃俭用，抠出来的钱都寄给你们，要不我们早结婚了。”

“啊呸，你个下流种子，竟敢没有手续就睡别人家的姑娘，你还跑这儿来逞能，给我撵了出去。”一梅父亲骂着，命令他的儿子一起拉着周和就向门外拖。

周和挣扎着豁出命地喊道：“凭你怎样，没个说法，我不会走，大不了死在这里，大家同归于尽。”一梅的父亲听周和这话，立即松手，把看热闹的人们关在大门外。

第十六章

却说李萧从原来的小酒店早已跳槽至古城最大的酒店，并且当上了客房部主管。这天下午五六点钟，她刚处理完工作，准备去赴约，一个熟悉的身影忽然闪现在她的眼前，她一眼就认出是娜娜，就跟在她后面想叫住她，还没喊出口，只见娜娜快速闪进 708 房间，房门咯噔一声扣上，再反锁的声音。

她立即叫来服务员查一下 708 房间客人的情况，原来是镇江一家企业的老板，常驻他们酒店的老客户。李萧稍加思索后，似乎明白点什么。她立即拨通了小花的手机，将碰巧见到娜娜的事告诉小花。小花埋怨她怎么不叫住娜娜。李萧说，还没来得及叫，她就已经进房间了。按规定，工作人员是没有权利随便进入客人房间的。李萧让小花放心，说她会搞到她的电话的。说完她挂了电话。手机又响了，她接通后立即娇嗔道："哎呀，这里有事绊住了，我马上就下来。"挂了电话，她又拨通另一个号码，"你是我的妹妹你是我的花，你是我的爱人是我的牵挂……"手机铃音正唱着，对方接通电话，李萧说："喂！你好，刘总！我这会有点急事需要出去一下，有什么事你打我电话。"

"你怎么老在这个点出去？"对方说。

"我也没办法，谁知这老天爷偏偏就在这个点老让我遇事。不过，不会耽搁工作的，我一会儿就回来。"

"那你快点儿，快到上客高峰了。"刘总说。

"明白。"李萧扣了电话骂了一句"傻种！"然后一摇一摆地乘上电梯快速走出酒店，急忙钻进一辆黑色宝马。

宝马车飞也似的驶出城外，隐进一片白桦林与田地之间，一会儿周边的虫儿叫停了，树上的鸟儿飞走了，庄稼垂了头，树叶哗啦哗啦落了地……事毕，他们匆匆整好衣服，李萧微笑着对男人说："完事了，快走吧。"

"这就走?"男人说。

"不知道我是请假出来的嘛。快点。"李萧说完，男人打着引擎，汽车缓缓地从曲曲弯弯的羊肠小道倒出来，掉头驶入城区。

且说周和正在和一梅的父亲、兄弟在屋里说事，一梅的母亲在厨房做饭，一梅的小弟和妹妹在另一个屋子写作业。

一梅父亲吧嗒吸一口烟问道："你想怎样?"

周和说："我不想怎样，只要你能让一梅跟我回去，就什么事没有。"

"让我女儿跟你到沙漠里去，不可能。"

"我们一起在古城打工，收入不错，过几年，我们也可以首付买房子的。到时候……"

"你做梦。除非你拿十万块钱来。"一梅父亲说。

"叔，你这不是难为我吗?"

"别叫我叔，你回去筹够十万拿来，我就让一梅跟你走。"

一梅不停地擦着眼泪，擤着鼻涕，一句不吭。周和看着她那样也伤心起来，他看一梅父亲如此绝情，狠狠心对着一梅父亲说："你想骗走我后就让一梅出嫁是吧，明知道我办不到想着法子支我走是吧，你想着一梅结了婚我也就吃了哑巴亏完了事是吧。我告诉你们，没门儿！除非你们拿出五万元给我，我这些年挣的钱全花在你家一梅身上，你家一梅又都全花在你们身上，既然这样，你们不是给一梅找了个有钱人家吗，我也不胡要，满打满算我这些年花在你家的五万元给了我也就算了。"

一梅父亲听此话腾地蹦起来，指着周和的鼻子骂道："你个畜生，睡了我家姑娘反倒来要钱。"说着他令儿子道，"给我打，打了出去。"这时，周和一把撕开衣服大喊一声："你们敢过来，我就拉开导火线，咱们同归于尽。"屋里的人都惊呆了，一梅眼眶的泪水突然凝固在脸上，顷刻间，她突然抱住周和喊道："别这样，你疯了吗，别这样，我跟你走。"

周和心下想：这就是我想要的结果。他一手搂住一梅，一手拉着导火线，一边后退，一边吼道："你们都别跟着。否则，大家一起玩完。"他又令一梅打

开门，他们退了出去，趁着夜色跑出村子，翻过一道山，一梅坐在路边哭起来，周和拉她快走，她一动不动地说："没想到你会这样，竟弄来炸药害我们，真白跟你好一场了。"周和说："我这是不得已才想出这么个下下策，你看看，这都是空的，我把大炮里面的火药都倒出去了。"周和说着解下腰间的一串大炮让一梅看，一梅拿起炮抡在周和身上骂道："你个混种怎么这样吓人，混种，混种。"打着骂着扑在周和怀里哭着，周和紧紧搂着她说："你知道这些日子我是怎么熬过来的，我都快要疯了。到了这里，听说你订了婚，还说那人是个虐待狂，两个媳妇都跑了，我怎么能看着你落到那混蛋手中。我思忖半天，才想出这个下策闯进你家，否则，我们怎么逃得出来。"说着周和捧着一梅的脸，吻着她脸上的泪水，他们疯狂地吻着，任星星眨眼闪烁，任秋风戏谑而过，让陈规陋习见鬼去吧。正在她俩不可开交之时，突然有人喊："在那边，好像是他们。"周和急急忙忙地给一梅整整衣衫，拉着一梅顺路而逃，一梅匆忙中没有忘记那串大炮，他俩没跑多远，就有人在前面的山路口挡住他们的去路，这一帮人正是一梅的未婚夫，后面是一梅的父兄，带着一帮人也追了上来，一面是山，路边另一面就是悬崖，他们无路可逃，只听有人喊："小子，把一梅放了，我们已经报了警，警察马上就到。"

"我宁死也不会跟你们回去的，你们这些蠢猪！"一梅话没说完就听见警笛声呼啸而来，警察举枪对着他们喊："周和，你已经无处可逃，放了那女孩，把手举起来。"

"警察同志，他没有炸药，"一梅对警察喊道，她从周和口袋掏出打火机，举起那串炮边点边喊，"不信你们看看，这是假的。"然后一梅将点着的炮仗使劲扔向他们。有人喊："快趴下！"他们吓得全部趴在地上。一梅和周和看着他们大笑一声，然后紧紧地拥吻在一起，一梅眼睛里半含着泪水说："亲爱的，抱紧我。"周和又一次深情地吻了一梅，他说，"梅，我爱你，我们永远不分开！"一梅点点头，"我们生死相依相伴，永不分离！"说完，他们含着泪微笑着跳下悬崖。

第十七章

公安调查结果：周和与一梅两人，是因为请假后离开浴足中心，并且是在一梅家人的威逼下跳悬崖自杀，属于私人感情纠葛造成的结果，和浴足中心没有关系。鉴于二人是浴足中心的员工，浴足中心应该给他们的家人以适当的补助。

在听到一梅与周和殉情的消息后，小花难过非常。她像霜打了似的，上班无精打采，脸上常挂着的微笑也没了，她只顾指责自己为什么没有发现周和的变化，为什么没有想到周和是去找一梅，她应该能想到周和会去找一梅的，为什么自己就没能及时发现呢？大家都知道，她和一梅要好，一梅这样离去，她从感情上怎么接受得了，燕子她们劝也没用，只好让她自己消化这种悲伤的情绪吧。

那几天，店里的女孩儿们总觉得有一梅和周和的影子在身边出现，吓得下班不敢单独回宿舍，特别是半夜下班的，她们在一起扎堆走，这期间没人多嫌小虎，跟着她们给她们壮胆。

有一天晚上，小花下班到宿舍洗漱完毕就躺下睡了，冥冥中，一梅来到她床前，告诉她说，小花，这下你再不用为我操心了，我和周和摆脱了一切，我们永远相守在一起了。看见你无精打采为我难过，我是又高兴又不忍，高兴的是你真的拿我当朋友、对我好，不忍的是不愿看你这样消沉。你是这群女孩子中最出众的，我希望你找到幸福。我走了小花，别忘了祭日为我们送点儿纸钱。

一梅，一梅，你别走，一梅……小花从梦中惊醒，一宿舍的人都被她喊醒，燕子说，“小花，你还让活人活不活了。”

时间是治愈悲伤的最好良方。渐渐地小花从失去朋友的悲伤和惶恐中走了出来，她又恢复了从前的工作热情。一梅也不愿意看到她不振作，她觉得自己应该更好地工作和生活。打这以后，微笑一直写在脸上，点她工的人越来越多，她经常上两个班。这期间，浴足中心有一位带班经理回家结婚，中心领导决定，由秦小花顶替前带班经理的位置。小花在带班的同时还继续上钟，这样可以多些收入。小花更是加倍努力地工作。

第十八章

默然这次来古城，是被邀参加一个朋友的作品研讨会，这天晚上他没有去李咏斌家里吃饭，非要在一家酒店宴请李咏斌、玉舒、李思明，说他老麻烦他们一家，今天无论如何都要回请一下。

吃完饭，李咏斌坚持要回请默然。他说，每次来都很匆忙，这次无论如何要请默然洗洗脚、泡泡脚，要是来这里不洗脚就离开，那将成为一件憾事。默然笑笑说，早有耳闻，那就恭敬不如从命，省得遗憾。玉舒建议他们去熟人那儿，李咏斌点头说："对，对，那儿是古城洗脚洗得最好的地方。"

他们驱车先送明明去小提琴老师那儿，玉舒叮嘱儿子上完琴课自己回家，明明答应着下车去了。他们继续前行来到健康堂浴足中心，玉舒直接点了小花、燕子和小虎，他们被服务员安排进了三人间。刚坐下，李咏斌手机响了，他出去接了一个电话，不一会儿进来歉意地对默然说："真对不起，临时镇上有点儿急事，我要马上去处理一下，玉舒先在这儿陪你，我处理完事如果早就过来。"默然说："工作要紧，快去快来。"李咏斌转身就走，玉舒对李咏斌说，"注意安全，慢点儿开车。"李咏斌答应着匆匆离开。

小花、燕子和小虎端着热气蒸腾的木盆进来，小花见李书记不在，玉舒忙解释说，"不好意思，镇上临时有事叫他去了，暂时就我们俩。"

燕子急忙道，"那我先忙别人去。"说完端着木盆出了房间。

小虎关上门，他们开始工作，小花和小虎要给他们脱袜子，他们急忙说，自己来。他们要给玉舒和默然洗手，他们又说，这个免了。他们将脚泡进热水里，玉舒忙给小花和小虎介绍说，“他是我们同学，叫默然。”

“默然？”小花若有所思片刻说，“有一本书的作者也叫默然。”

玉舒问：“那本书？”

小花说，“书名叫《我们俩》。”

“哦，又一个你的粉丝。”玉舒对默然说。

“啊，真是你啊！”小花惊喜万分，她看着默然说，“我读了这本书，才理解了什么是真正的爱情。所以啊，找不到书里像男主人公那样的人，我绝不谈恋爱。”

小虎听小花这样说，脸上火辣辣的烫，他一句不吭，卖力地给默然服务。

玉舒接话道，“默然，你看，小年轻中毒不浅啊！”

小花说：“太感人了，我要是书中的那个女大学生，闹翻天都要跟着他。”

玉舒愣怔一下，默然瞅一眼玉舒，急忙岔开话说，“前段时间在报上看到你们古城有两个浴足工殉情的事？出事的那一对年轻人到底是怎么回事？”

玉舒听见这话也急忙说：“哦，我在《华商报》也看到了，到底是怎么一回事？”

默然说：“报上说，那个女孩是我们商南的，也是个浴足工。”

小花说：“你也是商南人？他们就是我们店里的员工。”

“是吗？”默然哀叹一声。

大家都沉默了。

却说李咏斌急急忙忙赶到镇政府，下车便看见韩镇长等几个镇干部和派出所的公安干警在那儿指指画画的。他心想，出事了。韩镇长见李书记来了急忙迎上前去，李咏斌问，怎么回事？韩镇长说：“晚上九点来钟，有一帮人打晕了门卫，拉了电闸，冲进来把镇政府的一楼窗玻璃全砸了，正在办公室值班的小王和小赵还没弄明白怎么回事，也被他们在黑暗中打伤了。”

“小王、小赵和门卫现在怎样？”李咏斌问。

“都是头部受伤，幸好无大碍，已经送到镇医院救治了。”韩镇长一边说着，李咏斌已经走到大楼里，看见满地玻璃碎碴，他骂了一句：“这帮混蛋，无法无天了！”

派出所的一名干警说：“这帮人用的都是铁器，我们猜想，不是榔头就是铁斧。我们接到小王报警就赶来，这帮人已经全无踪影了，而且现场什么都没有留下。”

也不知为什么，李书记将周良案、投毒案、放火案，和这次砸办公楼玻璃案，联系起来想，突然脑海里显现了一个人——他就是贺海，怎么这么巧，偏偏他就辞职了……

然而，十字镇办公楼明天绝不能就这样迎送来往的干部和群众。他问："现场都拍下了?"有人答："都拍了。"李咏斌又说："韩镇长，想办法无论如何今天晚上要让毁掉的玻璃全部装好。"韩镇长和几个副镇长各行其是。李咏斌和派出所的干警又到现场拍了一些照片，派出所将此次砸玻璃事件记录在案，立案侦查。

送走派出所干警，李咏斌和大家都忙起来，楼上楼下清理玻璃碎碴，不一会儿送玻璃的、装玻璃的都来了，十字镇政府大院里顿时忙碌起来……

小虎一边给默然按摩肩膀，一边打破沉默说道："女的叫一梅，是小花的好朋友；男的叫周和，他们一起殉情跳崖自杀了。"玉舒道："就是那个长的特别清秀的商南女子?"小虎点头说是。玉舒和默然一起问道："到底为什么要那样呢?"小花一边服务，一边告诉了他们一梅的故事……说着说着一串豆大的泪珠儿滚下小花的脸颊。

"一对年轻的生命就这样完结了，为什么在这样的年代，还会有这样的悲剧发生呢?"玉舒看着默然道，"你说，为什么?"

默然叹息一声说："听了他们的故事，我认为，一是'穷'，二是'愚昧'。"

"什么时候，我们才会消除贫穷和愚昧呢?"小花说。

默然接着说，"家太大，要想彻底解决这两个方面的问题，恐怕需要时间。不过，贫穷不怕，只要勤劳，人就不会饿死，但如果一个人头脑贫穷，那才可怕呢。"

"头脑贫穷?"小花说，"什么是头脑贫穷?"

默然说："这么说吧，一个人做什么事情，如果不懂得物有本末，事有终始的道理，不懂得己欲立而立人，己所达而达人的道理，就会出现很多问题。头脑贫穷，不仅会导致处事极端，而且会给社会带来诸多的麻烦……要补脑，要补脑啊!"

"物有本末，事有终始；己欲立而立人，己所达而达人。"小花反复咀嚼着这句话。

“这句话是谁说的?”小虎问。

玉舒告诉他们，是《大学》和《论语》里说的话。

默然建议小花、小虎，有空读一读国学里的经典作品，多读书，只有多读书，头脑才会活泛起来。

小花说：“玉舒姐，你们给我们推荐几本书看看呗。”

默然问她平时爱看什么，是喜欢国外的还是国内的。小花说都行。默然给小花他们首先推荐了《大学》《论语》《史记》，然后又推荐老舍、鲁迅、劳伦斯、托尔斯泰的小说，以及亨利·戴维·梭罗的作品……默然给他们简单聊了怎样读书，怎样培养人的阅读习惯等话题。

玉舒拨通李咏斌的电话，说他们已经洗完脚了，问他事情可处理完了。李咏斌回答说：“没有。”

“出什么事了吗?”玉舒问。

李咏斌说：“一时半会儿电话里说不清楚。可能今天晚上回不去了，让默然送你回家吧。”

玉舒挂了电话对默然说：“他那边可能有要紧事，你送我回家吧。”玉舒和默然跟小花、小虎道了别，小花和小虎又忙活去了。他俩来到前台，两人争着结账，前台服务员说，那位李先生离开时已经结算过了。

默然送玉舒回家，在路上，玉舒又问起默然女朋友的事，默然说，他心里有数，让玉舒别再为这事儿操心了。俩人沉默。

玉舒到了，临下车前玉舒对默然说：“别再这样苦自己了，否则，我情何以堪。”默然只是对她笑笑。玉舒下车，默然看着她走进小区，许久许久，才掉转车头回酒店去了。

玉舒回到家，儿子告诉她：“爸爸刚才打电话说，晚上不回来了。”玉舒说知道了，又问思明作业怎么样了，思明说快做完了。玉舒换上宽松的衣服，漱了漱口擦了把脸，热了杯牛奶端进儿子房间，摸着儿子头说：“一会儿早点休息，妈妈要写点儿东西。”儿子看了她一眼说：“知道了，别熬得太晚。”“嗯，宝贝记着把牛奶喝完，晚安!”

玉舒走出儿子的房间进了书房，打开电脑，记录下每天的所闻所思，他对着电脑陷入深深的沉思……玉舒感觉默然和咏斌在一定程度上有些相似，他们在当下浮躁的环境中，都对文化有所思考，如果不用文化来武装头脑，不懂得“物有本末，事有终始”；“己欲立而立人，己所达而达人”这些最基本的道理，如果丢失了本民族优良传统文化的根，那我们将会飘摇在风雨中，我们的孩子，未来的年轻人，他们会不会失去方向呢？默然说得对，头脑贫穷才是最可怕的，要想改变贫穷，必须先改变头脑，让头脑活泛起来，让每个人在生活中，都能找到属于自己的坐标。

第十九章

快要进入冬季，李咏斌和韩镇长，以及农科大的专家，在古龙村和周良商议怎样普及科学养猪，科学防病害和冬季保暖等问题。就在周良的养猪场，周良媳妇做了几个家常菜，他们边吃边说，李咏斌告诉周良媳妇说：“擀几碗面就行，咱老陕人一天不咥面，就像没吃饭。”几个人都有同感，周良说：“孩儿他妈，面弄得筋道一点，别忘了油泼辣子。”媳妇笑道：“好嘞。”李咏斌又说：“周良有个贤内助，这是你的福分呀。”“是啊，多亏了我媳妇，要不是她，我那会子都快挺不过来了。”周良感慨说，“我母亲她老人家若地下有知，也该满足了。”

“正义的种子就像蒲公英那样飞到哪里，哪里就会开花结果。”李咏斌说道，“你看，现在古龙村不是慢慢好起来了吗。”

“是啊，村上现在二十几户人家开始养猪致富，有十几户人家开始种植大棚菜，我媳妇也务弄了三四亩地的大棚菜。我想，到 2010 年让大部分的村民发展养殖业和种大棚菜，让古龙村将来成为咱镇最富裕的村子。”

“好！周良这个头带得好！”李咏斌说，“不仅要在镇，甚至要在区，在市成为典型模范村，到时候让他们来学习咱。”

“李书记上次给我这个建议太好了。我回来后和几个干部商议后，开了村民大会，大家都愿意各家出点钱，把这土路变成水泥路，一直通到往城里的公路去。”周良说，“村里有在外工作的，听说修路，都愿意出钱，多出钱；他们还建议，给村子里安上路灯，晚上和城里一样明亮。”

“好啊，太好了，要想富，先修路。”李书记说，“周良啊，大胆干，基础设施建设，国家是支持的，我来给你们想办法申请。”

韩镇长站起来举杯说道：“来，咱以茶代酒为将来古龙村成为富裕村、模范村干杯!”

几个人以茶代酒喝了之后，李书记让专家高教授给周良介绍冬季猪场采暖的方案及措施。

高教授说：“要干事情遇上你们几个想干事的，那一定错不了。我一个局外人，备受感染啊。闲话不说了，我言归正传说猪的事。

“冬季来临，天气寒冷，采用暖圈养猪是在低温季节既能节能，又能保暖，还能防潮去湿的最好办法，也是增加养猪效益，适应养猪业生产发展，提高养猪效益的新技术。猪是恒温动物，暖室养猪的优点是，猪在适宜的温度条件下正常生长、发育，达到多成活、快生长、多增重、少耗料、增产增效的目的。猪的适宜温度周主任应该知道……

“在寒冷的低温季节要提高仔猪的成活率，快生长、多增重、少耗料、增效益，必须采取暖圈养猪技术。”

周良问：“那怎么办？这最近要突然降温，岂不把猪崽都冻死喽。”

高教授说：“所以你们李书记让我来尽快解决这一问题。”

“高教授，那您快说吧。”周良说。

高教授介绍了暖圈的修建和改造，等等。根据每家养猪场的地势不同，要制订不同的解决方案。

他们正在研究方案，周良媳妇端上面来，他们一边吃，一边听高教授继续说。李咏斌放下碗给周良媳妇要了碗面汤，他喝了几口放下碗说：“那就按高教授说的干，资金有问题的话镇政府想办法解决。”韩镇长点头说：“没问题。”李咏斌接着说，“一会儿我把高教授送回酒店，明天我要在温泉娱乐场开办公会议，派司机接高教授过来，忙完这几天，我亲自送高教授回农科大。”

“太谢谢您了。”高教授和周良同声说。

“客气了，这就是我们的工作。”李书记说完大家起身散了。

第二天，高教授到村后，养猪户都来听取高教授对他们的猪圈改良方案，会后大家立即行动起来；有的村民还针对大棚菜的种植也请教高教授，高教授给予正确指导，高教授的话村民们都记在笔记本上，生怕哪句没记上，如若有不懂的地方，高教授不厌其烦地讲解给他们听，村民们干劲十足地又唱起那个民谣：

天上没有上帝，
地上没有救世主；
我就是上帝，
我就是救世主；
吼一声父老乡亲，
向前冲！

高教授听着这样的民谣，心里喟叹不已，他自言自语说：新一代的农民不一样了，是不一样了！

李萧打电话约小花，小花说她也正想找她，只有两个多小时的时间，李萧看看手表快晚上九点，她说，咱们西德咖啡厅见。

小花走进咖啡厅，里面黑得犹如洞穴，偶尔间有几个烟头闪闪烁烁，一股洋葱的香味儿拂鼻而来，小花感觉自己好像进了电影院，从吧台的玻璃橱窗里能够看见一点光影，她的眼睛正在适应环境，一位服务生走过来对她说："小姐，这边请。"将她领到李萧面前，小花坐在李萧对面，李萧问："来点什么？"

"一杯咖啡。"小花答道。

李萧在茶几上的烟盒里拿出一根烟，夹在左手的食指与中指之间，右手拿起打火机点着，深深吸了一口，一圈一圈的白色烟雾在小花的眼前散开。小花说："除了学会抽烟还有什么。"

"喝酒，你没看见这酒还是烈性的，喝得晕晕乎乎晚上才睡得着。"李萧又说，"还有和男人睡觉。"

"李萧，你这是为什么呀，这样糟践自己。咱们都好了这么多年，你心里有什么苦楚，你说出来，说出来就好受了，你何必这样折磨自己。"

"你是来问娜娜的事扯我干吗？"

"你和娜娜都是我的好朋友，咱们在外面打拼就应该相互关心，相互温暖。前几日我逛街碰见阿姨了，说起你的事都快急疯了，她让我好好和你聊聊，你到底为什么要那样？咱人这么漂亮，工作能力又强，好好找一个男朋友多好，你这是做什么招人骂。你和娜娜都是我最好的朋友，从小你们生活都比我强，我永远都不会忘记你对我的帮助。可是我们现在都大了，各干各的事了，心却疏远了，心里有什么话都不告诉对方。娜娜走了，可你我虽然在一座城市打工，却也联系不多，上中学那会儿我就觉得你心里有事，和同学嘻嘻哈哈过后，你的眼睛里总有一种我看不明白的东西，我一直不敢问你，总怕触痛你什么，可是你现在这样，不是糟践自己吗?”

“我糟践，我想糟践，用不着你管。我要报复，报复那些臭男人。”

“我是管不着你的私生活，可是你为什么要那样!”

“因为我恨男人!”

“你爸、我爸都是男人，你爷爷、我爷爷都是男人，那些和你沾亲带故的，那些和你无冤无仇的男人，你有什么理由恨他们。”

“那些胡作非为的男人，那些玩弄女性的男人，我恨他们。”

“你恨他们，你那样和他们玩，对你有什么好。你一个人好不过三个月就腻，你跟他们好过了又骂，有的为了钱，有的不为钱，这城市就这么大，他们碰巧在一起说起你，你还怎么在酒店混。”

“我从不在酒店和他们闹腾。”

“可你的那些作为如果传到镇上，你爸妈脸往哪儿搁呢。”

“什么，镇上都有人知道?”

“有人说到阿姨耳里，你爸妈难过多日，饭馆几天都没开门，这你知道吗?”

李萧眼泪唰唰地流了出来，她说：“那又怎么样?”

“怎么样？你又在酒店工作，你说别人会怎么看你。”

李萧又点上香烟，喝了一大口酒，将杯子重重地放在茶几上，她狠狠道：“我要让他们都成为这茶几上的‘杯具’。”

“什么意思，你。”

“没什么意思。”

“萧萧，你不能再这样，你这样下去，不怕丢了饭碗?”

“谁敢，我有牵魂术。我要让他们都拜倒在我的一步裙下。”说着，李萧眼睛里放射出可怕的光芒。

“你怎么变得这样可怕。”

“是他们让我变成这样。因为我漂亮，哈哈，漂亮，漂亮成了我的罪魁祸首。”她吸一口烟，顿一会儿继续说，“在我十二岁那年，我的舞蹈教练把我骗

到建筑工地诱奸，还不许我告诉任何人……后来我爸妈知道了，狠狠地揍了那家伙一顿，警告他不要再碰我。又能怎么样，我爸妈考虑到我的名誉，我的将来，就没去告他。不知有多少像我一样吃了哑巴亏的女孩儿。”她用纸巾擤一把鼻涕接着道，“别再让我遇到他，否则，我非宰了他。后来，咱们去了南方打工，从工头到老板都引诱我和他们睡觉，你那会见我就问我哪儿来那么多的钱，现在我告诉你，都是他们给的。回来后我想改了重新做人，我们参加培训，到了酒店工作后，我没坚持多久又冲破了底线，其实在哪儿都一样，那些好色之徒永远都好色，这不都是因为我长得漂亮吗？”

“原来这样。你……你竟然被……”小花眼圈红了，泪水夺眶而出。

“好嘛，那就来吧，看谁玩谁。我的生活就是：上班，喝酒，抽烟，和男人睡觉，做他们的情人……”李萧拿起瓶子一扬脖子咕咚咕咚喝几口，醉眼迷离地说，“我告诉你，我从不和他们在酒店做爱，不刺激，我要他们在野外，在车上，在树林子里，在……”

“好了好了，你喝多了胡说什么，真不知道羞耻了。”小花窥一眼四周，见客人们各谈各的，没人注意她们，她双手击掌，服务生过来问，“小姐，你需要什么？”小花说，“买单。”小花将钱放在服务生的托盘里，她起身扶李萧回家，李萧哼哼唧唧说：我不回，我要喝酒。什么不知羞耻？羞耻是什么东西？她闹着还要喝，小花哪能由了她。硬是扶起她往外走，这时李萧晕晕乎乎说：“我想起来了，告诉你，娜娜找了一个镇江的老板做了人家的二奶，她说和那个四川小包工头早掰了，那个小包工头有老婆孩子，她被人家骗了。我让她来见你，她不敢，给，我手机上有她的电话号码。”

出了咖啡厅，小花扶着李萧来到马路边，小花招手叫了一辆出租车，她们上了车，出租车风驰电掣般消失在灯红酒绿的夜空。

第二十章

小花出外未回班上，王小虎正在做班前准备，有人喊他说，总经理找他去办公室。王小虎有点忐忑不安，他想：我最近没有过什么差错呀，对客人也没有不礼貌，工作状态也没什么问题，总经理找我有什么事？他纳闷地走进老总办公室，半个小时后小虎出来了。

从总经理办公室出来，小虎和平日里一样，回到自己的岗位上。

小花送李萧回到她的住处，急忙赶回去上班，到了店里小虎对她说："看你急急火火的，总经理刚才找你来着。"

"找我，什么事?"

"我怎么知道，赶快去吧。"小虎说完，小花匆忙去了总经理室。不一会儿小花从总经理室出来，脸上挂着几分微笑，小虎好久都没看见她这样的笑容，心下猜，她八成是升职了。

健康堂浴足中心要开分店，老总最近非常器重小花，大家心里也早有个底，就知道会是她，因为她现在又具备这个能力，就是不知道去新店还是留在老店，也许，结果马上就会揭晓。上钟前，总经理通知开会，大家都七嘴八舌的猜测，小虎瞪大那双三角眼询问着小花，小花对他点点头。小虎心里说，果然。他做了个加油姿势，小花会意地笑了。

会议宣布：秦小花由于工作勤奋，业务能力强，经总公司研究决定任命为健康堂浴足中心分店经理；王小虎任命为分店经理助理。具体人员调配、分班及招聘由分店经理自行安排。

大家掌声雷鸣，为小花祝贺，就是没弄明白，王小虎凭什么当上了小花的助理，比他来得早的人，比他优秀的人多得是，谁不能当，总经理邪了门儿偏看上他，憨豆一个，肥熊一个还助理呢。大家故意冷他，都去给小花祝贺。

从宣布分店成立的那时起，小花和小虎就从老店分出来开始忙活分店的事情。

约二十天有余，分店即将开业，小花同室的姐妹全都跟了她，还有现招聘的20多名兄弟姐妹。分店开业的前一天，一切都已经准备就绪，小花一直想告诉小虎娜娜的消息，却压在心头不知如何说。小虎看出她有心事，就说："一切都准备就绪了，你还愁什么。"

她说："小虎，有件事，是娜娜……"

"别提她，我不想知道。"小虎说。

"不想知道就是想知道，你为什么还这样恨她？就证明你依然还爱着她。"小花说，"她就在古城，我打电话她不接，你若找她，李萧知道她住在哪儿。"

"我不会再见她，连我也搞不清和她的那段感情是什么。也许我们一开始就是个错误。"小虎说。

小花正要说什么，杜鹃和燕子、小蕊一起走过来说："憨豆英熊和我们的经理说什么呢？该不是商量今儿个晚上请我们客吧，明儿可就开业了。"

"瞧一个一个的，都馋成啥样了，还给人要着吃。"小花说。

"怎么的，谁让你是经理，要不，我们会偷懒的。"燕子说。

"好啊，还敢威胁我。唉！本来今天晚上我是想请某些人吃大餐来着，看来，算了，歇菜喽。"

"哎呀，谁不跟着你好好干，就扣她奖金扣她……"她们七嘴八舌，生怕晚上这顿大餐没戏了，小花扑哧一笑说："你们几个，有男朋友的都叫了来，但是必须得出节目。"她们哇哦、耶耶地欢呼不停！

小花吩咐小虎提前在百姓厨房预定了包间，晚上六点他们差不多都聚齐了，就差杜鹃和小虎，小虎是小花吩咐去接一个人，小花正在拨打杜鹃的电话，接通之后她问："杜鹃，你们怎么还不到啊？"

"都是他，他不好意思在这儿磨蹭呢。"

"你告诉他，都来了，他好意思疵萎个啥呢。快点儿，都等你们呢。"

小花刚挂了电话，小虎带着杨媛香到了，大家都知道，杨媛香是南方来的，几年了都未回过家。她不爱说话，大家都说她长得像歌星韦唯，她不想告诉别人不回家的原因，大家也都不问。一天里她只知道埋头干活，手艺蛮好的，客人问一句答一句，不问就不说，好歹活计是干得好。小花平时见她不言不语只知干活，就时常去关心她，陪她出去逛逛街给她参谋买买东西，闲的时候陪她聊聊，自然媛香就感觉和小花比别人都近些，知道开分店是小花负责，她也要求跟了过来。

燕子大声道："就差杜鹃他们了，怎么还不到啊？"话音刚落，杜鹃就推门进来了，大家免不了埋怨她一阵。入座后，燕子又说，"请东家说话，哦，不，以后要改口叫秦经理，请秦经理发言，嗨，不，是讲话，大家欢迎。"掌声之后，小花说："别听燕子瞎訆划，咱们都是兄弟姐妹，这样，今儿的晚宴我委托给王小虎主持了。"小虎站起来说："真会推辞。我笨手笨脚的哪会弄这个。我看咱们就自发吧，先互相介绍一下，咱们整天在一起的也就罢了，但是今儿可是来了几位'亲戚'。"

燕子立即站起来说："我先来，介绍一下，"她拽一拽身边的小伙子说，"快起来，给大家自我介绍。"

小伙子不好意思地站起说："我叫李航，陕北来的，咱们是同行，我在金草堂浴足中心上班。"

大家拍手欢迎，掌声停止后杜鹃说："燕子好眼力，找这么帅的小伙子，小心别人抢了。"

"抢去呗，谁稀罕。"燕子说。

"小蕊，抢了去。"杜鹃说。

"我要抢了去，只怕有人哭鼻子。"小蕊话音未落，服务员进来问：是否人到齐了，谁来点菜。小虎接过菜单说："我来点吧，我知道他们都爱吃啥。"燕子抢过菜单说，"你怎么会知道我们爱吃什么？只有我才知道我们爱吃什么，你自作多情个啥？你是不是只知道小花经理爱吃什么？"小虎红了脸，一个字也蹦不出，他尴尬地低下头。小花对燕子说，"少说一句会憋死人吗？点你的菜。"服务员又走到燕子身边，燕子点了平日里她们几个爱吃的凉菜、热菜，又点了一个汤，几瓶啤酒，然后告诉服务员说，"先这些，不够再点。"服务员转身要走，燕子紧喊了一句，"先给我们上汤。"服务员答应着出去了。等菜的工夫，只见他们叽叽喳喳，谁也听不清谁说些什么，小虎提醒小花让他们接着介绍。小花拍拍手说："杜鹃，该你了，介绍介绍你们是怎么认识的？"杜鹃

脸一红说："让他说吧。"

杜鹃身边的他站起来说："这有啥说的。是这样，那天她自行车坏了，碰巧我给她修理，结果一次没修好，她来找我，两次还没修好，她又来找我，说我成心不给她修好，说我的配件都是假的，说我们河南人就是全世界假冒产品代言人。我一生气，就把她的车子锁到我店里不给她，就这样一来二去，我看她还怪顺眼的，就，就好上了。"他说完扑通就坐下了。大家终于忍不住大声笑起来，小蕊笑得前仰后合的，燕子捂着肚子说："怪道杜鹃姐最近老是笑吟吟地去修车子，敢情是遇到专为她修车的人了，把心都修好了。"小花手撑桌子扶着头说："燕子那嘴就是不饶人，你饶了你姐姐吧，你们那么好。"

"好吗？好我怎么都不知道有这么个人，请问这位帅哥姓啥叫啥呀？"

"我叫宁向前，河南人。"说完他扑通又坐下。

大家又笑了一回。小花擦了眼角的泪，清了清嗓子说："好了好了，菜都上齐了，各自根据情况能喝的多喝，过了今儿，明儿我们可就忙啦。"小虎忙活着给大家斟酒，最后给自己也倒满，举起杯说："来，为了我们明天的幸福生活，干杯!"大家响应着，仰起脖子都喝净了。他们吃着聊着，小花给媛香不停地夹菜，然后对小蕊、媛香说："你们可要加油了，人家两个都私订终身了。"

"不急，让他先在婆婆的脚后跟崴着去。"小蕊话没说完，燕子就接过去说："秦经理哩，"她看见小花瞪她一眼就改口道，"好姐姐哩，还说小蕊、媛香，什么时候你那插板才能对上那个插头。"她对着小花说，眼睛却扫着小虎，"有些人，简直就是不知天高地厚，癞蛤蟆想吃天鹅肉。"燕子说完，大家都看着小虎，小虎脸唰地红了。

"看我今天不撕烂你的嘴，叫你挤对人。"说着小花疾步走到燕子跟前，燕子急忙钻到杜鹃身后，"姐姐救我，她又要欺负我了。"

"她今儿与往日不同了，别说我比你们大，你再这样，我却也护不了你。"杜鹃说完，把燕子拉过来往小花一边推道，"我交给她，任她处置。"

小花为了不让小虎尴尬，说，"闹停。我有个提议，咱们请李航唱一首陕北民歌，大家说好不好？"

小花看小虎也呼应着，俩人相视一笑。

燕子说："李航，经理这是让咱给憨豆英熊赔不是呢，你就给他们露一手，一准儿是他们都没听过的。"李航就地站起来清了清嗓子说："那好，我给大家唱一首‘崖畔上酸枣红艳艳’，这首小曲属南路曲流传于延安地区。”只听他唱道：

清早摘瓜过前湾，崖畔上的酸枣红格艳艳，拦羊的哥哥打下它，啪啦啦啦……落下了一扑摊，落下了一扑摊。我悄悄地走过去把酸枣放嘴边，哎哟酸不溜溜甜，甜忽丝丝酸，哎，害得我丢了柳条篮篮，丢了柳条篮篮。

摘瓜回头过前湾，寻上了我的那柳条篮篮，不知道为啥还没丢，哎哟……酸枣装了个满，酸枣装了个满。我心正盘算，那羊儿叫咩咩，哎哟酸不溜溜甜，甜忽丝丝酸，哎哟酸不溜溜甜来，甜不丝丝酸。

哎，他把我的心儿扰乱，把我的心儿扰乱。

大家掌声不息，说这和“星光大道”出来的那山西小伙儿叫什么来着，小虎说叫阿宝，对对对，和阿宝没两样。大家要求再来一首，把个燕子得意的摇头晃脑的。小蕊说：“难怪，我说呢，原来是一曲崖畔上酸枣红艳艳就吹开了一个少女的心扉。”小花说：“都别闹了，让他再来一首。”大家鼓噪着，李航想了想说：“那我就再来一首北路曲，流传于榆林地区的叫‘泪格蛋蛋洒在沙蒿蒿里’，”他又清一清嗓子唱道：

羊（嘞）肚子手巾（哟）三道道蓝，咱们见（嘞）面（那）容易，（哎呀）拉话话难。（哼）我泪（格）蛋蛋抛在（哎呀）沙蒿蒿（哟）林。（哼）

一个在（那）山（嘞）上（哟），一个在（呀）沟，咱们拉不上（那）话来，（哎呀）招一招（个）手。（哼）

瞭（嘞）见（那）村村（哟），瞭不见（呀）人，我泪（格）蛋蛋抛在（哎呀）沙蒿蒿（哟）林。（哼）

李航唱完，接着小蕊讲了个笑话，她说：

一只小企鹅有一天问他奶奶：“奶奶、奶奶！我是不是一只企鹅啊？”“是啊，你当然是企鹅。”小企鹅又问爸爸：“爸爸、爸爸，我是

不是一只企鹅啊？”“是啊，你是企鹅啊，怎么了？”“可是，可是我怎么觉得那么冷呢？”

大家一笑，觉得短了，再来一个，小蕊接着道：

从前有个人钓鱼，钓到了只鱿鱼。
鱿鱼求他：你放了我吧，别把我烤来吃啊。
那个人说：好的，那么我来考问你几个问题吧。
鱿鱼很开心地说：你考吧，你考吧！
然后这人就把鱿鱼给烤了。

大家笑罢，杜鹃说了个脑筋急转弯：

星星、月亮、太阳哪一个是哑巴？

大家都在脑中搜索，燕子说：“它们都是哑巴。”

“不对。”杜鹃说：“是星星。因为，鲁冰花歌中有一句词‘天上的星星不说话’。”宁向前站起来拿一腔河南话说：“我也说一个。”

芹菜走着走着，突然觉得肚子很疼，接着他“扑”的一声，你说他拉出来的是什么？

什么？大家问。

“那就是芹粪(勤奋)呗！”

接着，宁向前又问：“芹粪是啥颜色？”

“黄色吧。”大家说。

“不是。”

大家嗯一声，只见宁向前神秘道：“是秦始皇（芹屎黄）。”大家一笑说，“好啊，敢拿始皇帝开玩笑，小心他来找你算账。”

该媛香了，媛香唱了一首他们那里流传至今的《游击战争歌》：

一九三三年，红军有几千；
开到梅坪打司前，消灭联甲兵。
司前放火炮，红军两边包；
打得民团无处逃，快快来缴枪。
祝家边上联甲兵，躲在屋里边。
红军一打枪，他们就遭殃。
缴来二十支好乌枪，大家喜洋洋。

媛香唱完，大家鼓掌说，她终于开口了。

小花说："还有燕子，可别想赖过去。"

燕子说："我家李航唱了两首有我一首的。"

小蕊说："哟哟哟，还我家李航呢，现在都亲得这样称呼了。"

小花问大家："你们说，李航唱的算不算她的？"

大家齐声道："不算。"

杜鹃又说："平日里比谁都大方，这会儿装模作样。快点儿。"

燕子说："好的你们都说去了，我还说什么呀。"她眨巴眨巴眼，想了想，说："有了。前几天我在小花姐的一本书上看到一则寓言，倒觉得挺有意思的，大概是这样，我记不全，说不好可别笑我。"只听她声情并茂地说：

田鼠王说："我们的天敌，蛇，还有猫头鹰，都被他们捕杀得差不多了，现在可以和他们做游戏了。我们常年价钻在地洞里，不能见见世面，如今我们的队伍更加庞大，家猫、野猫的更不会把我们怎么样，我们有机会就到上面去捣乱捣乱。"

鼠后伤心道："这次我们损失惨重，几十亿的兄弟姐妹儿女子孙惨遭杀害！"

田鼠王说："我们体积这么小，他们体积那么大，和他们较量，哪能没有牺牲。幸亏我们只是出动一小点点部分的兵力。否则，就更惨了。不过，他们更惨，消灭我们够费神的。"

鼠后说："这能怪谁呢，他们不但把我们放在餐桌上高价出售，

还有我们很多的同类，都被他们扼杀成为餐桌上的美味。要是有对手和我们整日价玩，我们哪有工夫和他们交战去。”

田鼠王说：“他们如果不尊崇自然，各种灾害都会来袭击他们，要是他们还管不了自己的行为，灾难还会频频来光顾他们。”

鼠后说：“你说他们也够蠢，怎么就不吸取教训呢。你可一定把我们的王国治理好了。”

田鼠王说：“放心吧，皇后，我们现在养精蓄锐，谁要是再破坏我们的游戏规则，我们就对他‘啪’地不客气！”

鼠后说：“他们无论如何也妨碍不了我们。”

田鼠王说：“工业时代的来临，其实意味着更大的破坏。想使咱们在地底下闻不见臭味，恐怕需要他们改变，咱们才能喝到清水。”

鼠后说：“这么说，我们的子孙还会和他们有大的冲突？”

田鼠王说：“他们现在还顾不上。只是他们一栋栋高楼拔地而起，土地越来越少，我们的活动空间也越来越小。但是，我们还需提高警惕，只要他们不惹我们，否则，哼！”

鼠后点点头，哈哈哈哈笑起来……

燕子讲完哈哈哈哈笑问：你们怎么不笑呢？

小花说：“谁还笑得出来。”

燕子说：“我可不管，反正我是讲了。这回该‘憨豆英熊’了。”

小虎说：“那我念一段民谣。”他一边念，一边拿个筷子摇头晃脑说：

酒是穿肠毒药，无酒不成礼仪；
色是刮骨钢刀，无色路断人稀；
财是杀人宝剑，无财不成世界；
气是惹祸根苗，无气使人被欺。
酒色财气四面墙，人人皆在墙里藏；
谁能跳出四面墙，不成神仙也寿长。

小虎念完大家都说好，问他是哪儿听来的，怎么都没听说过。小虎说：“他小时候爷爷成天念叨，他就记住了。”

小花让小虎回头写下来，大家都要记住。

燕子指向小花，说该她压轴了。

小花说："我既不会唱歌，也不会别的，就念一首以前写的诗吧。"大家都竖着耳朵细听：

我在这冰冷的世界
渐渐地死去
冥冥之中
耳畔隐约响起
星星点点的乐音
那悦耳的旋律
慢慢 慢慢地
激活我每一个细胞
我有了生息
我蠕动着身体
我竭尽全力
孕育着生的力量
我的躯体由内向外
开始膨胀
膨胀到了极限
一声撕心裂肺的呐喊
我的血肉
连同五脏六腑
冲破躯体 四分五裂
刹那间
我的灵魂
像一片重生的绿叶
向着明亮的地方飞去

小花诵读完自己写的诗，大家先是沉默，接着掌声。感慨还是有文化好。说小花成人自考大学没白念，都念成诗人了，难怪升职这么快。大家你一嘴他一嘴地直闹到晚间近11点，小虎借机去买单，前台小姐说，一位姓李的先生替他们买过了。小花心里纳闷儿，姓李的先生？会是谁呢？小花一时竟没有猜出来。

小虎突然说：“会不会是李书记、玉舒姐他们呢？”

“是啊，我怎么没想到呢。”小花急忙拨通玉舒的电话，接通后她说：“喂，玉舒姐，你们是不……”

“哦，刚才我们一家也在那里吃饭，散的时候你们门开着，想打声招呼，看你们那么热闹，我们就走了。”

“让你们破费多不好意思。”

“是你们书记听到你们升职高兴的。好了，早点儿休息，明天正好周六，我们都过来为你们捧场。哎，好……好的，再见！”

第二十一章

他们出了饭店，大家都说走回去减肥，就一边闹着，一边走着，小虎本来不同意，见她们兴起就没反对，他只是默默地跟在她们后边。

第二天一早，小花、小虎他们就到店里忙碌，直到中午各界朋友都来捧场开业，一派兴隆气象。小花见了李咏斌问："怎么没见玉舒姐。"李咏斌说，"碰巧家里来了客人，玉舒姐让我转达你，她改天一定来祝贺并消费。"

礼毕。总经理备薄酒招待宾朋，然后大家一起享受保健，一时人员不够，老板将老店的技师调了些来支援，当天营业额就上了万。小虎兴奋地对小花说："真是开业大吉，大吉大利！"

李咏斌由于家中要来一位特殊客人，因此仪式完后，他就先行告辞小花他们匆匆回家。

玉舒在家忙活着洗菜切菜拼盘，一切准备停当，她打电话给妮妮，想问问他们什么时候到，她好下厨炒菜，可是一直没打通。她嘴里咕噜说："这个妮妮，怎么搞的。"说着，她又进了厨房。

陈家新在等妮妮下课，看见在教室外面等孩子们的家长七嘴八舌谈各自孩子的状况，他听了一些，不由得摇头笑了笑，心里说道：真是可怜天下父母心！

下课哨声响起，孩子们就像被禁锢在笼中的鸽子，扑棱棱争先恐后地从鸽子房似的教室里挤出来，在陈家新的视线里放飞。他们如释重负地跑到家长面前，牵着父母的手，有的有所乞求地告诉父母亲或爷爷奶奶："今天我很乖，上课听讲认真，给我奖励点儿好吃的，好玩的；带我去买我喜欢的；带我去公园……”直到妮妮出现在陈家新的视线，才替代了孩子们千奇百怪的要求。

陈家新问妮妮：“你什么时候开始选择这种分外的收入?”

“怎么，不好吗?”妮妮说着走向电梯。陈家新拉她一把建议她走楼梯，说孩子和家长太多。

“你说怎么不好?”

他回答妮妮：“不是说不好，只是觉得这些家长好像都疯了，剥夺了他们的休息日。”

“都这样。你以为咱们那会儿，想学都没这条件。”

“有这条件我也不会这样，最起码我要喜欢。等我将来有了孩子，我决不这样教育他，最起码，我要尊重孩子的喜好。”他接着说，“刚等你，我在这楼上楼下转了转，奥数、奥语、英语、舞蹈、乐器、声乐、跆拳道等，家长跟个傻子似的陪着时间，你说孩子真是喜欢，那学什么都行。可是，不信你去问问这些孩子，没几个是真愿意学这学那的。”他又叹息一声说，“舞蹈是音乐的灵魂，音乐是舞蹈的回响。舞蹈的美是来自心灵，优美的舞姿是传达一种对生活的热情与热爱，当音乐响起，随着音乐舞动的舞姿，要展示给大家的是一种美与自信。你猜我看到什么，我看到很多孩子脸上的淡漠，无所谓，一种和音乐严重背离的痛苦。”

“人家只是让孩子有个爱好，又不怎样。你又有什么法儿，不让家长把孩子送到这儿来呢?”

“那我可真没法儿。只不过觉得，人，只有专心做一件事才能做好，就像舞蹈家杨丽萍。否则，何必让孩子受罪，那你不如就让他把学习搞好，啥都想优秀你觉得可能吗？这叫跟风!”

“等我们卸了任，90后、00后需要的是全才，和国际接轨的人才。”

“国外的教育注重个体才能的发挥。杰克逊不可能是一位政治家，乔丹不可能是数学家……”陈家新说。

“你不是含沙射影说我不务正业吧。”妮妮说，“那些名校的优秀教师都来了，人家上一天要多少，我比人家才一半都不到。”

“真正的优秀教师是不会干这个的。这辅导学校可够黑的，不知每位家长要交多少钱!”

“你可算算，两个学期，两个假期，一期都是六七百，七八百，一千多不等，一个班都是三四十个学生不等，中学高中部费用更高。”

“哇哦！我干脆辞职办个校外辅导班得了。”

说着，他们走下楼梯，到大街上挡出租车，不顺路不拉，半天都挡不上。陈家新建议还是坐公交。

在公交车上，玉舒给妮妮打来的电话，妮妮说，他们马上就到。

下了公交妮妮对陈家新说：“你刚看见没，有小偷在公交车上把一个女人的包弄开，眼巴巴的那么多人看着也不敢吭一声。”

“是吗，没让我看见，否则，有他好看。”

“你，又没偷你的。”

“那要是偷你的怎么办?”

“让他拿去好了，破财免灾呗。”

“正因为都这么想，他们才敢这样明目张胆，但凡有一个，两个，三个，大家一起来管管，他们还敢那样?”陈家新喟叹一声又说道，“我真正体会到‘沉默’一词的可怕，都成了沉默的羔羊，我呼唤狼的精神。”

“你该不会怀疑这个世界没有好人?”

“我只是想阐述这种状态的可怕。似乎人们都得了‘城市恍惚症.’人们在匆匆忙忙中，往往会陷入完全自我的状态，在忽视无关信息的同时，也忽视了周围要帮助的人。就好比一个人倒在地上，是死是活竟无人问津。但凡有一个人驻足关心一下，我想会唤起很多人的爱心。因此，我们无法做大事，只能心怀大爱做小事——那就是力所能及地帮助周围需要帮助的人。包括见义勇为。”

“我怎么总是觉得你的眼睛里充满怀疑。”

“我们不断地怀疑一切，又不断地否定。难道你不是吗?”他又说，“手机坏了，再也买不到配件，不生产了；MP4 你还玩吗? MP5 都要淘汰了，科技发展太快了，我们 80 后能有 90 后对科学的认知吗? 他们接受的东西又快又新，你整天和他们打交道，在你还没说‘不’的那一瞬间，他们已经做了。我所呈现的怀疑和你所理解的怀疑也许有质的不同。”

“说得好。在否定中进步。”跟在他们后面的李咏斌突然说。

“哎呀，表哥，怎么你偷听我们说话?”妮妮说。

“我是回来碰巧听见你们谈话，小陈说的极是。快走进屋，你玉舒姐今天

可做了不少好吃的。”说完，三人走进楼道，上到三楼，李咏斌开门就喊：“玉舒，客人到了。”

“怎么你们一起？”玉舒匆忙从厨房跑出来说，“快坐、快坐，思明快不用练提琴了，快出来陪陪客人。”

进了屋，一股清泉似的音乐从客厅的一角流淌出来，萦绕在整个房间，轻盈地灌进陈家新的耳里。正是他的母亲爱听的小提琴独奏，马斯内的《沉思曲》，每当陈家新听到此曲，他的心就立即沉静下来，投入那优美而深沉的旋律当中。

思明应声从书房出来。

妮妮的介绍从音乐中将陈家新拉回来，她说：“这是我表嫂，我表侄儿思明。”

“我还是叫姐舒服些。”陈家新说。

“怎么叫都行，只不过是个称谓，叫名字也没什么。”玉舒泡好茶说，“我进去先弄饭，你们先聊。”

“我能帮什么忙吗？”陈家新说。

“不用不用，妮妮帮我就可以。”玉舒示意妮妮跟她一起去厨房。

陈家新坐在沙发上环视一眼整个屋子，装修简洁朴素，不像他想象的那么华贵，却让人感觉很舒服。

这时缓缓流淌的音乐已经滚动到肖邦的《别离曲》，舒缓伤情的旋律抚摸着陈家新的每一个细胞，他的目光随音乐滚动到客厅中央挂着一幅四尺的名人墨迹“上善若水”上，陈家新惊喜地说：“这好像是吴三大墨迹。”

李咏斌说：“有眼力。你对书法也有所了解？”

陈家新说：“我母亲喜欢收藏，在她那儿我见过这幅字。”

李咏斌说：“难怪。听说你父亲病着，现在病情如何？”

“一直用药，现在还比较稳定。”

“你怎么处理母亲与父亲之间的关系？”

陈家新说：“他们的事情我很少过问。不过，我母亲对我的教育一直很周到，否则，我就不是今天的我。我尊重她的生活，并且我很爱她。虽然她不能时时在我身边，但母亲对我的关心胜过所有母亲。我只能说，我很爱我的父亲、母亲，他们也非常地爱我。”

“在工作方面还顺利吗？”李咏斌点点头又问。

“工作方面，我只能这么说，当我拿着新的程序想去调整一下老程序时，却发现老程序中的条条框框一个字也改不了。”

“是啊，更改程序还得有个过程，因为诸多的因素牵扯在其中。”

“可是令我们头疼的是，拿着旧程序得用新方法，用新方法要按老程序，总之要解决问题。”

“小陈啊，我的不少同事也是你们80后，在你们身上影射了20世纪所有人的精华，应该说，你们是集大成的一代，是时代飞速变化和发展的承载者，是国际化接轨阶段的中坚力量。”

“我们也没法子，我们只能这样。70年代的人比我们幸运多了。”

“这么说，我们肩负的责任更重。”李思明插嘴道。

“你小子，只有好好努力，打好基础，才能适应千变万化。”陈家新说。

“网络使地球人成为一家，再变得快，问题总得人去往好里解决。”思明说。

“小哥，你可以呀。”陈家新说。

“现在条件好的村镇，几乎家里都装上电脑了。”李咏斌正说着，玉舒端着菜出来接话道：“大部分农民日子都好了，老人每月都有相应的工资了，倒比有些城里人日子好过多了。这日子前些年谁敢想去。慢慢都会好的，面包有了，牛奶有了，房子会有的，一切都会有的。现在咱们准备开饭。”

“房子有了，汽车有了，一切还会有的。”李思明说。

“等你们长大了，世界不知好成什么样了。”陈家新说。

“来，我们为一切都会好起来，干杯！”李咏斌说完，大家一起响应道：“cheers！”

妮妮从表哥的言行中发现，表哥对陈家新印象不错。玉舒悄悄对妮妮说，小伙子真不错，好好把握，不要错过。

饭后他们一起坐在沙发闲聊，思明想请教陈家新几个关于电脑方面的问题，拉着陈家新一起到书房，一面墙的藏书令陈家新十二分的养眼，思明看他惊奇就说：“这书大都是我妈看的。”

“你妈做什么的？”

“也就是个有爱心的不怎么知名的写手。”

“‘兰心斋’是钟明善题的，没想到，你妈和我妈爱好差不多。”

“都算有些品位的妈妈了。”思明一边点着鼠标一边说，“家新叔叔，你看

看电脑遇到这个问题怎么弄?”

陈家新趴在思明旁边，一边移动着鼠标，一边告诉思明怎样处理，不一会儿他俩一起走出书房，陈家新和妮妮就告辞一起逛街去了。

第二十二章

周良在高教授的帮助下，又引进母猪60头，公猪2头，开始探索母猪繁育，肉猪喂养的养殖新模式。他从关中农科大购进半成品饲料，自己加工，他种植的7亩各类蔬菜，每天产的几百斤蔬菜与饲料混合一起喂养。这种饲料，猪吃后有40%未消化，高教授说，可再次利用，用作喂鱼，节省鱼饲料成本。他就将此低价供应给邻村的养鱼专业户，他和周边的村子相互学习，相互支持。到2010年周良迅速富裕起来，并获得了很大的名声，这是后话。

在周良的带动下，古龙村发展生猪养殖户56户，每户平均养猪80头以上。那些抱着看看再说态度的村民，看着那些跟着周良一起养猪的养猪户整天噜噜噜噜喊着小猪，脸上都笑开了花似的，再看看出了头栏的养猪户，有的家平房加盖了二层，有的家里添了摩托，有的家里装了电脑，那日子越过越红火，后悔当初只想着观望观望，两口子你怨我、我怨你的，吵吵着都去找周良评评理，这个这样说，那个那样说，七嘴八舌地吵个不停。周良一笑说："你们这是醉翁之意不在酒，有话就直说。现在市场很大，我们开发的猪种已供不应求，谁要是想养猪随时报名，只要我们能共同克服猪可能面临的病害和我们人自身的弱点。你们可能会问，他们咋就富了呢？我问你，别人吃苦受累时，你在干啥呢？别人整夜整夜不合眼你在干啥呢？别人付诸行动时，你又在干啥呢？你们到猪场看看去，你们到菜棚看看去，看看别人怎么务弄他们的猪和菜！好日子不是想出来的，是靠自己的双手创造出来的。只有这样，我们的日子才会一天比一天好，一天比一天强！"

李咏斌驱车来到古龙村，大老远就看见村头围了一堆人，他下车走到人堆后面站着也没人发现，听到周良这番话，他大声说，说得好。大家回头一看是李咏斌，又都围了过来，周良站在李咏斌旁边说，大家都想养猪。“好啊，”李咏斌说，“只有将自己的想法付诸实践才是真理。要想养猪走致富路，就是要敢于付诸行动，有什么困难找村主任，村主任解决不了都来找我。”

“那我们贷款怎么办？”一个群众说。

“贷款，有农村信合支持。”李咏斌说，“你们下来报名，先让周主任给你们培训培训，怎样选猪苗，怎样喂养，怎样预防疾病，等等，都回去合计合计吧。”

李咏斌说完大伙都散了，李咏斌和周良他们走进猪舍，经高教授指导改建的猪舍温暖如春，也没有往日的气味，李咏斌说：“养猪一定要相信科学，有什么问题及时和高教授联系解决，特别是猪病防疫，不要因小失大。”

“书记放心，我不敢怠慢。”周良说。

“听说，贺海的母亲病了，你还派了人去护理？”李咏斌说。

“贺老太得了乳腺癌，做手术家里没人照顾，贺海、贺彪和他们的媳妇到现在不知去向，没人管老人了。贺海的儿子早早辍学常年在外打工也不回家，贺彪的儿子正在上学，虽然他们……但事情都过去了，这种境况我们不能不管，我派两个妇女轮换日夜护理，每天给这两人工资加生活补助，贺彪的儿子我们暂时寄在他三婶家照顾。李书记，我想给贺老太申请低保，你看？”

“周良，我们没看错你，好啊，好！我们一定尽快解决。”书记有些激动，眼眶湿润了，他拍着周良的肩膀只一个字，“好，好！”

“李书记，春节前有些肉猪要出栏了，最近我正在忙着联系屠宰场和运输车辆。今年春节，大家可是有好日子过了。”周良又指指猪场周围的菜园子说，“书记，你看，大白菜、萝卜，还有一些大棚菜，村民们正在出菜拉到市里卖去，有种得多的就被蔬菜批发商来车拉走了。现在路也好了，晚上村里灯火通明的，条件好些了，许多在城里打工的人都回来务弄地来了。”

“养猪，种菜，自力更生，改变面貌。”说完，李咏斌眼望前方正在地里忙活的群众，喟叹一声又道，“民谣说得好，自己就是自己的救世主啊！”

“村民们留够自己的口粮瓜果地，能种菜的种菜，能养猪的养猪，现在古龙村一点儿荒地都没有了。”周良话音未落，有一个村民急匆匆跑来道：“村长，我们家的猪，你快去看看，全躺在那儿了。”

李咏斌和周主任听后一惊道："快去看看。"二人随来人飞步跑去。李咏斌一行跑进猪圈，周良见一槽半大的猪仔有的颤抖打圈，有的已经躺倒，他急忙摸一摸猪的体温，有些发烫，他令场主拿体温计来，他看看猪粪，又看看猪的内侧皮肤红紫，他说："仔猪贫血，致使肠道及呼吸道感染增加，专业术语叫'附红细胞体病'"，他侧脸问场主，"体温多少？"

那人答道："40℃。"

"你赶快去我家，给你嫂子要几只血虫净拿来。"周良说，"一会儿去邻村把兽医接来再看看。"

"先去拿针注射，坐我的车，马上去接兽医。通知各场主检查自家的槽里有无异常。"李书记说完，那人答应着跑了出去。李书记又对周良说："特别对那些新场主，要加强培训。普及口蹄疫、猪瘟、猪肺疫、猪弓形虫还有附红细胞体这些常见病的预防知识，发现问题立即解决，如若发现口蹄疫等猪病，将疫猪销毁深埋，坚决不能流入市场。"

周良掏出小本马上电话通知各场主，仔细查看自家的肥猪、母猪和猪苗有无异常，兽医来到古龙村对各场里的猪种进行检查，要求猪舍消毒要做好，坚决不能在猪舍养猫，以防猪弓形虫病的交叉传染，严格按照猪舍消毒规程和猪舍卫生标准操作规程操作消毒，等等。李咏斌回到镇政府对各村的养殖户叮咛，即将进入春季，要严防各种瘟病的发生，及早进行部署，防患于未然。

第二十三章

李萧乘坐一辆奔驰 530 停在小花店门口，她和一个老板模样的男人挎着胳膊被迎进去，服务生给二位换了鞋，然后礼貌地说："二位楼上请。"

李萧边上楼边问："你们经理在吗?"

"在。"服务生说。

"告诉她，要你们最好的技师。"

"是。"走到楼梯拐角处，服务生对迎面来人说，"王助理，正要找你，客人要最好的技师。"

"王小虎。"李萧惊讶地喊了一声。

"李萧，你这是……"

"哦，我朋友白总。我同学王小虎王助理。"李萧介绍后他们相互握手问好，王小虎说："快请进。小花知道你来吗?"

"先别告诉她，一会儿娜娜也来为你们捧场。"李萧说着，发现小虎听到娜娜的名字脸色突变，又碍于有客人在场，再没说什么。

小虎勉强笑说："那好，你们先喝点茶，我下去安排，然后告诉小花，你们来了。"

小虎出来，关上包间门，白总就迫不及待在李萧身上摸来摸去，李萧媚笑道："急什么，这地方别让我朋友不好看，嘁。"说完她吻了一下自己的手，用嘴一吹送给白总，白总浑身酥了一般，说："等会儿看我怎么收拾你。"李萧嘿嘿一笑，心下骂道："你个侏儒死胖子老鬼，让你不得好死。"

小虎到前台安排了一男一女高级技师到二楼之后，来到办公区域经理室，他咚咚咚敲了几声，里面说请进，小虎进去告诉小花：“李萧来了，我安排在二楼包间，她说一会儿娜娜也来。”

小花顿了一下说，“小虎，我希望你能正确对待娜娜，来的都是客人，我们必须要热情招待。”两人说着，有人喊道：“经理，有人找。”闻声人已走进办公室，娜娜先是愣了一下，然后大方地说：“你们好！”

小虎低头急忙走出去。娜娜抱住小花道：“想死我了。”说着眼圈一红。

小花说：“假心假意的，这会子来说想我，早干什么去了。”

“那好，我假心假意，走了。”娜娜说完转身就走。

小花一把拉住她道：“你说谁能忘了谁，在一起好了这么多年，你又躲着我们。”

“那不是我坏在先，得罪了小虎嘛。他又跟了你，我岂敢来掺和？”

“说什么呢。他也只是干了这行，我们只不过在一家打工而已。”

“那还不是司马昭之心，人人皆知，谁不知道他一直喜欢的是你。怎么偏他是你的助理？”

“少胡说，这是工作需要。走，给你们安排保健去。”

“我可要和李萧一样，要最好的技师。”

“我们的高级技师很贵的，你就等着多掏钱吧，我可不徇私情，不打折扣。”

“要徇私不找你的，就是来捧场的。”两人说着来到招待厅，娜娜对着坐在沙发上的那个胖胖的中年人招招手对小花说：“我老公。”

“有脸说。”小花嗔道。

“介绍一下，我同学兼好朋友秦小花秦经理；我老公老纪。”

小花伸出手说：“纪总，您好，欢迎光临。”然后她亲自带他们去楼上包间，顺便和李萧打个招呼就下楼忙去了。

王小虎此刻却坐在吧台里发呆，小花见状说：“王助理，过来一下。”王小虎随小花走到一边，小花让他振作精神，这是上班时间，小花正在低语说着，正逢燕子、杜鹃她们下钟，端着泡脚盆从他俩身边诡秘地一笑，燕子走过去又转身瞪着小虎撂了一句，“有什么不能说的站在这儿悄悄说，真不嫌碍眼。”小花转过身瞪她一眼，她伸伸舌头做个鬼脸，钻进卫生间只听哗啦啦倒水声。

这时有人叫小花接电话，她走到前台：“喂，你好。好，……我马上过来。”她又吩咐小虎几句，说老店那边有点事就急匆匆走了。

一小时过去，白总下来结了账，李萧问，小花怎么不见？小虎说老总叫去有事。李萧开玩笑道：“别是约会去了，谁又知道呢。”说着她挽着白总的胳膊又说：“告诉她我走了，一有机会我就来。拜拜！”“再见！走好。”小虎送他们至店外，看着他们驱车走后，对着他们的方向破口骂道：“不是什么好东西，有钱就了不起了，好好地都是你们这些没皮没脸的给搅个一塌糊涂。披着人皮的魔鬼。啊呸！”骂完，方觉心里舒坦多了，他转身进大厅，坐在沙发上若有所思，不自觉中掏出一支烟来叼在嘴上，刚想点着，吧台收银员提醒他说：“王助理，您忘了。”他急忙将打火机放进兜里，把烟又塞回烟盒，继续发着呆。也不知过了多少时间，出出进进的人他都没心照应。

不一会儿，一个既熟悉又陌生的声音突然钻进他的耳里，循声看去，他心都要裂了。无耻，无耻至极，竟然到这种公共场所无视尊严，他坐在那里一直用仇视的目光盯着老纪。娜娜看都不敢看他，只问收银员，秦经理在哪儿？收银员说秦经理被老总叫去有急事。

娜娜心跳得厉害，老纪结完账，她赶紧挎着老纪的胳膊不安地从小虎身边走过，但娜娜最怕的事情还是发生了。老纪突然停下，娜娜全身悸动一下，老纪用南方普通话指着小虎说：“我说，你以前认识我吗？你为什么一直这么瞪着我看？”娜娜拽着他快走，又在老纪耳边耳语一句出了店门。

“你说谁有病？”小虎快步追出店外道，“你给我站住。”娜娜浑身又悸动一下。老纪回转来说：“你是叫我们站住？好，我还正想问你，你那样仇视我，我怎么招惹你了吗？”

“你一边去，我只跟她说话。”小虎继续说，“是我有病还是你有病？你看看你现在病成什么样子，我看你是得了绝症，无可救药啦。我问你，你还知道这个世界上有廉耻二字吗？你不过这种生活是不是就会死掉？”

“你管得着吗？你现在是我什么人？”娜娜愤然道，“我就喜欢这样怎么了，怎么样了，谁又能把我怎么样了！”

老纪看出名堂来了，他在心里肯定，这小伙是娜娜所说的前男友，肯定是。他冷笑道：“贱货！”

小虎一巴掌掴在娜娜脸上说：“上次是你跑得快，这次让我碰见你看我会把你怎么样，我叫你清醒清醒，好好想想不知羞耻四个字怎么写。”说着又给娜娜一巴掌，他还要上手，老纪过来抓住他的胳膊道：“她现在是我的女人，要打也是我打，用不着你来管教。”说着老纪松开小虎的胳膊，狠狠地给了娜娜一巴掌，并骂道：“你个贱货，跟我回去。”老纪拉着娜娜就往车跟前去。

小虎一个箭步上去，将娜娜拽到一边，一拳将老纪打倒在地，他揪着老纪的衣服，一对三角眼里露出凶狠：“你要是再敢打她，看我怎么揍你满地找牙！”

正这时，小花赶了回来，“王小虎，你给我放手！”小花喊道，“你这是干什么？敢在这里放肆！”她迅速跑了过来将小虎拉到一边，扶起老纪说：“真对不起，纪总，让您受惊了。”她又对王小虎说，“还不快给纪总赔礼道歉。”

王小虎木然站着没有表示，小花走到王小虎面前，目光在夜灯下放射出从未见过的威严，“快去道歉，否则怎么收场。”她又微笑着给纪总拍拍身上的灰尘，转脸严肃地对王小虎又说：“给纪总道歉。”

王小虎怒气冲天用力地向前几步，大声说：“纪总，对不起，我刚才一时冲动，请您原谅。”

“这就完了，他还打了我老婆。”纪总说。

“给娜娜道歉。”小花心想谁是你老婆？嘴上却这样要求小虎道。

“对不起夫人！对不起，纪夫人！”

小花微笑着代表浴足中心又一次向纪总道歉，又让前台拿了几张免票送给纪总说：“这个您收下，表示我们对您深深的歉意。”

纪总将票装进裤兜说：“看在秦经理的面上，看在你们是同学的份儿上，算了，我也不跟他计较了。”

“您大人大量。欢迎下次再来。”小花说完又拍拍娜娜的肩膀说：“原谅他，去了好好解释解释。”

娜娜和小花拥抱分别时，趴在小花肩膀轻声道：“他还是那拗脾气，劝劝他吧。”小花点头目送他们离开，转瞬沉下脸来边走边说：“王小虎，你给我进来！真长本事，幸好这会儿没客人撞见，否则，看你怎么挽回影响，竟然打客人。”王小虎沉默着尾随进去。

且说娜娜和老纪回到宾馆，老纪大声指责娜娜说：“今天这叫什么事，好心没得好报，他到底和你有什么关系？”

“他是我们中学同学，一贯都爱管闲事，都挺讨厌他的。”

“是这样？我看他对你好像有意思，否则，怎么那么仇视我？”

“他对所有不正当的事情都愤恨，不光你我。”

“就因为你是我的情人?”

“他以前也追过我，我没答应他。”

“哦，还有点儿吃我的醋，过几天我回南方去，你可要少去惹他。”

“怎么你又要走啊?”

“没办法，做生意不来回走怎么行呢?”老纪说着把娜娜摁倒在床上。

第二十四章

小花他们夜里下班回到宿舍，燕子说："我发现王小虎越来越不像话，管得也忒多了些，见谁都管，看谁都不合他的意。说他是熊猫英雄吧，他还真把自己当黄继光了；说他是憨豆吧，他还没那么可爱。你说他累不累，我听几个班的女工都说，天天的晚上 11 点的班，凌晨 2 点的班，4 点的班，他都跟个鬼影似的跟着那些女孩子。有一天夜里我 2 点下班往回走，他跟着我，我走他走，我停他停，吓得我直跑进小区躲起来，见他在门口转悠一圈又走了。"

小蕊说："他跟了我好几次呢，是有一点点的讨厌哦。"

杜鹃说："有一次他跟我，宁向前突然出现在面前，他就跑了，害得我给宁向前使劲解释。他说看王小虎憨憨的，也不像个坏人。打那以后，他告诉我让咱们下班扎堆走，我说有时我们不一起下班，他就来护送我了。"

燕子说，"哎哎哎，听别人说，王小虎在公交车上性骚扰，被人硬是从公交车上赶了下来。"

小蕊和杜鹃齐声说，"不会吧?"

燕子说："昨儿我听他给另一位男技师说，他乘 15 路车回家看他父母，上车就看见一个女小偷，把一位女乘客的背包拉链拉开，手正想伸进去，被他发现，他一把将那个女小偷的手腕抓住，没想到那个小偷就大喊大叫，说小虎猥亵她，对她耍流氓……那个被偷的女乘客，不但没有替王小虎说话，而且偷偷拉上拉链，若无其事地在一旁当旁观者，结果，王小虎引起全车乘客的愤慨，将他赶下公交车。你说说他这种人，会干出这种不要脸的事吗?”

小蕊说：“我觉得他不会。兴许，那女人就是小偷。”

燕子说：“一个女人谁会平白无故地这样糟践自己，王小虎没准本来就不是什么好东西。”

杜鹃说：“难怪小花姐看不上他，连那个娜娜都不要他。”

“行了，他不可能是那样的人。别烦人了，没完没了地说什么呀，快闭灯睡觉。”小花说。

燕子她们做着鬼脸不情愿地睡下，不一会儿她们几个微微起了鼾声。小花在黑暗中睁着双眼思忖着：上中学时就听说王小虎的养父会几下拳脚，爱管闲事，抱打不平，村上有什么事不顺民意，他养父就要站出来替大家说话。他养父在村上可是个德高望重的人物，王小虎似乎是继承了养父的优点，但好像又不全是，他有时的作为确实令人匪夷所思，搞得我和他近不得，远不得，现在他这样时而行为诡秘，时而行为不当，搞得很多女工都讨厌起他来。今天的事我给老总汇报，老总只是淡淡地告诉我，不影响工作就行。丝毫对小虎的行为没有指责的意思，老总让小虎和我搭档，究竟是处于什么心机呢?难道是让小虎来监督我吗?可又不像是，那到底是为什么……小花想着想着不知不觉进入梦乡。

第二天早上九点多，手机铃声吵醒了小花，她一看是李萧，李萧告诉小花，她舅妈给她介绍个对象，是健身教练，离过婚的但没孩子，这几天就要见面。李萧说她不愿意去，说她现在还不想结婚。小花劝她去见见，没准挺投缘。并提醒她那样的过日子总不是个事，让她“放下屠刀，立地成佛。”李萧支支吾吾说，还立地成佛呢，再说吧。电话挂了。不一会儿电话又响了，是娜娜。娜娜说老纪要走了，她又要搬回自己租的房子去了，让小花陪她住几日。小花告诉她，想想再说吧。

杜鹃听见有人让她住出去，对小花说：“经理，你现在身份不一样了，是该自己住个地方。”

“又来了。我可舍不得你们，只怕你们到时候一个一个地都跟人走了，就剩了我一个。”小花说。

“小花姐，她们走了，我陪你。”小蕊贴心地说。

小花看着她笑笑说：“你们都给我起来，梳洗打扮完，吃完饭上班去。”

燕子在被窝里伸着懒腰道：“哎，我家李航昨儿发工资了，今儿要带我去买衣服。”

小蕊说：“你眼馋谁呢，就小花姐和我没人给买是吧，我们不稀罕男人的东西，是吧，小花姐?”

小花说：“你们就闹吧，我可要洗了。”说着进了卫生间，她们几个继续喳喳着。

第二十五章

十字镇通向市区的幸福大道两旁，高楼大厦林林总总，有的刚刚建起来，有的正在建设，大道上来来往往的车辆犹如两条巨龙快速地移动着，人行道上稀少的行人急急缓缓地来回穿梭着。在大道中段的一块空地处，此时正是锣鼓喧天、鞭炮齐鸣。不一会儿，十字镇的大妈秧歌队，随着锣鼓的节奏快乐地扭起来。原来是十字镇招商引资来的“温泉娱乐场”正在举行封顶仪式。最近李咏斌一直在忙这件事，这是他到十字镇后，亲自去南方引进的第一个投资项目，想赶在2010年春节前投入使用，给古城人民在节日期间提供一个更好的去处。他心里激动不已。忙完这件事，他又有了新的目标，他想利用古城的温泉资源，引进山东聊城青年农民何万顺的温水养鱼技术。

之前，他去参观了何万顺的养殖基地，何万顺采取股份合作制的方式，动员300多户农民入股，筹资办起了占地18亩、具有46个温水池的温水养鱼场，打了9眼600米深的深水井，利用地下温水养殖革胡子鲇鱼。他的温水养鱼池设计合理，放水、排水设施齐全，虽然是数九寒冬，鱼塘内却热气腾腾，非常适宜革胡子鲇鱼生长。当水温下降后，底层的低温水便从排水口放出，然后再注入新水，水温常年保持在36摄氏度左右。由于水温高，鲇鱼生长很快，大大缩短了生长周期，原本一年半才能长成的鲇鱼，现在7个月就能长成。

由于放养密度大，一个100平方米的鱼塘，可放养鱼苗7万至8万尾，鱼长成后，每池可产成鱼约8万公斤，效益是自然养殖的20倍。

何万顺指着鱼塘高兴地对李咏斌说："我这一池鱼，可产鱼 8 万公斤，每公斤按 5.5 元计算，每池效益可达 40 多万元。"

他还说，温水养出的鱼无杂病，肉质肥嫩，口感好，深受客户喜爱。他养的鱼远销北京、河北、天津、山西等地，年产量 1300 万公斤，年效益 1200 万元。目前，何万顺的温水养鱼场，已成为冠县定远寨乡科技致富的一道风景。何万顺还正在扩建新的养鱼场，届时，饲养规模扩大到 100 个池子，年产量可达 800 万公斤，经济效益可达 2000 多万元，为定远寨乡群众脱贫致富发挥积极的带头作用。

参观回来后，李咏斌的心情不能平静，他想：我们有着这么现成的温水资源，为什么就没想到温水养鱼？他立即召开镇领导班子会议，决定春节过后派人去学习温水养鱼技术，给十字镇周边几个贫困点的村子一个发展的机会。十字镇提出这样的计划后，有条件的村民都举手赞成，欢迎将何万顺的那整套办法复制回来，大家出资请何万顺为他们指导温水养殖技术。整个方案通过之后，李咏斌与何万顺电话商议确定，春节后就开始具体实施，先派一帮人去他们那里学习，何万顺表示大力支持。

第二十六章

一天，健康堂来往的客人很多，小花正在为客人安排保健技师，前台的座机丁零零地响起，前台接待员接完电话，急匆匆找到小花低声说："经理，电话，好像是你爸，说是你妈住院了。"她先是一愣，然后说，"帮我照顾一下客人。"说完急忙跑去接电话，她拿起听筒："喂，爸，我妈她……啊，我妈病又犯了，在哪家医院？……好，我马上就来。"她急忙召集小虎和几个领班，就地给他们交代一番，去办公室衣架上拿下红围巾和羽绒大衣，边走边穿着跑出去。

她下了出租，奔跑着到中医附院急诊病房，推开房门，看见妈妈插着氧气，打着点滴，脸色惨白得像一张纸，父亲和姨妈都守在她一旁抹眼泪，小花鼻子一酸，眼泪扑嗖嗖似雨点般淌下来，她轻轻走到妈妈床边，妈妈似乎感觉到了女儿的气息，慢慢地睁开了眼睛，看着女儿焦急的样子，嘴角轻轻翘一下，笑了笑，小花拉着妈妈的手，半蹲着对妈妈说："妈，你怎么不小心，你知道这病在这个季节最容易犯，你这样，叫我怎么能安心呢。"

妈妈无力地摇摇头。

"谁想到你妈这次发病比原先都重，晚一会儿就危险了。"小花父亲说。

"没事，妈死不了，妈要看到你成家立业才好放心地走。"

"你妈的命和别人的不同，她的命是活在骨头里的。"姨妈说，"她这是在和自己较劲，天天和日记里的另一个她较量着。"

小花知道妈妈是不放心自己，她天天和病魔做斗争，打小她就看见妈妈天天写日记，总觉得妈妈和别的妇女不同。妈妈和爸爸一结婚，就只能在家里做点家务，她得的是先天性心脏病，本来不能生孩子，可她拼着命地生了小花，又添了病；爸爸是个木匠，除了下地干活，还要利用闲暇时间做点木工活挣钱养家，给妈妈看病，她这病一年总要住上两三次医院，爸爸为此拉了不少的饥荒。近几年可好了，有合作医疗给爸爸减轻不少负担。

小花还在上中学时，无意中她偷看了妈妈的日记，日记里的话，大多数都是记录小花的成长过程和对小花的希望，还有读书笔记，以及有关心脏病的一些知识……妈妈最不能放心的就是小花，她这么些年硬撑着，一次一次，她撑了下来。小花明白妈妈的心思，她打工，她参加成人自考，她不找对象，她告诉妈妈她要创业，要让妈妈看着她当上老板，她要让妈妈活在她的希望里。小花最愧疚的事，就是没让妈妈梦想成真。高考落榜的那天，妈妈狠狠地揍了她，伤心了一整天，第二天就被送进医院。妈妈躺在病榻上，看着泪光闪闪的女儿守着她，她忽然间明白了，她这样，女儿如何能安心读书，成才可以有很多渠道，不光是上大学能成才。如今，看着女儿一天天的出息自强，小花妈妈感到欣慰。她现在就巴望着小花能带回个好女婿，就是死她也瞑目了。

小花这些日子来回在医院和店里穿梭，李咏斌和玉舒，还有燕子她们都来看望了小花妈妈，希望她早日康复；小花的老总也去看望了小花妈妈，并且留下一万元让妈妈好好治病。小花不胜感激，只能用心更好地工作。小虎也是一有空就去帮忙，小花的爸爸、妈妈以为他们在谈恋爱。妈妈说，看见这孩子就踏实可靠，又是同学，又是同乡的，好，好。小花的爸爸妈妈都非常喜欢小虎。小花妈妈也看得出，小虎对小花有意思，但见女儿对小虎却是冷冷的，身边没人时妈妈就对小花说："小虎有什么不好，你对人家那样冷淡？十里八乡打听去，一个对养父母都那样孝敬的人，会对媳妇差了吗？"

小花说："哎呀妈，那是两回事。我们只是同学、朋友、同事，没别的。你忘了我的计划了，现在不是谈这个的时候。"

妈妈说："反正我觉得小虎踏实可靠，人品又好，而且是邻村。你别忘了，过了年就二十三四的人了，妈就等你有个家，这眼睛就能闭上了。"

小花说："妈，你是怕我嫁不出去还是咋的，这事要你情我愿才行。咱现在先不说这事，到时候我保证给您带个女婿来，你先好好养病，成吗？"

妈妈说："你可别心气太高，过了这个村，可就没这个店了。"

小花说，“我知道。”

小花妈妈这几天老在小花面前提起小虎，小虎一有空就去医院帮小花，又是买饭又是打水，跑前跑后，小花爸爸、妈妈的脸上都笑开了花，说是他们的女儿要是和小虎好上了，他们心里的石头也就落地了。

小花见爸爸、妈妈乱点鸳鸯谱，有点儿急了，她回到店里把王小虎叫到办公室严肃地说，我妈渐渐地好起来，你以后没事就不要去医院了，多照顾店里生意才好。小虎明白她这是对他下命令，分明就是让他离她远点儿。小虎想：我才不管这套，伯母根本就没有不让我去的意思，我去她反而挺高兴，我也不耽误工作，就是少睡几小时，有什么。明儿一早还去，换换伯父休息休息。小虎不听劝阻，气得小花拿他没办法，只好是王小虎去，她就不去。

还有几天就要春节，宋妮妮在回老家前让陈家新和她一起逛逛商场，正逢休息日，大街上人头攒动，商场里人挤人，老的小的聒噪不堪。试衣服、试鞋子，买首饰、买皮包、化妆品，各取所需，导购员应接不暇，好不繁忙。

陈家新对宋妮妮说：“经济的发展在这里体现得淋漓尽致，这说明什么？”

“说明日子好了，人们手头宽裕了呗。”宋妮妮说。

“你可知什么是真正的和谐社会？”

“什么？”

“学有所教是文明社会的象征；劳有所得是社会和谐的基石；病有所医是生命本质的底线；老有所养是人性尊严的内核；住有所居是生命质量的标志。达到这些最基本的标准，社会就和谐了，我们也就真正地实现小康了。”

“你对民情还有所研究？”

“谈不上研究，只是关注。”陈家新说着眼前突然一亮，“你看，这件衣服要是穿在你身上会怎样？”

“那我试一试？”妮妮说完，从服务员手中接过衣服就去了试衣间。

女导购说：“先生真有眼力，这是今年最流行的一款春装，女朋友穿上一定很漂亮。”

不一会儿，妮妮走出试衣间，陈家新惊叹道，“哇哦，魅力四射。确实挺适合你。”

“确实还行，那就要了？”

“别换了，直接穿上。”说完，他又对导购说，“把她的旧衣服打包。”

“哦，还没付钱呢。”

“走吧，刚才有位先生帮你付过了。”

“谁呀，不会吧，这么贵。”

“你说呢?”陈家新说完，导购都笑了，妮妮娇嗔地在他身上打了一拳，两人在导购的“欢迎下次光临!”和“欢迎光临!”声中进入另一个品牌档。

第二十七章

2010年2月11日是农历腊月二十八。第一场大雪悄然降落，银装素裹的美景，使走在大街上的人们禁不住深深呼吸；清冷而纯净的空气，让古城显得特别的寂静。

幸福大道“温泉娱乐场”外的休闲广场上却热闹非凡。锣鼓声、爆竹声响成一片，十字镇的大妈秧歌队、歌舞队都来为“温泉娱乐场”开业助兴，四面纯净的银色世界与温泉广场的热闹情景相得益彰，人们一边庆贺，一边深深吸纳这洁净的空气。玉舒也请了几个朋友来消费，开业期间每人68元，温泉宫里热气腾腾的泉水与人造自然景观浑然天成，每一个药池间由不同的植物隔开，人们穿着泳装选择各自喜欢的药池去浸泡，女人最喜玫瑰，玉舒和朋友们就在玫瑰花池里尽情享受；一会儿有人提议去游泳，她们又离开温泉区，来到游泳区。外面银装素裹，里面温暖如春。一切是那么透明，她们跳进泳池，忘记一切烦恼，畅游生活的美好，倏然间游泳池里沸腾了。

与此同时，小花给员工宣布明天放假的事情，老总决定今年给大家放假10天，基本工资照发。大家“噢耶”地欢呼起来，老总万岁！燕子早听小花说可能假期长，没想到竟然十天，早打算好了，准备和李航一起去陕北；杜鹃准备和宁向前去河南；小蕊家近些，她要回家过年；还有很多陕南的、外县的、陕北的都要回家和爹娘团圆。唯有媛香没有欢呼没有喜色。小花看着她：高额头高颧骨里那双充满忧郁的眼睛带着些许的孤独。她心里问自己，怎么办？为什么她始终不吐露暗藏在心底的忧伤？到底是什么让她这么多年不回家？她真的不想家吗？我怎样才能探到她的心里，让她说出心中的纠结？明天放假，一定带她上街逛逛看能否有收获。

腊月二十八这天夜里集体都在凌晨整点下班，她们一起回去，另外几个男技师早就跑着回宿舍了，只有王小虎跟在一帮女孩子后面，她们没人搭理他，只管让他跟着，只有小蕊时不时地回头看他一眼。

雪花在夜光下时舞时停，地上湿漉漉的，一小团一小团的水洼宛如小镜子似的泛着橘黄色的光影，她们的脚步一起一落，踩进光影里带起小小的水珠，又轻轻地溅在地上和她们的身上谁也不顾。路灯下她们挤着喳喳着，红的白的黄的黑的紫的各色的羽绒衣在夜色中变幻着色彩，使寂静的夜里多了丁点儿渲染。

王小虎跟在她们后面听着她们女儿间的私闹，他对着夜空摇摇头，叹叹气，脸上露出灿烂的笑容，他对着夜空低声说，要过年了，我也该回家了。

走到小区门口，小花忽然想起什么事，她说："哎呀，光顾着和你们高兴了，明儿我妈出院，我得赶紧去医院。明儿你们都要早起去买票。哦，媛香，我忙完了就来找你去上街，别乱跑，在你们宿舍等我。"她们答应着让她小心点儿。说着就进了小区大门。

小花这才回头挡出租车，不料王小虎已经帮她挡好了。

小花说："谢谢，我自己可以，你赶快回去休息吧。"

"不行，这么晚了，我要送你过去 。"小虎说。

"哎呀没事，这都上了出租车了，你快回去吧。"

"男朋友不放心，送送也无妨，"司机说，"这样一个漂亮女娃，要是我也不会让她乱跑。去哪儿？"

小虎上车关好车门说："中医附院。"

小花一路无话，只听司机和小虎浑谝。到了中医附院，小虎让司机停在门口等着，他跟在小花后面见她进大楼上了电梯才离开。

第二天一早，小花正在办出院手续，玉舒喊了她一声，小花惊奇地说："玉舒姐，你怎么来这儿了？"

"哦，感冒了，刚看完医生开了些药，准备去买些东西，要过年了嘛，你这是？"

"我妈今儿出院，我办出院手续。"

"哦，你母亲身体恢复咋样？"

“好多了，要过年了，回家养吧。”

“那你们怎么回家?”

“叫个出租呗。”

“不如这样，你等等，我开车送你们回去。”

“太谢谢你了，玉舒姐。”小花像个小姑娘似的蹦起来拥抱了玉舒。

办完出院手续，玉舒和小花一起上楼帮着拿东西，把小花的爸爸、妈妈接下楼来，小花爸妈感谢的话说了一大堆，玉舒告诉他们，不用见外，应该的。他们上了车，正准备要走，小虎急忙从出租车上下来，跑近前来对玉舒说：“玉舒姐，我来晚了，谢谢您。”他又对小花爸妈说，“伯父、伯母，再见。有空我去看你们。”

“好，好，有空到家去。”小花母亲说着，小虎答应着，眼睛却盯在小花那张毫无表情的脸，汽车在小虎的视线中缓缓移动着，距离小虎越来越远。

到了村子，远近的邻里都来问候。小花安排好父母，就和玉舒一起进城。路上，小花告诉玉舒杨媛香的事，正好想请玉舒姐帮她一起开导开导媛香，弄个究竟。玉舒答应着开车进城，驶向小花住的地方。

第二十八章

玉舒停好车，小花带着走进她们的宿舍，宿舍里一片狼藉。她心想：这是女孩子的宿舍吗？小花看出玉舒姐眼里的惊讶，不好意思地说："她们都急着回家，肯定是一大早就去买票去了，平常不这样。"小花又指指自己的床说，"你先坐我的床上，我帮她们收拾收拾。"

"算了，我刚才看见离这儿不远处有个咖啡厅，车就不开了，你叫上杨媛香我们一起过去，那儿也好说话。"

"那好，我去那边楼上去叫她，你在这儿坐一坐。"

"不用了。我和你一起走，我在楼下等你们。"

他们一起下楼，玉舒在路口处等小花和媛香。见了面小花介绍了媛香和玉舒姐认识，她们边走边聊，一起来到咖啡厅。

小花和媛香坐在对面，玉舒对服务员说："服务员我点三杯速溶咖啡。"服务员答应着去了，玉舒和她们寒暄几句，直接进入主题。

小花说："媛香，明天就是除夕夜，你看玉舒姐撂下家务，我刚接了妈妈出院回家，就特意和玉舒姐赶来找你，你能告诉我们，这些年，你为什么不回家？你家到底在哪儿？还有亲人吗？"

"媛香，有什么不痛快的事情，你讲出来，讲出来哪怕大声地哭一场，你这样会憋出病来的，"玉舒顿了一下接着说，"你这么多年不回家，是不是为了逃婚？"

媛香摇摇头。

“你的父母亲都不在了？”

媛香又摇摇头。

“媛香，那你为什么呀，都要急死我了。”小花说。

玉舒看了小花一眼，对她摇摇头，又问媛香：“媛香，你看，小花姐和我关心你、爱护你，是没有把你当外人，你就像我们的亲姐妹一样，看到你不高兴、不快乐有那么重的心事，别人过年都回去和家人团圆，而你却孤孤单单地独在异乡。听小花说，在这里你又没个老乡，又没个去处，我们是心疼你并且愿意帮助你。”玉舒说着，小花眼睛都湿润了，这时，媛香只是眼泪哗哗地往下流。玉舒接着说，“媛香，把肚子里想说的话都告诉我们，然后好好地痛痛快快哭出来。你解决不了的问题，说不定我们可以帮你解决。”

媛香不停地擦着眼泪，心事慢慢地从心底涌了出来：“我出来的时候，我们老家依然很穷，交通也极为不便，光秃秃的石山上几乎长不出几样能吃能用的东西。由于在深山，交通又不发达，我们的村庄几乎与外界隔绝，贫困、愚昧、无知占据了我们的心灵，我们如野人那般地生存着。这样的日子直到突然有一天，我们村子里低矮破烂的房子中间，盖起了一栋新房子，这新房子在我们眼里已经非常漂亮了，我们根本没见过这么漂亮的房子，这还不说，那家主人吃的穿的，全村人都羡慕极了。大家都猜想，他们家哪里来那么多的钱，一下子变得那么富有？后来，大家才慢慢知道，他的富有是用他的残疾儿子换来的。”

玉舒和小花听得惊奇，她们异口同声：“喔，残疾儿子换来的？”

媛香接着说：“他的儿子，由于小时候生病导致两只脚板向外拐着，成为一字型，他只能爬行。突然有一年的春节期间，村里来了一个外地人，看到这样的小孩如获珍宝，他向孩子的父母提出一个要求。”

“什么要求？”玉舒和小花同声说。

“租用这孩子一年，年终送回。”

“租用？为什么？”

“是啊，租金每年好几万元。就是我们常常在大街上看到的那些乞丐带着的那些残疾孩子。他们利用这个孩子，为他们挣钱，大把大把的钱！孩子父母同意了，让那人把孩子带走了。到了年终，果然送来几万元并送回孩子。过完年又接走孩子，就这样只用了三年，这孩子成了我们村庄的成功人士，虽然他很小，虽然他遍体鳞伤，虽然他双腿畸形，虽然他无知，因为他无须有知。那时，村庄里的人们，良心失去了平衡。他们羡慕那个孩子长了一双残疾的腿。于是，悄悄地我们村庄连续几个孩子，就是那些正在襁褓中吃奶的孩子的腿，莫名其妙地都畸形了。有的一条腿，有的两条腿，形状各种各样，令人不忍看他们一眼。那个外地人大喜过望，觉得这里资源丰富，每年带出去的畸形孩子数目递增。从此后，我们村庄里有些人就富起来了，房子比周围的村庄都要高要新，可是，村庄的拐子由两个增加到三个、四个、五个……周围的人都叫我们村是'拐子村'"。

媛香哭着说不下去，玉舒和小花的心像是被冰碴子刺激着阵阵的难受。玉舒稳了稳情绪说："你看不下去，所以就跑了出来，不愿意回去？那时你多大?"

媛香趴在茶几上哭起来，一边哭，一边说："那时我十四岁，我家已经有两个弟弟，我爸爸妈妈又生了一个，小弟弟还不到满月，有一天晚上，我和弟弟们在一边屋子睡得正香，一阵婴儿的哭叫声把我吵醒，我爬起来去看，我爸妈把我小弟的脚不知怎么也弄断了，弟弟使劲哭，他们给他胡乱包扎，我哭喊着进去骂他们是魔鬼，不配做父母！我闹着让他们赶快送弟弟上医院，他们打了我一顿，让我少管他们的事。弟弟在那屋哭得死去活来，我在那边屋子心疼得一晚上睡不下。我想着能将弟弟偷出去赶快给他去矫正过来，可是我没钱，医院不给治，几次都被他们逮回家狠狠地揍一顿。记得那年春节过后，小弟弟才半岁多，他们把弟弟让那个外地人也带走了……后来，我学也不上了，跑了出来，边给人家洗碗顺便找我小弟，一直找到了西安也没找到他，后来我寻到你们这里，还是没有找到弟弟。我为了找碗饭吃，老板收留了我，就学了浴足。我再也不想回那个家，我已经没有家，更没有那样的父母。"媛香哭泣得更厉害，小花不断地递给她纸巾。

玉舒和小花都擦擦眼泪沉默着，她们能说什么，能安慰媛香什么？半个字都是多余的，任她哭吧，任她宣泄这几年沉积在心里的煎熬。

玉舒在思索着什么。

小花想，怪不得和媛香上街，如果遇到乞丐，她总是要跑去看看，我每次要给乞丐捐助，都被她坚决阻拦，并且说，他们无须同情。

玉舒突然对小花说："你赶快给王小虎打电话，叫他到这儿来一趟。"

"干什么?"

"你快打，叫他过来就是了。"

不一会儿，小虎急匆匆过来，玉舒从包里掏出一千块钱对他说：“去，赶快订三张去南平的火车票，没有卧铺硬座也行，拿到票给我回个电话。”

小虎答应着去了，他虽然不知道发生了什么事，但他看见媛香哭成那样，马上就明白了，一定是玉舒姐和小花要一起送杨媛香回家。

半个小时左右，小虎打电话说，大年三十晚上17:12分的，要从西安出发，只有硬座了。

“大年三十坐车人不多，无所谓，你快回来吧。”玉舒挂了电话又对小花说，“是这样，你母亲刚出院，过年，你在家好好照顾妈妈，我和小虎带媛香去一趟她老家。等一会儿小虎过来我们就分头准备。”

媛香抬起头说：“不，我不回去，我不回家。”

“你不回去，就能找到你弟弟吗，为了你小弟不被他们再租了出去，你更应该回去。”玉舒说。

“玉舒姐，不行，我一定要跟你们一起去，妈有我爸照顾，媛香是我的手下，我怎么能不去呢。三张票，让王小虎别去了。”

“谁说我不去，”王小虎正好进来接话说，“这事我一定要去，我票都买好了，我自费。”说着将票和剩下的钱一并交给玉舒。

玉舒说：“既然这样也好，那就各行其是，三十晚上我让咏斌送咱们，你们三个在这儿等着。小花、小虎你们赶紧去给家里办年货，给父母解释一下。”小花、小虎同声说：“没问题。”

他们出了咖啡厅，媛香茫然地望着他们几个离去，磨叽着回宿舍去了。

玉舒去超市买了一些半成品、成品菜放到冰箱，又买了些羊肉和韭菜，李咏斌和儿子都爱吃羊肉韭菜馅饺子，她想着给他们多包点饺子冻在冰箱，她不在时他们可以随时煮。一直忙到晚上，她又给在上海的爸爸、妈妈打个电话，说她要去一趟福建，爸爸问，大过年的为什么去那儿？她将事情经过给爸爸叙述一遍后，爸爸表示支持，同时要她注意安全。她答应着刚放下电话，李咏斌回来，她将去福建一事告诉李咏斌，李咏斌问：“你此行的目的到底是啥？”

她说：“没啥，就是想要弄个究竟。媛香这孩子十四岁就出来找弟弟，四年了她连家都没回去过，你说我本身还是个儿童文学工作者，我能不管吗？”

“你一星期能赶回来吗？”

“我们争取初五回来。不过求你明天送我们一趟西安。”

“这还用求嘛，这是我应该的。”李咏斌说，“儿子呢？”

“嗨，刚才被几个同学叫出去玩儿了。我不在，你看紧点儿，不许他整天上网。”

“放心吧，儿子还有这点自制力。只是你第一次一个人走这么远，那里又比较冷，多带点衣服。”

“我又不是住那儿不回来，这么大个人还不会照顾自己吗。再说，还有小花和王小虎呢。”玉舒说，“你赶紧吃饭吧，我先去洗个澡。”说着就进了卫生间。

第二天下午四点钟，他们从古城出发到西安火车站，李咏斌将他们送到候车室，玉舒就撵他回家，并提醒他说：“赶快带儿子回爸妈那儿，给老人家解释一下，告诉爸妈，我回来就去看他们。”

“那好，我就先回去了。你们一路上注意安全。没想到大年三十了，还这么多人，你们一路小心哦。”

“没事的，有小虎跟着呢。你快回去吧，免得爸妈惦记。”

玉舒他们目送着李咏斌离开，16:30 分开始检票进站，他们到 5 号车厢找到自己的座位坐下，小花说：“玉舒姐，你说年三十怎么还这么多人？”

“说的是，我也想着不会人多，可能大家都这么想呗。”玉舒又对媛香说：“媛香，要回家了，有没有给家里带点我们这儿的特产？”

“我今儿一早来，带她去买了些软香酥、水晶饼之类的。”小虎说。

“玉舒姐又没问你，你抢个啥呀。”小花这一说，把媛香给逗乐了，大家看媛香乐了，也都乐了。

小虎说，“你们先别乐，告诉你们一个重大消息。”

小花问，“什么消息正经成这样。”

“这次出行你们都要听我的……”

小花不屑一顾地看他一眼说，“发神经吧你。”

“不是神经，是正儿八经的给你们说，老板发话了，不仅命令我要保护好三位女士，关键是这次产生的费用都由他来承担。你们就不用操心钱的事，有我呢。”

“此话当真？”小花说。

“小虎拍拍包低声说，不差钱。”

玉舒问，“你们老板怎么知道的？”

小虎说，“是我汇报的。因为我觉得吧，这事不是小事，应该让老板知道，没想到老板真是大方。”

玉舒说，“这个世界上，还是好人多!”

小花说，“我们老板人真是好，我妈每次住院他都拿钱给我。不管是给是借，所有员工只要谁家有事，他都不吝啬。”

玉舒对媛香说，“这丫头真是遇到好人了，你们遇到好老板了，不是每一个老板都能这样做的，难怪他生意越做越好。”

他们说说笑笑，玩儿了一会儿扑克牌，快 12 点了，新年的钟声就要响了，车厢里开始沸腾，乘客们开始互相祝福，手机信息像子弹似的飞出车厢，飞到祖国的东西南北……

一路上乘客上上下下，火车摇摇晃晃直到初一晚上 20:50 分正点到达南平南站，出站已经没有去媛香老家的汽车了。小虎带媛香问了几辆出租车司机，司机都说不去，说那里路不好走，又远。

玉舒说：“总会有办法。咱们要赶路就先填饱肚子，先吃饭，问题总能解决的。”

他们终于找了一家南平小吃店，媛香推荐草根炖猪脚，炒米花生糕，糯米年糕，糯米肉，炒炖鸡几样。

味道还真不错，媛香总算吃到家乡的味道了，她吃得特别香。大家匆忙吃完饭，玉舒找了一个年龄大点儿的司机师傅说了有半个小时，又拿出有关证件，司机再看看媛香又是本地人，去的地方正好离自已家乡不远，客人又出了双倍的价钱，就勉强答应了。

开往媛香家的路上，玉舒让司机介绍介绍南平地区的情况。司机师傅操着一口南平普通话说：“我们这儿是茶叶的故乡，是老区，茶文化渊源深厚，以茶立县的佳话相传人间。有茗茶‘白毫银针’，还有‘政和工夫’誉满天下；还有洞宫山，是道教第二十七福地。洞宫山的面积约 10 平方公里，最高峰海拔 1459 米。因山中有一块巨石是‘宫’字状，奇山洞又有洞中宫殿之称，故名‘洞宫山’，山中风光旖旎，景色清幽，峰峦岩洞，秀拔奇伟，有奇峰异景 49 处。其中，花桥、虹溪、怪圈这三绝最有名。你们陕西有兵马俑，大雁塔；我们南平有洞宫山，有白茶，有云根书院；你们有延安老区，我们有红军老区。你们既来了，这些地方不能不参观。改革开放以来，我们这里充分发挥区域、生态、绿色优势，茶产业发展迅速，成为这里的传统主导产业。云根书院前几年才重新修建，你们文化人值得一看。”

玉舒说：“老师傅，您对这里的历史和人文景观了解得比导游还通，您再详细地介绍一遍。”

小花和小虎都附和着。

老师傅又说：“不过，我们这里相对来说还比较落后。其实，我和她(指媛香)老家也就一村之隔，要不然，大过年的你给我钱再多，我晚上也不敢跑。我们家乡是省定的15个老区贫困乡之一，全乡共有17个村，其中，老区村占14个，3000多户近两万人口，拥有土地面积242平方公里，平均海拔860米，年平均降雨量1926毫米，年平均气温14.70℃，昼夜温差大，具有典型的‘南原北国’的气候特点。是典型的劳动力输出地，大概有近万人分布在全国各省市务工或经商。还有好多村子由于地理环境的差异，日子仍然不好过。”

“您真是个本地通啊!”玉舒说，“那您听说过拐子村吗?”

师傅愣了一下，说：“那您得问她，我的老乡。”

刹那间，车里一片寂静，只听见汽车哗哗行驶的声音，外面漆黑如碳，只看见车灯在山间绕来绕去，直到子夜时分，车子停在一个山口，师傅说：“到了，从这里进去就是你们去的地方。”

小虎急忙付了车钱，谢过师傅并提醒他返程注意安全。他们目送着出租车离开。王小虎立即拿出手电筒，一束白光犹如黑洞中的一点星火，在曲曲弯弯的山路上缓缓移动，山在这漆黑的夜里显得更加庄严，它们巍然连天，仿佛正在沉睡着的巨大金刚，把玉舒和小花他们包围其中。

小花小声说：“玉舒姐，我有点儿怕。”

“不怕，媛香打头，小虎收尾。我们快步行进。”玉舒说。

“有我断后，你们只管前行。”小虎左右的给她们照着亮，不停地说小心。他们就这样大约行程一个多小时才看见了村庄，趁着小虎手中的电光隐约看见，高高矮矮的房子坐落在半山腰，媛香手一指说：“前面就是了。”

他们深一脚浅一脚地摸进村庄，媛香突然停在一家门前不动了，玉舒问她：“这可是你家?”

媛香点点头。

“你还不快敲门，咱们都在外边冻着。”小花说。

媛香踌躇片刻，将右手举起在半空停留有十几秒，才慢慢落在门扇上，

咚，咚，咚，咚咚咚……

里面灯亮了，传出一个男人的声音：“谁呀?”媛香没有回答继续敲门，里面又问：“谁呀？说话嘛。”

媛香还是不回答。

玉舒急忙应道：“大叔、大婶，是你们家媛香回来了。”

片刻，媛香的父母和两个弟弟都跑了出来，二弟认出姐姐，扑进媛香怀里就哭起来，说：“姐姐，你这几年哪儿去了，我们好找你。”

媛香眼泪哗啦啦地滚下来，她泣声说：“这是我弟弟，那是我爸妈。这几个都是从陕西来的我的同事。”

媛香的爸爸、妈妈抹着眼泪让他们进屋。他们一行走进院子，看见他们家三间平房里都亮着灯，媛香妈妈瞅着她说：“这孩子都长成大姑娘了，这些年你都在陕西了?”

媛香没有回答母亲的问话，她只说：“我小弟回来没有?”

媛香父母低下头抹着泪。

二弟说：“大哥也去外地打工，他碰巧见那个把小弟带走的人说，小弟得了肺炎死了，都两年了，他就给赔点儿钱。”

媛香哇哇地大声哭起来。玉舒他们劝了半天，她父母说：“客人大老远送你回来，赶快收拾收拾让客人休息了，都大半夜了。”

“是啊，咱们先洗洗睡觉，什么事等明天再说。”玉舒说。

媛香停止了哭泣，她母亲烧了热水，大家洗洗脸和脚，小虎和媛香两个弟弟挤一宿，媛香收拾了家里给她留的房间，三人凑合一宿。

早起他们吃了早饭，了解了解媛香家乡的情况，她母亲说：“现在，也不是没有将孩子出租出去的，我们这里好像没了，他们说别处倒有了，只是都偷着干，被发现要法办的。她母亲还说，大部分年轻人都打工去了，到了年间，有回来的，大都不回来，觉得在外头咋都比家好。现在，政府给我们都有低保了，日子好些了还胡思乱想些啥嘛。人心都是肉长的，谁不心疼啊……那不是没得办法嘛。”

……

大过年的，他们也不想再在这里久留。午饭后，玉舒让媛香好好在家待几天，他们问清路线就离开媛香家坐车到云根书院看了看，晚上到了南平住进招待所，小虎订了第二天的返程票。

李咏斌打电话问玉舒他们的情况，玉舒说还算顺利，她让李咏斌初四晚上到西安接他们。挂了电话，玉舒拿出随身携带的笔记本记录：

记事一

朱熹是理学的集大成者，儒家主要代表人之一。他的学术思想，一直是封建统治阶级的官方哲学。王阳明知行合一的思想正是在朱熹哲学基础上的突破……1144 年朱熹 14 岁时父亲朱松去世，祭扫祖父、祖母的事情，责无旁贷地落在朱熹的身上，朱熹对云根书院的感情也在增加，长大后的朱熹，成为云根书院的常客，每次朱熹来云根书院，这里的学子都要请朱熹上讲台，给大家讲授理学知识。

在云根书院的朱子阁上，悬挂着朱熹、朱熹父亲朱松、朱熹爷爷朱森三代人的石刻画像，陈列着当年的地图和朱松创建云根书院的壮观图画。书院阁楼陈列着诸多朱熹曾经用过的物品，当我站在阁楼里，仿佛朱熹授课的声音就在我耳畔回响……

记事二

我所了解的这些令人发怵！这是一种人性的残忍。现在，虽然媛香的老家几乎没有人明目张胆地弄残孩子，但是，这种犯罪行为给那些贫穷、愚昧、无知而又残忍冷血的心理病态者一个负面的参照系，尽管政府给了他们最低的生活保障，但他们的恶欲、人性泯灭使人惊悚胆战……

媛香的老家折射的是农村经济现实的困境。相信这些父母在折断骨肉的腿时，他们的心也许是疼的，只是这种心疼比不得贫困的折磨。难道他们是穷怕了？虽然贫困和无助的生活本身并不是弄残孩子的充分理由，但是，在贫困中看不到出路的人们却有可能最终选择那种残忍的方法。如果我们在他们那样的位置上，又能做出如何的选择呢？做出类似选择的，还有诸如“卖血村”之类，河南的那个卖血村早已名扬中外，不是因为幸运地致富了，而是因为非常不幸地成为艾滋病肆虐村。终究，要解决贫困农村的生活问题，只有发展经济，才是消除这一切的根本。

第二十九章

小花、小虎、玉舒他们回到古城后，都各自回去和家人团圆。

玉舒从媛香的老家回来后，一个想法开始渐渐萌生。她和李咏斌送完小花他们，回到家后，玉舒将这一想法告诉李咏斌，她说：“我想去做志愿者。”

“去哪里当志愿者？这就是你此行的收获？”李咏斌说。

“那些偏远地区的孩子们，不能再像他们的父辈那样愚昧地生存着。还有多少贫瘠的地方，那些留守儿童，他们受不到良好的教育，那么，他们的无知就会像血吸虫似的侵入他们的血液里，一代一代都成了病患者。特别是女孩子，像媛香那样的女孩子，大都初中没念完就出来打工。咏斌，你不觉得一个女人的素质关系着一个民族的未来吗？现在的孩子，大学毕业不愿意去那些艰苦的地方教学，那些地方没有良好的教育资源，他们简直就像隔世的野人，孩子们怎么办？我们不能眼睁睁看着那些孩子们得了‘贫血’而无法治愈，我们有责任让他们健康地成长！”

“可是，这不是你一个人的力量所能及的事。”

“就因为你我他都这样想，谁会去亲自实践呢？谁会去知行合一呢？”玉舒手里比画着看了他一眼接着说，“我想，也不必去那么远，就在我们省内那些偏远的地方，力所能及地做点事，我的心里才能安宁，你懂吗？咏斌。”

“好吧，既然这样，你斟酌着去做就行了，我只能支持。”李咏斌说完，玉舒高兴地吻了他一下，就像从父亲或兄长那儿得到自己早想要的宝贝似的，一脸的灿烂。

李咏斌知道自己的老婆天生的孩子气，你若不答应她认为应该去做的事，她就宛如一条蔓藤缠着你、绕着你、甚至还会哭鼻子，直到答应她为止。看着她那高兴样儿，李咏斌摇摇头心里笑道：简直是个孩子。没办法。

第二天是正月初五，一大早，小花觉还没醒，就听见李萧和娜娜不约而同来到她家，用头发在她的耳朵里挠痒痒，她一骨碌爬起来说："明知道人家旅途劳顿，多睡会儿都不行，大过年的，一早就来烦我。"

"你以为你是谁呢，我们是来看阿姨的，给她老人家拜年来了，真是自作多情。走，娜娜，到阿姨屋去，甭理她，给叔叔、阿姨拜了年咱俩就回。"李萧说完拉着娜娜就往屋外走，小花无奈地软倒在床上，将被子拉上来捂住头说："走呗走呗，谁还不知道你俩。"说完在被窝里偷笑。

她们俩到阿姨那边，阿姨招呼他俩上炕暖和暖和，她俩和阿姨客气半天说："不用了，怎么不见叔叔?"

"在厨房呢?"阿姨说，"小花昨晚才回来。"

"我们知道，逗她呢。"娜娜又对李萧说，"你陪阿姨聊会儿，我去厨房看看。"

娜娜走出前院平房，穿过一个四四方方的院子进了厨房，和小花父亲相互问候之后，她接过秦叔手中的菜刀继续切莲菜，秦叔去给灶火里添柴火，娜娜说："秦叔，真是日子好过了，瞧你把房子翻新得比城里不差多少。阿姨真会收拾，瞧这干净整洁的，我们镇上的人家都比不上呢。"

"你阿姨病着，要不这家里她尽折腾不够。"

"阿姨就是和别的妇女不一样。"

"等过两年发展好了，就再盖上二楼租了出去。"

"快了，近一两年，咱们十字镇变化多大呀，如今成了古城重点发展的新区，以后会更好。"娜娜说，"我在煤气灶上炒菜了。"

"行了，不用，你是客。"小花突然插嘴说。

"哟，大小姐起来了，我今儿还就当一回秦叔的女儿，"说着娜娜看一眼秦叔又说，"是吧，秦叔。"

秦叔只是笑，小花说："随你吧。只要不嫌你这爸穷。"

娜娜举起炒菜铲子说："你走不走，多余你知道不。快去洗去，一会儿李萧有正经事说呢。"

"我就知道，大清早的无事不登三宝殿。"小花说完走出厨房去了厕所。

她们吃完饭，李萧对秦叔和阿姨说："我们有要紧事进城去，今儿中午小花就不回来吃饭了。"李萧给阿姨挤眉弄眼地说着，阿姨笑了笑对李萧说："这孩子。去吧去吧，有些事要好好把握着。"李萧说："知道了。"秦叔一脸茫然说："你们打什么哑谜？"小花母亲说："爷们家打听个啥，孩子们的事。你们去吧。"

三人笑着出了小花家门，小花说："是来找我参谋的吧。"

娜娜神秘地直笑。

"唉！见鬼了，怎么什么事都瞒不过你。"李萧接着说，"他，就是上次我给你说的那个健身教练，我们见了面都还觉着可以，他昨儿约我，我知道你回来，就推到今儿，我说我要带两个朋友。他说没问题，不就是例行审核嘛。唉！我这回可是正儿八经想谈恋爱，你们可给我瞧准了。"

"这事娜娜比我有经验，我哪能呢，又没谈过恋爱。"

"娜娜那也是枝枝杈杈，浑着呢。只有你，心里明白，我信你。"

"不怕我撬了去。"

"怕就不来找你了。"

她们正说着，从村子里出来一辆出租车，停到她们三人跟前，司机探出头来说："三位美女，去哪儿？""奇缘茶社。"她们说着上了车。

出租车停在"奇缘茶社"门口，李萧争着抢着付了车费，下车后，小花看见一个穿水银色羽绒服的男子，高高的鼻梁上架着一副浅蓝色的近视镜，他是一个挺有男人魅力的年轻人，好像正在等人，男子目光温和地朝这边寻来，恰巧和小花的目光相遇，小花的心"嗵嗵嗵"狂跳几下，她赶快低下头，心想：李萧说的该不是他？再想：不对，他怎么会无动于衷？可能是我弄错了。想到此，又一辆出租车停在距小花不远处，只见那个男子高兴地迎了过去，绅士般打开车门，透过男子的肩膀，只见一头秀发晃了一晃，男子关上车门，一位和男子齐肩并且身材婀娜的女孩穿着黑色高筒靴，乳白色的羊绒大衣敞开着，一条红白格子的短裙，在乳白色大衣的衬托下显得格外注目，她骄傲地往小花她们这边扫一眼，对男子说："他们和你一起的？""如果我们一起能不介绍给你。""我说呢。"两人说着话亲密地走进奇缘茶社。

"小花快走，你愣个啥呀。"李萧挂了电话便对着小花说，"他已经到了，在上边等着。"小花答应着跟在她俩后面，目光却不由自主地停留在前面那一对情侣的背影上。他们走楼梯上二楼进了茶社，只见穿水银色羽绒衣的那个小伙子和熟人握手打招呼，那个人突然指着她们几个，穿水银色衣服的小伙子和他的女朋友一起望过来，李萧回头对小花说："看见没有，就是指我们的那个。"小花点点头。等她们走过去，那一对情侣在服务生的带领下已经离开小花的视线，坐在邻座的秋千椅上，只看见女孩纤细的手，扶着摇椅上绿色的塑料藤蔓轻轻摇曳着。

李萧对男子介绍说："这是我的好朋友小花。"

男子点点头问了声好，心里却暗暗惊叹道：白色羽绒衣里裹着淡粉色的高领毛衫，透着清新迷人的气质。

"好朋友娜娜。"

男子心中评价道：红色的外衣裹着白皙的皮囊，虽有几分妖娆妩媚，还不足以令人生厌。

"这是我的男朋友，王斌。"

在小花眼里，王斌虽身材健美，但有几分女儿气。不过，也不委屈了李萧，看情形，李萧已经使他神魂颠倒了。

在娜娜眼里，王斌很性感有活力，一点儿不像三十出头的人，她感觉还挺不错的。

大家认识后落座，茶社里温暖如春，李萧脱去黑色的短毛绒外套，一头金黄色的卷发懒散地停留在她一身黑色的衣服上，丰乳肥臀，削肩小蛮腰，两只白金大耳环在她精致的耳朵上晃动着，显得格外的神秘迷人。他们的青春被绿色植物包围其中，弥漫在这如春的温室里。

李萧和王斌坐在一条秋千椅上，李萧点着一支香烟，王斌似乎并不介意，李萧从小花和娜娜的眼神中看出，她们对王斌还算满意。

小花和娜娜坐在对面，如果视线可以像 X 光似的穿透一切的话，她此刻就想穿透植物葳蕤的枝叶，窥探那边的一对情侣，看看他们究竟干些什么？说些什么？只可惜她只能看见对面摇椅的藤蔓在半空中悠闲地荡着。

"你们喝什么茶？"王斌说，"我刚点了几盘干果，看你们还需要什么？"

李萧看看小花，小花摇摇头。

娜娜只是看着小花乐，也是摇摇头。

李萧说："你们今儿这是装什么深沉。那我就替你们要一壶菊花茶。他点的开口笑、腰果、香蕉片、土豆片，都是咱们爱吃的。"

"你们看还需再添点儿什么？"王斌说。

"不用，我们坐一会儿就走。"小花说。

“我们难道就那么不知趣，爱当电灯泡。”娜娜说。

李萧看了王斌一眼，王斌说：“过会儿我请大家吃西餐，过年一起热闹多好。”

“他说得对，谁也不许走。”李萧说。

他们几个东扯扯西拉拉，不知不觉过了一小时，小花碰了碰娜娜，娜娜意会和小花便起身告辞。小花站起来往对面看了看，还是什么也看不见。李萧说：“奇了怪了，小花今儿怎么魂不守舍的，眼神一片混乱？是受刺激了，也想找个男朋友？”

“瞎掰什么，你们不是不知道我的情况。娜娜，咱们走，让他们好好待着去。”小花和李萧他们告辞后，就急匆匆走出茶社，娜娜在后面说道：“进来慢腾腾，出去急匆匆，你这是撞上啥运了？”

小花等娜娜几步，对她说：“我想去给玉舒姐他们拜年，你去不？”

“去啊，反正我又没事。他妈的，那死鬼陪老婆过年去了也该回来了。”

“你呀，也该和李萧一样正经找个婆家了，瞎混什么？还能混几年啦。”

说话间她们上了一辆出租，小花对司机说：“去超市。”

娜娜说：“现在高不成低不就，没有和心的。再说，人和人待待好赖还有点儿感情，他又不离婚。唉！先这样混着呗。”

“真不知该如何说你们，再混几年混到头了，什么都耽搁了。”小花说。

娜娜想说什么，司机告诉她们超市到了。

她俩进去大约半个小时，出来时一人手里提两个大袋子，又匆匆上一辆出租到华阳小区下车。

走进小区，小花给玉舒打电话问了楼门号，她俩上楼，门已经开着，李咏斌和玉舒已在门口迎接她俩，见她俩来还买了东西，李咏斌批评道：“来就来，还买什么东西，不知道违纪吗？”

“我这是冲着玉舒姐的。”小花说。

“这丫头也学鬼了。快坐，叫你玉舒姐给你们泡工夫茶。”李咏斌说话间娜娜的手机响了，她起身去一边接电话，玉舒到另一个房间拿工夫茶具。

小花笑笑坐在沙发上说：“其实，早就该来谢谢你们，这点东西不算行贿。像你们这样的人还有多少？你们对我们的关注，对我们的帮助与支持，如果我们用别的方式表示感谢的话，那就落俗了，亵渎了你们的用心。大过年的我们不能空着手来看你们，这点礼仪我们还不懂吗？所以，这点东西就算表达一点儿心意，难道你们还要把我们的心也拒之门外不成。”

“鬼丫头，越来越会说话了，你们老总真有眼力。”玉舒说着将大套茶具放在四方茶几上，将一套小茶具收拾到茶几底层。又说：“小花，你妈身体好点儿了吗？”

“好多了，谢谢玉舒姐惦记。”

“难怪你玉舒姐常夸你，说你进步很快。还真是。”李咏斌说。

“那可不，我们中就她越来越行了。”娜娜一接完电话就抢话道。

“娜娜还在做美甲吗？”玉舒坐在小花身边，摁下烧水壶的电源问道。

“停了一段时间，在她的鼓动下，”娜娜瞅了眼小花，坐在玉舒的另一边，声音低下来说，“准备过了年再去上班。”

“这可是你说的，到时候可别变卦。”小花说。

“我向李书记和玉舒姐保证，你还不信吗？”

“够鬼的。”小花说完，环顾一下客厅又说，“玉舒姐，你们房子也太过简洁朴素了吧。给我的感觉穷的就只剩下文化了。看看这些形状各异的石头，看看这白底蓝花的景德镇瓷瓶，看看这墨迹，啧啧啧。”说着禁不住起身去摸摸那半人高的花瓶，边摸边欣赏着。

“那是假的，墨迹是真的，那些石头是你们书记的爱好。”玉舒说着水开了，只见她拿了些茶叶放进壶里，边泡茶，边说：“这是‘女儿茶’，小花来尝尝，待会儿再看那些石头。”

小花离开石头，坐回原位，接过玉舒递过来的茶杯，轻轻抿一口说：“这茶真香，我从没有喝过这样香的茶。”

娜娜说：“玉舒姐说了，这是‘女儿茶’，我都没听过，只喝过铁观音，大红袍，竟是男人喝的东西。”

“你还懂茶。”玉舒说。

“懂什么，跟着他们瞎品，也没品个什么味儿来。”娜娜说。

李咏斌插话道：“有一件事，正好你们来了，我想问问，过了年咱们镇准备……”话说半截只听咚咚咚的敲门声，李咏斌打开门，是王小虎，他也提着东西进来了。李咏斌说：“怎么，你们这是约好的？”

“快坐快坐，来喝茶。”玉舒说。

“你怎么知道我们在这儿？”小花问。

“现在通信设施发达成这样，这有何难。”小虎答道。

娜娜低头不语。

“哦，明白了。”小花说，“刚才娜娜接电话是？”

“是李萧。他问咱们在那儿，我告诉李萧了。”娜娜抬起头来对小花说。

“连咱们小虎都跟着他们学精了。”李咏斌说，“小虎，你的爸爸、妈妈们可都好？家里去年收入怎样？”

“真是三句话不离本行。”玉舒说。

“书记是我们的父母官，该问。”小花说。

“他们还好，我挣的钱给自己留点儿零用，其余的大部分给养父母，父母那边有结余就给点。两边现在日子都好过些，收入比往年都好，现在什么也不用愁了，今年春天我们家准备盖新房了。”

“那好，到时候我一定去给你们放鞭炮。”李咏斌说，“刚才，我正想征求你们的意见，回去和你们父母商量一下，过了年，镇政府想让周边几个村庄，利用咱们地下温泉的天然资源引进山东的温水养鱼技术。镇上决定每个村派几个想养鱼的村民去山东学习，我和那边都联系好了，人家大力支持，免费学习技术，到时候人家给咱提供鱼苗，无偿技术服务，你们回家问问看家里有没有这想法，等一上班就到镇上报个名，具体事项我们再安排。”

“这多好的事呀，对咱们多有利啊。”小花说，“要不是这边合同没到期，我第一个参加报名。”小虎和娜娜都附和着。

“李书记。我给我爸先报个名，养鱼致富多好的事。”小虎说。

“听说过你爸，在你们村可是个能人。没问题。”李书记说。

小花和娜娜都说回家跟父母商量商量，要是他们愿意去，上班就去镇上报名。

说得正热闹，又听见咚咚咚的敲门声，玉舒说：“今儿可真热闹了。”话音一落，就听见有人说：“表哥、表嫂我们给你们拜年来了。”小花站起来心里一惊，急忙低下头来，心里又扑通扑通狂跳不止，她心下说：原来是他们。怎么这么巧。李书记是他俩谁的表哥呢？这时，他们已经进屋，李书记关上门，玉舒接过他们手中的年礼放在一旁，让他们坐在一侧的沙发上，然后指着小花他们介绍说：“这是我们几个小朋友，小花、小虎、娜娜；这两位是李咏斌的表妹宋妮妮，妮妮的男朋友陈家新。你们都是年轻人，认识一下，以后有什么事可以互相帮助嘛。”

“好像刚才在奇缘茶社见过，你们和王斌一起的。”陈家新说着，认真地打量了小花一眼，心里对她的评价：朴素，姣美，动人。

小花不知怎么啦，不敢和陈家新的目光对接，面对他的眼神，她的心不知道为什么慌乱不堪。

“我们来时，见王斌他俩还在那儿聊呢。”陈家新对着小花说，“你叫小花，好像在哪儿见过似的。只是想不起来。”

小花刹那间脸色绯红，心跳得更快，她低着头嘴里咕噜一句：“也许在大街上吧。”心里却思忖：我第一眼看见他就觉得熟悉，也好像见过似的。

“大街上多少人，怎么单见过她?”宋妮妮说。

“这可不像平日里的经理，怎么遇着生人怕起羞来。”玉舒说。

“她是经理?”陈家新说。

“他们几个可都是我们十字镇的骄傲，在咱古城最大的浴足中心工作，秦小花健康堂浴足中心分店经理，王小虎经理助理，杨娜娜是美甲师。”李咏斌说，“有时间和妮妮去他们那儿消费。”

娜娜听见李咏斌说“骄傲”两字，脸上火辣辣的，她急忙低下头不看大家，心里说，我可不是什么骄傲。

陈家新让小花留下电话，以便于联系，妮妮斜了陈家新一眼，有点儿不快地说：“你还怕是找不见他们，想去直接到店里去得了。”

“有个电话提早联系省得去等，现在浴足可火着呢，弄不好等半天没师傅。”陈家新说。

“好了，今天真是有缘，难得大家聚在一起，全都留下一起吃饭。”玉舒说。

“我有个建议，等下次有机会再尝你玉舒姐的厨艺，今天咱们给饭店贡献去。”李咏斌又对玉舒说，“给明明打个电话，说个地方让他直接过去。”

“玉舒姐，我们就先回去了。”小花忙起身告辞，小虎和娜娜一起往门口走。

“今天一个也不许走，给我回来坐到沙发上去，商量个去处一起走。”李咏斌命令的口气道，“家新，你说个地方。”

陈家新略思索片刻，说：“万圣火锅”，咱们人多，吃火锅热闹。我现在就打电话预订个包间。

“好。就‘万圣火锅’。家新，你马上打电话订位子。”李咏斌说完去穿外套。

陈家新打完电话说：“包间订好了，我们可以出发了。”

第三十章

李咏斌、玉舒、小花他们一起出门，陈家新和小虎又挡了一辆出租朝吃饭的地方驶去。其热闹有趣，不必赘述。

却说古龙村村主任周良，初五这天正在和打工回来的弟弟周浩及小舅子几个人吃饭喝酒，周良正在劝周浩别再去打工了，回家和他一起养猪种菜。还说现在日子好过了，打工不见得有在家里挣得多。周浩说考虑考虑，还不知他的女朋友愿不愿意到这儿来。周良说，人各有活法，大哥不勉强你，只要你过得舒心就好。

说话间，突然贺家的族人来报，说贺老太不行了，说一定要见村主任。

周良听话儿撂下碗筷就急急忙忙地跟着来人走，周浩一把抓住周良说："你干吗？她死和你有何相干？他们害咱家还不惨吗？你还去帮他们，你忘了咱妈是谁害死的。到现在害人的人还逍遥法外，你倒帮他们去。"

"做坏事的人老天有眼，他最终逃不过应有的惩罚。贺老太现在身边没有亲人，她是我们古龙村的村民，就应该管。"周良说完就往外走。

"这不是秃子头上的虱子，明摆着吗？他们没犯法，怎么不敢回家？你关心贺老太，又是看病，又是派人侍奉，这要是死了，是否你还给她送葬呀！娘地下有知，决不会原谅你！"

"周浩，说不清的事情老天记着账呢。这是娘常说的话，娘会原谅我的，他也会支持我这么做。"周良思忖片刻接着说，"记得小时候，放学后几个同学打了你，我知道后要去给你报仇。那时候，娘还在学校教书。恰巧娘从学校回来碰见我们，我们说明了原因，娘把我们叫回去，回家后她给我们讲了一个故事，娘说：古希腊神话中，有一位力大无穷的英雄叫海格力斯。有一天，海格力斯在山路上行走时，发现路中间有个袋子似的东西很碍脚，便踢了它一脚，谁知，那东西不但没有被踢开反而膨胀起来，海格力斯有点儿生气，便狠狠踩了一脚想把它踩破，不想，那东西不但没踩破，反而又膨胀了许多。海格力斯恼羞成怒，操起一根木棒狠狠地砸起来，那东西竟然越膨胀越大，最后大得似一堵墙把路给堵死了。有一位圣人路过，忙对海格力斯说：朋友，快别动它，忽略它，离开它远去吧。为什么？海格力斯问。它叫仇恨袋，你不理它，它便小如当初，你心里老惦记它，侵犯它，它就会膨胀起来，挡住你前进的道路，影响你人生目标的实现，与你敌对到底！

周浩啊，人死不能复生，娘讲的这个故事，我常常想起。如果我们像海格力斯那样做，得到的是永无休止的烦恼和耿耿于怀的仇恨，失去的将是生活的快乐和事业的成功。这种结果，是一种得不偿失的买卖。你说对不？”

周良说完跟着来人匆匆去了。周浩木然地站在院子里一动不动，心里的痛化作一股洪流在眼底翻滚，他扑通一下跪在院子，大声地喊了一声：“娘，我想你！”喊得满屋子的人心都碎了，周良听到周浩喊娘，急促的脚步猝然停下，两行清泪顺着脸颊流淌下来。

周良到了贺彪家，贺老太已经奄奄一息，她大口地喘着气，迷乱的眼神看着周良，抖抖索索地伸出一只骨瘦如柴的手拉着周良道：“我，我们一家对不起你们，这，这真是现世现报啊，老天……天报应啊！”说着，贺老太从枕头下取出一个存折，她继续说，“这是我省吃俭用给孙子留下的一万块钱，他们兄弟俩心里都没有我这个妈了，这会子都不敢回家，贺彪媳妇到现在没有音信，这点钱你先替我孙子保存着，帮这可怜的孩子找他妈回来……还有贺海的两个孩子都在外面打工，你也帮我找贺海媳妇回来好照应这个家，还有这孩子……”贺老太老泪纵横喘息半天又说，“老贺家对不起你们周家，我们来世再报答你们。这孩子就先交给你了，一定帮我找到媳妇，周，周村长，谢，谢，谢”贺老太眼睛睁得老大，艰难地拽出最后几个字，她咽下最后一口气，贺彪的儿子“奶奶、奶奶”地哭喊不停……

周良依着关中风俗，给贺老太停灵两天，准备第三天入葬。他让人打听到贺海媳妇的下落，在娘家将贺海媳妇叫回来为婆婆守灵。还给贺海的母亲请了秦腔戏《二堂舍子》。

贺海和贺彪在外面听说母亲病逝，就偷偷回到古城，趁天黑他们开车在村外，他们躲得远远地看着周良为他们的母亲忙前忙后张罗着丧事，还请了他们的母亲最爱听的戏，将心比心，不由得泪流满面，他们整天逃离在外过的提心吊胆的日子，连母亲最后一面也不能见，贺彪说："哥，我受够了，那种煎熬，那种负罪感，见不到娃，见不到妈。现在，妈都不在了，还不敢痛痛快快哭一场，送妈一程，我还是人吗？哥，咱们自首吧，我不想再过这样的日子了，如果不再送妈一程 ，以后连这一点儿尽孝机会都没有了，哥，自首吧，都是我干的，我就说和你没关系。"

"不。都是我害了你。"贺海说，"都是我干尽了坏事，我该死，妈呀！该死的人是我啊。"

他俩哭着喊着走进人群，走近母亲的灵堂前，跪倒在地："妈，儿子来晚了，儿子不孝啊，儿子罪孽深重……"

突然间，戏也停了，人也静了，只剩下他们的哭丧声。

周浩看见他们，冲上前去，一脚踹倒了贺彪，又去踹贺海，周良急忙过去拉住周浩，周浩在哥哥的拉扯中挣扎说："畜生，你们还敢回来？"

贺彪说："你打吧，不瞒你们说，我们是回来自首的。"

此刻，古龙村寂静了数秒，顿时又开会似的议论起来。

周良看着贺彪和贺海，眼泪再也没忍住掉下来，他在心里告慰母亲："妈，您可以瞑目了。"

贺海和贺彪先跪了母亲，转过来跪在周良兄弟俩的面前，贺海说："村长，我有个请求，等我们明天葬了母亲立即就去自首。"

周浩说："你骗鬼呢，然后你们又跑了。"

此刻，贺海媳妇再也忍不住自己的悲伤，扑到贺海身上连打带骂："你个没心没肺的，都是你害了这个家，害了我，妈呀！我以后可怎么办呀?!"贺海任媳妇唾骂和捶打。

贺彪说："我不想再过那种逃离的日子，村长，你对我妈的好，我们在外面都听说了，我们贺家对不起你们。我们自首以后，请帮我找一下我媳妇，让她回来把我儿子带走，行吗？"

周良点点头，然后说："快去再看看老人一眼吧，准备入殓盖棺了。"

周良喊了一声："唢呐响起。"

……

他们俩埋了自己的母亲，周良带着他们一起去了公安局。他们得到了应有的惩罚。

之后，周良托人四处打听贺彪媳妇的下落，最后在贺彪媳妇的哥哥处打听到贺彪媳妇在南方打工。经联系，贺彪媳妇表示愿意将儿子接去抚养，过些日子就回古龙村来接孩子。

小花在家那几天，将李书记说的去山东学习温水养鱼技术的事告诉了爸妈，爸爸只是有些担心妈妈推说不去。

妈妈说："我可不想因为我的病而耽搁你做事，自从嫁给你，就拖累着你，没过上几天的好日子。现在，机会来了，别让人家说，我男人就只会守着我，我知道，我的男人不比谁差。现在女儿也大了，又有这么好的机会，我怎么能再当拖油瓶拉你的后腿呢。你去吧，我知道我的病，没事。"

"你真能行?"小花父亲问。

"有啥不行的，不是还有女儿呢。只要你们两个好好的，也许我的病就好了都说不定。"小花妈妈说。

"爸，您可要感谢妈放你出去做事了。"

"不是你妈不放我，是我不放心你妈。小花，爸要是去学习，你有空可要常回来，天天都要打电话给你妈。"

"你尽管去吧，我让我娘家侄女过来陪我不就行了，她上学从这儿走还比家里近。"小花妈说。

"看来，妈是下恒心让爸干事情。爸，您就放心学吧，还有女儿呢。"小花说完，一家人乐呵着不知不觉又扯到小花婚事上，小花急忙又岔开了。

可巧，小花屋里的手机响了，她跑去接电话，是娜娜。娜娜说，她爸也同意去山东学习。

小花说："怎么，你家蔬菜批发谁管呀?"

"我爸说，这几年批发生意也不好做，手稠了，先让我妈照应着，如果温水养鱼真像李书记说的那么赚钱，那就不做批发生意了，我们一家都去养鱼喽。"

"你也回来养鱼？太阳打西边出来了。"小花说。

"怎么，不可以吗？小看我。我杨娜娜以前也和你一样是个有志青年。我现在突然觉得咱们家乡更有发展。"

“也是啊。没想到几日不见，还需刮目相看了。”

两人有说有笑地聊了点别的就挂线了。小花又到父母这边，母亲问：“怎么，娜娜他爸也去?”小花点点头说：“娜娜也想学养鱼呢，妈，你说她变得多快，前儿在玉舒姐家说去美甲，今儿就要去养鱼了。”

“丫头，书上说，万物都是变化存在的，相互相生，一生二，二生三，三生万物。你看社会变化多快，如今看病都能报销，妈要是能活到六七十岁，还能领工资呢。何况我们都生活在这样的时代，你不是都当经理了，这是妈万万没想到的。娜娜这孩子本性善良，路走歪了点儿，正过来就是好的。小花啊，俗话说得好，尺有所短，寸有所长。和人相处要多学学别人的长处。”

“瞧您，我又没说娜娜不好，您就唠叨一大堆。”

“你妈那是怕你对朋友有看法。”小花爸爸说。

“行了爸妈，你们一唱一和的，别再把我当小孩看，我都懂。”

“懂就好。快去收拾东西，明天就要上班了。”妈妈说完，小花应声去了，不一会儿又折回来叮嘱爸爸说，“别忘了到村主任那儿先报名。”

第三十一章

正月初八，李咏斌一早驱车第一个到镇政府，只见门口围着一群人，隐隐约约地听见喇叭里在讲什么。他停车过去，原来是一位大叔将国家一些惠民政策用录音机录下来，用扩音器放给大家听，特别是对农民的，什么家电下乡，什么扶贫政策，什么有关土地的政策，有关拆迁政策，还有农合医疗，等等。李咏斌上前问他，“老人家您为什么要用录音机录下这些政策?”他说，“一看你就是政府的人，我告诉你，第一，我年纪大了看不清，我说话不流利，每次读，很麻烦；第二，最关键的问题，我请老师录下来，录下来之后，我告诉农民兄弟，这些都是国家政策，有人想捣鬼，那可不行。你听听，这可不是我乱说的，这都是中央说的。”

“你是哪个村的?”

“王道村的。”

“你就是那个王宣传员。”

“什么呀，义务的。”王老头说，“你是?”

“我是李咏斌。”

“哎呀！是李书记，你看看，不但有录制的，还有复印的，发给老乡们看的。”王老头说，“我不但在咱们十字镇义务宣传，还在别的乡镇义务为老乡们宣传呢。我要让农民兄弟们随时掌握政策动向。”

“好啊，王宣传员，有你这样的宣传员，谁也骗不了咱老百姓。”李咏斌说完，邀请王老头进去歇歇脚喝杯茶，王老头说，“不用了，我一会儿还去别的

地方宣传呢。”

李咏斌回到办公室，韩镇长进来说，“书记，会议几点开?”“九点吧。”书记说，“老韩啊，你都看见了，现在的老百姓不比从前了，媒体畅通，报纸，电视，网络，只要中央有政策出台，老百姓就知道了。”韩镇长说，“是啊，有些政策还没有下达到基层，老百姓就要求按政策执行了。”

“不管怎么说，我们都要为百姓服好务，不管困难多大，都要努力克服。”李书记说着看看手表，差几分钟就九点，他和韩镇长一起向会议室走去。

会上，镇长就2010年的工作进行了细致的安排。

李咏斌又重申：“工作重点首先放在温水养鱼技术的引进，就享有温泉资源的几个村先派人去山东学习，与此同时，筹集资金规划好养鱼池，等第一批人学习回来就可动手修建鱼塘。再者，离镇远的村子，如黄家村、十里村等几个村，他们正在建立食用菌专业合作社，积极吸纳西兴镇的多户村民为社员，发展双孢菇大棚种植，并在今年开始加工优质菌种系列；还有辛庄村村民大力发展蔬菜种植，辛宏社同志带头种植的几亩大棚圣女果，现在已收入近三万元。今年是大上规模产业带的第一年，争取在今年年底，使我们十字镇的经济打一个翻身仗！大家有没有信心?”

十字镇所有工作人员的回答是坚定的。

接着，李咏斌又宣布了干部帮扶进村和部门项目进村的人员名单：李咏斌，进驻王道村，帮扶王道村等周边几个村，引进温水养鱼技术；韩镇长进驻黄家村，帮扶几个村双孢菇菌种加工项目的研发；王副镇长进驻辛庄村，帮扶村民对圣女果的大面积种植……李咏斌还未宣读完，突然有人闯进会议室大声说：“我们村猪品种的事儿由谁来管?”

“周主任，是你呀。不是通知你们下午才开会，你现在都着急得不行了。”李咏斌说。

“我心急，早就来了。在外面听到扶持的项目都是别的村，好像没有我们村的事，我能不急。”周良说。

“你那个事特殊，下午会上专门儿研究。”

“不行，我这就在外面等你，中午还得在你们灶上混顿饭。”周良的话惹得会议室一片笑声。

“没问题，不就一碗面嘛，管得起。”李书记笑着说，“你先在办公室等我。”

周良答应着出去了。

会后，李咏斌回到办公室见周良独自坐在椅子上看报纸，就问："提高猪的品种问题，你有什么合理建议？"

"李书记，是这样，现在养猪业基本初具规模，并且养猪户越来越多，不光是我们村。这势必就面临一个问题，猪价肯定下降。三月份正赶上村上大部分的猪要出栏。据专家分析：今年三四月份肉价会大幅度下滑，这无形之中降低了养猪户的利润，大家催促我想办法，书记你说，我能不急嘛。这块原来就是你扶起来的，我不找你找谁。"

李咏斌笑笑说："我让提出建议，你唠叨一大堆，有什么具体的想法吗？"

"我想，最好的办法就是提高猪品种，我在网上查了查，他们用野猪和肉猪杂交后培养的特种猪，猪不但健壮好饲养，而且肉鲜嫩可口，价格每公斤60元，高出家猪四五倍。"周良说。

"是啊，有关专家收集和整理的野猪生态资料认为：野猪是经济价值很高的野生动物，肉味鲜美，猪皮是制革原料，胆可入药。其生态特点是，野猪与家猪的杂交及杂种猪，在目前虽然大规模饲养为数不多，多属于少量饲养，但是，能改善肉质，满足人们的不同嗜好。从当今人们追求绿色消费的发展前景来看，特种野山猪必将成为家猪的替代产品，前景广阔啊！"

李书记从抽屉拿出一份资料递给周良接着说："你看，这份资料是山东湘鲁特种野生动物驯化繁殖基地，春节前考察温水养鱼时顺便去了他们那儿。他们在农业产业结构调整的浪潮中，通过驯化的野猪与家猪杂交，对提高猪肉的品质，提高养殖户的经济效益，满足市场对猪肉的需求开了先河。特种野山猪克服了野生猪肉干粗、皮厚、繁殖率低、生长缓慢、个体小、晚熟等缺陷，具有生长快、繁殖率高等优良性，打破了野生山猪季节性发情，年产一胎，只产4—6只的低产状况，和家猪一样常年发情，每年两胎，每胎8—12头，繁殖率为野猪的三倍。并且饲料成本低，经济效益高，性情与家猪一样温顺，饲养与家猪大致相同，8个月即可出栏，适合农村圈养，技术容易掌握，便于普及推广。还有，特种山猪吃天然饲料，肉中不含激素与有毒物质，无任何污染和残留，为优质的绿色食品。特别值得一提的是：其高含量的亚油酸跃居肉中'皇后'，享誉国内外。"

"亚油酸，听都没听说过。"周良说。

"亚油酸还可以预防各种疾病，具有延迟细胞衰老，延长人类寿命的功能。正是由于特种山猪含有这种特殊的保证生命的物质，使其身价倍增，成为人们渴望的绿色食品。最关键的是，经济效益高，投资回收快。因其有特殊的营养价值和鲜嫩的山野口味，成为市场紧俏的高价位食品，一斤山猪肉可卖到家猪肉价格的好几倍，而生产成本要比家猪低，列高效益畜牧业榜首，是畜牧业中的短平快项目。咱按着饲养(一公四母)计算，一头母猪平均年产仔猪16头，每年共产仔64头，去掉生产成本，每年净获利3—4万元。目前，咱们省内养的极少，看你是否有决心开发省内市场，引进他们的技术。”

“太好了，我说，书记不会不管我们，原来都为我们想好了。有啥不敢干的，首先我带几个人去一趟山东。”周良激动地说。

“我已经和他们联系好了，你们和学温水养鱼技术的一起去山东。你来带队，到山东后，你们兵分两路，德州距聊城很近。记住这批人一定要精干，是代表我们新一代农民形象的秦人。”

“好！下午开完会，我回去就安排这事，决不给咱老秦人丢脸。”周良说到此，低头看看表，“哎呀，都十二点多了，走走走，我请书记吃饭去。”

李咏斌进卧室拿了碗筷出来说：“灶上今天是油泼面，香得很，走，咥面去。”

“还真咥书记一碗面呀。”周良和书记一边开玩笑，一边往食堂的方向走去。

第三十二章

陈家新开了一上午会，会上领导就2010年全市住房和城乡建设规划重点工作进行了部署。一是结合《关中—天水经济区发展规划》和《西安国际化大都市发展战略规划》，修编古城城市总体规划，积极与西安对接，提升城市功能，加快城市建设；二是……

陈家新听着听着，思想早已游离去了第一次和秦小花见面时的情境中。秦小花那羞涩的娇容填满了整个会议室，她就像梦中那个穿着白裙的女孩，轻盈地向他走来，陈家新的眼睛瞬间放出光芒，他自然流露出一种少有的笑容。邻座的同事见他走了神儿，用胳膊肘轻轻碰他一下，他耳朵嗡的一下，领导讲话的声音像电波碰在墙壁上形成一个浪尖，哗啦啦流入他的耳朵里……要建设一个国际化的大都市！接着，一阵掌声。

会后，陈家新坐在办公桌前对着电脑发了一会儿呆，又拿出手机将小花的号码调出来，手按在键上犹豫着：是打，还是不打？

小花在宿舍里刚收拾完床铺，杜鹃和燕子都开小花玩笑，说她心神不定的，肯定有什么秘密。小蕊悄声问："小花姐，是不是小虎助理对你……"小花起身出门撂了句："该吃饭了。"

燕子喊道："先吃去，一会儿你还开会呢。"燕子又转过来对小蕊说："就跟个非洲企鹅似的嗷嗷嗷的，明知道咱小花经理对他没意思，一个劲地瞎呱啦啥呢。你以为别人看不出来你喜欢那憨豆啊，老在小花面前探风吃醋，是别人看不出来你对他那眼神还是咋的。"

“咋了，我就喜欢，你们都讨厌他，我就偏喜欢他，我就觉着他人好，比那些男人都靠谱。”

“得了，喜欢向他表白去呀，在这儿咋呼啥。谁也没看上跟你抢。”

“好了好了，你们俩见面就掐，该吃饭去了。”杜鹃说，“我一会儿还要给他买了饭送过去。”

“瞧你，回了趟婆家，这就喘上了，清的。我要是不去吃饭，保准有人给我送来。”燕子话音落地电话就响了，她给杜鹃和小蕊挤挤眼说，“是他，保准问我吃什么。”她接听电话，果真是李航问她怎么吃饭想吃什么，要不要他过来一起去吃。燕子让他别来回跑了，外面随便吃点儿，休息会儿就上班了。

杜鹃说：“还说我呢，都这般体贴了，回了趟婆家都成一个人了。”

小蕊扑哧扑哧只是笑。

三人闹着出门，看见小花一手听电话，一手抚摸着油亮亮的冬青树叶子，神色含羞地微笑着。初春的阳光，从厚厚的云层里挤出来沐浴着她，她面如桃花，声音甜美的在阳光中低语……

燕子杜鹃她们突然问她，和谁通话需要躲在这里？小花吓了一跳，见是她们，她示意她们几个别闹，她们立即安静下来。小花又急忙转过身去，面对花园听着对方电话，燕子她们屏住呼吸诡秘地凑到小花身后，只听小花说了句，那就这样，晚上见。她口里含了香似的，脸上挂着微笑假装不理她们，径直朝前走去。

燕子急走几步挡在她前面：“不对呀，这过了个年，竟有秘密瞒着我们。你老实交代刚才打电话的是谁？柔声细语，声调都变了，平常和我们可不是这样说话的。”

“私事。无可奉告。”说着她将燕子豁到一边，偷笑着继续前行。

燕子说：“哎呀，大经理秦小花同志，是不是有了男朋友还瞒着。”说话间，她们已经追上小花。

小花说：“人家是有主的人，是他们晚上来咱们店里消费。”

“有主咋的，只要我们经理喜欢，他又没结婚，我们帮你抢过来就是了。”燕子说。

“快别瞎说了。吃饭去，我一会儿要去公司开会呢。”小花说，“哦，忘了告诉你们，媛香不回来了。”

“为什么？”

“媛香来电话说，她在那边的浴足店找了份工作，离家近，还能照顾她弟弟，他们家现在只有一个小弟还在上学，她说，要监督她小弟好好读书。”

“也是啊，不读书怎么办。”她们异口同声说着。

小花她们一出小区，突然看见小虎站在门口一脸的沮丧。

小花说：“王小虎愣个啥，走，一起去吃饭，一会儿就上班了。”说完和杜鹃一起往前走。

燕子稍停几步对王小虎低语道：“哎，憨豆，晚上就有人来找小花，你可看准了那人是谁。”说完就去追小花她们。

小虎低头不语站在那里，小蕊走近小虎身旁说：“小虎哥，你刚没听见吗？不像燕子说的那回事。走吧，吃饭去。”小虎这才跟在他们后面磨叽地走着。

却说陈家新和小花通完电话，小花那甜美的声音还在耳边回响，他心里有一种说不出的快乐。他将手机撂在桌上，哼哼着流行曲，手在键盘上噼里啪啦敲着文件。好不容易熬到下午下班，妮妮打来电话说，一起去吃饭，陈家新嗯嗯地应着说：“吃完饭我请你去浴足。”

电话那头顿了一下，说：“去浴足，我看，你是想去见那个秦小花吧。”

“你太过敏感。想去见她还带你去？”

妮妮沉默数秒说，“那为什么你决定后才告诉我？”

“你不是希望我更像男子汉吗。好了，二十分钟后，‘小四川’见。”陈家新说完挂断电话。

陈家新先到“小四川”，人声嘈杂，他被服务员带到二楼入座，点了妮妮爱吃的几个菜，让服务员先去下单，他看看手表，已经快19点整了，妮妮还没到，正要再拨电话，只见妮妮穿着陈家新为她买的那套名牌衣裙，黑长筒皮靴，着意绾起的发髻上，被一个闪闪发亮的蝶状卡子拢着，圆圆的脸上吊着一对石榴红的水晶耳坠，浓妆艳抹地站在他面前，陈家新瞅了她半天，没说出话来。妮妮头一歪问道：“怎么，不认识了？”

“不是，你这打扮是要去参加选美比赛呀。”

“你不喜欢？”

“到那儿去这打扮有点儿过了，你不觉得？”

“我喜欢。”

“那我真没什么可说。”

菜上齐了，陈家新不像平日那样礼让她，拿起筷子就吃。妮妮闷闷不乐地看着他，陈家新见妮妮不动筷子，说："怎么不吃，快吃吧。"

妮妮这才拿起筷子小心地吃起来，生怕弄掉了唇上的口红。

陈家新看了她一眼，说："把口红擦掉，吃完了再涂上。"

"刚一着急忘带了。"

"那就不涂了呗，那东西吃下去不利健康。"陈家新说，"妮妮，我告诉你呀，现在最流行的化妆就是不化妆。"

"我就想，咋的。"

"好好好，我尊重你。告诉你一吃法，你夹菜时把嘴张到最大就不会蹭掉口红了。"陈家新说着模仿给她看，妮妮见他那样，哧地一声笑了。

陈家新摇摇头说了句："唉！你们女人呀……"

吃完饭，他们乘了辆出租直奔健康堂浴足中心，下车后，妮妮有意挽起陈家新的胳膊，亲密地走进去。门口两位门迎微笑着说："欢迎光临！"陈家新点点头，门迎指了指迎宾厅的沙发说："请坐。"然后向里面喊道："浴足两位。"碰巧王小虎从楼上下来，陈家新认出他招呼道："王助理，你好！"王小虎敏感一笑心里说：原来燕子说的是他们？王小虎忙伸出手与陈家新握手道："欢迎你们！你们先坐，我去叫秦经理。"

这时，服务生拿来两双拖鞋给他们，陈家新换好鞋刚站起身，小花的身影就出现在陈家新的视线里，深蓝色的职业装使她曲线更加柔美，脖子上绾着一团柔软的粉白花丝巾，面如两朵桃花，含露的双眸黑亮亮的摄人心魄，一口石榴齿在微笑间启开，她先和妮妮握手问好，再大方地将手伸向陈家新，他们手握在一处，仿佛手心接合处安装了一个传感器，一股温暖透过手心传导至全身，小花勇敢的眼神和陈家新对视一秒，瞬间他们的心里出现一个共同的声音：你就是我生命中要等待的那一个吗？

小虎见此情景，心里猫爪似的，他急切地想把他们的视线拆开。正此时，一个声音说："秦经理，你可要给我们安排最好的技师哦。"妮妮抓住陈家新和小花握手的那只胳膊，说着话将他们的手分开，小虎也松了一口气。在放开小花手的瞬间，陈家新忽然想起梦中的女孩对他说过：抓紧我，别放手，别放手。他的手还在半空慢慢伸缩着。小花的手离开陈家新后，忙用左手揉搓着右手对小虎说："安排燕子和小蕊上钟。"小虎这才答应着去了。

第三十三章

玉舒正在家忙活着晚饭，电话响了，是默然。默然说："玉舒，你交代我的事已经办妥，非常欢迎你来这里当志愿者。你还别说，自从你上次交代我这事以后，我特意留心去了几所乡村学校，一句话，这里的教育比较滞后。你既然决心已定，那就安排好家里，和咏斌商量妥当，完了之后给我电话，我去接你。"

"不用了，默然，还怕我找不到吗？哦，你最近怎么样？那个长篇写完了吗？"

"谢谢惦记，我一切还好。告诉你玉舒，组织与其说让我在这里挂职，不如说给了我充分的写作和学习时间。小说快了，完了之后第一个让你提提意见。"

"我怎么敢给您提意见，水平不够。"

"你不行，谁行，你是最能读懂我的。"他们在电话两边沉默片刻，默然赶紧又问，"那你准备啥时候动身？"

"就这几天吧，到时候给你电话。好了，那我挂了，多保重！"玉舒挂了电话，儿子已经进门了，玉舒边往桌上端菜，边给儿子说："明明，妈妈这几天就要到山里去了，你已经是一名中学生了，学习一定要自觉，不要因为妈妈不在而放松学习。"

"妈，您就放心吧。不过，我还是挺不愿意让您去。"

"好儿子，什么时候那些孩子能享受和你们一样的教育，妈就哪儿也不去了。这些事情总要有人去做。默然叔叔说了，山里教育落后，真的需要更多的人去帮助他们。儿子，妈妈去的地方不是很远，可以经常回来的。明天，爷爷和奶奶就到咱家，你一定听他们的话，爸爸一天也很忙，学习的事就靠你自己了。妈妈相信，李思明是一个最会合理安排生活和学习的人。”

“放心吧，妈妈，带一些我小时候看的书和杂志给他们，几大箱子呢，”

“好孩子，妈妈都没想到，要带的书真是有几大箱子，这回你爸爸不送妈妈都不行了。”说话间，玉舒和儿子听见门锁转动的声音，李咏斌进家换上拖鞋，边去洗手间边说：“哎呀，今天去山东学习温水养鱼和特种猪养殖的事总算尘埃落定。”

“那小花的爸爸去吗？”玉舒问。

“不但小花的爸爸去，还有小虎的爸爸、娜娜的爸爸，就连娜娜都要求一起去呢。”

“怎么娜娜也去？”

“我倒是希望去的年轻人越多越好，毕竟年轻人接受新事物快嘛。这次由周良带队，还好，他们学习去的两个地方相距不远。”李咏斌说完来到饭桌前坐下，玉舒递给他一碗粥，他惊讶地说：“哎呀！黑米八宝稀饭，好久没喝了。”

“爸爸，这黑米八宝粥快喝不上了。”

李咏斌眼睛睁得大大的瞅着儿子，儿子告诉他，妈妈要走了。

“走？走哪儿？”李咏斌盯着玉舒问。

“怎么光记着养鱼养猪，不记得我的事了。”玉舒调侃说。

李咏斌使劲回忆，摇头说，他实在是想不起来了。

“是真想不起来，还是假想不起来？要不要我帮你想。”玉舒过去就要揪他耳朵，他连忙说：“想起来了，不就是志愿者的事嘛。你都预谋好了？”

“什么叫预谋？”

“你走了，我和儿子怎么办？”

“是真不舍得我走，还是小心眼儿？”

“听真话还是假话？”

“当然是真话。”

“都有。”

玉舒说：“我家先生怎么会是那种小心眼儿的君子呢？不可能啊。”

“你准备什么时候走?”

“我想，明天就去把爸妈接来，后天出发。”玉舒接着说，“默然来电话，说已经都给安排好学校了。你能不能送我过去，再把车开回来？因为有几大箱子书，我拿不动。”

李咏斌说：“若能腾出时间，一定去送老婆。否则，谁知道老婆在什么样的环境下工作呢。他又说，如果有什么紧急情况，那就让默然来接好了。”

儿子撇嘴一笑，对玉舒说，“爸爸好像有点儿吃默然叔叔醋了。”

“别瞎说啊，你爸这点儿信心都没有，你妈能跟我吗？我是怕妈妈去那地方有很多不习惯。”

“那你是答应去了。”玉舒说。

“我不答应你能不去吗?”

“那肯定不行，说好的事。”玉舒盯着他直摇头。

“那爸爸只有支持了，是吧，明明?”

明明点点头，一家人相视而笑。

第三十四章

燕子给陈家新浴足，陈家新省略了洗手、按摩四肢等程序，燕子就给他揉揉肩拍打拍打，泡好脚擦干，抹上按摩油，燕子开始给他按摩脚。

小蕊认认真真地给妮妮服务，一样程序不少。陈家新看了妮妮一眼说："你还真行，不痒痒啊。"

妮妮说："原来学生家长送的浴足票，和几个老师一起来过。到这儿就是享受来的，你怕痒，以后多来几次就好了。"

说话间，妮妮轻松地靠在特制的沙发背上，轻蔑地看了看燕子和小蕊的手又说："你说你们手上磨出的老茧还能下去不?"说着她将一双白嫩的手伸在胸前，炫耀着她那经过修饰的指甲。

燕子说："陈大哥，你女朋友是什么职业?"

陈家新说："教师。"

燕子说："我以为是和梁朝伟一起演《色戒》的女主角汤唯呢，长得真够漂亮的。"

妮妮说："我哪儿能和人家比，只不过一个教师，也就是个公务员待遇。唉！这人和人生下来就有分工，职业高低是注定的。"

燕子将按摩油"啪"地甩在地上，手停止了工作。陈家新立刻拉下脸来，瞪了妮妮一眼，小蕊见状急忙说道："燕子，你就偷懒，这可是小花姐的客人，看我一会儿告你状去。"

燕子转怒为笑说："你告去，我可是有话说了，要是客人都像陈大哥似的我们倒省力了，哪一回碰上的客人不想多剥削咱们一会儿，说起来还是什么大老板、公务员的，那素质可真低。”

燕子说完，端起水盆对小蕊说：“走，下钟，不做了。”

小蕊跟在燕子后面匆匆出来，俩人一脸的不高兴。

陈家新穿好袜子拿起背包大步走出房间，妮妮紧随其后，陈家新对吧台里说：“买单。”

小蕊急忙去办公室告诉小花刚才发生的事，小花匆忙跑出来，见陈家新和妮妮一脸的不快在吧台站着，她急忙阻止陈家新买单，说今天的单，必须是她来买。小花不断地给妮妮道歉，说刚才燕子有得罪之处，敬请妮妮谅解。下来她会处罚燕子的。

陈家新微笑着对小花说：“不怪燕子，不要批评她，她们都服务得挺好的。谢谢！今天的单一定是我买。”

小花为了维护一个男人的自尊，只好看着陈家新买完单。然后对妮妮说：“不好意思，妮妮，我替燕子向你道歉，要不是她接着上钟，我一定让她亲自给你赔礼道歉。”

妮妮觉得自己也有些过分，就没有说什么，只咕哝两个字：“没事。”

陈家新说：“真的不怪燕子，你要批评她，会打击她的工作热情，改天我来特意向她们道歉。”

妮妮低着头，不知嘴里咕哝一句什么，谁也没有听清楚。

小花将他们送出门，妮妮跟在陈家新后面。陈家新转过身看着灯影下的小花，身后的灯光就像一个美丽的花坏，将她环抱其中，她就像个女神，他向她挥挥手，小花也回应着，目送着他们乘上出租车离开。

霓虹灯在城市的各个角落变幻着，陈家新和妮妮坐在后排，各有所思的向外凝视着，陈家新看着迷离的霓虹灯和被他们甩在后面的街区，觉得一切纷乱、捉摸不透。阳光下，那一座座高楼大厦是现代城市的符号，是当代文明的象征；夜幕里，这高高低低闪烁的影子犹如一个个巨大的幽灵，神秘莫测，变幻无穷。

妮妮看着窗外，汽车载着她在街灯下穿梭，她却什么也看不见，只想着刚才发生的事。她想，今天真是弄巧成拙。本想在她们面前炫耀一下自己的职业，也好让他注意一下自己的身份，不要和浴足女等同。本来是想提醒他，这种身份的差异只能让他选择自己，而不是秦小花，他们不合适。可是，陈家新自从遇见秦小花后，就仿佛变了一个人。

司机过了两个十字街口，拐了几个弯，停了下来说：“到了，古城小学。”

宋妮妮心里纠结地下了车，陈家新对她说：“你进去吧。”陈家新待在车上，妮妮几次回头才进了学校门，见她进去，陈家新让司机将他送到碧水花园。

下车后进了小区，进了 A 座楼门，然后乘电梯至五楼，他按一下门铃，稍等数秒，一位气质优雅的女人打开门，陈家新进门就拥抱了那个女人，女人关上门问：“出了什么问题，瞧你这一脸的沮丧？”

陈家新离开女人的怀抱，一屁股坐在沙发上说：“我原以为她是我要找的那一半，但是，我慢慢感觉到她不是。我想，我们恐怕不能继续了。”

“如果你和她志趣不在一处，日后恐怕也难相处。这是关乎你幸福的大事，你慎重选择。”女人说。

“其实，走到您门口，我已经做出选择。我要是将来找个农民的女儿，您会怎么想？”

“渐渐都城镇化了，什么农民不农民的。重要的是素质，是教养，是能和你交流的思想，这才是最为关键的。”女人说。

陈家新说，他想听音乐，她知道陈家新想听马斯内的《沉思曲》，由于夜间，女人将音量放得很低，然后进了书房。

他沉浸在音乐里，壶里的水沸腾了，他调整了电源，端起壶，先温杯，再洗茶，然后自斟自饮起来。他一边品茶，一边在音乐中沉思，他问自己，到底想要什么？什么样的女孩儿才合适自己？还是现在的选择为时过早？那么，他握住秦小花手的刹那，那种热血沸腾的感觉，那种想拥她入怀的激情，还有她那种躲闪的眼神，娇羞的神态，这些都是什么？是爱情吗？是一见钟情吗？他陷入深深的思索中许久许久，渐渐地，渐渐地，他似乎明白了。

且说妮妮，她回到宿舍后，妆都未卸，换上睡衣躺在床上翻来覆去，她自言自语：刚刚开始就要结束吗？为什么要碰见她，为什么？为什么？讨厌的秦小花，你简直就是半路杀出来的程咬金。我哪儿没有她好，瞧他看她的那眼神，握着手都不想撒开，我哪儿没有她强，自从她出现在我俩面前，他就淡了我，仿佛她是公主，我就成了仆人。她不就是个经理嘛，给人洗脚的经理，我一个老师哪儿就不如一个浴足女了……

妮妮乱想一大堆，一点儿没想通，自己到底是什么地方出了问题，她仰在床上，气得吁吁喘气，辗转反侧不知几点才入睡。

第三十五章

李咏斌和玉舒靠在床头的靠垫上，玉舒问咏斌，她去默然那边做志愿者真的很介意吗？李咏斌他不介意是假话，因为他明白，默然这辈子就爱着一个女人，就是他的妻子玉舒。她去默然那边做志愿服务，两人相处机会更多，难道不会旧情复燃吗？玉舒看出咏斌的顾虑，说："咏斌，我已经是你的妻子，明明的妈妈，不是一个无所顾忌的女人。"

"你先听我分析一下默然，他要是能放下对你的爱，他就不会刚结婚又离婚，正因为他放不下，而又不想伤害他的前妻，所以他才离婚。"

"那么，是你不信任我了？"

"不是不信任你，不信任你，就不让你去。反而觉得挺对不住你和默然，要不是爸爸坚决反对，和你结婚的就是他。他现在执意不愿意再婚，这样的苦自己也不是个事儿。到了那儿，多劝劝他，该成个家了，他不能这样老是没人照顾，是吧。"

"见他我老劝，他说没碰见合适的。"玉舒头倚在李咏斌的胸前，一只手抚摸着他的肩膀说："咏斌，你应该是了解我的，我既嫁了你，就不会对不起你。现在，除了事业，你和儿子就是我的全部。默然只是我们共同的朋友。再说，到他那里，总比到一个人谁都不认识的地方好。"

"瞧你说的，我不放心能让你去吗。我还不了解默然的品行吗？你放心去，只是怕你受不了那个罪。"

"山里可都是绿色食品，有多苦？大不了少吃肉，我要真吃不消就回来行吗?”

“你是在城里长大的，去体验体验也好，说不定对你的创作有帮助。”

“每一次体验都是一笔财富，我可有素材写了。”玉舒说着说着兴奋起来。

“好了，一说到文学就兴奋，再说又睡不着了。”李咏斌说完 ，玉舒灭了台灯，俩人甜蜜的相拥而眠。

2 月 23 日上午，玉舒就要出发。本来李咏斌要去亲自送她，可是由于区上临时召开紧急会议，李咏斌将送玉舒的事交给了表弟，仔细地交代一番。他借上洗手间的空，给玉舒打个电话，让她多保重，说他闲下来就带着儿子去看她。玉舒知道他想说什么，她告诉他，知道每年这个时候是最忙的时候，她能够理解。

俩人又互相的嘱咐几句便挂线了。

李咏斌刚将手机放进裤兜转身要进会议室，突然又停下，他转回身又拿出手机，拨通另一个电话，接通后他说：“默然，玉舒今天就过去，本来我要亲自送她，可是临时有个重要会议，就让我表弟送玉舒过去，她到了那边，你要替我好好照看她，怕她不习惯。”

“怎么，不放心了?”默然说。

“不是。”李咏斌说，“默然，咱们这么多年的朋友有什么放心不放心的，我是想说，让你多费心了。”

“咏斌，把心搁在肚子里。”默然说。

“那好，就这样，他们大概在下午 2 点左右到。好的，拜托，再见!”李咏斌说完长长地舒了一口气，急忙进了会议室。

玉舒和表弟一路攀山越岭走了近四个小时，到达目的地已是中午一点多，默然见面就问他们肚子问题解决没有。玉舒说在半道就解决了。默然让玉舒先在招待所住下，明天派车再送她去学校。他们到了招待所，卸下玉舒所有的东西，玉舒没让表弟耽搁，怕他夜间赶山路不安全。

送走表弟他们回到招待所，默然说：“玉舒，整理好行李我带你去周围走走，你既来了可不能后悔。”

玉舒笑笑说：“把我当什么人了，后悔我就不来了。”

“我是怕你自小在城里长大，没吃过这样的苦，吃不消。到时候我可没法儿给咏斌交代啊。”

“说什么呢，你不也是城里长大的么，我正想体验一下什么叫苦；再说，这么多人在这儿都能生活，我就不能吗？”

“日子久了，是怕你不习惯。”

“没事，我结实着呢。”说着，玉舒要去整理那几箱书。默然阻止道，“这些书先这样放着，反正明天就拉走。”

“那好吧。”说着她背起挎包：“走吧默然，你不是要带我去转转看看吗？”

默然看她一眼，笑了笑，他们便一起走出招待所。

他们走在县城的街道上，玉舒眼里的这个小县城，却比不上李咏斌管辖的那个小镇大，发展的程度还没有十字镇一半好。因为十字镇是在古城城乡接合部，处在一个四通八达的环境中。想让这样一个原先贫瘠而各方面基础设施不甚发达的地方，去赶十字镇那样的发展步伐，怎么觉得都有些不实际。她告诉默然这种看法。

默然说：“作为我，一个挂职锻炼的人，我只能用手中的笔和墨来展示这里百姓的生活状态。我不想干什么，只想在这样一个静谧的地方，欣赏着这里的山水、人文，思考我的人生意义。”他停顿片刻又说，“玉舒啊，我觉得，你要比我高尚得多！”

“怎么，我就比你高尚了。你的几部小说不都是高尚之作吗？人家让你扎根到这儿来，就是要让你用手中的笔，来抒写改革的春风吹到这山旮旯之后，是怎样改变这里人们的生活。我只不过是想为这里的孩儿们教几篇文章罢了。”

“这，还不高尚。你知道，当我告诉许校长，你要来，他们高兴成什么样了？他们多么希望能有像你这样的人多来几个。”

正说话间，默然电话响了，“喂，许校长啊！”

“……”

“你咋这样着急？”

“……”

“是啊，她来了，我们正在街上转转看看。”

“……”

“好好好，没见过你们这样着急的，让我们叙叙旧都不行。好啦，我们马上回招待所。”他挂了电话，对玉舒说，“渴望人才，心情是可以理解的，以后我们相处的机会可能会多一些，那就先回招待所，他们现在就要接你走。”

“那太好了，我也可以马上投入工作。”

他们快步走到县招待所，许校长和一位女老师早就迎上来，默然给他们相互介绍后，许校长说："不好意思，打扰你们老朋友叙旧，知道玉舒先生今天来，我们早已为先生安排好了，只等书记和先生去我们那里。"许校长停顿一下，恐怕玉舒说不，看了书记一眼又急火火地说，"先生，我们这里虽然不富裕，但这里风景秀丽，有山有水的，比画上可养眼多了。你的住处是默然先生前些天亲自为你选的，他说，你一定会非常喜欢。"

"是嘛，我已经迫不及待了。那赶紧走吧。"

默然把车开到招待所门厅处，又将玉舒带来的东西全部装上车。许校长坐在副驾的位子上，侧着身子一路介绍他们学校的情况。车开了大约四十多分钟，先到玉舒的住处，下车前，默然交代许校长说："玉舒说，那几大箱书一部分是她儿子送你们的，大都是用她的稿费给孩子们买的。一会儿你们先把书放回学校去。"

许校长好像只会说谢谢、谢谢，太谢谢了。玉舒只是摇头，只是笑。默然说："许校长那是激动地不知再说什么好了。"

许校长下车后赶忙给玉舒开车门，他说："就是这里，您和默然先生先上去看看，我们送完书回来接你们。"

许校长开车去学校，玉舒和默然目送车离开，他们上了一节儿坡，就听见咕噜咕噜的水声，玉舒看见泉水是从左面的山腰一泻而下，又顺着几米深的山渠，变成一股清亮亮的小溪不知流向哪里。听着咕噜咕噜的水声，他们向前走去，玉舒突然喊起来："啊，这儿简直太美了！美极了！"

默然说："走，到前面再看。"

玉舒像个小姑娘似的疾跑前去，她惊呆了。她说："哇！这简直就像走在丰子恺先生的画里。这山，这水，这山崖边的小屋，小屋外面的老树根桌墩，还有那棵老松树，天边几抹淡淡的云霞……"玉舒站在桌墩旁，面对着山谷，眺望着远处，她张开双臂，轻轻闭上双眼，深深地嗅着山气，她在心中念道，"简直就是仙界！"她仿佛变成了一只蜻蜓，点点山谷的清泉，扇动着美丽的翅膀，在这山谷间、彩云里惬意的翱翔。

"如果当初有你，丰先生的这幅画里就多了一笔特别的风景。"默然微笑着说，"就知道你会喜欢。来，到屋里看看。"

"默然，你怎么竟然找到这样一处令人意想不到的地方？"玉舒说着，随默然走进小屋。

“想听听它的由来吗?”

“当然。”

“传说当年有一位云游天下的学子游到这里，他被这里的风景像你似的迷醉了。于是，他决定就在这里修行读书，他上山伐木亲手搭建了这所房子，还打了这桌子凳子和这张木床，他又在这木屋的后面开垦了一块田地，种上粮食和蔬菜，他在这里听着山和水的声音，享受着惬意的冷清……突然一天，油灯下正在夜读的他，被徐徐吹来的香风裹挟，他慢慢抬起头来，只见一位仙女青涩地站在他的面前，他惊讶地一动不动，只见那个仙女含着蒙娜丽莎般的微笑看他一眼，然后小心地给灯里添油，轻轻地拨亮灯芯，为他研墨，为他压纸，为他端水沏茶，看着他的墨迹跃然纸上。他热了为他擦汗，他饿了为他做饭，直忙到霞光初升，启明星熠熠闪光地低悬在大地的上空时，仙女就突然不见了。打那以后，仙女天天如此。就这样，他们相爱了。他们在一起过了不知多少个这样的幸福时光。然而，一天深夜，雷电划破长空，一阵狂风袭来，不知道是什么声音在山谷间隆隆地作响，等他回过神来，他的仙女突然就不见了。他急忙跑出木屋，隆隆的怪响声却渐渐地远了，没有了。他四处叫喊，娘子，娘子！你在哪里？可是，他的娘子早已了无踪影。从此后，他再也没有见到她。他精神萎靡，一蹶不振，他思念她，再也无心读书修行。无奈之中，他只好下山去寻找他心爱的娘子，久久未归，可是，他万万都没想到……”

“没想到什么?”玉舒睁大眼睛问。

“没想到，那个仙女变成凡人回来了。”默然说完，诡秘地一笑。

“那她最后等回他了吗?”

“你说呢?”

正这时，许校长他们来了，嘀里嘟噜提着玉舒的东西不知该放在哪里。玉舒却还在思索，那个学子是否回来？她自言自语说：“他要是心有灵犀就应该知道他的娘子回来等他了。”

“你醒醒。要知后事如何，且听下回分解。”默然道。

玉舒如梦初醒。

“什么下回分解?”许校长问。

“刚才给她讲了个神话故事。”

默然又将那个故事大概说了一遍，指着一个拴着绳子的木桶说：“它就是他们留下来的，不信，你问许校长。”

许校长点点头，眼睛里充满真诚，他说：“是他们用来打水的。”

玉舒想想一笑说：“知道了，他们是用木桶取来泉水，用来做饭洗衣。”

大家开心一笑。

放好玉舒的行李，许校长邀请去吃饭，他们驱车来到附近一个有二十多户人家，标有“农家乐”字样的小村庄，他们将车停在一家门口，两扇红色的铁门上安着两个青铜门神，肃杀地盯着来人走进小院。

玉舒四处望望，比古城周边的农家乐古朴安静许多。这时，一个干净清亮的农家妇女从平房里迎出来说，“哟，客人到了。”许校长介绍说：“这位就是农家乐的主人，她的手艺可是这儿远近闻名的。上次，默然先生在这儿请我，确实名不虚传，今天我特意请您尝尝她的手艺。”

“哪里哪里，只不过城里人好东西吃腻烦了，改个口味觉得都是好的，我们进城还觉得馆子里的饭好吃呢。”

“老板娘，今天来的都是贵客，把你拿手的给我们都上了来。”

他们被安排在一间房分成的两个包间的里间，老板娘说，里面暖和有炉子。待他们坐定，老板娘用方言喊了一声：“凤儿，给客人倒茶。”她又对着客人们说：“那今个儿我上啥菜，你们就吃啥菜，保准儿都是最好的。”说完她喜庆地出去忙活去了。

许校长说：“一到假日，许多城里人都来到这里度假，尝尝我们的山野苦菜，小炒土鸡蛋，农家凉皮，锅盔夹辣子，摊煎饼子卷菜……一应这些今个儿咱都尝尝。对了，还有臊子面。”

“那我今天可要敞开地吃了。”话说到此，玉舒电话响了。“对不起，我接个电话。喂，咏斌，啊，是明明呀。”

“我爸问您，安置好了没？”

“好了、好了，你们别操心，这儿一切都挺好的。明明，你可要好好听爷爷、奶奶的话，听见没有。”

“哎呀，知道了妈，这会儿哪敢撒开了玩儿。我知道，你就放心吧。好了妈，我爸要和你说话。”

“玉舒，一切都安排妥了吗？”

“都妥了。我们正在吃饭。”

“默然在吗？”

“他在我旁边。你和他说几句吧。”

玉舒将手机递给默然：“你好，咏斌兄!”默然道，“玉舒在这儿，你就放心吧，她住的地方和学校离不远，也很安全。她和许校长住一个村，都离她不远，有空你过来看看，就放心了。”

“有你和许校长他们关照，我也没什么不放心的。”

默然将电话放在玉舒耳旁，玉舒接过来听，“只是我担心她在那儿生活不习惯。”

“我没有那么娇气，咏斌，你就放心吧。”

“好，那你自己保重，有空我就去看你。”

“知道了，你也保重！哎，把儿子管好，别让爸妈老惯着他。”

“嗯，注意身体，那我挂线了。”

“好，再见!”

玉舒挂了电话，对默然说：“原来，我住许校长他们村。”她又转过脸对许校长说，“我那屋子是不是传说中保存下来的?”

默然直给许校长挤眼示意，许校长说，“噢，噢，是的、是的。”

“是不是丰子恺先生来过这里呀，怎么和他画里的景致一模一样。”

“菜来了。”只见老板娘喊着进来，端着一个托盘，里面装着各色菜，有小炒土鸡蛋，山野菜，菜疙瘩，凉拌搅团，葱伴手撕骨肉，清水豆腐。“看你们喝点儿什么?”

“老板娘，我们可以喝自己的酒吗?”默然问。

“可以。我这就去给你们准备热菜，你们先喝着。”

老板娘出去，默然对许校长说：“你去到后备厢把那瓶老西凤酒拿来。”

许校长说：“你开车不能喝。”

默然说：“你们喝，我闻闻不行嘛。”

许校长答应着急忙去拿酒。

第三十六章

他们吃完饭，许校长出去结账，老板娘说："你那位朋友早结过了。"

天已经麻麻黑，默然把他们送到山下就回县城去了。许校长和那位叫山花的女教师陪同玉舒一起到了小木屋，帮她收拾床铺，玉舒收拾着东西，心里还想着默然说的故事，她问许校长："许校长，你说，这屋子真的住过那个学子吗？当真是默然说的那样吗？"

许校长笑说："也有部分是先生杜撰的。这屋子原先是闲着，多少年了，有停留在这里赏风景的就住几日，后来有一位修行的老者在这里住了些年。他在这儿修修补补的，把木屋整得更结实了，屋子后面都种上了庄稼和蔬菜。后来，这位老者上了五台山，房子又空下来。村主任觉得，这地方修行者曾住过，有仙气，想日后把它弄成寺庙，就一直把它锁着。直到那天，默然书记说，你要来这儿当志愿者，给你找住的地方，我突然就想到这里。默然书记来这里一看，高兴地说，你一定会喜欢的。然后，他带了村里几个会干活儿的人，把这里重新布置了一下。你看，这几幅画，他说是你最喜欢的，这可是他亲自挂上去的，这屋子虽然布置得简单，书记说，你一定会喜欢。"

"的确，我太喜欢了。"

"噢，紧外边就是厕所，还可以用沼气烧水做饭，也可以用煤炉。你若不想做饭，就到我们家去。我家和山花老师家就住在后面离你有百米远。我们山里人老实纯朴，你就放心住吧。你要是害怕，我就让山花老师陪你一起。"

"不用了，你们都快回去吧，我都半老徐娘的人了，还怕个啥。我准备准备，明天就去学校。”

玉舒送走了许校长和山花，一个人站在风景里，听着山林的呼吸。听着泉水的呼吸，听着村庄的呼吸，听着大自然的呼吸，她感觉自己融入其中，沉醉了不知多久，才转身进屋，关好门，她用手捋了捋木墩上的灰尘，坐在桌前，拿出书本写着她的课程计划。

她搁下笔，哈哈气，搓搓手，伸了个懒腰，刚起身手机响了，原来是妮妮。

妮妮说，她和陈家新没希望了，是秦小花把陈家新的魂儿勾了去了……玉舒听着她这样说，心下暗想：陈家新这孩子的确不错，踏实可靠有思想；而妮妮进城工作后，确实变了，缺少小花身上的那些自然纯净积极向上的气质，同样都是农村来的，妮妮却因为工作的优越改变了做人的本质，一味地享受生活带给她的幸运；而小花则不同，她在朝着自己的奋斗目标锲而不舍地努力着。说一句胳膊肘往外拐的话，如果陈家新和小花谈朋友，比和妮妮更合适。玉舒心里虽这么想，嘴上却安慰妮妮说：“家新这孩子，女孩都会喜欢他，你去主动找他谈谈，看他态度如何，再说。”

“表嫂，我求你帮帮我，我真的很喜欢他的，我看他对你满尊重的，你就帮帮我。”

“好了，现在太晚了，明天有空，我电话问问他再说。”

玉舒挂了电话，摸摸被窝里暖暖的，自言自语道：哇，真暖和。她提下炉子上的水壶倒出热水，匆匆洗了脸和脚，将脏水倒进一个水桶里，又看看炉子是否封好，这下才进被窝关掉电热毯电源，安静地再没有这样安静过地躺在黑夜里。她想，教案备得差不多了，那么，我将以何种方式来教孩子们？像月亮姐姐和小鹿姐姐那样？不合适。像真正的老师那样严肃？也不合适。我应该找到一个适合我角色的方式。什么方式呢？有几种方案都不太实际……她辗转反侧想了很久，有了，这种方式太适合不过了，我大概有个纲要，等明天和许校长他们研究研究再定，好了，睡觉了。她掖了掖被角，微笑着闭上双眼进入梦乡。

大约早上6:30分，李咏斌睁开眼摸起电话就打给玉舒：“起来了吗？晚上睡得怎么样？害怕吗？”

“起来了，睡得还好，有什么好怕的，以前搞调查，又不是没有到过山里，不用那么担心。”她一边说，一边走出木屋。

“以前那是一帮刚毕业的大学生，现在是只身一个人，我怎么能不担心！你身边什么声音？”

“你听”，玉舒将手机伸得远远地，任这儿的鸟鸣声、流水声能传进他的耳里，她收回电话问，“听见了吗？”

“好清脆的鸟叫声，还有泉水汩汩的声音。”

“妈妈，妈妈，让我听听，”明明说，“太美妙了，妈，我星期天一定让爸爸带我去。”

“好吧，有空让爸爸带你过来听听大自然的声音。”

李咏斌又接过电话说：“玉舒，山里冷，要穿暖和点儿，千万别冻着。”

“瞧你，我又不是小孩，知道了。这两天忙吗？”

“咋能不忙呢。温水养鱼和特种猪养殖的事已经落实，周良他们今天就去山东。”

“你就忙你的，别操心我，我这儿挺好，默然和许校长都安排得挺周到的，你就放心吧。”

“我不放心能让你去那儿。不过，还是有那么丁点儿的担心……”

“怎么，又不相信我了？咏斌，你和默然都是我爸的学生，我爸一直看重的是你，我虽然当时爱着默然，可我和你生活了这么多年，觉得爸爸是对的。我爱你，你懂吗？”

“懂，只是他现在一个人嘛……”

“他一个人，是他的事，我有你和儿子。咏斌，你今天怎么小心眼儿起来了。你不信我？”

“我相信你，相信。”李咏斌说到此，只听母亲喊他吃早饭，玉舒说：“快去吃饭吧，我的先生，我爱你！”

“我也是。”

玉舒挂了电话，笑了笑，摇摇头进屋拿出那只木桶，用绳子将桶放下去，逆着水流灌进泉水，再用力吊上来放在木墩旁，进屋拿来一只木碗，盛来喝下几口，“好甜的水啊！”她自语道。

李咏斌在家里匆匆吃完早饭，出了家门，驱车往十字镇赶去。

第三十七章

且说李萧，她和王斌已经打得火热，他俩很快便同居一处。李萧见王斌真心实意待自己，也就扯掉了她心中那些不安分的枝蔓，决心好好和王斌过日子。王斌有车又有房，虽然不是多富有，但却有一份不错的职业，收入颇丰。再加上自己的收入，他们俩足以过上小康生活。李萧将自己租的房子退了，搬到王斌处，王斌早已把房子里前妻的影子清除得干干净净，他和李萧重新将新房布置得更加温馨浪漫。

一天晚上，王斌下班回来说，他父母想见李萧，他们也觉得，既然已成事实，见见也没有什么不可，丑媳妇总要见公婆。李萧答应这个星期天去王斌家。

转眼已是星期日，天色阴沉地有些闷人。李萧和王斌早早去超市买好东西，就奔回家去。

在路上，王斌告诉李萧，说他母亲是棉纺二厂的工人，早下岗在家；父亲是子校的音乐教师，已退休。母亲整天唠叨着抱孙子、抱孙子。父亲整天给那些中老年人教跳舞，很少粘家。今天他父亲特意在家等儿媳妇。李萧看了王斌一眼笑了笑说："是吗?"王斌说："真的，我爸做的菜可好吃了。"李萧咂咂嘴说："那今天可以大吃一顿了!"

王斌将车开进厂区，一拐两拐停在一栋楼前，他领着李萧走进一单元四楼东户，到了门口，王斌停步，轻轻理一理李萧的头发，然后敲门。一个女人的声音应着"来了，来了。"打开门，一张笑容可掬的慈善面孔迎着他们说：

“你们回来了。”目光却停留在李萧的脸蛋上满意的不得了，“快进屋，快进屋。”她一边说着，一边给李萧拿了双早已准备好的新拖鞋放在脚下，把李萧让在沙发上落座之后，她才解下围裙，让王斌给李萧泡茶，她坐在李萧身旁说：“王斌爸爸去买葡萄酒去了，马上就回来。菜我都弄好了，等他回来炒，他炒菜的手艺比我好。”她又端详着李萧问：“孩子，你家里有外国血统吗？”

李萧摇头说没有。

那怎么长得像个外国人似的好看呢。

“妈，儿媳妇漂亮吧。”王斌说话，李萧只是低头微笑着。

“漂亮漂亮，像个明星似的。”王斌母亲又问：“你父母亲都是做什么的。”

“他们一直在开饭馆。”李萧说。

王斌母亲说：“那敢情好……”还想继续往下问，就听见开门声，王斌说：“我爸回来了。”王斌父亲进门换上拖鞋，一脸的喜悦说：“你们回来了。”李萧有点儿紧张地站起来，慢慢抬起头来。当李萧羞涩的目光和王斌父亲喜悦的目光对接的刹那，这些天和王斌恩爱无忧的日子，一下子被眼前这个人摧毁了，是他，那一双邪恶眼睛，十几年暗藏在心底的那一幕重现在眼前……

王斌父亲愣待在原地，那双充满了仇恨的眼睛，“是她吗？这双日夜令他负罪的充满仇恨的双眼？”

王斌母亲还纳闷儿刚才还好好的，“怎么？”

王斌思维迅速滚动，难道他们认识？有什么过节吗？

李萧拳头握得紧紧，心中波浪翻滚，浑身打战。顷刻间，她的大脑早已与当下的情景分离，只想着：我要杀了他！我要杀了他！李萧心底的那个声音在呐喊，可是她浑身已经柔弱无力，眼泪犹如雨帘般往下滴答，她恨死了眼前这个男人！

猝然间，她疯了似的冲了出去，一声惊雷震破天空，像击鼓似的一声接着一声噼啪噼啪响，就好像要将她心里的那段伤痛彻底地击碎摧毁。雨和泪浇在她的身上心里，她奔跑着，拖鞋跑掉了一只又掉一只，王斌提着她的皮靴和皮包在后面追赶，喊着：“李萧，李萧，你停下。”李萧在雨中跌倒，又爬起来，街上躲雨的人们看着这一前一后的年轻人，摇摇头，哀叹道：“唉！如今这小年轻说闹就闹，说离就离，太多变了。”

李萧继续疯跑，王斌在后面紧追不舍，他看她跑的方向是湖边，心想：要出事。他也疯了，拼命追到湖边草丛中，一股泥土的气息钻进喉咙，他紧

追两步，把靴子和皮包扔在一边，一把将李萧拽倒在返青的草丛中，李萧开始呕吐，直到吐出胃酸来，王斌不停地给她捶背，

嘴里不停地说："这到底怎么回事？怎么回事啊？你告诉我。"

"滚，马上从我的面前消失。回去问你那禽兽不如的父亲去！"

"不管怎样，我先送你回去，换换衣服洗个热水澡，休息休息。"王斌说着，给她穿上靴子，一手拎着皮包，一手紧紧地抓着李萧，生怕她再逃脱。他们钻进一辆出租车，回到王斌住处。王斌赶忙给她用干毛巾擦头，并对她说："你先去洗个热水澡，小心感冒。捂上被子等我回来。"王斌走后，李萧的眼泪和肉体一起被澡水冲刷着……

王斌回到父母那边，看见父母都坐在沙发上发呆，谁也不理谁。王斌用力地将门关上，劈头就问："你说，你到底对萧萧做了什么？她为什么看见你就那样？你说！"

王斌这样喊，把母亲吓一跳。母亲突然意识到，十几年前有人告他利用舞蹈教练之便强奸少女，被他稀里糊涂地模糊过去，从那以后就再也不去舞蹈培训班当教练，难道那事是真的？

王斌母亲声音颤抖地问："十多年前那件事是不是真的？"

"妈，什么事？"

"你说啊，是不是那孩子就是李萧。"

王斌父亲终于点点头。然后捶胸顿足道："我造孽，我造孽啊，这是报应，报应啊！"

母亲哭道："真是报应，报应在斌儿身上……"

王斌突然间明白了，他浑身哆嗦一下，满眼充血愤恨地冲到父亲跟前，揪起他的衣领举起拳头，愤怒地流下眼泪，他真想狠狠地揍他一顿，可他强忍着自己的情绪，没有将拳头落下。王斌揪着父亲的衣领用力摇晃着怒吼："你混蛋！畜生！我真想杀了你！"说完，将父亲重重地扔进沙发里，然后摔门而去。

下楼他开车急火火地回到家里，急促的敲门声，没人开门。他拿出钥匙将门打开，"萧萧，萧萧，"喊了几声没回应。他到卫生间看看，没人。他又去卧室，昔日温情缱绻的地方乱成一团糟，他愣在那里，嘴里不停地说，完了，完了，这下完了，李萧把她的东西全部拿走了。王斌挥起拳头，一拳击在墙壁上，鲜血顿时顺着墙壁流了下来……

第三十八章

第二天一大早，王斌先到李萧工作的酒店来找她，接待员说，她还没有来。他就在大厅等，眼睛却死死地盯着旋转着的玻璃门。不一会儿，一辆高级轿车停在酒店门口，李萧从车上下来，王斌忙过去迎她，她装作没看见，和别的服务员打招呼，“你好！”

“李经理好！”

她点头微笑着，就好像王斌不存在。王斌急了，他说：“李萧，我想和你谈谈。”李萧没有理他，进了电梯，王斌两手将电梯门撑住。李萧说：“你走吧，我们没有什么可谈的。”李萧强忍着眼泪。王斌钻进电梯，电梯往上升着，王斌说：“刚才送你的人是谁？你昨晚去了哪里？”

“你管不着。”

“我怎么管不着，你是我的爱人，我就要管。”

李萧眼泪再也控制不住地往下淌，她说：“我们俩完了，不可能，不可能了。”

“怎么不可能，我们大不了不再见那个混蛋。”

“不，不可能。看见你，我更会心痛，你走吧。走吧，我求你，可怜可怜我吧。你走吧，好吗？求你了，就现在，马上。”

王斌看见她蜷缩在电梯一角泪流满面的祈求，再也不忍心，只好走出电梯。电梯将他扔在23楼，王斌不忍心地看着电梯门关上，带着李萧和他的悲伤滑了下去。

李萧回到自己办公室就收到王斌给她的短信：萧萧，不管怎样，你都是我生命中的唯一，我爱你，爱你，永远爱你！

李萧坐在办公桌前，将王斌的短信贴在胸口上，她在心里告诉王斌：我也爱你，本想着能和你安静地过日子，可万没想到……这是如何也不能的了。

她正在漠然地独自垂泪，总经理走进办公室叫她开会，见她抹着眼泪，就问她怎么了。她说，没事，就是有些不舒服。总经理让她去看看医生，她借机请了一天假。

她出了酒店就给小花打电话，小花正好在宿舍休息。她便约小花老地方见。小花听李萧情绪不对头，就赶紧到了咖啡厅，看见她又在喝闷酒，小花把酒瓶子放在她这边说："出什么事了？是和王斌闹别扭了？"

她一仰脖子喝干杯子的酒，痛哭着说："命运就是要这样地捉弄我，我发过誓，见了那个人，我一定要杀了他，我要杀了他！"

"你看见他了？"小花问。

"何止是看见，我还去了他家里。"

"啊！"

"他就是，就是王斌，"

"什么，是王斌？"

"他爸。"

"什么，天哪，真是冤家路窄！"

李萧将昨天去王斌家的经过说了之后，小花说："这怎么像电视剧似的，怎么这倒霉事都叫你碰上了。那王斌怎么样了？"

李萧拿出手机上的短信给小花看，小花看了之后说："他是真爱你，可这，你们怎么办？"

"怎么办？能怎么办，完了，就此完结！"

"真就这么完了？"

"我怎么会忘记那个畜生对我的伤害，看见他，我就想拿刀捅死他。"

"兴许，兴许他从此改了，没有再伤害过别人。"

"可是，他伤害了我，改变了我的命运，如果没有他对我的伤害，我说不定早考到电影学院当了明星。我要杀了他。"她低着嗓子歇斯底里地说着。

"就算你现在杀了他，又能怎样？你只能去坐牢，毁了自己的一切。"

"我不要一切，也不能让他自在地活着。"

“他已经错了，难道你也要再错吗?”

“事情没有发生在你身上。在你身上，我想你比我更想杀了他。”

“也许。但是萧萧，杀了他，你就能回到从前了吗？你现在就是去告他，都过了起诉期，无证无据的你还硬跟自己过不去，你还怕别人不知道，非闹大了不行，搞不好人家还说你陷害。你应该事发就去报案，现在杀他，你还要抵命不说，你和王斌以后还怎么做人?”小花叹息一声又说，“王斌比你更痛苦，一边是爱人，一边是父亲……或许，或许他以后会更加珍惜你、疼爱你呢。”

“那又怎么样，我和他好歹不可能了，除非那个混蛋马上去死。”

“我觉得，现在最好是冷处理，毕竟王斌是爱你的，和你能一起到老的，还是王斌，大不了你以后不去他家。你好好思量思量。萧萧，不能感情用事，他都是土埋脖子的人了，咱们的路还长，还要好好活下去，成吗?”

“我不知道，我不知道。”

“叔叔、阿姨知道这事儿吗?”

“我昨晚回去，他们只知道我和王斌闹别扭了，并不知道别的。”

“先别告诉他们，等等再说。好了，要不跟我去我那儿，散散心，洗洗脚，做个保健。”

小花拽起李萧就往外走，服务生忙道：“二位小姐，请问谁来买单?”小花不好意思地说：“忘了、忘了。”急忙掏钱包。李萧挡着小花道：“给你们经理说，我是他朋友，姓李，先记在我的账上。”

她们出了咖啡厅，到了浴足中心。小花看看表还有点儿时间，就吩咐小虎去买几份盒饭拿到办公室。小虎应着出去，不一会儿就回来，把她俩的盒饭放在小花的办公桌上就要出去，小花叫住他，让小虎和她们一起吃饭。

小花示意小虎，小虎看出来李萧今天心情不好，就想说点儿什么笑话逗她开心，他端起盒饭吃一口，一边嚼着，一边思忖着，有了，他忙吞咽下饭菜说：讲一个笑话给你们听：

一天，女友打算和男友提出分手，她约男友在学校的食堂用餐。女友说：“我们能分手吗？我想换一个。”

男友干脆地说：“不可以。”

女友问：“为什么?”

男友指着桌上的餐盘说：“就像这食堂的包子，你咬了一口，人家肯给你换吗?”

女友有些无奈：“可你没有我想象的好，不换的话叫我怎么办?”

男友继续说：“就像这食堂的包子，你本来想吃肉包，拿错了，咬了一口是菜包，想换又不给你换，难道扔了？凑合着吃吧。”

小虎说完，呵呵呵地傻笑，见小花瞪了他一眼，李萧又在流眼泪，赶紧换一个说：你们听着这个可好笑了：

孙子说：爷爷，钱与生命哪个更重要?

爷爷说：当然是生命更重要啰！

孙子说：为什么说，生命更重要呢?

爷爷说：因为人在受到威胁或遇到危险时，只喊“救命呀！救命呀!”而不会喊“救钱呀！救钱呀!”

孙子说：“哦……我明白了，钱是个狗屁，人的命才真正重要。”

小花盯着李萧，看她眼泪顺着脸颊像河似的淌着，示意小虎别说了。小虎猜想是不是谁欺负了李萧，于是他说：“李萧，你今儿进来，我就看出你特不高兴，你告诉我，是谁欺负你了，看我不打得他满地找牙。”

“王斌他……”

“李萧，你说，王斌怎么着你了，我这就去找他。”小虎说。

“没，没什么，小虎，我俩闹了点儿别扭，没别的。”

“没有就好，别说你们，就是我们店里这些女孩子，谁敢欺负都不行!”

“好了好了，这会儿又逞能。你先去吧，快到点了，你先带他们做班前操，完了之后让燕子过来一下。”小花说。

没几分钟，燕子来了。小花吩咐她好生伺候李萧，说她这位朋友今天不大舒服，心情也不大好。燕子的任务是做好保健的同时，还要让她开心，完了之后奖励燕子，当然是私下。

燕子带走李萧，小花独自想，这事要放在她身上，她也不知怎么处理才好。人在这时才真正需要朋友，好朋友的帮助。她又在办公桌前发了一会儿呆，正要出办公室，桌上的电话响了，是娜娜。娜娜正在山东学习温水养鱼技术，说爸爸们热情都挺高，只是小花爸爸担心小花妈妈的身体。小花让娜娜告诉爸爸，妈妈挺好的，他只管放心学习技术。娜娜还告诉小花，这次出去，大开眼界不说，还想了很多，觉着自己过去可真傻，依附在别人身边，还不如一只宠物狗……现在，她要重新做人，干出一番事业来。小花说她跟个变色龙似的，说变就变。她俩在电话里哈哈大笑起来。最后，娜娜又告诉小花，说她现在想起来，王小虎对她还真的是不错。小花告诉她，现在想到别人的好还不晚，否则，他们这里可有人抢了。俩人正说笑间，李萧进来了，小花对娜娜说她有事了，就挂了电话。

李萧说："燕子简直太逗了，真赶上宋丹丹和赵本山说的小品逗人了，简直肚子都被笑疼了。"

小花见她到现在嘴还没合拢，似乎把一切都忘干净了。小花心想，哪怕是暂时的忘记，那也是好的，她嘴角起了一丝笑意。这下，燕子可饶不了我兜里的钱。她这么想着。

李萧在这里直待到天黑，她要走。小花问她去哪里。她说，原来她租的房子幸好房东还没有租出去，她今晚先去那儿住一夜，明天再去收拾收拾，大不了添一两样东西就可以住进去。小花留她在这儿住一宿，她执意不肯。小花就派小虎送她回去。

在路上，李萧接了一个电话，是早上接送她到酒店的那个人，那人说，要来接她，她要求下车，小虎抢过电话对电话里说：李萧没空，请不要打扰她。李萧气愤地边点烟边埋怨小虎，说他啥也不懂。小虎认真地回答："我虽然不知道发生了什么，但就是要听小花的安排，亲自把你送到你爸妈那里，才算完成任务。"

小虎回来后，把他在送李萧时发生的事告诉小花，小花夸他几句，他倒脸红了，他嘟噜说："头一次听你夸我，有点儿不好意思了。"

小花瞅他一眼说："看来，以后得多夸你几回。"小花看看表，已是凌点，她今天想早走一会儿，她告诉小虎，一点左右如果没有啥客人，就让大家早点儿下班。小虎答应着出去。

小花换下工作装，穿上裙子、靴子和外衣，背着包就往外走，她脑子里乱乱的，一会儿李萧，一会儿娜娜，一会儿陈家新。陈家新这会儿在干什么呢？他睡了吗？嗨，人家已经有了女朋友，想他干吗？爸爸养鱼的事以后忙不过来怎么办？是继续留在这里，还是回去帮爸爸？她边走边想，越想脑袋越乱……

小花光顾着想事情，身后到底发生了什么，她竟然一点儿都不知道。

其实，小花一出店门，就有一个人影尾随她，尾随者后面还有一个影子跟踪尾随者。当小花过了十字街口拐进一条巷子，走在路灯照不到的拐角黑暗处时，那个尾随她的人就紧跟几步，前后左右看看，确定四处无人，就要对小花动手了，后面跟踪的人知道时候到了，紧走几步挡在尾随者面前，压低嗓音说："你想干什么?"

这时，小花还闷着头继续往前走着。

"给爷让路，不管你的事。"尾随者认出来者，他说："原来又是你，坏爷的好事。"说完就从腰间拔出一把明晃晃的刀子，那刀在夜间寒光逼人，犹如怪兽的眼睛，尾随者还没来得及反应，跟踪者一个飞脚将刀踢向空中，只见刀子在半空中飞速地画着圈，发出"飕飕"的声音，尾随者哎哟哎哟甩着手腕，跟踪者一个飞身跃起，一把抓住刀把，轻轻落地。跟踪者这时瞟了一眼小花的背影，只见她在月下漫步似的，快到小区门口了，他沉沉地呼出一口气，跟踪者紧逼一步，尾随者见状将手中刀鞘扔在地上，边跑边说："小子，你等着瞧!"

"怕你不成！再敢胡作非为，就送你进局子。"跟踪者将刀插进刀鞘，转身跑了。

小花这时已安全回到宿舍，她将背包往桌上一撇，脱了靴子，囫囵着就躺进被窝，心里烦闷极了。她呆呆地望着房顶。不一会儿，燕子哼哼着小调回来了，小花模糊地听见几句：

我和你今年咱们是兄妹，
我和你明年睡一个炕头，
不怕丢脸不怕羞，
叫声哥哥你带我走。

小花心里说，还真不怕羞。

接着开门声。小花赶紧转过身面向墙壁装睡。

"你行啊，跟着你家李航都学会唱情歌了。"杜鹃跟在她们后面，关了门说了一句。

燕子“嘘”一声，压低嗓子对杜鹃和小蕊说：“出奇了，今儿连洗都不洗，衣服都不脱就睡了，她朋友今儿不对劲，她怎么也不对劲了。”

杜鹃说：“好了好了，让她就那样睡吧。肯定是困了。”

小蕊说：“干脆今儿晚上咱都不洗了，省得响动吵着她。”

大家赞同，脱了衣服上了床，灭了灯。可是一时半会儿的谁也睡不着。燕子和杜鹃床挨床顶头睡着，她摸黑爬起，胳膊肘撑着身体，声音小到最低限：“哎，杜鹃姐，你们宁向前有没有给你提结婚的事？”

“怎么没提，想今年就结婚，说最晚十一。”杜鹃说话间也爬着。

“哎，你说他们男人咋都这德行，这人早晚不都是他的嘛，急着结什么婚，我还没玩儿够呢，我才不想结婚呢，还要养孩子，真受不了。”燕子说。

“说的是呢，我比你大点儿都还不想呢。”

“我比你们都小，倒是想结婚，就是还不知道婆家在哪儿呢。”小蕊说。

“小没脸的，才十八九岁就想婆家了？到底是想婆家，还是想有个男朋友。”燕子说。

“咋的，在国外十八九岁没有男朋友，别人还会笑话呢。”

“你的憨豆哥哥就挺好，你赶快去追嘛。”燕子说。

“小虎哥哥要不是心中有人，我早就……”

“早就献身了？”燕子说。

“燕子，你也太尖刻了。小蕊喜欢小虎也没有什么不对。”杜鹃瞅了一眼小花说：“再说了，她，心里头已经有了他人，你们竟都忘了不成。”

“你们能不能消停会儿，还让不让人睡觉了。”小花突然说道。

“原来，你没有睡着啊，害得我们和你一样都没洗，在这儿憋了半天怕影响你休息，你忍心啊你。”燕子说，“我说经理同志，你今儿交给我的任务，我可是完成得很出色，你可别忘了答应我的。”

“我看，你们迟早会像隔壁那群人一样，被人抓了去。闹啊闹的，一个比一个闹得欢，亏了这楼上楼下没住几户人家，要不早被撵走了。”

“你别转移话题，我们又不是搞传销作践人的。咋的，不让说话呀？那成，不说了。不过，你说过的话可不能不算数。”

“想让我花钱，那就先悄悄地闭嘴睡觉，否则抹了。”

燕子一听小花这样说，伸伸舌头做个鬼脸，大家方才安静，一夜无话。

第三十九章

数日后，小花正在上班，手机嘀嘀来了短消息，上面写着：

你好，这几天忙吗？现在可在班上？陈家新

小花不禁心中涌出一股子甜蜜，她回信道：嗯，在班上。挺忙的，你呢？秦小花

整天处理文件，要建设国际化大都市嘛，很多地方要修整、要拆迁。

我看街上都不让乱摆摊点，到处都在换门头，幸好，我们店是新的。

全民都在双创嘛。

你们和双创不一回事？

双创有双创办。

哦。不过，确实环境好多了。

当然。哦，你有 QQ 吗？

有，没时间上线，上班时间不能。

告诉我 QQ 号，我加你。

359657890。

好，哪天请你喝茶，行吗？

等我休息天，我告诉你。

嗯，有时间我再联系你。再见！

再见！

小花脸上带着些许春意，心里甜丝丝的。她又翻看了一遍陈家新发给她

的信息，心中有一种说不出的滋味。她心中涌动着诗意，就像毛毛细雨窸窸窣窣地从心底走出来，滑出笔尖印在纸上：

不是梦里
连缀起这诗行；
是春天
才使我更接近你的天堂。
我是你身边的一棵小草
任温柔的风
轻掠我的脸庞；
你的丰富，你的多彩
是我醉心的珍藏；
你的蓬勃，你的含蓄
是我思绪里永久的飞扬。

2010 年初春草于浴足中心宿舍

她搁下笔，透过纱窗，她嗅到雨打湿地面后散发出的奇妙气息，带着难得的清香。走近窗口，透过灯光看见春雨懒洋洋地飘洒着，微风仿佛给它安上了爪子，它轻轻地透过纱窗摸摸她的脸颊，小花惬意地闭上双眼，享受春雨轻柔的抚摸……当她慢慢睁开眼睛，只见地面和建筑物上，随细雨的浸润升腾起一层薄薄的灰色烟雾，在空中神秘的飘荡。她仿佛听见杜甫那低沉浑厚的声音在天际间回荡：

好雨知时节，当春乃发生。随风潜入夜，润物细无声……

第四十章

周良一行从山东学习归来后，李咏斌将他们召集在一起商量开发特种猪和温水养鱼的事情。

温水养鱼怎么养？是以村为单元，还是合在一起以入股的形式实行集团养殖？就此问题最后达成一致，觉得还是先以村为单元较好，利于管理，相互交流养殖技术也方便。王道村、秦谷村和双河村村主任表示，大力支持村民养鱼，充分利用地热资源使村民尽快致富。李咏斌告诉大家以村为单元，自由组合先建养鱼池，资金充足的，也可以独自承担养殖，一家一池可以，几家合一起更好，等鱼池建好，山东那边就会送鱼苗过来，派技术人员指导，直到养鱼步入正轨。

由于温泉地热水的水温高低不同，需利用一般池水或地下水调节后，使其达到养鱼的需要(20℃～30℃)。为了便于排污，温流水养鱼池一般设计建成圆形池，面积50～100平方米，水深1米左右。根据各村地面情况，也可建成长方形。

有了以上建鱼池的标准，几个村的养鱼户都纷纷行动起来。先集资着手打几口水井。娜娜和她的父亲(秦谷村)准备建一个100平方米的养鱼池；王小虎的父亲(双河村)准备建50平方米的养鱼池；小花的父亲(王道村)准备和几个一起学习养鱼的村民分别建两个100平方米和一个50平方米的鱼池，他们还想尝试罗非鱼和淡水白鲳的养殖。李咏斌非常赞同。

古龙村特种猪的养殖马上就可以进行，周良已经买回几十头特种猪来试

养，确实比家猪好伺候些，而且它以无污染的野草、红薯、玉米等为主食，继承野猪瘦肉率高，适应性和抗病性强，疫病少，耐粗饲，青饲料比重较大，粮食精料比家猪低等优势，减少了饲养成本，古龙村逐渐转型特种猪养殖基地，并同时开展熟食以及半成品的研发。

李咏斌整天泡在古龙村、王道村、双河村、秦谷村监督鱼池的建设和特种猪的推广，一身汗、一身泥的和大家吃在一起，跑前跑后，需要资金来找他，什么事情摆不平都来找他，大家都尊称他为“农民书记”。然而，当他闲暇时，就会想想自己的爱妻，她是在给孩子们上课，还是备课？

玉舒按照自己的备课要求从小学低年级到高年级，每周每个年级一节阅读课，题目就叫“阅读知认童年”。她根据不同的文章阅读配上不同的音乐，她想让孩子们在阅读背诵经典文章的同时，优美的乐曲也浇灌了他们寂寞的心灵。

当玉舒走进每个教室，黑板上都写着六个字：“阅读知认童年”。在和孩子们对话过程中，她发现这里的孩子们想读书而图书贫乏，高年级的同学，看过现、当代文学作品的很少很少，《男生日记》《女生日记》《男生贾里全传》《哈利·波特》系列，等等，几乎没人看过，除了课文中学到的文章，课外书籍特别是文学作品非常缺乏。仅她带去的书籍远远不够孩子们的渴求，她只好将阅读分为四部分：走进中国传统经典、走进现代文学经典、走进世界文学经典、走进自己的文学经典。前三部分她精选之后，请求默然想办法印刷成简易课本，最起码每个孩子能发一本。默然欣然答应，并且还提出建议，他建议增加一部分，编一些规范礼仪、生命教育和环境教育等内容融合进去，让他们在阅读的同时，懂得礼仪、生命和环境对人类的重要意义。默然还说，现在，儿童文学里的有些内容，让孩子们长了脑结石。谁来给孩子们开书单？谁来给书籍里的“三聚氰胺”和“地沟油”注射疫苗？孩子们到底喜欢什么，谁知道？有些教师他们只知道成绩，却不知孩子们真正喜欢什么，他们没有意识到，成绩仅仅是孩子们学习和生活的一小部分。其实，孩子们的脑袋里有一个丰富的世界，当你蹲下来和孩子平等对话时，你就会发现，他们到底需要什么？怎么让孩子喜欢上阅读，享受阅读，坚持阅读，是需要那些懂得孩子心灵的人来开出书单，让他们从阅读中得到滋养，从阅读中读出真善美，从阅读中体验人生的美好！

默然来看玉舒时，她告诉他一些想法，他答应再想点儿办法筹点儿资金给孩子们多买一些书。玉舒说，另一方面是联系城里的学校，搞一个：一本书一份爱心活动。一个孩子捐一本书，捐来的书经过筛选后，先建一个小型图书馆，孩子们可以借阅，这样岂不更好。默然觉得这倒是个好办法，他说，回省城想想办法，这应该不是问题。

默然喟然一叹，看了玉舒一眼道："有一首关于读书的民谣，我听后感触极深，忽然觉得我们有些失职，忘记了一种长期的责任。民谣这样说：

一日不读书，无人看得出；
一周不读书，开始会爆粗；
一月不读书，智商输给猪。

这话虽丑，理却端。有一次，我和同道们在一起说起这首民谣，秋雨先生的一句话说得很经典，他说：'阅读最大的理由是想摆脱平庸，早一天，就多一份人生的精彩；迟一天就多一天平庸的困扰。'读书，读好书，要让孩子们早一点儿读上经典。玉舒，不是我夸你，你可真了不起啊！"

"应该的。你不是也参与其中吗？"玉舒说。

在简易阅读书还没有印出之前，玉舒在上课前，先让学生将《诗经》《三字经》《论语》《古诗选诵》等内容节选后抄写在本子上，她将儿子淘汰的MP5插上电源，将她特意收集的中外古典音乐根据不同的阅读内容配上乐曲。有时，她领读，因为孩子们的普通话还不标准，她一边领读，一边纠正他们的读音；有时，她特意让学生静静地聆听音乐5到10分钟，让他们充分体会音乐带给他们的心灵滋养。

第四十一章

一天下午，妮妮在下课之后情绪低落，觉得一切都变化无常。天气无常，忽热，热如暑天；忽冷，冷如寒冬。天变人也变，人又怎么能不变呢。当你觉得这边油菜花金黄金黄的，那边却有粉的白的桃花梨花争奇斗艳；当春天在你的面前如此美丽时，风沙却使天空变得灰蒙混沌，那些缤纷的色彩在春天里失去了娇艳；当你想深深地呼吸，却因空气的污浊而闭气；人的情绪也和这天气一样的烦躁。人生，也许就是这样，你可能会在夺得某一样东西时，同时又在失去。

陈家新和妮妮的距离越走越远，玉舒通过观察，觉得他俩也许不合适。妮妮觉得，怎么就不合适呢？在秦小花没出现之前他们好好的，怎么有了她，一切就变了呢？秦小花就像个掠夺者，想夺走属于她的东西。她不甘心，她电话拿起又放下，放下又拿起，她看着陈家新的号码，她在心里念了不知多少遍，拨出去。但是，她又将手指缩了回来，当她又调动起全身的勇气告诉自己，拨出去，可是，刹那间又泄气了。她软瘫在椅子里，好像没了骨架，目光呆呆地望着窗外灰色的天空。此时电话响了，她看来电正是陈家新，心里“咯噔”一下来了精神，好像心里有个小兔子在怦怦乱跳，她有些急不可耐地接通电话，陈家新约她去湖边见面。

湖边距离妮妮所在的学校很近。已是傍晚时分，陈家新已经在往湖边的路口处等她。妮妮似乎预感到——他们这次见面意味着什么，但是，她依然精心打扮了一番。她想：我难道真的就不能打动他的心？是什么让他移情别恋呢？也许会有转机，陈家新说不定想通了还是觉得我合适呢……她匆匆收拾完毕，忐忑不安地走近陈家新。妮妮为他特意打扮一番，他却视而不见，他也说不清，为什么见了小花之后一切都会变。妮妮站在他面前，他出于礼貌说："你一定还没吃饭吧？我们一起去吃饭。"

妮妮摇摇头没说话。

"那我们一起散散步。"

妮妮答应着和陈家新一起漫步在湖边。

陈家新沉默许久，然后说："我想起一个秋天的故事。"

妮妮看他一眼，低下头听着。

曾经有一个男孩跟一个女孩说，秋天树上的叶子是听声音掉落的。说完便拍起手，果然叶子一片片落了下来。男孩要女孩跟着做，女孩不屑并骄傲地摇头，死也不肯拍手……后来，男孩早已不知去向。一天，女孩独自经过那条路，抬起头来，又看看树上的叶子便想起那一幕，她突然拍起手来，一声，两声，啪啪啪啪，随着数不尽的击掌声，漫天飘洒下金黄的叶子……这时，她突然觉得，秋天树上枯黄的叶子缓缓欲坠的姿态令人驻足，它们总是在落地之前做着挣扎，至少再做个优雅的后空翻或是转几圈，才甘心成为人们脚下那一声脆响。那是一种有所坚持的美感，就像人生。这时，这个女孩眼泪止不住地流下来。

妮妮听完陈家新讲的故事，一切都明白了。她偷偷地抹去眼泪说：你不用说了，我什么都明白了。你走吧，我想一个人在这里静一静。

陈家新望了望湖边散步的人群和嬉戏中的孩子，对妮妮说："那你多保重。我先走了。"

妮妮没有看他，一直望着湖面的光影和微起的波浪，眼泪无法抑制的洗刷她脸上的皮肤，她无法在乎别人怎么看这个女孩，她双手抱着肩，将头埋在双膝里失声痛哭起来……她听见有人说，这女孩肯定是失恋了。她心里大声喊道：我就是失恋了，我失恋了，失恋了。

陈家新远远地看着她，犹豫片刻，还是慢慢地离开了湖岸，融进城市的灯光中。

第四十二章

娜娜从山东学习归来后听说了李萧的事，愤慨不已。小花告诉了李萧的地址，她趁鱼池还没有投鱼苗，让她好好陪陪李萧，宽慰宽慰她。她说没问题。到了李萧的住处，见面她先大骂一通天下的臭男人们，什么吴总、纪总统统他妈的不是什么好东西！李萧沉默着听她骂。她接二连三发出心中的哀怨，她说：以前傻得给别人当了慰安妇，现在终于明白了，没一个他妈的是对咱真心的。回到他们家里还是人家老婆孩子好，真真切切。你说，咱算什么东西？那混蛋老纪今年回去连个电话都没有，不知道又钻到哪个地方骗妞儿去了。还有你那个王斌，好不容易找到个真心的，怎么？他要是爱你就杀了那个该杀的，畜生一个，不知害过多少女孩子，法律不制裁他，我们来制裁他。娜娜说到此，李萧突然来了精神，可算有了支持者。她说："听王斌说过，他爸妈最爱在湖边散步，几乎每天都要去湖边，咱们趁天黑收拾他。"娜娜击掌赞成。

当夕阳像个灯笼似的还挂在天边时，她俩就埋伏在岸边的树丛中，然后见机行事。他们准备了一把水果刀放在皮包里，在树丛中转转悠悠直等到天麻麻黑。

突然间，目标出现了，李萧一眼就认出他来。老天保佑，今天王斌母亲没有跟着。

王斌父亲瘦高，看起来还挺精神，比他实际年龄年轻一些。此时此刻，他瘦小的脸上每一个皱褶里都隐藏着悔恨。他恨自己年轻时犯下的罪过，现在老伴和儿子对他像对一名罪犯，家里顿时没有了过去的温暖。儿子连家也不回，好不容易找到一个称心的媳妇，又因为他……他现在悔之晚矣。他听老伴埋怨，王斌班都不好好上，整天喝酒，喝得晕晕乎乎，真怕儿子酒后驾车出什么意外。可是，现在儿子看都不想看他一眼，昔日父亲的形象已经在儿子心里彻底崩塌了。他看得出王斌真爱李萧。可是，他们以后如何一起生活？李萧怎么可能再嫁给王斌？他是罪魁祸首。老伴对他冷若冰霜，从那天起，就和他分房住到儿子房间去了。这家现在不像一个家，这样活着还有什么意思。也许……也许他死了，他们才会原谅他；也许他死了，李萧就会嫁给王斌。他俩是那样般配。怎么办？是不是应该去找李萧忏悔自己，给她下跪，她只要能原谅他，就是她亲手杀了他，他也无话可说。

“王老头！”娜娜的突然出现，使王斌父亲吓一跳，就连返青的小草和树上的嫩叶都被她吓得抖动几下。她又说：“跟我来，那边有人找你。”

“谁呀？你是谁？”王老头闻到了春天以外的紧张气息。

“你别问那么多，过来就是。”娜娜的声音在潮湿的空气中隐藏着杀气。

王斌父亲看了看面前一脸凶气的女孩，猜想她和李萧差不多的年龄，他突然明白，李萧找他算账来了。一边从容的跟着娜娜走，一边想：正好，我成全她，只要她能和王斌重归于好，就是死也不连累他们。

李萧见自己多年仇恨的人向这边走来，她心中的怒火烧得更旺，她已经忘记走向她的人是王斌的父亲，她只看见十多年前侮辱她的混蛋流氓。他离她越来越近，她举刀的手开始和心一起跳动。

老王平静地走过去，李萧目光中充满了杀气，像这黑夜的树林子在风里沙沙作响。

走进路灯照不见的黑暗处，娜娜突然抱住王老头的双臂急促地说：“快，动手！”谁料王老头扑通跪地，连娜娜也连带倒地，只听他说：“李萧，你杀了我，我绝无怨言，我向你赔罪。”说着，老头直向萧萧磕头，他头磕在地上接着说：“我死也不会连累你，我只有一个要求，我死了，你要嫁给我儿子，否则，他会疯掉的，他现在天天喝得醉醺醺，我真担心他会出什么意外。”

“啊呸！你到现在还这么自私，只想到你儿子，你想过别人吗？你想过一个无辜的女孩子，被你害成什么样了吗？你毁了她的生活，你毁了她的一切，老混蛋！”娜娜说着狠狠地踢了王老头一脚。

李萧听见眼前这个该死的人提到王斌，她那颗充满了仇恨的心，就像秋

天的柿子一下子变得柔软了，眼泪像泄了洪一般汹涌澎湃，她的手似乎再也握不住那闪着寒光的刀子，她望着灰色的天空，心里喊道：谁能帮我？我下不了手。

娜娜说："你抖什么呀，还不快下手！"

李萧这时已经浑身战栗，她左手把住右手，眼前的一切都和她一起抖动着。

娜娜见状，欲夺李萧手中的水果刀："你下不了手，我来。"

李萧的耳边似乎是小花在喊："别这样，不值得，别这样……"

李萧突然对娜娜说："不，不要，小花说得对，我们不能为这样一个人去坐牢。他不值！他不值！"

那怎么办？放掉这个老混蛋，岂不是便宜了他。娜娜又踢了一脚王老头说："我要是你，早就跳湖了，还有什么脸面活在这个世上。你要不是王斌的父亲，我真要宰了你！"

"走，我们走，老天自会惩罚他。"说完，娜娜拽着李萧往树林外面走。

她们走出树林，出了湖岸。到路边挡了辆出租回到住处。正好小花来了电话，她问娜娜，李萧的心情如何。娜娜就将刚才在湖边发生的事给小花叙述了一遍。小花急问王斌的父亲在哪儿？娜娜说也许还在湖边吧，谁知道。小花怪她们胡闹，说会出人命的。娜娜觉得没那么严重，也就吓唬吓唬他。他要想死，早该死了。小花气得不知说什么好，令她赶快下楼在路边等她。急忙挂了电话，嘴里咕噜着不好不好了，又匆匆拨通了王斌的手机："王斌，我是秦小花。要出事的，你赶快开车到湖边，你爸他……李萧和娜娜他们……哎呀，说不清，见面再说。"

王斌听到李萧二字，还以为是李萧出了什么事，他急忙问小花："李萧怎么了，她怎么了？怎么我爸……在湖边，你能不能说清楚点儿，李萧到底出什么事了？"

"我这会儿也说不清楚，你赶快去湖边，否则，就来不及了，我马上也赶过去。"

王斌正在和几个朋友喝酒，以解心中的郁闷，朋友说，前几天还好好的，怎么说分就分了。他只能说人家看不上他，嫌他离过婚……他听到小花说李萧在湖边……也顾不得许多，扔下朋友酒气熏天地驾车朝湖边奔去。

小花她们下车跑到湖边，只听王斌悲切地叫喊："李萧，萧萧，你在哪儿？你快出来，萧萧，你知道吗？没有你，我会死的，你知道吗？萧萧，快出来，你在哪儿啊？萧萧，萧萧！”

看见王斌疯了似的狂喊，湖边游玩的人还以为他的女朋友真跳湖了，他疯了，在这里乱叫，大家好似躲狂犬一样躲着他，有几个人远远地看着他，就像看他在演一出独幕剧。

李萧在小花和娜娜的身后偷偷地抹着眼泪，就连小花和娜娜也为之动容。小花喊了他，王斌就像看到救星一般冲过来：“她在哪儿，李萧在哪儿?”娜娜和小花移在两旁，王斌一眼看见李萧蹲在那儿哭泣，他急忙从她俩的中间插过去，拽起李萧一把将她搂在怀里：“萧萧，萧萧，别再离开我，别再离开我好吗?”他俩的眼泪就像两条河融在一起，就连老天都感动得飘起了雨花。

小花说：“娜娜，快带我们去找王斌爸爸。”

“我爸，他也在这儿吗？他在这儿干吗?”王斌脸上挂着泪，一只手拉着李萧说。

“等会儿再细说，先去找他。”小花说。

“这到底怎么回事?”王斌问她们。

“你爸要真有什么事，你可别怪我们。娜娜边说边带他们走，我和李萧也就是吓唬吓唬他，我看萧萧那么痛苦，就……我们在这儿堵上你爸，看他低头认罪的，后来我们就走了，刚才差点儿被小花骂死了。”

大家都沉默着，王斌说：“你们这么做谁都能理解，要是我也会这么干。”

“就是嘛。”

“你行了，娜娜。”小花说着掐了娜娜一下，让她闭嘴。

王斌拉着李萧的手一直不放松，李萧低头不语，乖乖地跟着他，大家一起向前走着。

事发之后，娜娜和李萧离开湖边，王斌父亲一直跪在那里，赎罪似的忏悔自己犯下的滔天恶行。事发当时，要是李萧家里将他告上法庭，他这会儿也许还在监狱待着，正是因为他们羞于启齿，才使得他在世上苟活至今。这些年，他一直在心里忏悔，努力做一个好人，尽心尽力地工作，不求回报不求报酬，只求能减轻心中的负罪感。想着这一生都不会再碰见自己伤害过的人，就会淡出自己的罪孽，平静地和家人享受天伦。可老天是公平的，他现在来报应我，他现在来讨我欠下的债。拿去吧，苍天啊，你拿了我的命去，给我的儿子幸福吧！我早该死，何况，人总有一死，我有何足惜……

突然，王斌悲切的声音穿透黑暗在他的耳边回荡。李萧，李萧，王斌凄厉的叫声，像一把锋利的刀穿过他的心脏，他一时心痛，老泪纵横。他双手撑地慢慢地站起来，亲眼看见了儿子和心爱的人相逢的那一刻。儿子不能没有萧萧，而我的存在是他们结合的障碍。他回望古城，天空飘起了细雨，一座座高楼像一个个褐色的蜂窝浑然耸立在半空，他没有望见属于自己的那个蜂洞，他心里默默念道：老伴啊，原谅我，我走了，你好好照顾自己吧。

他转身斩断了与这座城市所有的瓜葛，快步走向湖边，没有一丝犹豫地纵身入湖……

小花他们在林子里没有找到王斌的父亲。王斌想，下雨了，是不是已经回家了。他给家里打了电话。母亲说，她都急死了，平时这会儿早回来了。小花这时看看手表，差五分钟晚上十点，他们赶紧分头四处寻找。

一阵风刮来，带着湿气和雨点异常的寒冷，他们这时才想起扣好衣扣，湖边几乎没什么人了，只听到树枝摇曳的沙沙声，雨开始张牙舞爪起来，小花忙说："王斌你喊啊，喊你爸呀。"王斌这才喊起来。

有人在桥上喊道："嗨，你们找什么，我刚才听见好像有什么掉到河里的声音，你们快到桥这边看看，下雨了，我在上面看不清。"

他们急切地跑到桥下，王斌朝河里"爸、爸"地喊着。小花视力好，借着桥上的灯光，她忽然看见湖面不远处果然有东西浮在水面，她手一指："你们看那边，好像是羽绒衣在飘着。"王斌喊一声："爸，爸。"然后说："快打120。"只听扑通一声，王斌已经脱下鞋子和外衣跳进水里向那个黑点游去……王斌水性好，他费尽全力在大家的帮助下将父亲拉了上来，王斌赶忙压胸，口对口吹气，但无济于事。这时，急救车赶来了，他们赶忙将王老头抬上救护车送往医院。

救护车上，李萧将外衣裹在王斌身上，她和王斌的身体一起瑟瑟颤抖着，看到医护人员不停地施救，她的内心反而愧疚起来，她流着眼泪将王斌抱得紧紧的，王斌抽出右胳膊抚摸着她淋湿的长发，将她的头紧紧地搂在自己的胸前。

娜娜见如此情景，更是羞愧难当。怎么自己净干蠢事，不会息事宁人，只会火上加油。她望着王斌嘴里不停地说"对不起，对不起……"王斌摇摇头对她说："别责怪自己，这不是你们的错，和你们没有关系。"

只有小花一直注视着医护人员救治王斌的父亲。

到了医院，医护人员匆匆将病人送进急救室抢救。

王斌、李萧他们在抢救室外面焦急地等待着。

第四十三章

医护人员紧张地进进出出，王斌赶忙拦住医生问父亲的情况。医生说，他们尽力抢救。小花盯着一脸愧疚的娜娜，娜娜低头不敢看她。小花让她去"灭火"，她倒好，惹出人命来，王斌父亲要是真真有个三长两短的，她可就是第一罪魁祸首。李萧已经软弱无力地背靠在通道的长椅上，眼睛望着房顶，就好像空中吊着两个钩子，钩住了她的眼球，她仿佛动画片里的卡通人物，眼泪似流非流地挂在脸上，小花走时拍拍她的肩膀，她竟全然不知。

小花接了小虎的电话，急匆匆告别了王斌他们，她叮嘱王斌，一有消息赶快告诉她，店里有点儿急事，她需要马上回去。王斌要送她，她看了李萧一眼，示意他好好照顾李萧，就匆忙离开了医院。

小花回到店里，见小蕊在哭泣，就问小虎出了什么事？小虎告诉她缘由，并且说这事怕她也不好处理，就及时通知了总经理，总经理马上就到。

小花问："那个人现在在哪里？"

小虎说："喝得酩酊大醉地跑来糟践人，现在被弄到休息间去了。"

小花说："快带我过去看看。"

到了休息间，打开门酒气熏天直刺鼻子，小虎说："和他一起来的好几个，当时听说我们要打110，撇下他全跑了。后来，总经理觉得没造成什么严重后果，鉴于他是喝醉酒后的不当行为，就算了，没让打110。"小虎犹豫了一下继续说："觉得他挺像一个人，不敢相信他会这样。"

"谁？"

“咱们镇原来的镇长——董涛。”

小花仔细瞅瞅，是像，就是胖了点儿。听说他调到别处去了，因为他媳妇的娘家在上面的靠山倒了，他也被降职了……多有前途的一个人呀，真可惜了。小花想了想，出来赶忙给李书记打电话，李咏斌说，他马上过来。

总经理和李咏斌相继到了分店。李咏斌了解情况后，走进屋看了看还在沉睡的董涛，鼾声震天，脸憋得通红，他令服务员拿杯凉水来。他接过水杯，用力地泼在董涛的脸上，呵斥道：“给我起来！你看看你像什么话？做出这种下三烂的事！”

董涛打了一个激灵坐起来，边打酒嗝边摸着脸说：“你谁呀，干吗给我泼水？”

“你说我是谁。”

“书记，你怎么在这儿？”

“要不是看着你喝成这样，早把你送公安局去了！”

总经理示意大家都出去，就剩下董涛和李咏斌。

董涛问书记他做什么了，要送公安局。

“你做了什么，你真一点儿都不知道？”

“他们好像请我来洗脚，我怎么躺这儿啦？”

“问谁呢，你怎么躺在这儿了记不得了？和你一起来的人呢？”

“是啊，我怎么睡在这儿？我们一起来的人呢？他们呢？”

好事不出门，坏事传千里。明天，全区的人都会知道。“你说说你，和刚参加工作时落差有多大，本来是一个前途光明的人，可现在你，你竟然……唉！”

“都是我嫁错了人。”

“是你嫁错了人？”

“哦，不，是我有眼无珠娶错了人。我算是完了。我今天在这儿干了什么？”

“还有脸问。”

“老领导，看在我们以前的份儿上，你告诉我干了什么，否则，明天我就是死了，也不知道为什么。”

“你呀你，一进门就对人家小姑娘动手动脚，人家姑娘给你浴足，你竟然把人家姑娘一把搂在怀里……你……”

“不，这不可能，我怎么会……”董涛抱头痛哭，他努力回忆自己都干了些什么，但是，什么也想不起来。

“你把人家姑娘吓成啥样，你那些同党们都跑了。你让我说你什么好，会做出那样的事！明天你等着，全区的人甚至全市的人都知道你的丑闻，就算人家浴足中心不告你，也有人会问责你。到时候，你能说得清楚吗？董涛啊，就算你有过一点儿过失，你也不能就此沉沦、没有原则，就算你的家庭再不幸福，你也不能做出这样有失道德的事情，况且，你老婆还怀着孩子……”

“我，我，书记，我该怎么办？”

“你首先给人家女孩子道歉，赔偿人家的经济损失。至于别的，我看你副镇长的职是保不住了。不过，我可以证明你是酒后无意识之为。可是，你那些酒肉朋友会怎么说？他们要是有良心的话，这事也许会不了了之，若有人拿它做文章，那就很麻烦。”

“书记，我确实是喝多了，不知道自己都干了什么。”

“若有人问，你就坚持说什么也不知道。若无人问，你什么也别说，省得越描越黑。”李咏斌说，“现在给人家姑娘赔罪去，人家有什么要求，就痛快地答应得了。他们老总也是通情达理之人。”

李咏斌帮助董涛处理完这件事，已是凌晨一点多钟。小花送走李书记，就来安慰小蕊，小蕊想回宿舍，她说外面下雨有点儿害怕，想让小虎哥送她回宿舍。

小花看着小虎和小蕊消失在雨中，长长地叹口气，刚想转身回办公室，这时王斌来电话，说他父亲虽然救过来，但是，依然没有脱离危险，母亲只是坐在父亲床边哭泣。他已经送李萧和娜娜回去了，让小花放心。

小花望着无情的雨注，雨注在狂风中仿佛变成利剑从门缝中向她刺来，她一个哆嗦，站在门厅一动不动，看着外面的雨在风中肆虐着，她又打一个寒战，牵挂着李萧，又惦记着小蕊。这时燕子拿来她的衣服和伞说，你还傻站着干什么，不准备回宿舍了。话音刚落，小虎收了雨伞进来，又送她们到宿舍楼下。她们回屋见小蕊躺在床上呜呜咽咽，燕子说：“小蕊，别哭了，下次他要敢来店里，饶不过他！今儿是我正在班上，否则，有他好看！”杜鹃说：“不过，他似乎真一点儿不知道自己干了什么，但他的行为是够流氓的。”小花说：“以后这种喝醉了酒跑来浴足的混蛋，我们一概不接待，怎么样？”小花说完，大家都赞成。她又说：“那好，明天咱们就做一个公告牌，‘醉酒者，请勿入内！’挂在门口，如何？”她们商定后，洗漱完毕方上床休息，一夜无话。

第四十四章

第二天，太阳从云朵里挣扎着露出笑脸，空气中充满了阳光的味道，玉舒站在院子，山气儿更浓了，芬芳四溢；泉水在流动中闪着盈盈的光辉，带着山的灵秀，跌宕入山崖，又潺潺地流向远方。她深深地呼吸，尽情地吸吮着空气里阳光温暖的味道。

早上没有课，玉舒泡了杯热茶，放在小院木桌上一本厚厚的书旁，她左手拿着鸡蛋夹馒头，右手摁在书上聚精会神地阅读着。

默然老远望着这情景，在心里早已给丰子恺先生的画里添上了她。默然手拄一根竹竿，不知不觉走近她，她依然边吃馒头边读书。默然探了探头，见她看的是庚辰校本的《脂砚斋重评石头记》，读到“林潇湘魁夺菊花诗，薛蘅芜讽和螃蟹咏”正入神，默然随手在一旁拔了一根草叶，在她的脸上轻轻地滑动，玉舒觉得痒痒的，以为小虫子在她的皮肤上闹，将手中剩下的馒头全部放进嘴里，她抬手下意识地摸摸脸，眼睛却还扎在书里，她左手触到茶杯端起喝一口，又将茶杯放回去。默然将手抽回来不敢出声，在她背后偷偷地笑着，只听她双手捧着书轻声吟诵道：欲讯秋情众莫知，喃喃负手叩东篱。孤标傲世偕谁隐，一样花开为底迟？

默然轻声接诵：圃露庭霜和寂寞，鸿归蛩病可相思？休言举世无谈者，解语何妨片语时。

玉舒慢慢起来……转过身，她和默然四目相对，在对方的目光里寻找着，停留着，突然玉舒脸一红低下头，又见默然手持一根竹竿出神地杵在那儿，她摸了摸草叶弄得发痒的脸，转身将书签夹在书页里，合上书又回过头盯着他手中的竹竿笑道：你还没老到这种程度吧。

我这叫“郎骑竹马来”讨口茶。默然眨巴眨巴眼睛脱口道。

“白云无事常往来，莫怪山人不送迎”请！

“气味相投，气味相投啊！”默然大笑说。

玉舒笑着进屋拿了杯子出来，边泡茶边说：“我最喜欢丰子恺先生这幅画，这幅画最能代表丰先生的气质，也最能体现他木刻艺术的功底，沉着稳重，生动而坚实。”

“他的《指冷玉笙寒》《月上柳梢头》《花生米不满足》等作品，皆有诗意，有谐趣，有悲天悯人的意味；他用笔尽管疾如飘风，却笔笔稳重沉着。当代不少画家最缺少的就是这个，墨不入纸！”默然说。

“这画如人，文如人。就像你，雍容恬静，外狂而内敛，满身的高贵气，也可以说是崇高，文章和画都是。”

“这么多年，再没人这么夸过我，今晚，我又该睡不着喽。”

玉舒笑笑，微微低下头。

“其实，做文和做人一样，都需要真诚坦荡。”默然说，“当你在一个意义的虚构世界里，借种种方法把所写的实际人生推远，自生自发地创造艺术的意象境界，这时，你就是主宰，是神。你不得不带以一种崇高的敬意来描述这个世界。”

玉舒点头认同。

他接着又说：“在我的意义世界里，我还可以尽情来抒发我对一个女人的所有情感。”

玉舒明白默然一直爱着她，而她一直在躲闪、回避。默然离异后一直独居，把他对玉舒的爱恋都寄托在他的作品中。玉舒看过他几本散文集，就是小说中也可窥察出他对她的感情。默然他正好四十，书画文章皆通，骨子里有一股子清气，有光风霁月之气象。当时，要不是因为他四海为家，居无定所地到处流浪，玉舒的父亲也许会将女儿嫁给他而不是李咏斌。

默然和李咏斌都是玉舒父亲的学生，而李咏斌高他们一届，正是李咏斌稳重踏实的个性，使老师觉得可以将女儿托付于他。而默然满身活跃的都是艺术细胞。在上大学时，他的书画文章和他的“臭名”一样昭著，女孩子都喜欢他，但都不愿意嫁给他，只有玉舒能看到他另类的存在方式，她认为，默然一定能造就一个了不起的将来。逃出父母的管束，她就在他的世界里静静地待着，他渊博的知识让她为之惊叹，她喜欢他，爱他时而狂放不羁，时而感性、时而理性的诗人气质，他们相互吸引，相互欣赏，他们相爱了。如果当时他能像现在这样稍有收敛，也许和她生活的就是他，而不是李咏斌。父亲不愿意将女儿的幸福交给像他这样的人，尽管他才华横溢，一表人才。

默然出生在陕南一座小城，他的父亲是一位著名画家，母亲是教师。父亲和母亲的性格是两个极，一个狂放，一个安静。然而，他们谁也不愿迁就谁，谁也无法改变谁。后来，他的父亲和他的学生结了婚。默然没有像母亲期望地那样安静，而是更多地随了父亲，父亲对他的教育就是随性，自由。母亲有板有眼，要按照国家义务教育的标准来教育他。他似乎更愿意接受父亲的一套教育理念，功课之余他不会多做一点点的课外作业，母亲为此大伤脑筋。剩余的时间就是涂鸦乱画，任思绪信马由缰地在文章中飞扬。父亲对此不但不管还大加赞赏，一到暑假节日他就去旅游，去看祖国的大好山河，回到家就带回一大沓带了颜色的纸片和留在纸上的笔记。这个习惯延续至今，可能没有女人能够接受他父亲遗传给他的这种嗜好。当然，玉舒的父亲也不会接受。

默然端起茶杯闻了闻，又抿一口说："好茶。只有这好水，才能泡出这么浓香的好茶！"

"这是我特意给你带的铁观音，你最爱喝的，上次忘记了，这次别忘了带走。"

"忘不了。"默然沉默片刻说，"玉舒，你猜我带什么来了。"

"什么？"

"我把给孩子们的课本带来了。"

"这么快印出来了。"玉舒惊喜道，"快让我看看。"

默然打电话让司机送几本上来，司机从后备厢拿了几本送上去，玉舒让司机坐下来喝杯茶，他说车上有，转身就下山去了。

玉舒急忙翻着书页，书页在她的手指间嚓嚓响着，她兴奋地说："这下孩子们有课本了。除了国学，你怎么还加了'低碳从我做起，从现在做起'。"

"不该吗？面对日益污染的环境，每一个人都有责任保护环境。从他们开始，就要懂得低碳生活的重要性，改善环境，将来是他们的首要任务。"

"是啊，等他们长大了，也许面对的第一挑战——不是经济而是环境。"

“自然灾害对人类的影响愈来愈突出。我们不能轻视，他们更不能！”

“这个问题太沉重了。默然，咱们现在就把书送到学校去。”

“能否喝完这杯香茶，”默然心里其实呼唤的是——我心爱的姑娘，但是，说出来的却是——“我的大小姐。”

“当然。”玉舒端起茶杯送到默然面前，“请，狂人！”

默然这时再也无法抑制自己的情感，当年她一直称他狂人，这么多年，再也没有听到过。他深情地望着玉舒，幻影中他已牵着她的手，她坐在他身旁，像在大学时那样一起吟诗、嬉笑、打闹。她总说喜欢他狂放不羁的性格，就像一只桀骜不驯的野马，她愿意一辈子牵着他一起前行。只有她认定他将来会有所作为，他活在她对他的肯定里，这么多年义无反顾地向前走着，走到今天，虽然只身一人，可他的身边似乎总有她在陪伴着。

默然望着玉舒，眼睛里泪光闪动，他接过茶杯说了声：“谢谢！”仿佛周围的空气被玉舒那一声久违的称呼填满了。

玉舒转身进屋，她婀娜的背影在他的视线中延伸，延伸到遥远的过去……他们背靠背、头挨头地坐在校园的草地上，仰望着天空，沉浸在他们的世界里，一种无言之美充斥其中……

玉舒仿佛仙女悄然下凡来到他的身旁，他张开双臂迎接她，只听见：给，给你茶，差点儿又忘了。默然突然从梦幻中醒来，他“哦”地应了一声，释然地和玉舒一起朝山下走着。玉舒让他给这里起个名，他说，就叫“云山居”吧。

第四十五章

司机看见他们，赶紧发动引擎，他们坐上车往学校方向奔去。到了学校，校长赶忙迎出来，默然和校长他们将车上的书往办公室里搬，这时，玉舒正在一旁和李咏斌通话，玉舒说，周末她想回去一趟，到妮妮他们学校联系点儿事情。李咏斌想来接她，她说烧的油钱都不知要买多少书呢，她执意要坐长途汽车回去。默然听言，从玉舒手中要过电话对咏斌说，他正巧要回省城办事，顺便送玉舒一趟。默然和李咏斌在电话里又闲聊一会儿便挂了。

挂了电话，李咏斌心中涌出一丝的妒意。他思忖片刻，似乎又对自己充满信心，坚信玉舒的忠诚。玉舒一直是她父母心中的乖乖女，她非常孝顺，对父母的话唯命是从。否则，她当时是不会嫁给他的。在岳父母的眼里，李咏斌是他们称心如意的女婿，正是因为李咏斌对“中庸之道”特殊的见解博得老师的喜欢。李咏斌清楚地记得，那是在一次老师和同学讨论儒家中庸思想对中国文化的影响时，李咏斌的发言深深地印在了老师的心里。

他说：“诸子百家中，任何一家在华夏文明的发展中，都起到了相互推动的作用。谁说我们就忘记了韩非子、墨子、鬼谷子等那些诸子们，他们的精神早已扎根在我们的精神里，在历史发展的进程中，他们从来没有缺席过。也许有的人不愿意承认，没关系，他们总会在不经意中闪烁光芒！两千年来又只是儒家对华夏文化的影响最大吗？我看不尽然。儒家是诸子百家的一个支脉，也许是历史的原因，固本的需要，使儒家一脉传承下来。诚然，儒家的中庸之道是反对极端主义的。数千年来，中庸是我们中华文化的集体选择，这种天人合一的思维方式，也是孔子注解《周易》时发现总结出来的，《礼记》中道出‘君子中庸，小人反中庸’的文化准则……总之，中国文化不纯粹只是儒家，诸子百家都是华夏文化的精髓，它们相互渗透，又相互影响，儒、释、道、法、墨，以及一些异族文化在中华大地上不断融合、补充、发展、壮大。这也许就是我们中华文明延绵不断的真正理由。”

李咏斌的演讲博得同学们的热烈掌声，尽管他的发言也有待细究之处，但是，他一定程度道出了儒学的弊端。我们的民族呼唤英雄，呼唤那种勇敢无畏的精神！这就是他的与众不同，从此老师记住了他，认为他会是一个有作为的后生。不像默然那么不靠谱。虽然老师也喜欢默然的聪明才华，但是，如果将自己的宝贝女儿嫁给他，老师的一颗心永远都会悬在半空。玉舒是个孝顺的女儿，她最终还是遵从父命，忍痛割爱，抛下默然嫁给了李咏斌，因为她觉得父命不可违。

玉舒嫁给李咏斌的那天晚上，他们谈了很久。婚宴上，默然的大醉，让玉舒心里特别不安，也很不好受，她为默然的痛苦而痛苦，新婚之夜她给李咏斌坦白了自己的心声。她告诉李咏斌，她是深爱默然的，嫁给他是不想违背爸爸的意愿。虽然如此，既然嫁给他，她会信守忠诚，和李咏斌好好生活，但需要一点时间梳理她的情感，希望李咏斌能够理解。

李咏斌说：“爱本身就包含了理解，爱本身就是使所爱的人幸福快乐。我一定会使你快乐幸福，一定会使你爱上我，因为，我深深地爱着你。”

此后，便多年没有了默然的消息。

直到有一天，一本《两个人的世界》轰动了文坛，玉舒他们才知道，默然一直在从事文学，以及书画创作，并且获得非凡的成就。并且听说他闪电结婚又闪电离婚，而且永远独身的消息。

这时，玉舒的儿子李思明都已经上了小学。对于默然的出现，以及他的状况，李咏斌并没有介意，他理解一个男人的感情，若是他，也许状况更糟。因为他们对玉舒的爱是深深地根植在心灵里的，甚至是血肉里的，她和他们的生命连在一起。他知道，默然从来没有忘记过玉舒，和自己一样，默然一直深爱着玉舒。从默然的《两个人的世界》里，李咏斌明白了他为什么会闪电结婚又闪电离婚。默然在对玉舒的感情世界里，绝对没有第三个人的位置，就像他一样，何尝不是呢。

玉舒看了这本书之后，偷偷哭了几天。她告诉李咏斌，默然这又是何苦呢。李咏斌说，要是和她结婚的是他而不是他自己，他也许会失去生活的目标，也许会出家做和尚。他觉得默然比他坚强，他将所有的情感都投入在事业上，他的作品就是对他感情的完美诠释。他还告诉玉舒，说她应该感到幸福，除了他，还有这样一位罕见而痴心的男人爱着她，她应该感到欣慰。同时，他也相信，玉舒会处理好他们之间的关系。因为他不可能阻止默然去爱玉舒，这是默然的事；可他更相信玉舒，她是透明的。不过，默然在这个问题上处理得也很好，他约玉舒出去吃饭、或喝茶聊天、或到家来，都要和李咏斌招呼一声，李咏斌从不疑心他们之间的往来，他相信玉舒。因为玉舒和默然的往来，只界定于思想和艺术方面的交流，像一对好朋友。

李咏斌之所以这么坚定地相信玉舒和默然，是因为他也有过这样的体验。在大学时，在他深爱着玉舒的同时，他同班的一位女同学赵莹却深爱着他。当一个人眼里只有爱人时，别人是无论如何也进不了他的视线，就像赵莹，根本就没有走入李咏斌的视线里。前段日子，李咏斌他们同学聚会，赵莹也从汉中赶来，同学们聊起来，这时，李咏斌才知道赵莹一直爱着他，他这才细细地打量赵莹一回，赵莹的眼睛里温情脉脉……有一个男同学对李咏斌说：“玉舒是你的初恋，你是赵莹的初恋，赵莹是我的初恋。”这个同学说完，赵莹坐在李咏斌身边，忍不住眼泪滚落下来。李咏斌见状心里有点儿触动，同学们有意将他们留在一间屋里，赵莹情不自禁地靠在李咏斌的肩上，李咏斌下意识地站起来说：“对不起，赵莹，我并不想伤害你，我只知道一点，我爱的人是玉舒，是她先走进了我的心里。”李咏斌离开伤心中的赵莹，逃离了宾馆。

第四十六章

古龙村的特种猪养殖使养殖专业户喜出望外，果然比家猪好饲养。并且，最近猪肉六七块钱一斤，出栏的肥猪大都没有赚几个钱，有些养殖户为能腾挪出猪圈，不惜当下的猪价低，将能出栏的猪全都出栏，腾出钱来买特种猪。村上少数种大棚菜的农户收入不菲，因为今春猪肉价比菜价便宜，人们都喊青菜贵，加之今春雨水多，菜价一直下不来，那些种菜的农户喜得合不上嘴，钱鼓鼓地塞进腰包。周良对那些养殖户说："别老羡慕他们，要不了几个月，他们又该羡慕你们了。总之一句话，大家发财都是好事。到下半年，等咱们的肉食加工厂开起来，我们就又多一条出路。李书记他们正在给咱们争取贷款。到时候咱们就在废砖厂上再建起咱们的加工厂，不但解决咱们村青壮劳力的就业，说不定周边的村子也能沾上咱们的光。"

养殖户们听后个个振臂欢呼："改革万岁！古龙村万岁！"

李咏斌整天穿梭在几个养鱼村之间，每一家鱼塘的修建都牵着他的心。今年春上雨水较多，天气反常地冷，给修建鱼塘带来诸多不变，修修停停肯定要延误鱼苗投放计划。他天天回家不是一身水就是一身黄泥，皮鞋就没干净过。

他一进家，儿子就说："真是没有我妈在家，这整个人都变了，整天脏兮兮的。"

"儿子，那你知道'安'字怎么写吗？"

"那谁不知道。"

“这一个家，如果缺少女人，那就不安啦。看看咱俩这光景，你爷爷、奶奶才回去几天，这家里就乱成这样，这会儿就得有个女儿就好了。”

“那你把我变回去。”儿子说，“哦，爸，想起来了，我爷爷打电话让您明天一定回趟家，说有特要紧的事。”

李咏斌还以为是父亲、母亲身体有什么不好，他急忙打电话给爸妈，原来是开发商征地，要占去老爷子心爱的又是唯一的那块地，老爷子死活不愿意，和对方僵持着。李咏斌将脏衣服换下扔进洗衣机，从冰箱里拿出母亲包好的韭菜大肉饺子，他一边煮饺子，一边想，父亲的心情他能理解，祖祖辈辈靠着那片黄土地生活，这下突然没有土地，这种感情的转变放着谁也不能接受。何况，父亲对土地的那份感情，那是祖辈传下来的，他就像爱儿孙似的爱着土地，虽然父亲没多少文化，但他务弄庄稼那几下子，方圆几十里无人能比。父亲除了黑天下雨，除了吃饭，整天在地里打转转，那简直就像女人务弄自己的独生子，那种疼爱、体贴、无微不至的照顾，使年年的收成无论是干旱还是别的灾害，料料庄稼几乎不会减产。有时他病了，不吃药也不打针，只要去庄稼地里转一圈回来，似乎就大愈了。母亲说，父亲是“爱地狂”。

李咏斌将煮好的饺子端到餐桌上，对着儿子喊道：“停下作业先吃饭。”

儿子答应着出屋又进卫生间洗手出来，坐到餐桌前，看着一个个像耳朵似的饺子静静地躺在盘子里期待着他，他软软地趴在桌上蔫蔫地对李咏斌说：“整天冻饺子。唉！真想吃妈妈做的菜。”

李咏斌说：“怎么，想妈妈了。告诉你一个好消息，过几天，妈妈就回来了。”

“耶，太好了。是真的吗？”

李咏斌点点头说：“所以，赶快吃饭，你要瘦了，妈妈回来，爸爸会是什么结果。”

李思明伸伸舌头给李咏斌做了个鬼脸，拿起筷子，对着期待他已久的白白胖胖挤在盘子里的一只“耳朵”伸了过去。

这几天，玉舒一直寻思一件事。看到这些面黄肌瘦留守在农村的小学生，他们由于地理条件等问题，还没有享受“蛋奶工程”，而城里的孩子们对各种品质的牛奶喝得都不爱喝了，他们喝腻了的牛奶，这里的孩子大多数尝都没有尝过。“一袋奶，可以拯救一个民族。”这里的孩子更应该得到拯救，他们面黄肌瘦的身板将来怎样开拓未来？她将这个想法打电话告诉默然。默然说，他马上给相关方面建议，尽快落实这事，尽自己所能，助推这个工程尽快解决。玉舒本身也以一个儿童工作者的身份，给有关部门写了一封信，希望有关部门将“蛋奶工程”尽快引进山里来。

第四十七章

一天中午，小花正在店里忙活，李萧打来电话说，王斌他爸死了。听王斌说，他父亲不吃不喝到死和谁一句话也没说。李萧没去参加葬礼。娜娜觉得不管怎么说，王老头的死多少都和她有关系，也许是她助推了他死亡的速度。娜娜在王老头的灵前点三炷香插在祭坛里，然后退后三尺，在磕头时，她望着王斌父亲的遗像默默地说："如果你的死，真和我有关系的话，你也要原谅我们当时的心情；如果你是想以死来成全他们，那你就应该保佑王斌和李萧幸福地在一起。但愿老天能原谅你犯下的罪孽，让你能拿到进入天堂的通行证。"

参加完王斌父亲的葬礼，小花回到宿舍，打开手机，收到陈家新的一条短信，她急忙回复了陈家新。陈家新电话立即打过来，怨她王斌父亲去世为什么没有通知他，小花说王斌让缩小范围，所以就没告诉他。

星期五下午四点多钟，默然送玉舒到楼下，玉舒请他上去坐坐，默然说："改日吧，你刚回家。走的时候我再来接你。"玉舒点点头。目送汽车驶出小区便转身上楼，玉舒从包里找出钥匙开锁进门，家里就像被鬼子扫荡了，她摇头笑笑自语道："这父子俩。"放下包先收拾一通，她将屋子角角落落擦一遍，所有的被单全部换下塞进洗衣机。收拾干净又急忙出门买菜。她想，一定都馋了，晚上给他们做一顿好吃的。买菜回来，她打开音响，好久没有这样滋润耳朵和全身的细胞了，马斯内的《沉思曲》在房间里回荡，她一边做饭，一边跟着音乐哼哼着。

妮妮受表嫂邀请来到表哥家，叮当叮当的门铃声刺耳地盖过音乐。玉舒急忙停下手中的活儿去开门，见妮妮一脸的痛苦，便轻轻地将妮妮拥在怀里，像母亲抚慰受了伤的孩子一般，摸摸她的头发，拍拍她的肩膀，妮妮在玉舒的怀抱里释放着自己，泪如雨点嘀嗒在玉舒的肩头。玉舒关好门，扶妮妮坐在沙发上，顺便抽一张纸巾递给妮妮说："你应该明白，唯有这事是不可以强求的。表嫂知道，你很喜欢他，陈家新这孩子是那种你越接触，就会越喜欢的男孩，成熟稳重可靠，还不失一个年轻人的活力。听说他的母亲是一个非常了不起的人，各种艺术门类都比较精通，一个人独居，潜心研究艺术。你想想，你与他的成长环境天差地别，格格不入。我曾和他通过一次电话，他态度很明确，似乎并不在乎门第，只要能够沟通心灵。而你在思想上和他不能同步。也许是小花弥补了你这一点。他告诉我说，人活在这个世界上，并不是孤独存在的，你不能无视周围的人。他说这话，对你来说意味着什么，你懂吗？"

妮妮擦干了眼泪说："他不就嫌我不务正业在外面教课，不就嫌我鄙薄小花他们的职业，说我贪慕虚荣、好高骛远嘛。"

"你觉得，这些都是优点吗？"玉舒说着进了厨房。

"可我觉得，我也没有错呀，大家不都这样嘛。"

"小花呢，她是不是恰好就少这些？"

"她就是比我漂亮多点。"

"你还没有认识到问题的本质，同样是农村走出来的女孩子，你却少了小花身上的素朴，添了奢华。"

……

这时，音响里流淌出萨拉萨蒂的《流浪者之歌》。

"这是什么曲子，听起来这么悲怆？"妮妮问。

"萨拉萨蒂的《流浪者之歌》，还有一个名字叫《吉卜赛之歌》。"玉舒在厨房里回答，"好几个版本都很经典，你可以都听一听。"

这时，陈家新也恰巧在听《流浪者之歌》，他最喜欢埃里克·弗雷德曼的演奏，因为弗雷德曼将那种悲壮的情绪诠释得最到位。音乐在房间里回旋流淌，从每一个毛发上打几个圈滑入皮肤，像泉水似的，浸润着五脏六腑，荡涤着心灵。陈家新双手抱胸靠在厨房门框边，一边看着母亲给他做三明治，一边说道："那天跟她说分手，她挺不好受。"

“你再给人家女孩打电话了吗？”

“没有。”

“这就是你的不对。一个人爱另一个人是没有错的，错的是他们的思想不在一处，这和人本身没有关系。听你说，她也不是什么坏女孩，虚荣心不影响你们做朋友。无论怎么说，都是你伤害了人家。”

陈家新觉得母亲说的是。他回到沙发上拨通了妮妮的电话。

妮妮看是他，没有接。玉舒问：“怎么不接电话？”

“是他。”妮妮说。

“那就更应该接。”

电话又响起来了。

“妮妮，快接电话。”玉舒说。

“他那么无情，这会儿又何必呢。”

“这么生气，说明还是喜欢人家。”玉舒只好接通电话说：“家新，妮妮在卫生间呢，等一会儿，我让她回过去。”

“是你呀，玉舒姐，你什么时候回来的？她和你在一起？”陈家新喜悦地说。

“我下午刚回来，叫她过来，是想让他们班的学生，给那边的孩子搞一次捐书活动。”

“哦？妮妮她还好吧。我们……我怕她……”

“她是挺难过的，刚才还哭呢。不过没事，会过去的。我这不顺便给她找点事，分解分解。”

“玉舒姐，有你开导她，我就放心了。不管怎么说，我们还是朋友，让她多保重。那我先挂了，等有空，我再打给她。”

“好，谢谢你！再见！”

“再见！”

“难怪你们都喜欢他，知道什么叫素质了吧。”玉舒说完，急忙又去厨房。

陈家新挂了电话，母亲问：“通话的不是她？”

“是妮妮的表嫂。她现在在偏远山村当志愿者，好像回来筹集书籍，可能是山里的孩子缺少书籍吧。”家新说。

“不是可能，而是肯定。”家新母亲稍加思忖后，交代了家新几句，又对他说：“一会儿走的时候，把那些东西给你爸捎回去。”家新点点头。他又拨通妮妮电话，还是玉舒。陈家新说："玉舒姐，您什么时候走?"

"大概两三天吧。"

"那好，到时候我和您联系，我要捎一些东西给那边的朋友。"

"好的，我走的时候给你电话。"

妮妮听说陈家新要捎什么东西给朋友，嘴一撇说："他还挺会劳烦人的，见缝插针。"

"人不就是这样吗，你帮我来我帮你。好了，别找人家碴儿了，就因为人家拒绝了你，你不至于吧。过来给我剥几瓣蒜，今天晚上，可别和明明抢着吃鸡翅哟。"玉舒说着把妮妮拉进厨房。

一桌丰盛的晚餐已经做好，就等着李咏斌和明明了。开门声，玉舒没等外面的人打开门，她抢先一步打开。

"哎哟妈，你可回来了。"明明扑在妈妈怀里，玉舒紧紧抱着他说："儿子，瘦了。"

"妈，可想死我了。"明明紧紧地搂着妈妈。

"快去洗手，准备吃饭。"玉舒松开儿子说。

"我闻见了，只有妈妈烧菜的味道才这么香。有我爱吃的红烧鸡翅，有我爸爱吃的手撕包菜，还有我们都爱吃的酸菜鱼，还有我爱吃的糖醋里脊，啧啧，久违的大餐。"明明一边脱鞋，一边说。

明明正高兴着，妮妮从厨房出来："这会儿，眼里只有你妈。"

"当然。哎，妮妮姑，你看我妈妈回来家里多干净，还有可口的饭菜。我爸说了，这家里面要少了女人就不安了，知道安字怎么写吗?"

"那谁不会，学前班的孩子都会。"妮妮说。

"房子下面没有女人，那男人能安心工作吗?"明明学着爸爸的腔调，惹得玉舒和妮妮直乐。"这回我真正体会到没有女人，哦不，没有我妈在家的滋味，不是泡面就是冻饺子，我都快营养不良了。"

"儿子，和山里的那些孩子比，你就在天堂了，那里的孩子大都连牛奶都没尝过。"

明明不信。

"默然叔叔正在和他们县里有关方面协商，尽快给那些孩子一天供应一袋奶。"

玉舒说完，明明像个大人似的陷入沉思。

妮妮说："瞧那样，多像我表哥。"

玉舒摇头笑笑，正准备进厨房，咚咚咚急切的敲门声，外面有人喊道："明明，明明开门，爸爸一着急，把钥匙锁在车里了。"

明明一听是爸爸，心想，我说呢门铃不按。他急忙让妈妈和妮妮都藏起来。

妈妈藏好，妮妮姑姑去了厨房，然后他去开门。

李咏斌问他，怎么这么半天才开门。他说，正在算一道难题。

妮妮说："表哥，你怎么这么慌张，竟把钥匙锁在车里，要是明明不在，看你怎么办?"

"呦，妮妮过来了。怪了，怎么是你嫂子烧菜的味道？明明，是妈妈回来了吗?"李咏斌用鼻子嗅了嗅。

"我姑整天跟我妈学做菜，她现在水平不次于我妈。"

李咏斌趴在餐桌上闻闻菜味儿，他用手捻了一点儿手撕包菜放进嘴里尝尝，又四处瞅瞅，房子变干净了，有了女人的味道，玉舒的味道。他对明明说："这屋子也是你姑姑收拾的?""那当然。"明明说。他笑着走到书房去拿备用车钥匙，看见玉舒的手机在书桌上放着，他心里窃喜，是她回来了。他从书房出来，似对明明和妮妮又似对屋子大声说道："好了，今天妮妮在这儿，我正好有事，晚上就不在家吃了。"说着就往外走，明明正想说什么，玉舒急急忙忙从阳台跑出来喊了句："哎，咏斌!"玉舒见他脏得像个乞丐样儿，心疼了一下，鼻子一酸，豌豆大的泪珠儿滚到嘴角。

李咏斌回过头来温暖地笑一笑，他用目光告诉她："如果没有他们在这儿，我这会儿会紧紧地把你贴在我的怀抱里。"

"黑了，也瘦了。"玉舒心疼地说，"赶紧下去把东西取回来，换换衣服洗洗吃饭吧。"

李咏斌说："黑了、瘦了不要紧，健康就行。我马上回来。"说完转身腾腾腾地下楼，不一会儿又腾腾腾地上来了。

饭桌上，妮妮问表嫂怎么搞这次爱心活动。玉舒说了方案，孩子们完全采取自愿，不要强求他们，一人一本书一份爱心。当然多多益善。

李咏斌说，他也可以发动一下镇干部参加这次爱心工程，大家齐心协力，争取把图书室给孩子们办起来。

明明说："妈，我把我每年攒的压岁钱全部拿出来，给他们买成新书，再发动我们班里的同学一起捐书捐钱，说不定，别的班也会有响应呢。”

“好。我们明明真棒！只要大家携起手来，人人献一份爱心，那里的孩子就有书看了。”

吃完晚饭，妮妮帮表嫂洗洗涮涮完了之后，就先行告辞了。明明关上门在自己房间里做功课。李咏斌拉着玉舒到他们房间，紧紧地拥抱着，似乎不这么着她转身就会逃跑似的，他们把夫妻间的思念，全部融释在这长长的拥抱里。李咏斌将玉舒轻轻地抱上床，他将身体的上半身舒适地放在靠垫上，用右臂揽着她，让她的脑袋惬意地放在他的肩膀上，他吻了她，长长的一个吻……玉舒示意儿子还在写作业，他笑了笑说：“想我吗？”

“你说呢？你有没有担心我？”

“担心。我是担心你吃不消，在那样的条件下。”

“没有别的？”

“没有。因为我相信你。”

“真的。”

“那当然。”说着他又吻了玉舒，将玉舒紧紧地搂在怀里。他们聊着相互的工作，李咏斌不时地吻一下玉舒的额头，不时吻一下玉舒的脸颊，聊着聊着，不知不觉相拥进入梦乡。

明明写完作业去卫生间，见爸爸、妈妈屋里的灯还亮着，轻轻推开门，甜甜的酣睡声传出门来，明明笑着走到床前，拧灭灯，又轻轻地关上门，到书房拿了一本雨果的《巴黎圣母院》回到自己房间，躺在床上拧亮台灯，不知看到何时，方才休息。

第四十八章

清晨的微光透过窗帷，屋里的一切渐渐清晰起来，玉舒饧眼似睁微睁着，咽喉里哼出长长一个音，舒服地伸了个懒腰，慢慢睁开眼，转过头见李咏斌还未醒，她静静地看着他，抬起一只手触了触他鬓角的白头发，她捏住一根想给他拔掉，又想让她多睡会儿，就用手轻轻捋了捋他的头发，心里对他说："亲爱的，你辛苦了!"她轻吻了他，眼睛里热辣辣的，她扣好睡衣扣子，急忙下床去做早餐了。

过了一会儿，饭做好了。李咏斌叫她，说默然电话。李咏斌将手机递给她就进了卫生间。玉舒说："赶快洗洗吃饭吧，趁热。"李咏斌答应着。

"喂，默然，你早。正做早餐呢。噢，你说。"

"我的一个朋友是师大中文系主任，我昨天回来就和他联系了一下，他答应由学生会牵头，搞一次大学生献爱心活动，说是今年一批大学生毕业，也有报名参加志愿者的，我对他说了你的事。他说，到时候带同学们一起过去，没准有愿意和你一起留在那里的。"

"那太好了，默然。谢谢你!"

"你准备什么时候走?"

"我今天若能定下来，再打电话告诉你。"

"那好，问咏斌好。再见!"

"谢谢！再见!"

李咏斌从卫生间出来，走到餐厅，拿起面包一层放火腿，一层放鸡蛋，再往鸡蛋和火腿上放一片生菜和切片圣女果，夹好后递给玉舒：“什么事高兴成这样?”玉舒将默然所说告诉他。李咏斌说：“他可真是雷厉风行啊!”

“他一贯都这样，你不知道吗?”

“看来，我要加油了，今天一上班就开动员大会，为山区孩子献爱心。谁让老婆是个有爱心的人呢。”

玉舒高兴地搂着李咏斌的脖子说：“谢谢支持!”

李咏斌咬了一大口三明治，左手食指弯成七，他说：“还不快过来。”玉舒将脸凑过去，李咏斌在她的鼻子上刮了一下，玉舒皱了皱鼻子，一种温暖的幸福在整个房间弥漫。

李咏斌又说：“还记得董涛吗?”

玉舒点点头。

“前几天，区上开干部会议，把董涛的职给撤了。”李咏斌说。

“为什么?”玉舒问。

李咏斌说了缘由，说他的那些个朋友，在关键时候没有一个向着他的。

“他也变得太快了。玉舒说，真是上得快下得也快!”

“像他这样的人还真不少啊！可惜了，他还真是个人才!”李咏斌摇摇头哀叹一声道。

“他不应该气馁。”

“说不清。”

他们吃着聊着，聊聊朋友又聊聊家事，便去各忙其事。

玉舒听咏斌说，爹最近一直在闹情绪。老爷子对土地的疼爱胜过对他的孩子们，他总说，是黄土地养育着他们，滋润着他们；没有土地，就会失去家园，就会失去根本，就会饿死。随着城市的不断扩建，吞噬的土地越来越多，这儿圈一块那儿圈一块，留给北堡村的土地面积越来越少，一个人仅剩下几分地。现在，就连这几分分地都保不住了，还要连村庄都拆了，老爷子想不通，整天地待在他务弄的那一亩三分地里转来转去，连吃饭都是老伴给送到地头去，儿子、女儿个个回家劝说，没用。只有咏斌他理解父亲现在的心情，他在基层工作多年，亲眼看见了老乡们对土地的热爱，在他的心里也有一种对土地的特殊情结。每次回家，他都陪着父亲坐在地头，爷儿俩谁也不说话，怕说话打断他和土地的对话，亵渎了他对土地的那份不能割舍的感情。每每到天黑，爷儿俩才一起回家。其实，老爷子心里非常清楚，这是发展需要，任谁也是无法抵挡改革的需要，发展的需要。可是没有了养育他们祖祖辈辈的土地，他不知道自己该如何生活？

玉舒办完自己的事情，乘小巴回到北堡村，到家门口，两扇红色的铁门紧锁着，她敲敲门，喊了声没人应。邻居的大婶出来说：“是玉舒回来了，你爸你妈到地里去了。”玉舒谢过大婶，转身就往庄稼地去。走在通往庄稼地的道上，周围有的推土机和挖掘机已经开始将那些果园、麦田推平了，有些乡亲在地头看着，有些乡亲在地里整理着果树枝。

老爷子的庄稼地就在村口不远处，玉舒看见老爷子和老太太双双坐在地头，她慢慢来到他们身后，她没有忘记咏斌告诉她的话，什么也别说，别劝他们，老爷子心里什么都清楚。他们望着眼前不到两亩地的麦田，混沌沌的天压向大地，老爷子低头捧起一抔黄土深深地嗅一口，吻了吻，眼泪裹着他的脸，一起贴在手掌心，老太太默默地看着老头子也心疼地流泪。她用苍老的双手扶着他，拍拍他，他抬起头，冷风吹起绿油油的麦苗在大地上摇摆，它仿佛是黄土地长出的绿袖子，她似乎在给她的儿女挥手告别，老爷子再也忍不住内心的伤痛，起身，依然捧着那抔黄土扑向大地的怀抱……“老头子”……母亲在后面喊着。

眼泪带着怜爱再也无法抵挡地冲出玉舒的眼眶，她跟在婆婆后面以防她摔倒，“妈，妈，”她喊了两声，婆婆回过头身体失去平衡就要跌倒，玉舒扔下手中的东西，紧跑几步抱住了婆婆。

“玉舒呀，这可怎么好，你爸他整天这样，这，我……”

“妈，其实我爸啥都明白，你就让他哭吧。”

老爷子淹没在麦田里，哭声宛如鱼儿在海浪中失去妈妈似的茫然回荡……

第四十九章

陈家新按着母亲的吩咐去了新华书店。在路上，他打电话给小花请她帮个忙，问她能否抽开身，小花说没问题。

小花来到书店，在二楼成人书籍类找陈家新，没有。她打电话问家新在哪一层，他让她到三楼。小花上到三楼看见他给她招手，小花惊奇地问他，怎么对少儿读物感兴趣。他说这是命令，给孩子们捐书。

“谁命令你?”

“暂时保密。我只能告诉你，这事和玉舒姐有关系。”家新说。

“玉舒姐不是去山里当志愿者了吗?”

“她为谁志愿?”

“那里的孩子们呀。”

“这下明白了吧。”家新诡秘一笑。

“哦，原来如此。”

“请你来就是想让你参谋参谋，你们女孩子都喜欢读什么书。”

“名著都喜欢。”小花说。

“还有当代的好作品，像秦文君和牧铃还有杨红樱之类的快帮我看看。”

他们挑了两大箱书籍，到前台结账时，新华书店听说是给偏远山区孩子们捐助的，给他们打了八折。陈家新建议将打折省下的钱全部又买了书。

小花和书店工作人员把家新送上出租，就回去上班。回到店里，谁都可以看出她脸上写着心事。小虎问她怎么了？她没有回答，只是让小虎找一个方正点的纸箱子来。小虎到库房找了一个纸箱拿去她的办公室，她已准备好一张红纸和糨糊，和小虎一起做了一个捐助箱。小虎心下想，没有什么灾害发生呀，她这是要给谁捐款？嗨，甭管是什么捐款，反正得捐！

他依照小花的吩咐，捐助箱放在门厅显眼处，找来燕子和小蕊，小花问："今天上客情况可好？"

燕子答："挺好。"

小花又对他们说："好。通知所有技师和客人，耽误大家十分钟时间，让所有人都到大厅集中，我们搞一次特殊的爱心捐助活动，你们三个分头通知，我在大厅等大家。"

技师和客人们脸上写着大问号，纷纷从房间集中在大厅，醒目的红色捐助箱放在厅中央，人们的目光投射在上面的一行黑字上：一份爱心一本书，为孩子们点亮心灯。

小虎说："对不起，耽搁大家一点时间，请我们分店经理秦小花讲爱心捐助的起因。"

小花先给大家深鞠一躬，然后说："对不起，耽搁大家宝贵的休闲时间。不过，如果大家听我说完缘由，我想，我们在场的每一位好心人，都会伸出援手，献出一点爱心。刚才我也请示了总经理，凡是捐献爱心的客人，今天的消费一律五折优惠。"

大家吵吵声一片。小花接道："是这样，我的一位大姐，她在秦岭山区的一所小学校当志愿者。那里的孩子几乎没有任何读物，他们甚至想象不出我们的书店是什么样的，更不知道书店里琳琅满目的各种书籍。大姐为了给孩子们办起一个小小的图书室，用她的稿费和积蓄买了部分图书，但是，那些远远不够孩子们的需求。因此，我想我们每一个人，也许我们少喝一瓶饮料，少抽一盒香烟，少开一天车，少做一次保健……就能为那些贫困地区的孩子们送上一本书，送去我们的爱心。"

说到这里，已经有几位先生默默地掏出钱放进捐助箱里，有一百、二百，还有伍佰的，大家响起热烈的掌声。

小花又说："我对上天发誓，所有的捐款全部买成书籍送到孩子们手中。"说完，小花拿出早已准备好的一千元投进捐款箱，小虎也放进一千，大家纷纷走近捐助箱，一百，二百，五百，三百，五十，二十，十元，无论钱多钱少，都表现出对山区孩子们的关爱。

小花连连给那些捐款的客人和员工深深鞠躬，以表感谢。有几位客人说，他们今天消费付全额，将打折省下的消费全部捐出。小花为此感激不尽，让小虎记下客人的名字。

当天晚上到下班为止，所有来店消费的客人和浴足中心的员工，以及总店的员工和总经理的捐款共计两万多元。

第二天大早，小虎，燕子，小蕊，杜鹃没有一个人贪睡，跟着小花去书店将二万多元现金全部买成书籍。完了之后，她先和陈家新联系，陈家新对她赞叹不已，说玉舒姐明天就进山，他也要一起，可能还有一些小学生……陈家新让小花再和玉舒姐联系一下，明天最好一起去。

小花拨通了玉舒的电话，埋怨玉舒姐不告诉她筹集书籍的事……

玉舒解释自己回来太忙了，没有顾上告诉她。玉舒听小花说，他们捐赠两万多块钱的书籍，心里有说不出的感激，又觉得陈家新真是慧眼识珠。她让小花明天和她一起进山去，并告诉小花，不用将书搬来运去的，先放在书店，明天一起拉走就行。

玉舒找了旅行社的朋友，说租用一辆大轿子车，到山里学校去搞一次活动，朋友知道原因后，免费供给大轿车，玉舒又是一通激动，发感慨说："世上还是好人多呀！"

第二天是个星期天，默然联系好许校长在那边迎接，他和师大的一些学生直接从西安开往山里，玉舒带陈家新和小花，以及妮妮和她一帮学生，思明也和几位同学一起参加妈妈组织的这次爱心行动，一辆大轿车承载着满当当的爱心即将出发。

早上8:30分，轿车出城驶到碧水花园，陈家新和几大箱书早等在小区门口，妮妮透过玻璃窗看见陈家新，心里觉着她自己是在干一件多么伟大的事，和学生一起去给山里的孩子献爱心，而他，陈家新竟然利用方便给朋友捎什么东西，庸俗，真庸俗。

玉舒和司机还有明明帮忙将东西往上抬，玉舒问："是什么这么沉？"

"书。"

"书？捎给谁的？"

"给孩子们的。"陈家新说完，看见妮妮收敛了刚才不齿的表情低下头去。

玉舒说："这么多，都是你捐的。"

"我只是一小部分，大部分是一位夫人捐的。"家新说。

“是谁?”玉舒问，

“夫人说，这不值一提，是应该的。”陈家新说着和妮妮、明明打个招呼，找到一个空位子坐下。

玉舒想着：“会是谁呢？一定是家新的母亲，一定是。难怪会有这样出色的儿子。”

明明说：“家新叔叔，你吃早饭没有？我这里还有一个三明治，我妈特意让我给你带的。”

“其实吃了点儿，再吃一个也无妨。谢谢！谢谢玉舒姐！”

玉舒摇摇头。陈家新咬了一口嚼了嚼咽下去，然后说：“怎么和我妈做的味道那么相似。”

“是吗。”明明说，“你妈妈和我妈妈怎么爱好、藏书就连做饭，都有惊人的相似之处?”

“在这个世界上，总有一些人是很相像的。也许他们不在一个国度，也许不在一个年代，但他们的思想和境界会惊人的相似。”家新说。

“就像苏格拉底和孔丘。”明明说。

家新笑笑点点头。

转眼到了新华书店，小花早在书店门口等着，跟前放着十几捆和几箱子书籍，玉舒和家新先急忙跑下车，玉舒看看这么多书，又看看小花说：“小花，你可真了不起，这么多啊!”

“这都是我们的客人和员工还有老板捐助的，这是大家的力量，共同的爱心。”

陈家新热辣辣地望着小花，小花瞬间脸变得通红。

妮妮在车上望见这一幕，瞬间脸羞得通红。看看人家，想想自己，自己倒没意思起来。因为她只不过发动了几个优秀生，带了些旧书籍，和小花比她自愧不如。有什么了不起，妮妮心下这样想着，轻蔑地瞅一眼陈家新和小花，假装毫不在意的样子转脸和学生们说别的，学生们看着大家在搬东西，撇下她一溜烟地下车去帮忙。妮妮低下头，顺手拿起一本书假装着看书。

大轿车后座已经摞满了书，走道也占去一半，陈家新和明明坐在一起，小花坐到玉舒旁边，小花和妮妮隔着过道，小花看见妮妮，主动和她打招呼问好，妮妮不回应也没抬头。

玉舒对小花摇摇头，示意她别介意。

小花点点头轻声说："没事。"

师傅按玉舒的吩咐将车子开到汉唐书店，书店的经理和几个员工早在路口处等候了，书店文经理是李咏斌的好朋友，李咏斌发动镇政府的全体人员，共捐款一万元全部在文经理处买成书籍。文经理听说此事，汉唐书店也为孩子们捐书一千册，折合人民币两万元。

玉舒抚摸着这些书籍热泪盈眶，感动得一句话也说不出来。文经理示意她什么也不用说，帮忙将书籍装上车，目送他们远去。

此时此刻，车里的每一个人心情都不能平静，不知是谁唱起了"假如人人都献出一份爱，世界将变成美好的人间……"他们一路歌声一路欢笑驶向远方。

第五十章

李咏斌此刻正在参加王道村、秦谷村、双河村的鱼塘竣工仪式。他们三个村庄的位置正好形成一个等腰三角地带，为了便于管理，鱼塘就建在三角的中央，就像一朵开放的梅花，中间的大圆池就像是花蕊，几个花瓣分布在周边，水泥路将其贯穿一起，大人小孩儿们在池底与池上来回穿梭。只见鱼塘的上空彩旗飘飘，地面上锣鼓喧天，炮声齐鸣，小花父亲、母亲和他们的合伙人，娜娜和她的父亲、母亲，王小虎的父亲、母亲简直乐得嘴都合不拢，上上下下忙得不可开交。村里的乡亲们都前来参观，周良他们也前来祝贺，鱼塘周围一片沸腾，欢笑声、鞭炮声响彻天空，虽然灰色的云幕含羞地遮住太阳，但现场欢腾的气氛，宛如一缕缕和煦的阳光在人们之间相互传递相互温暖。

竣工典礼后，就要进行鱼塘注水的环节。李咏斌对扩音器高喊一声：“开始注水！”话音从麦克风传向半空，落在人们头顶传进耳朵里，这时有人早已打开备好的啤酒，递给李书记一瓶，李咏斌接过冒着酒花的瓶子举起来高声说：“来，乡亲们，为鱼塘的圆满竣工，为我们越来越美好的明天，干杯！”

“干杯！干杯！……干杯……”

酒瓶的撞击声，宛如一串串翠铃铛在人声中回响，大家一仰脖子，啤酒酣畅地通过喉咙咕咚咕咚地进入身体，笑声、欢呼声在春风里尽情地挥洒绽放。

第五十一章

学校的操场上，玉舒、默然、许校长他们，正在举行简单的图书捐赠仪式。小花，陈家新，师大的大学生们，思明和他的同学们，妮妮和她的小学生们，玉舒代表李咏斌和汉唐书店的文经理，将所有图书如数捐赠给这里的孩子们。虽然是星期天，许校长和全体师生一个不落地满怀感恩之情接受捐赠。之后，许校长让几个老师挤一挤，腾出一间办公室，为孩子们挤出了一间小小的图书阅览室。

活动结束后，大家参观了学校的教室及设施，对每一个人都触动不小。李思明对他的同学和一起来的小同学只说了一句："你们说，我们如若不好好学习，能对得起谁呢?"

大家都沉默了。"今后，我们不但要好好学习，还要增强体质，走，我们踢球去。"李思明说。

李思明从车上拿下他带来的足球、篮球，领着一帮孩子一窝蜂似的奔向操场，孩子们踢球的踢球，打篮球的打篮球，霎时间，小小操场变成了欢乐的海洋……

几个大学生和小花、家新他们围着默然和玉舒，正在进行一场文化对话，大学生的闪问，默然和玉舒的闪答，无不给大家一种敏捷、轻松的直觉享受。

生命和文化相互滋润着的年轻一代，使默然和玉舒忽然间看到了希望。玉舒想，当他们渐渐老去时，这股蓬勃的力量一定会更好地延续他们的理想，一定是这样的。

活动结束后，一位叫张宇弦的女大学生拉着玉舒的手说："玉舒姐，我这样称呼您不介意吧。"

玉舒摇摇头说："怎么会呢。"

"那好，玉舒姐，你等着，我还会来的。"

玉舒拥抱着她说："我等你。"

一个男生也对玉舒说："玉舒老师，我说不定也会来的。"

"那太好了。"玉舒说着，看见张宇弦瞥了那个男生一眼，那男生向她欣然笑笑，转身上了大巴车。

"讨厌。"张宇弦嘟噜一句。

"他叫什么?"玉舒问。

"向南。"

"哦，他在追你?"

"挺讨厌的。"

"被人爱是幸福的。"

张宇弦还想说什么，玉舒说："下次来，再听你的故事，好吗？现在，司机在等着呢，快上车吧。"

送走张宇弦他们，明明喊着，一定要到妈妈住的地方去看看，大轿车和默然的小车就停在山下，下车后，他们爬上一节坡，抬首翘望：哇，真是美呀！

"有点儿像我母亲书房挂的那幅画。"陈家新说。

明明跟着溪水跑向前去，陈家新拉着小花踏着咕噜咕噜流水的节奏，也跑向前去，妮妮一脸不快地和玉舒他们尾随其后。

明明对着山谷喊：啊……嘀嘀嘀嘀……他的回音在跳跃的泉水间打旋，然后回荡在山间；陈家新感觉鼻孔插上了氧气一样，他深深呼吸，心和小花的心一起变成两朵小浪花，随着清清的泉水一起流向远方。

第五十二章

自从王斌父亲走后，李萧一直不愿意再见王斌。她责问命运怎么会这样捉弄她，为什么要让她遇上王斌，而且彼此相爱，为什么是王斌？为什么？

李萧给酒店请了几天假，她将自己锁在屋里，王斌的来电一律不接，王斌来找她，她也不开门，王斌买来盒饭，饭凉了又拿走，王斌买的水果放在门外，等他再来还在门外，王斌急得要疯了，用脚踢、用拳打，嘴里喊着“萧萧，萧萧快开门。”只听里面哭泣声、呕吐声，王斌更急，她急忙给小花打电话说明情况，小花让她别急，说她正在回古城的路上，她让王斌先给娜娜打电话。王斌知道，娜娜今天给鱼池注水够忙的，就没打扰。

小花一脸的焦急，她看看手表已是傍晚五点多钟，陈家新说，他们大概六点半左右才能到。

王斌在楼道急得团团转，他急中生智，忽然想起房东，房东肯定还有钥匙，他赶忙给房东打电话，结果房东没有预留。怎么办？叫开锁公司？不能，里面明明有人。打110？也不妥。他又急又气，团团转……“萧萧，萧萧你开门，要不我踹门了。”他耳朵贴在门上细听，怎么，里面没动静。“萧萧，萧萧我真要踹门了。”没回应。他眼睛盯着门锁，全身的力运在脚上，一下，两下，三下，没有撞开。他这才细看看是防盗门坚如磐石。不行，要叫开锁公司。他照着贴在门上的椭圆纸片拨通电话，说明地址。

陈家新陪小花心急如焚地赶过来，开锁公司正在开锁，王斌说：“你们来了就好了，急死了。开始听见她哭，一会儿又呕吐，再一会儿听就没有声息了，我一着急只有叫开锁公司了。”

“快点儿，师傅。”小花说。

“马上就好。”师傅话音刚落，只听“咯噔”一声，门打开了。王斌和小花冲进去，只见李萧脸色苍白得像蜡纸，王斌紧张得打120急救，小花看着李萧微弱地呼吸着，流着泪说：“李萧，你干吗要这样折磨自己。事情都过去了，你就安心，好好地和王斌过日子吧，你看，王斌都急成什么样儿了。”

“萧萧，萧萧，你醒醒好吗？你醒醒。”王斌握着李萧的手，温热的泪水掉进李萧的手心……

120呼叫着来到楼下。医护人员将李萧抬上担架，他们一起护送着到医院，经过检查诊断，医生说她没有什么，可能是因为怀孕不进食而导致的营养不良。

“什么，她怀孕了，她怀了我的孩子？”

“你们谁是家属？”

“我，当然是我。”

“回去后给孕妇加强营养，否则，孩子有可能保不住。”

“是，医生放心，这都是我疏忽了，我疏忽了。”

“好，等打完点滴，你们就可以带孕妇回家了。”

王斌和小花他们谢过医生，等他们再回过身来，李萧已经哭成泪人。王斌拉着李萧的手激动地说：“我们有孩子了，萧萧，这下你再也不会离开我了，我来好好照顾你、保护你，好吗？”

李萧摇摇头。

“李萧，你还要闹到啥时候，你没听大夫说吗，你现在的状况需要静养，要不孩子难保。”小花说。

“不，不，我要回家。送我回我家，小花，我要回家。”李萧说。

小花看看王斌说：“要不先送她回家，给她点儿时间，一下子出这么多事，现在她又这样地虚弱，等她恢复恢复再说。”

“只能先这样。”王斌说。

陈家新拍拍王斌的肩膀，长出一口气说：“会好的。”

王斌抹一把眼泪只好点点头。

他们将李萧送回十字镇老家，李萧的父母亲看到女儿，惊慌得不知发生了什么。李萧母亲责问王斌道：

“怎么好好一个人病成这样，到底怎么回事？”

王斌支吾着不知从何说起。

小花见状，急忙凑到阿姨耳边低语几句，李萧母亲眼睛圆睁，瞪了王斌一眼说：“萧萧怀孕，怎么不早告诉我，你们闹别扭也不至于……唉！这是怎么说的，这以后叫我怎么放心把她交给你。”

听这话，王斌知道，李萧并没有告诉父母亲那件事，夫妻俩只顾心疼女儿了。李萧妈妈吩咐李萧爸爸，赶快去饭店冰柜里把那只老母鸡拿回来炖上，父亲答应着急急忙忙去了。

李萧妈妈招呼小花他们在客厅喝茶，房间里只剩下他俩，王斌默默走到床边，拉着李萧的手，李萧想将手抽回，王斌攥得紧紧的，李萧无奈将头转向墙壁，王斌乞求李萧，看在孩子面上，要好好待自己……王斌的体贴开导也不知能否起作用。

陈家新和小花坐在客厅，李萧妈妈端来茶水递在他们手中，家新说：“阿姨，你们家装修得真漂亮。”

“没用了。马上要拆了。要盖高楼大厦了。”阿姨说。

陈家新这才想起十字镇也是今年规划的重点。这儿拆了以后，路面要拓宽，还要在两边做绿化带和花池，大道两侧都要建成高层。他说：“噢，这也许是城市发展的需要。”

“你说，那高楼大厦哪里有我们这小三层舒服。真是拆拆拆的，我们家经营了二十多年的小饭馆也保不住了，就要失业了。”阿姨一边说，一边抱来一捆葱，说是为明天饭馆准备的，家新和小花要帮她，她坚决不让，他们只好坐回原处。

“咱们古城要和西安接轨，将来西安古城就变成国际化大都市——大西安了。”陈家新接着说。

阿姨说：“只要政府对我们安置得合理，咱们这些老百姓呀，也没有那么难说话，怕就怕政府的安置政策和国家规定不相符，从中占我们老百姓的便宜。”

“阿姨，国家对拆迁户的安置政策越来越好。兴许拆到你们这里，政策会更好。”家新说。

“那就好。如果这样的话，也许就不会有什么钉子户了。其实，老百姓还是挺通情达理的。”阿姨说。

“是啊，老百姓最朴实了。”家新说着，看见叔叔回来了，赶忙站起来，阿姨让家新和小花坐下，让李萧爸爸赶快把鸡炖在锅里。

这时，王斌也从李萧房间出来，阿姨不屑地瞪了王斌一眼说："也不知道我们家李萧什么时候才不用我提心吊胆。这叫什么事呀，你们说，这叫什么事呀。未婚先孕，叫我怎么见人？"

"阿姨，您放心。等萧萧恢复恢复，我们马上就结婚。"王斌说。

"也好，回去给你们父母说，不敢等了，最好五一就把事办了。"

"嗯，知道了。萧萧就拜托您了，您再劝导劝导她，我回去就准备结婚的事情。"王斌说完，小花去和李萧告辞，说了几句体己话，告别了叔叔、阿姨，各自去了。

第五十三章

这几天，天气一直阴沉多雨，像冬天一般冷。今年的春天也许是病了，还病得不轻，关中道的天气整个回冷，而且多雨；云贵等地区却严重干旱，从去年冬到今年春上由于干旱，那里的百姓绝收——达一千多万亩，迄今为止还有千万人口靠人背马拉取水……全国各地都在以各种方式支援灾区，但是，这些都不能从根本上解决旱灾问题。

玉舒在日记中继续提到这样的问题，她写道：

“人类无论如何，还是要顺天行事，要征服自然，就会付出沉重的代价，只有敬畏自然，顺从自然，珍爱自然，才能有效地减少灾害；保护资源太显重要，不要等到灾情来了，才想到治理，那已经晚矣。因此，正像默然所说，保护环境，要从孩子们做起，要从每一个人做起，从节约一度电，一滴油做起……保护我们人类赖以生存的地球……”

写完日记，她习惯于听着水声入睡，就像住在水上城市威尼斯一般。

第二天清晨，她打开窗扇，惊奇地发现嫩黄的树叶上积着一团团晶莹的雪花，百花盛开的季节，却被雪花点染着，只感觉新奇而又清新。这个春天使人们感受了几个季节，时而温暖惬意，时而燥热，时而寒冷。正当玉舒感叹大自然的不可捉摸时，手里的收音机里却忽然传出来自青海的消息：“玉树藏族自治州发生了 7.1 级地震，85% 的房屋倒塌，玉树全县停电，通信中断。”

她心里又是一惊：去年智利地震，人们还惊魂未定；前几日，波兰总统偕夫人，以及96名高级官员，乘专机在俄罗斯境内坠毁，各国人民还没有从惋惜中走出来；今天，青海玉树又地震了。这个世界怎么了？她这样问自己，洪水、冰灾、地震、海啸、风暴……不可预防，防不胜防！而在灾难面前，人，显得多么脆弱啊！我们不得不敬畏自然，我们不得不保护环境，我们不得不关注全球气候变化，我们不得不赶在全球温室效应持续升高之前，阻止人类继续破坏环境，我们不能不低碳生活，我们不得不艰苦朴素……因为，我们要为子孙后代着想，我们要热爱我们赖以生存的地球！

她急忙打开笔记本，在网上查看玉树灾情……正在此时，她的电话铃音急急地响起来："喂！"

"玉舒，你能不能回来一趟，爸他……"李咏斌声音低沉，她听见，他在电话那边哭泣。

"爸怎么了？"她问。

"爸，爸，他，不在了。"

"什么，爸不在了……"瞬间，眼泪在玉舒的脸颊上滚落成悲伤的浪花。

默然知道后，立即开车送玉舒回李咏斌的老家。在路上，玉舒对默然说："老爷子爱土地胜过一切。他觉着没有土地，他就无法活下去……"默然觉着城市的发展扩张，大面积地占取耕地，到处在建高楼大厦，对于发展来说，也许是必然的。但是对于一位农民，祖祖辈辈靠耕地生存的农民来说，土地就是他的命根子，是他生命的依靠；没有土地，他的生命就没有了归宿；没有土壤，他的生命就会枯竭。

玉舒说："正像俄罗斯作家康·帕乌斯托夫斯基所说，'不知为什么，人开始糟蹋和毁坏土地了。要知道土地的美，是一种神圣的东西，是我们社会生活中的一种伟大的东西，这种美是我们的终极目的之一'。"

此后，他们一直沉默着……直到车子停在李咏斌老家的门口，玉舒急切地冲下车，跪倒在老人的灵堂前，泣不成声。李咏斌劝她不要难过，说老人家走得很安详。他们走到老人家跟前，玉舒轻轻揭开老爷子脸上的盖布，想最后再看老人家一眼，只见老爷子嘴角还带着点儿黄土，仿佛对着他们微笑着。

默然心里感叹道，老爷子真正地回归了，走得很安详。

他们又给老爷子三鞠躬。

李咏斌用盖布将老爷子和他们隔开，并吩咐人给玉舒和默然弄饭。说话

间，他们一起来到咏斌母亲的房间，婆婆抱着玉舒又难过了一回，玉舒对婆婆说：“妈，爸这会儿最心安了。”

“说的是呢。”婆婆一边擦泪，一边说：“昨个晚上睡到半宿我醒来一看，怎么人不见了。我就知道又到地里头去了，没几天，地就要被人家推平了，他心慌得不得了，天天在地头坐着，饭都是我送去。我一开门，谁知下起大雪，你说，这四月天怎么竟下起雪来，真是罕见，那个雪呀哗哗地下着，我这心呀不由自主地就揪在一起，我深一脚浅一脚跑到地头不见他人，田间地头白茫茫一片，没他人影，我怎么能不急，你爸这些天已经很虚弱了，再经不起折腾了，我看他就是没打算活。我喊他，回声在雪地里瘆得慌，我想是不是他从另一条道回来了，和他走岔了，这冷得跟冬天似的，好人也得冻坏了。我赶紧回家，推开门没人影，我的天，我赶紧给咏斌打电话，放下电话我又加了件棉衣，给你爸也带了件棉衣，泥一脚雪一脚地又踩到地头，我就大喊，老头子，你应一声，你应一声呀，你要走带我一起走好了，留下我一个人多寂寞呀！空旷处，我只听见我的叫声，脚踩在地上的嚓嚓声，雪落在地上的嘶嘶声，我突然发现了脚印，就顺着田里的印迹往里走，走一截，天哪！咱家的铁锨，再走一截，天哪！地中央一大片麦苗被铲光了，湿湿的土壤已经被雪花覆盖住，你爸他，他的头，他的脸还有一只胳膊露在地面上，也被雪花盖了，我急忙拨去他脸上的雪花，他已经冰冷冰冷的，脸上带着微笑，那么安详快活的样子……”

婆婆顿了一顿继续说：“我找到了他，反倒不急了，我把棉袄盖在他身上，静静地躺在他的身边，脸贴着他的脸，泪水和雪花搅和着顺着眼角流到地里头去……直到咏斌找到我们。你爸他是穿好了老衣，自己挖了个坑，将自己一点一点埋在土壤里。后来村里人帮忙把他弄出来，抬回家里，他嘴里塞满了黄土，也许他咽下去不少，他们要洗出来，我没让，让他带着走吧，带着他的命走吧。他生前嘱咐不要棺材，给他的身下铺一尺厚的白灰，将他放在白灰上就行；不要过多的人为他送葬，只要自己的家人就行。将来我也一样，这样和他合葬。”

老母亲的话，使身边的每一个人感到震撼。他们不得不遵从母亲的安排，父亲的遗嘱。

4 月 16 日，他们将老人家土葬在村子的公墓，老人家一直面带微笑，心满意足地和大地融为一体。

默然是这场特殊葬礼的见证者。他带着一种特殊的情绪先回到县里，疾笔写下一篇一个农民如何热爱土地的文章，第二天，就在报上刊登了。

村子要拆了，李咏斌将家里的东西一并搬到姐姐家，玉舒将婆婆接回自己家里。婆婆说，她想得开，让玉舒去忙自己的工作。玉舒怎么能这样丢下婆婆就走呢。可是，那边孩子们的课又要耽搁了……正在矛盾中，突然，默然来电话说，那个叫张宇弦的女大学生已经到山区学校了，他让玉舒不用急，这边张宇弦先替她带着课。听到这个消息，她心里特别感动，张宇弦信守诺言，真的进山了，是个有担当的80后！这下她可以陪婆婆等老爷子过了头七，再进山不迟。

小花和陈家新、王小虎、娜娜他们，事后才知道李书记的父亲是那样悲壮地离世，然而，他的葬礼却是那样简单。他们得知玉舒姐在家，一起来看望了玉舒姐的婆婆，看见老人家想得开并且乐观，大家都非常惊讶老太太的达观精神，似乎一切安慰都显得多余，他们便陪着老太太聊点儿别的，而老太太却愉快地聊着他和老爷子过去的一些趣事，逗得大家一片开心。

玉舒的父母亲在上海得知亲家公去世的消息，很为之感动，说玉舒的公公是一位真正热爱土地的人，虽然他的行为有点儿偏执，但是，这才更显一位农民对土地的深厚感情。他们一定要来祭奠他。

李咏斌考虑到岳父血压高，心脏不好，来了未免激动，一再劝说他不要来了，为了老师的身体，玉舒的弟弟和弟媳也做他工作，最后老师向着北方三鞠躬，以表对亲家的悼念，还在电话里吩咐李咏斌和玉舒，一定要代他们在老人家灵堂前祭奠，并且玉舒在这段时间要好好陪婆婆。玉舒告诉爸爸说，公公对死已达到陶潜的境界："死去何所道，托体同山阿。"婆婆受公公影响，也将生死看得很开。玉舒让爸爸妈妈放心，她会好好照顾婆婆的。

过了头七，婆婆就将玉舒撵走，她让玉舒别担心她，好好去做自己想做的事儿。

第五十四章

小花宿舍里最近少了两个人，燕子和杜鹃搬出了集体宿舍，和男朋友在外面租房子过日子去了。只剩下她和小蕊。

燕子和李航的关系已经发展到炽热阶段，俩人已经难舍难分。他们商量后，在离燕子上班不远处租了房子，燕子的安全就落在李航身上，李航为了能接燕子下班，将自己的班次申请后做了调整。

杜鹃则因为宁向前的修理铺隔壁有一家看起来是理发店，其实，是靠男人吃饭的。所以杜鹃经常在宁向前那里去，半条街大都是干修理这行的，还有就是制作防盗网和塑钢门窗什么的，偏这家“理发馆”就开在他们家宁向前隔壁。本来，“小姐”一词是对姑娘的高雅称呼，偏又让她们给玷污了，现在，人们都不敢乱叫小姐了。

杜鹃说，她每次去宁向前那里，都看见那里边的人扒在贴纸留下的一道缝里的那双眼。她每每看见那里边的人的眼神瞟向他们家宁向前，气就不打一处来，她鄙视人家一眼，人家不屑的样子使她更来气。更来气的还有，那天是杜鹃休息日，她一整天都在宁向前的修理铺帮他，她观察着，瞅着，杜鹃心里想，年轻轻的干啥不行，非要干那个，恶心：“呸!”

杜鹃啐她们时，被她们看见了。

里面出来一个女人问杜鹃：“啐谁呢?”杜鹃说：“想啐谁就啐谁，管谁什么事。”宁向前急忙上来阻拦，埋怨杜鹃干吗招惹人家。说他们在这里各做各的生意，是井水不犯河水，他们从不和她们搭腔。

那女人阴阳怪气地说："甭清高，你们和我们这些也就是批发和零售的关系，清高什么呀。呸！"

杜鹃听这话开始一点儿没弄明白，但是，她知道这绝不会是什么好话，她寻思半天批发、零售什么意思？

……哦，她突然明白了。

此时，宁向前还在纳闷，什么批发、零售，新鲜哦，听都没有听过。

宁向前还没缓过神来，杜鹃一下子扑到女人面前，她说："不许玷污我们的感情。你们是不道德，是出卖！你懂什么是感情，什么是爱情吗？不懂！就知道用金钱来交换。好好的姑娘家你偏来做这个，你这是丧尽天良，是作孽！"

老鸨说："咋的，她们愿意来，自愿的，你想来，我也欢迎，瞧这模样儿，还是个不错的好苗子。"

宁向前一耳光扇上去指着女人的鼻子说："你听着，我们井水不犯河水。她是我老婆，不许你玷污她，否则，我们打110来端了你。"女人见四邻隔壁的都瞪着眼围了上来，赶紧进屋里去了。

杜鹃说，她打那天起，就寻思让宁向前换个地儿。宁向前却说，其实，他们周围店铺都是爷儿们，知道她们是干什么的，各做各的生意，也倒没有什么。再说，他在这儿几年了，生意挺好，突然挪走生意源就没了，又得从头再来。杜鹃寻思后觉得他说的也是，这么多年在这儿做生意，他宁向前也没出什么事呀。她只好警告他少盯着她们看。宁向前说，哪儿有那工夫。

杜鹃要搬走了，小花说，她是不放心宁向前。

杜鹃说："我家宁向前可不是那种人。"

小花斜她一眼说："相信，我们都信。"

第五十五章

4 月 20 日晚，中央电视台举办全国各族同胞“情系灾区，大爱无疆”赈灾晚会。3 小时的晚会赈灾捐款达 21.75 亿人民币。

4 月 21 日，来自世界卫生组织的消息：人们关心的火山灰不会影响人们的生活。

4 月 22 日 16 时(西班牙当地时间)，国际奥委会终身名誉主席萨马兰奇葬礼在巴塞罗那举行。

4 月 23 日 世界图书和版权日。

4 月 24 日 世界青年反对殖民主义日，亚非新闻工作者日。

4 月 25 日 全国儿童预防接种宣传日。

4 月 26 日 世界知识产权日，世界儿童日。

4 月 29 日 秘书节。

4 月 30 日 全国交通安全反思日。

4 月 30 日 世博会在中国上海隆重开幕。

4 月 30 日 王斌和李萧的结婚典礼在古都大酒店举行。

4 月 30 日 十字镇举办王道村，秦谷村，双河村鱼苗投放仪式。

4 月 30 日，古城的天气还好，时而有阳光露出脸来，温暖一下行走在大地上的人们，对他们灿烂的一笑，又忙忙地钻回云里。今年春天，人们似乎特别地期待阳光，因为它的温暖可以使人们穿上美丽七彩的薄衫与万物争春。今天的街上更显春天的华丽，人们的脸上洋溢着春天的气息，虽然天色忽而被灰色充满，但十字镇——双河村、王道村、秦谷村的乡亲们在梅花一样的鱼塘周围欢呼着，跳跃着，鞭炮声、锣鼓声此起彼伏，像海潮翻滚，那钻在云朵里的太阳再也躲不住了，急忙探出头来，和人们一起欢笑庆祝。

李书记，韩镇长，山东的客人，娜娜和她的家人，小花的父母亲，王小虎的父母亲，所有来庆贺的乡亲们……还有水里的小鱼苗，在阳光的照耀下掀起一晕一晕的小光圈，一池一池清亮亮的水在人们喜悦的目光里闪动着、跳跃着；瞧那水里的小鱼苗，它们和人一样爱扎堆，一群一群的在池里自在地游动，掀起一波一波的热浪，它们狂喜地来回游玩，有些年轻人也跟着鱼儿来回地跑……十字镇的乡亲们哪儿见过这么多的鱼儿，鱼儿在水里欢腾跳跃，人们在岸上欢腾跳跃，简直是一片欢腾的海洋了……

娜娜目睹了一尾尾革胡子鲇鱼苗放进鱼塘后，就告别了父母亲赶去参加李萧和王斌的婚礼。小花今天是李萧的伴娘，陈家新是伴郎。娜娜赶到古都大酒店五楼他们的婚礼庆典上，司仪正在开伴娘和伴郎的玩笑，司仪问伴郎："伴娘漂亮不漂亮？"

"漂亮。"

"有没有新娘漂亮？"

"漂亮各有不同。"

"呵呵，伴郎真滑头。想不想结婚？"

"当然。"

"想不想让伴娘成为你的新娘？"

"想。但我说了不算。"

底下一片笑声。

司仪又问低着头红了脸的伴娘："你说，伴郎今天帅不帅？"

"还行。"

"那你愿不愿意我今天就给你俩做个媒？"

伴娘低头不语，连头发根都热辣辣的。

司仪说："你不说话就是愿意呗。"司仪又对着大家喊，"你们做个见证，如果伴郎愿意将伴娘抱起来转 360 度，我这媒就做成了。到时候，我还做他们的婚礼主持，大家说好不好？"

大家的起哄声。

一阵掌声之后，伴娘低头含羞地笑着，伴郎鼓足勇气一弯腰，一鼓劲将伴娘抱起来转了一圈又转一圈，仿佛这场婚礼变成伴郎和伴娘的了，伴郎似乎抱着自己的新娘忘乎所以，伴娘的脸上洋溢着羞怯而美丽的笑容。

司仪玩笑后接着说："瞧把伴郎美的，抱着伴娘不愿意放下。不玩不笑不热闹，下来言归正传，请双方家长上座……"

婚典结束后，新娘换了金光闪闪的红色旗袍要给来宾敬酒，娜娜这时跑过去对他们表示祝贺并送上红包，之后对着伴娘小花、伴郎陈家新说："下次该喝你们的喜酒了。"

陈家新抢着说："那你可不要迟到。"

"瞧瞧，都急不可耐了。"娜娜说。

正说话间，李萧要呕吐，小花和娜娜急忙陪她去洗手间，李萧干呕一会儿，感觉好受了些，就问怎么没见小虎。娜娜说，她正想问呢。

小花说："他受伤住院了。"

"什么?"娜娜吃惊道，"准是又管闲事吃亏了。"

"谁知道。"小花说，"昨晚下班还好好的，今儿一早，总经理来电话说，他受伤了，被送进医院。正准备完了之后去看他，本来我说替他给李萧祝贺，他非要好了之后亲自来给你们补上。"

"我先去医院了。"娜娜急道。说完就跑了。家新和王斌在门口喊她，她头也不回钻进电梯奔医院去了。

娜娜到外伤科护士台前，询问王小虎所在的病房，护士说："是那个打架弄伤的小伙子，他在干部病房三病室。"

干部病房？娜娜心下纳闷，他竟然住干部病房。她思忖着走来，轻轻推开门，一个女子正在给小虎喂饭，她心里酸酸地慢慢走到床前，只见小虎满头满手都被纱布缠着，心里"咯噔"一下眼泪差点儿掉下来，小虎看了她一眼说："你怎么来了，今天不是放鱼苗吗?"

"你爸爸妈妈不知道你受伤了?"娜娜眨巴眨巴眼，用手轻揉几下眼睛说。

"别，别告诉他们。"

"是啊，又不是什么光彩的事。"娜娜说。

"你是娜娜姐吧?"小蕊说。

"你是？哦，想起来了，你是小蕊。"

"我们老总说，小虎哥是为了他被人打伤的，特意让我好好照顾他。"小蕊说。

“我说呢，还住干部病房。原来这样，去当保镖了。伤得不轻吧？”

“没有，就是破了点皮。”

“还说呢，被坏人闷了一砖，头上缝了九针，手也被刀划伤了，还轻微脑震荡。总经理让他在这儿好好养几天呢。”小蕊说。

“李萧婚礼你去了没有？”小虎问。

“咱们那边鱼苗一放进池子里，我就赶着去参加李萧婚礼了。”

“鱼苗投放顺利吧？”

娜娜点点头说：“顺利。热闹极了，比李萧结婚还热闹呢。”

“娜娜姐，能不能让小虎哥把饭吃完了再说话。”小蕊说。

娜娜对小蕊说：“你歇会儿，我来给他喂。”

小蕊有点儿不情愿地让出位置。娜娜抢过碗，给米饭里夹了菜，坐在小蕊刚才的位置，一边用勺子搅着饭，一边对小虎说：“小虎，我想问你一个很严肃的问题？”

“什么，你说。”

“你能原谅我吗？”

“哦？原来是这么严肃的问题，我是要考虑考虑。”

“是我对不起你，我愿意一辈子为你做牛做马。”

小虎瞥了一眼小蕊对娜娜说：“快别说了，都是过去的事了，什么原谅不原谅的，整这么严肃。”

“不，你如果原谅我，那就张嘴吃我给你喂的饭。”

小虎看见小蕊在一边噘着嘴，娜娜已经将一勺饭送进他嘴里，他咀嚼着，心里热乎乎的，他似乎觉得从前的那个娜娜又回来了……

娜娜觉得眼前的这个人变得比以前还要可爱亲切，她心里的负疚宛如一团硝烟，瞬间在三号病室散尽了。

李萧、王斌他们给客人敬完酒，客人也散得差不多了，他们和小花、陈家新一起赶到医院，进了三号病室，来到王小虎床前，小虎看见他们憨憨地一笑，说：“你们的好日子怎么跑这儿来了。”李萧抢先说：“我们的好日子，你却躺在这儿，看看被人打成啥样了。”

王小虎看了小花一眼，低着头憨笑着。

娜娜说：“什么呀，他说他们老总让他办事路遇歹徒就打起来了。”

陈家新说：“会是抢老总的钱吗？”

王小虎还是憨笑。

小花说："拿老总做挡箭牌，谁知道干什么让人给打了。"

小虎还是傻笑着不说话。

王斌说："我看咱们还是别再打扰他了，让他好好休息吧。"

小花说："也好。王斌和李萧那边还有一堆事情要忙呢，我也正想回家一趟去看看鱼苗。"

"等等小花，别，别回去。"小虎说，"你要回去，我爸妈肯定要问起我，我不想让他们为我担心。"

"是啊，小花。"娜娜说，"你就放心吧，山东的技术人员还要跟踪指导一阵呢。"

小花寻思一会儿说："也好。那我就先回店里去。"

娜娜说她再待会儿。小花又叮嘱小蕊好好照顾小虎，让小虎静心养伤。说完便和李萧他们走了。

"哎！你们等等。"娜娜追出来喊道。

小花他们问什么事？娜娜将红包塞在李萧手里说："这是小虎给你们的。"还没等李萧说什么，娜娜转身跑回病房去了。

"真变回来了。"小花说，"从前那个她又回来了。"他们几个相视一笑，离开了医院。

第五十六章

玉舒和张宇弦在她们新建的图书室切磋教学心得，张宇弦就阅读欣赏课提出新建议。她觉得，让孩子们在阅读欣赏经典文章的同时，能够背诵一些好诗，比如，《诗经》《唐诗》《宋词》里的好诗好词，以及现当代的一些好诗歌，不要求他们现在就能理解诗歌的真正含义，只要他们能诵读，可以定期不定期地搞一些诗歌诵读比赛，给优秀的孩子以适当鼓励，提高他们对诵读的积极性。玉舒说，这样一来无形中提高了他们博闻强记的能力，为他们将来学好国文打下良好的基础。

张宇弦说："我的论文可有得写了，就写《偏远落后地区教育所面临的问题和思考》。"

玉舒赞同并且表示支持。

课后，玉舒邀请张宇弦搬出图书室，和她一起去住。张宇弦调皮地说："那可是你们的神话，我哪敢闯入。"

玉舒淡淡一笑说："我们的神话？请问张宇弦小姐，你在大学期间就没有自己的神话吗？"

可谁也没像你们这样一直在演绎。

"你错了，宇弦。我们的神话早已夭折了。默然是在等待能和他一起演绎神话的女孩。"

玉舒说完，看见宇弦的脸绯红，她清了清嗓子又说："听说，你对默然很有研究，是吗？"

“我只是仔细阅读他的每一本书，特别是那本《两个人的世界》。我觉得，他是一个外表狂傲，其实内心非常宁静执着的人；他似有陶渊明的风格，在他随后的几本著作和书画里都有体现，就像余秋雨先生说陶潜那样：‘他皈依了一种纯粹的自然哲学，以自然为本，以自然为美，因循自然，欣赏自然，服从自然，投向自然。领悟了生命的真谛。’”

“是的，当你和自然融为一体时，自然就会净化你的心灵。默然一直将自己奉献给自然，他热爱自然。”

“他一直也爱着你和你的人生观，以及你对自然的态度。”

“也许。但是，我不能像他那样。”

“爱他对吗?”

“是的。”玉舒沉默一会儿接着说。“不过，我发现有一个人特别适合他。”

“谁?”

“你。”

“他对我很敏感。我打电话给他，他都是有事说事，没事就挂了。”

“也许我可以帮你。”

“真的。”

“是的。”玉舒笑着看她一眼，又说：“这下还想不想搬到我那里去住呢?”

“其实，也没有什么不可，呵，还可以给你做伴儿。”

“小滑头。”玉舒用手指轻轻点一下她的额头说：“那还不快，我帮你把东西拿过去，晚上在网上看世博会开幕式。”

“你那儿有电脑?”

玉舒点点头。

“手提的?”

玉舒还是点点头。

“我说呢，宽带没有这么快到这儿呢。”张宇弦麻利地收拾着洗漱用具，玉舒又问张宇弦：“你来这里，爸爸妈妈支持吗?”

她说，她没有爸妈。她是从福利院长大的。说话间，她收拾完东西和玉舒一边说话，一边锁好门往外走。

“福利院？那谁供你读书呢?”

“噢，一个从未谋面的人。”

“你知道他是谁?”

“也许……不过，我还没有认他。”

“没有找过亲生父母?”

“不想找。既然他们抛弃了我，也许他们有他们的理由。找到他们，又能怎样。”

两个人的心突然沉重起来，她们不知不觉回到云山居中。

清晨，默然打来电话告诉玉舒：“蛋奶工程争取到了，从明天起，就可给每所学校的孩子们一个鸡蛋一袋奶，省上对蛋奶工程的质量非常重视，目前，部分学校储藏加工条件比较薄弱，出现过配送过程中的质量变质问题，为了不影响食品的安全存放，县里又买了几台冰柜，今天就送到各学校去，我们马上把冰柜送过去，等明天孩子们上学，就可以喝上新鲜的牛奶了。”

许校长、玉舒和张宇弦他们早早在学校门口等默然了。不一会儿，一辆卡车停在他们面前，默然从驾驶室下来告诉许校长他们，为了不影响孩子们明天按时喝上牛奶，他们和配送单位商议提前将牛奶送到，配送车下午就来。车开进学校，冰柜就放在学校门房。默然让许校长插上电源，然后吩咐办事员和司机将剩下的几台送到别的学校去。

看着卡车离开后，默然对玉舒他们说，五一劳动节，他做东请许校长、玉舒和张宇弦吃饭。他明确告诉许校长，不许和他争。恭敬不如从命，许校长只好也把自己当客人了。

默然看了看手表，九点多钟，觉得时间还早，他说：“今天是个难得的好天，不如我们徒步游玩着去。”默然看了玉舒一眼问：“你们吃早餐了吗?”

张宇弦抢着说：“我们吃的是泉水泡香茶，火腿夹面包。”

默然扫了一眼张宇弦，目光又很快地落在玉舒脸上，玉舒微笑着点头说：“面包和火腿，前几日进来时带的。”

“我下次过来再为你……你们带点。”默然说着，转身让许校长锁好校门，他们一行朝山上走去。

他们在弯弯曲曲的山路上享受阳光、享受葳蕤葱郁的丛林、享受芳草鲜美、山花缤纷、享受自然的神奇；那如兽的怪石，那峻峭的山峰，那山间跌落的泉水和城市里少见的蓝天白云。

玉舒抬头望着蓝天，只见那一朵朵洁白的云，如轻纱一般，一会儿皱皱的，一会儿舒展开来，好像是天仙在晾晒一团一团的白纱帐，它不停地变幻着；宛如一条弯弯的河流，一时间，又分成一条一条的小溪，转而又汇集成一个偌大的湖泊；偶尔几只鸟儿在蓝天下飞过，仿佛是仙女作画时不小心漏下的一点子墨。

“啊，蓝天！”默然突然大声咏叹道：“你是多么深邃，多么高远，多么神奇啊！太阳，月亮，星空，雷电风雨，在你神秘的怀抱里肆意变幻，任谁也走不出你的臂弯！站在天地之间的我和我们，显得是如此的渺小，如同沙砾一般。”

玉舒、许校长、张宇弦他们六只眼睛盯着默然，只见他仰着头，微闭着双眼，一只手提着夹克，他的衣衫和头发在风中飘动，犹如一枝挺拔的风竹，令在场的他们感动。

玉舒在心里说：“他依然是他，永远狂傲且高贵。”

张宇弦在心里说：“啊，你，你就是我的精神之树。”

“默然书记，你是我做人的榜样。”许校长在心里说。

他们边走，边欣赏风景，边聊着，张宇弦问许校长：“这几天，我在附近村子转悠，看见几个十三四岁的孩子都不去上学了，这是为什么？”

“玉舒先生没少跑到一些失学孩子的家里去做工作，最近学堂里又多了两个学生，这都是玉舒先生的功劳啊。”许校长接着说：“这两个学生是双胞胎兄弟，他们的父母在县城卖肉，起早贪黑，根本顾不上他们的学习和生活，爷爷、奶奶也管不了，两个人整天逃学，背着书包说是来上学了，其实，俩人结伴去网吧了。我们找到家里，爷爷、奶奶只是说，每天都去，怎么会没有上学？孩子到了学校就是学校管，你们说他没有上课，他到哪里去了，你们要负责……说来说去一大堆，孩子逃学全成了学校的责任。玉舒先生知道这事后，一趟一趟到县城找他们的父母，最终孩子的母亲回来一段时间，把两个孩子送回了学校，要不这两孩子就毁了。有些人总觉得学习没用，不如早点儿学着挣钱比什么都强。这些年，我们县里农村的孩子考上大学的寥寥无几啊！”

“是因为穷吗？”张宇弦说。

“不光是因为这个。”玉舒说。

“‘遂营目前之务，而遗千载之功。’古人说得好啊！”默然说，“有些老百姓只看到眼前一点点短浅的利益，把更伟大，更美好的东西给丢弃了。”

“他们没有意识到人的生命、人格、价值还有更高的意义。”玉舒说，“对于生命本身，我们承载和传承一代又一代人的梦想，并且去努力实现。这个实现的过程，也许就是人活着的真正意义。这里的人们可能没有理解到这些，而只是遂营目前之务，这也就是我们来做志愿者的意义所在。而今很多农村孩子不怎么用功读书了，他们的监护人——爸爸、妈妈大多在外打工，把孩子撇给家里的老人，而自己想在外面多挣点儿钱，这是可以理解的。但是，不能为了赚钱而忘记了孩子的教育，这也实在是个问题。这是我到这里后才发现的，他们都觉着读书不如早早出去打工挣钱。正是这种思想，可能会导致以后的农民文化水平下降，平庸者会更多。贫穷不可怕，头脑的贫穷才更可怕！”

“我们的任务繁重啊。”默然说：“其实，我们生活的这个时代最具有集大成的条件，国际化，开放，自由，各种文化、各种信息的融汇渗透，使每个人都可能有成功的机会。然而，成功只会眷顾那些智者、强者、勇者、有准备者。这里有许多人还缺少这种觉悟，影响着一代又一代人的成长。”

“因此，我们没有权利放弃这里的孩子们，争取一个是一个，让他们回到学校，最起码要接受完九年义务教育，实在上不了高中的学生，告诉他们的家长让孩子上职业学校，学一技之长，总比莽莽撞撞无知地去闯世界的好。”

玉舒长叹一声感慨说：“我从没见过这样的家长会，不是奶奶就是爷爷，来的家长不到半数，老师说什么也没人响应，拿着孩子们的期中考试卷也不知错在哪里，眼睛里一片茫然。每一个年级能自觉刻苦学习的有几个？没有家长监督，孩子们真都放了羊了。我试着去找过几位爷爷、奶奶，他们说，他们啥也不懂，能招呼着他们吃都不错了，管不了那么多。这样的孩子大部分自卑、不爱讲话，和那些有爸妈陪伴的孩子相比，性格上有很大的差别。”

许校长说：“看来，我们更应该努力说服失学孩子们的家长，让他们的孩子重新回到学校；让家长们多回家陪伴孩子。”

“好。”默然说，“让他们正视孩子的教育。大家一起努力，为了孩子们的明天，我们就是说破嘴皮也值啊！”

约中午 12 点，玉舒他们到了农家乐，正在点菜时，李咏斌来电话说，他开车带着李思明到了县里。

默然听说李咏斌来了，心里有些许的不自在，心想，李咏斌看似大度，其实，对他有极大的不放心。默然接过玉舒的电话，给李咏斌说了路线，半个小时左右，李咏斌和思明到了农家乐。

他们一起吃完饭，李咏斌和许校长要抢着去买单，默然告诉他们，他已买过，咏斌到这里岂有他买单的理。

他们离开农家乐，一起到县里采购点儿东西。放下默然，买了些必需品回到玉舒住处，李咏斌将车停在木屋旁边，送走许校长，李咏斌站在院子对妻子说："玉舒啊，你真有点儿生活在画里的感觉，清苦是清苦点儿，但是，清雅，清新，默然可真行，这里真是天然氧吧嘛。"

"爸爸这下该相信了吧，天下有这样的好地方，你还不信。"

李咏斌深深呼吸几下说："这回咱们挤在妈妈这儿好好吸几天氧，喝几杯清茶，听听泉水叮咚，听听鸟儿的交响，享受享受自然风光。"

玉舒微笑着看着丈夫和儿子陶醉在这里。

张宇弦只好又搬回学校图书室，玉舒吩咐明明送张宇弦回学校宿舍。

玉舒和李咏斌一起去接泉水烧来沏茶，他们坐在小院木墩上边喝茶边聊着，玉舒突然问："咏斌，你觉得张宇弦怎样？"

"不错。怎么？"李咏斌说。

"你没看出点儿什么？"

李咏斌脑子里闪过一个一个的画面像过电影一般，他说："对了，她的眼睛总盯着默然，而且含情脉脉，这下，我要彻底放心了。"

"她喜欢默然。"玉舒瞪他一眼说，"不是那种盲目崇拜的喜欢，她是从默然的书里读懂了默然。"

"她来这里做志愿者，和默然有关系吗？"

"我看默然对她闪闪烁烁，他们之间似乎有什么不解之谜。而且张宇弦是个孤儿，有一个她至今未曾谋面的人一直在供她读书。这女孩心事很重，面对默然时，她流露出一种复杂的情感，似乎总想弄清什么，而默然从不给她机会。"

"这和默然有什么关系？"李咏斌说。

"是啊，和默然有什么关系？以默然的品行，他会不会就是……？"

"你是说，默然就是供她上学的那个人？"

"有可能，很可能就是他。"

明明回来站在爸爸、妈妈中间，似乎听明白了他们在说什么。他说："我刚在张宇弦姐姐那儿看到好多默然叔叔的书，各种版本的，我随便拿一本翻看，里面有一张五千元的汇款单，附言说，这是那个学生这一学期的生活费，快毕业了，给她买一款手机。还说不够了再寄。我清楚地看到，款是从默然叔叔他们县邮局寄到师大中文系系主任收。”

“这就对了。”玉舒说，“默然的朋友是师大中文系主任，他一定是知情者。”

玉舒让明明去屋里拿来她的通信录，里面没有默然的朋友费翔的号码。她给默然打电话，说李咏斌朋友的孩子今年想考师范，想问一下具体情况，让默然把费主任的电话告诉一下，默然犹豫片刻还是给了玉舒，玉舒重复念着，李咏斌用手机这边记着。

玉舒用李咏斌的手机直接给费主任打过去，接通之后，她自我介绍说，是默然的同学玉舒。费主任说知道知道……寒暄过后，玉舒说道：“默然他是不是在供一名大学生？”

“你怎么知道？”

“是不是就是张宇弦？”

“是张宇弦告诉你的？”费主任说。

“没有，我无意中发现了那张汇款单，猜测的。”

“猜对了。这事他谁也不让告诉。刚开学那会儿，我非常忙，他汇来的钱，我还没顾上取，有一天，我刚取出那张汇款单准备去邮局，结果有两个教授为学术上的事发生争执，不可开交，我忙去劝解，就将汇款单顺手放在桌上，当时门大开着，正好张宇弦来找我，就被她发现了。她寻根问底，要不就不接受这笔钱，我无奈才告诉了她。”

“这么说，张宇弦已经知道了。”

“你们上次捐书活动，她专门去了，还好，她没有直接和默然说穿这事。”

玉舒回忆当时同学们和默然的闪问闪答，张宇弦当时提问：“默然老师您好！我的问题是，假如你是一个默默资助别人长达十几年之久的无名英雄，一个偶然的机会，支助者突然找到了你，并且说她要嫁给你，你会接受吗？”

默然稍停几秒钟，然后回答说：“不能。这样的婚姻不长久。更不可为。一个人帮助一个人，只要他有这个条件，任何人都应该这样做。”

“喂，玉舒，你还在线吗？”费主任问。

“我知道了，谢谢费主任。谢谢，再见！”

玉舒挂了电话。李咏斌说：“果然是他？”

玉舒点点头说：“要像别人那样张扬，那就不是他了，明天让他们都来，我做点儿家常菜，咱给他们挑明了。”

李咏斌说：“只要张宇弦有意，我们可以促成这件事，该有个人在身边照顾他了。”

玉舒高兴地点点头。

第五十七章

山里人听着鸟儿的鸣叫迎来又一个清新的早晨。玉舒、李咏斌和他们的儿子一起呼吸着清新的空气，一路听着鸟儿的歌唱来到学校。儿子问妈妈，怎么他们没有放假。玉舒说：“他们现在不休假，是为了放忙假收麦子。”明明点头明白了。玉舒又说，“今天是这里的孩子第一次发放牛奶。”他们走到学校门口就看见孩子们排着长队领牛奶和鸡蛋，张宇弦和许校长给孩子们发着，山花老师在一旁登记，玉舒忙走过去帮忙。李咏斌和儿子看见有些孩子似乎舍不得一下子喝完它，嘴巴抿一抿，吃一口鸡蛋，喝一口牛奶，好香甜的感觉；有的孩子一口将鸡蛋吞下，又咕咚咕咚喝完了牛奶，看着正在慢慢吃着喝着的同伴，似乎想说再有一袋就好了。李思明看着这些孩子满足而又期待的笑脸，对爸爸说：“真希望他们天天都喝上牛奶。”李咏斌说：“会的，他们会天天都有牛奶喝的。”

玉舒上午忙完学校的事情，下午就开始忙活晚上的聚餐。默然买了一些熟食和饮品，早早驱车来到云山居。张宇弦、许校长和山花老师放学后都来云山居帮忙。许校长又从家里搬来一张小方桌，和云山居院子的那张树桩打个桌子正好拼在一起，又拿来些盘子。玉舒往里面盛满牛肉、烤鸡、花生米、火腿、山野菜、拌黄瓜，还有她亲手做的西红柿炒鸡蛋、香菇炒青菜、清炒苦瓜，还有山花老师从家里拿来的地软豆腐馅包子。默然打开他带来的两瓶十五年陈酿的老西凤酒，他说：“今天除了明明不能喝酒之外，全都喝白酒。”他鼻子凑在酒瓶口闻了闻说：“好香啊！玉舒，快拿碗来，我给大家斟满。”

李咏斌拿来碗放在桌上，又从默然手中拿过酒说："我来，应该我来斟酒。"

明明说："今天，我来负责沏茶，我再去取一壶泉水来专门用来泡茶。"

"好。儿子，你以茶代酒，我们先干一杯后开宴。"李咏斌说完先干为敬，随后大家一起干了。他接着说："今天的云山居应改为云山聚，古人说得好，'随富随贫且欢乐，不开口笑是痴人。'这样的好地方，不做一回神仙，对不住这景，来，再干一碗。"

明明看着他们如此豪饮，高兴地跳到李咏斌的车旁，打开后备厢取来小提琴，背对着他们，面向着幽谷，将琴夹在颌下，缓缓沉静下来，舒曼的《梦幻曲》悠悠地流入他们的耳蜗里……

默然说："这小子，近几年琴技长了不少。来来来，听着《梦幻曲》，享受着天然美景，享受这诗情画意，不醉对不住这景。来，玉舒、咏斌，我们一定要再干这第三碗，来，为我们的友谊，为你们的爱情，为你们有这样优秀的儿子，干了！"

三碗喝下，默然慢慢站起身，望着火球似的夕阳懒懒地沉向天际的另一端，他在舒曼的旋律中低吟道："云山居上醉春风，山野小花坠粉红。"

李咏斌接着诵道："看尽人间好风景，淡泊名利此山中。"

"好诗，好诗。"许校长赞道。

"好什么，好好一壶歌，却把长安市上改成云山居上了，全没有了意味。等酒喝到八成醉，再撰出好的来。"说完，玉舒看明明一眼，见儿子站在那里用心地拉着小提琴，沉醉在音乐中，心里笑开了花似的，她抑制着内心的欢喜接着说："先吃点儿东西吧，你们。"她抿一口酒放下说："今天，我还有正事要说。"

"正事，今天什么都不是正事，喝酒才是正事。"默然又给自己斟满，端起来就要喝。

张宇弦突然拉住他的胳膊说："默然老师，吃点儿东西再喝。"

默然看都不看她一眼，甩开张宇弦的手，端起碗一仰脖子咕咚咕咚地灌下去。

"默然，"玉舒顿了一下说，"我真的有事要说，那事，我和咏斌、张宇弦都知道了。"

"知道什么？"默然问。

“你就别装了，你的朋友费翔都告诉我们了。宇弦她一直想和你说明白，你却不给人家机会。”

许校长和山花老师不知他们在说什么，眼睛里充满疑惑。张宇弦和默然有什么关系吗？他们想。

张宇弦已经泪流满面。玉舒示意她说出实情。

她说：“默然老师他，他就是供我从小学读到大学的那个人。”说完，她给默然深深地鞠一躬。

默然沉默良久说：“这个老费竟出卖了我。既然知道了，这也没什么，我觉得，只要有这个条件，谁都会这么做的。”

玉舒说：“宇弦对你的感情可不是纯粹的感恩，她对你的感情早在读了你的那些文字就建立了，知道了你是供她上学的人以后，更加深了对你的爱慕。”

“是啊，默然，”李咏斌说，“你呀，你也该有个人来照顾了，何必这样苦自己呢。”

“你别再说了。我不觉得苦。我已经习惯了一个人生活，这样挺好。再说，她马上就毕业了，再供她，我就成罪人了。”

“你是怕她太年轻？”玉舒说。

“婚姻和爱情与年龄有关系吗？”默然说，“可这不是爱情，我只不过是一个资助者，仅此而已，这和感情不搭调，你们就别乱点鸳鸯谱了。”

“凭你怎样，只要你单身，任你走到哪儿，我就跟到哪儿。”张宇弦边抹泪边说。

许校长和山花附意道：“默然书记是应该有个人照顾，你看，宇弦这么懂事，我们也觉得挺好的。”

张宇弦默默地低着头。

“你们俩就别掺和了。”默然说，“人这一生只要刻骨铭心地爱过了就足够了。不怕你们笑话，现在，只有从我笔尖流溢出的文字和书画是我的最爱，我钟情于它们，热爱它们，直到我‘托体同山阿’的那一天。”默然又喝下一碗，再斟。玉舒和李咏斌知道他量大，今天就没有阻拦他。只见他又喝下一碗说：“平生我最喜渊明先生《神释》末四句：

纵浪大化中，不喜亦不惧。应尽便须尽，无复独多虑。”

“宇宙无穷而生命短暂，不如一任自然，此正是‘纵浪大化中’的真正含义。”李咏斌说：“也正是渊明先生任真超脱的品格之所在啊！”

宇宙无穷，生命短暂，一任自然？明明拉完一曲跑过来说：“既然一任自然，那就喝一杯泉水泡龙井吧，妈曾夸我泡的茶，都赶上陆羽的好了。”

“思明，你还是再拉一曲助我们茶兴吧。”默然说。

“您还想听什么？”

“《沉思曲》。”

李思明答应着回到原来的地方定了定神，搭上琴弦，优美而抒情的乐曲融入大山的怀抱，沁入人们的心灵。

大家听着曲子，品着香茶。

“多优美的曲子，多香甜的茶啊！”张宇弦说。

“茶，自古都是文人清谈时所青睐的。”默然说，“茶和文人墨客是分不开的，有多少故事相传至今。”

玉舒说：“现在，茶被誉为世上最好的饮品。”

许校长附和着说：“是啊，就连老百姓都知道茶的好处。”

玉舒端起茶碗接着说：“此物清高世莫知，世人饮酒多自欺。我劝大家少饮酒（玉舒特意看了一眼默然），清茶一杯醒心神。”

“一碗喉温润，情来朗爽满乾坤”（玉舒先吃净一碗）；

“两碗破孤闷，忽如飞雨洒轻尘”（李咏斌也吃净一碗）；

“三碗搜枯肠，唯有文字五千卷”（默然接着也吃净一碗）；

“四碗发轻汗，平生不平事，尽向毛孔散”（许校长说完将杯中茶喝了个干净）；

“五碗肌骨清，犹如嫦娥奔仙境”（张宇弦吃下一杯）；

“六碗通仙灵，不是神仙也显灵”（山花也吃下一杯）；

“七碗吃不得也，唯觉两腋习习清风生。”默然微微仰起脖子，吃完杯中茶接着说：“唉呀呀，我欲乘风归去，不知人间何年呐？”

玉舒给大家斟满举起茶杯说：“诸君偷得半日闲，品茶留香度云山。”

大家一起喝净了杯中茶，默然笑赞道：“收得好，好一个半日闲，好一个度云山，竟使得卢仝的《七碗茶歌》更加的羽化登仙，妙不可言了。”

玉舒笑说：“默然，你休想把话头转向别处，和你说的事还没完。”

张宇弦放下茶杯，脉脉含情地注视着默然。小提琴奏出的旋律在云山居中悠悠地回荡。

第五十八章

小花节日里抽空回家看了看鱼塘，又和陈家新约好了一起去看王小虎。正好小虎的爸妈也在，小虎妈妈在抹眼泪，说儿子老是管闲事，迟早会把命给搭上。小虎爸爸说：“遇到事你也不管，他也不管，那这社会成啥样了，做坏事的岂不更横行了，儿子做得对。”小虎爸爸顿了顿又说：“不过，儿子，你以后可要当心，那些坏人可是心毒手狠，遇事不能轻敌，知道吧。”小虎点点头，说他不会有事，让爸妈放心。

父亲、母亲看儿子有专人护理，家里的鱼塘也不能离开太久，又急急忙忙要赶回去。

小花和小蕊送二老出去，陈家新坐在小虎床边的椅子上说：“真是有其父必有其子！我还未曾见过哪个老爸这样教育儿子，看来，家是一个人成长的土壤。你们父子真令人敬仰。虽然我不知你到底为何事受伤，但我相信，一定是正义之为。我想，你们中心的那些女孩儿们对你一定有误会。”

“我这长相可能比较使女孩子讨厌吧。”

“不，是她们对你了解不够。直觉告诉我，你是好样儿的，小沈阳那话讲的——纯爷儿们，哪个姑娘嫁给你，那都是她的福气。”

小蕊和小花进来，正好听见陈家新说最后一句。小蕊多情的脸都绯红了，她接着陈家新的话，说小虎哥是那种让人看见就觉得特安全的人。

小花听小蕊这样说，使劲羞她，小蕊看着她倒不好意思起来。小花又问小虎，娜娜这几日来了没。小蕊抢着说：“她，天天来，给小虎哥一天三顿喂着吃了才走，都抢了老总给我的任务了。”小蕊说完不高兴地噘起嘴。小花说：“那我们得赶快走，小蕊心里这会儿不定有多嫌弃我们呢，在这儿抢了她和小虎哥哥单独待的机会。”小蕊哎呀一声，背过身捂着脸偷着笑去了。

小花瞅着小蕊笑笑说：“不当电灯泡了，店里这会儿该忙了。”说完，陈家新牵着小花的手准备出病房，就在陈家新转身开门的一刹那，只见一个影子瞬间从病室门上的玻璃小窗口消失，他急忙开门出去，只见一个穿着时髦，留着红头发的年轻人疾步向出口走去。他想，是不是这人走错了门，瞬间的疑惑在脑海中一闪即逝。

在送小花回单位的路上，陈家新问：“你们老总给小虎什么任务了吗？”

小花说：“也许老总那边有什么事需要小虎帮忙，老总有时单独找小虎过去，但我从来没问过，也觉着没必要。”

“你们里面的女孩老讨厌小虎什么？”

“他吧，每天夜里下班都跟在那些女孩后面，鬼鬼祟祟的，吓得那些女孩就跑。人家跑，他也跑；人家停，他也停。有一次，她们商量好下班分成两拨走，一拨先走，一拨藏起来，小虎就尾随先一拨后面，她们走走停停，他就急忙躲；后面的一拨看得清清楚楚，就围上来问他，为什么老这样跟着她们，他支支吾吾说不出个所以然来。但每天还如此，急了就只一句，你们回宿舍，我也回宿舍，难道让我改道走不成。就这样，大家越来越讨厌他。”

“哦，是这样。你也讨厌他？”

“我知道他，怎么会，只不过……”

“只不过他也喜欢你，而你是为了躲避，也许……”

“也许什么？”

“哦，没什么。”陈家新说：“到了，你上班去吧，晚上下班小心点儿。”

“好吧。再见！”

到夜里十二点多，陈家新估摸着小花快要下班，就等在浴足中心街对面，结果等到凌晨一点多钟，来了辆小面包把她们全都接走送回她们住的地方。陈家新这时恍然大悟。

第五十九章

古龙村有不少长期在外务工人员都回村搞养殖或种大棚菜。为了发展养殖业和大棚菜的种植，周良总结了一系列养殖、种菜的经验。为了保证土地肥沃，几乎全村的农户不使用化肥。周良带领大家在每一个猪场旁边修建粪池，每逢给庄稼或菜地灌溉时，将粪池的猪粪搅进水里灌到田里，既节约了成本，又环保，还滋养了土地。周良的这一方法很快得到周边村的效仿。

一直流浪在外的贺彪妻子和儿子，以及她的娘家人，听说了家乡的变化，五一节期间一起举家回到古龙村。宽敞的水泥马路，整齐的街道，一家挨着一家的二层小洋楼，乡亲们个个精神抖擞忙忙碌碌，老人、孩子们脸上露着微笑……这一家人和老乡们打着招呼，差点儿找不到自己的家了，两边邻居都盖起了二层小洋楼，显得他们的旧二楼寒碜许多。

听着养殖场的乡亲“啰啰啰啰”亲切地叫着那些猪宝贝，看着一车车大棚菜，拉出村去卖，贺彪的媳妇和她娘家哥再也坐不住了。贺彪媳妇想，不管怎么说，我还是古龙村的村民，我现在带着儿子回来，再也不走了，我也要申请养猪。于是，她和娘家哥商量后提着礼品畏畏缩缩到周良家，求村主任批准他们养猪。周良说：“这是好事呀，什么求不求的，你们回来就好。”

贺彪媳妇说：“村长，我们一家老小这么多年在外漂泊，其中的艰辛一天一夜都说不完，还是家好，回到家还是亲切，家乡现在变好了，我们哪里也不去了，我们，我们也想回来喂猪种菜。”

周良说：“那好啊，我大力支持。不过，这些东西，你们还是拿回去吧。”

“不不不，你若嫌少，我再去买。”贺彪媳妇抢着说。

“那就请回吧，养猪的事，黄了。”周良说。

贺彪媳妇愣了。

她娘家哥急忙说：“唉呀！你真够笨的，周主任的意思不收礼。”

贺彪媳妇突然明白了，她扑通给周良跪下絮叨说：“周主任真是宽宏大量，好人那，不计前嫌，贺海、贺彪他们那么对不住你们……你竟然还帮他们安葬了老人。”周良叹口气，摇摇头，走过去扶起她说：“他们也得到了应有的惩罚。你们是咱古龙村村民，我们有义务帮助你们。”贺彪媳妇感动涕流，扑通又是双膝跪地，呜呜咽咽不知说什么好。周良赶忙又扶起她说：“你们回来就好，养猪种菜，我都支持。你们把地租给了老刘家再协商着要回来，需要帮助就说一声，我出面解决。”贺彪媳妇和娘家哥对周良感激不尽，恨不能再给周良磕三个响头。事后，他们拿出这几年在外打工做生意的积蓄，在周良和乡亲们的帮助下，按养殖场要求建起猪场，周良和大伙儿又帮助他们挑选了十几头特种猪苗，还派技术人员天天去他们家讲养殖技术，贺彪媳妇高兴地整天都合不拢嘴。

一天，李书记急忙赶到古龙村和周良商量肉食加工厂贷款的事宜。车刚开到离村口不远处，就看见几个人站在路中间，李书记的车离那几个人还有十几米远，突然有一个人躺在马路上，司机慢慢地将车停下来，只见一个人蓬头垢面拿着块砖头朝这边走来，李书记告诉司机说，如果事态不好就赶快打110，又叮嘱司机几句急忙下车，他临危不惧，一脸严肃，来人气势汹汹嗷嗷大叫，原来是二傻，他拿着砖头向他走来，躺在地上的是大傻，还有几个混混一旁起哄着。李书记呵斥一声：“你想干什么？把砖头给我放下！”

二傻举起砖头指着李书记的汽车，嗷嗷嗷嗷不知说些什么。司机急忙出来站在书记一旁，李书记说：“怎么，你想砸车还是想砸人，你砸，你砸个样子给我看看。”

大傻赶紧地从地上爬起来，和那几个人一起围过来口齿不清地说：“我们要低保，要低保，不给低保，就砸车砸人。”

李书记哈哈一笑说：“又是谁来怂恿你们来的？”

大傻、二傻使劲摇头，一个嗷嗷叫，一个说这回是他们自己来的，没有人叫他们来，他们要低保，要不然就砸车。

李书记说：“我看看，谁敢砸！”

二傻指指这儿指指那儿，又指指他们，嗷嗷嗷嗷不知说什么？

李书记说："你先别说，让大傻说。"

大傻说："张，张三有低保，李，李四有低保，我，我们两个光，光棍为啥没有？"

"你们为啥？问谁？"李书记说着，人越来越多，周良这时也赶过来，李书记接着说，"你们有地，身强力壮地养活不了自己？我问你，给猪投毒是谁干的？放火是谁干的？给猪圈扔石头是谁干的？"

大傻拼命摇头。周良过去夺下二傻手中的砖头，手指着大傻的鼻子说："你们想干什么，给我回去，村里给你们哥儿俩的照顾还少吗？别不知足了。"

大傻说："我还要媳妇。"

围观的人都哈哈大笑起来。

周良看看大家说："散了吧，都各忙各的去。这事由村委会来处理，散了吧。"

人们哄哄着散了，只留下大傻和二傻，二傻比画着也要媳妇，要低保。大傻说："要，要低保，要，要媳妇，要，要媳妇。"

李书记问："这大傻、二傻，家里还有谁？"

周良说："没有了，爹妈都死了，只有他俩种地养活自己。"

李书记说："真是可怜又可恨。走，到他们家去看看。"

大傻和二傻咿咿呀呀地在前面带路。

李书记他们到了大傻家里，两间厢房，哥儿俩一人一间，脏乱不堪的院子中间一小间厨房，李书记他们走进厨房，一只老鼠慌张地从案板上跳下去不知钻到哪里去了。他们又进了大傻、二傻的房子看看，一股异味扑鼻而来，几袋麦子堆在地上从老鼠咬破的洞里流出来，炕上的棉被露着棉絮，一个房里就一个老式破旧的柜子。

李书记走到院子对周良说："我们疏忽了，不管怎么说，也怪可怜的，给他们申请低保，他们符合低保的条件。再给他们整整这房子，不要让房子漏雨；再去叫人给缝几床被褥，添置点锅碗。"周良都一一记下。

李书记长长地哀叹一声走出大傻家，大傻、二傻站在院里，竖起大拇指对着李咏斌和周良哇啦哇啦不知在说些什么。

李书记他们从大傻家出来，就去了村委会办公室，商量申请贷款办肉食加工厂一事，周良说出了自己的想法。周良想用全村的养殖场做抵押，一心想着贷款能尽快批下来。

李书记说："周良啊，你比我还急。"

"怎能不急。"周良说，"加工 100 公斤的特种猪肉，纯利润高达 4000 元。在山东学习那会儿，我看见人家超市里一盒 0.8 公斤的熟食特种猪肉，能卖到 118 元。这样的利润谁不眼热呀，别人能，我们也能。"

李书记说："这个时代给予每个人机会。眼下，如果我们不努力拼搏，就是我们对不起这个时代！谁快谁就先占领市场，远的不说，今明年我们省内的超市就是你们的目标。"

"如果加工厂建设顺利的话，赶年底，咱们的货上超市应该没有问题。"

"还有一个方案可行。"李咏斌说。

"什么?"

"让村民入股，剩下的部分再贷款。"

"这样更好，减少风险。剩余的贷款压在我的头上，村民们风险小点儿，他们投资才安心。"

"但是，要找个好的管理者，否则，物不平则鸣。"

"我们聘用经营者和财务人员、技术人员，投资者参与或者不参与劳动都行，到年底分红就是了。"

"但是，董事长必须是你，这点你要清楚，这是古龙村的企业，大家的，懂吗。"

周良点点头说："明白。"

李咏斌又和他商量一些具体的细则，周良带着相关资料，跟随李咏斌一起去信合咨询贷款的有关事宜。

汽车在往城里的路上奔驰着，灰尘像烟雾似的跟随着李咏斌的轿车一路飞扬起来，散开、聚合又散开。突然，他让司机停车，飞起的尘土将车和他们抛在脑后，只听李咏斌喊道："什么？混蛋！谁干的？赶快报警，我马上就到。"

周良问："出了什么事?"

"妈的，有人给鱼池投毒。"李咏斌让司机掉头，改道向另一个方向疾驶而去。

第六十章

到了鱼塘，周围挤满了人。原来是王小虎家的鱼塘被人投了毒。小虎的母亲在一边呜呜咽咽地哭泣，小虎的父亲看着鱼塘里白花花翻了肚的鱼苗，也禁不住流下泪来。

李咏斌问："别的鱼塘可都好着？"

有人答："都好着。"

怪了，李咏斌想着，老王头秉性耿直，在村里、村外是有了名的爱管闲事的人，会不会是他以前得罪过什么人来这样害他？

这时侦破人员也到了，勘察了现场后认定，是大量的耗子药使鱼苗致死。侦破人员问王老头，这几天有没有和什么人发生口角或有什么异常？是否发现什么可疑的人在鱼塘出没？王老头抹了把眼泪摇摇头。一会儿，他突然想起什么，他说："噢，昨儿他从城里医院回来，后面就跟着两个小伙子，一直跟着到鱼塘，他们当时在鱼塘转悠一圈就走了，我们没在意，以为是来看鱼的。"

"你们去医院看谁去了？"侦破员问。

"我儿子王小虎。"

"你儿子他怎么了？"

"因工受伤，被人拿刀捅了。"

"你昨儿看清那两个人的相貌特征没有？"

"没太注意，只看见其中一个是红头发，红头发的矮胖，另一个瘦高。"

“你儿子在什么单位?”侦破员又问。

“健康堂浴足中心分店的经理助理。”

“你确定是你们看儿子回来，那两个人一直跟着你们到鱼塘来的吗?”

“确定。”

“好。李书记，你们稍后可以处理善后事情了。我们马上回城去做一些调查。”

“谢谢你们。”李书记说，“希望这案子能尽快水落石出。”

送走了办案人员，李书记组织人员处理鱼苗和鱼塘的毒水。他对周良说，去银行的事只能明儿一早再去，他让周良忙自己的去，周良执意不肯，他留下来帮忙直到晚上才回去。

公安人员先去了医院，又去健康堂浴足中心，中心老总对办案人员说明了情况后，让他们暂时保密。办案人员说，以后有类似事情要相信公安部门，及时报案，以免坏人打击报复。

办案人员初步认定：很可能是犯罪嫌疑人肆意报复。

老总告诉公安人员说，有一帮混混在这一带比较猖獗，他们在夜间打劫并有意骚扰女孩子。为此，他整天提心吊胆，因为足疗中心大多是女孩子。

公安人员称，他们回去做进一步调查，争取早日抓住这帮罪犯。并汇报上级，加强对这一片的夜间巡逻。

实情传开，村里的乡亲都知道了是小虎得罪了什么人，这帮坏蛋有意给他家的鱼塘投毒，现在公安人员正在侦破此案。

小虎的妈妈埋怨老头子教育出的老实疙瘩儿子，这下造成的损失看啥时候能补回来。儿子躺在医院，一池的鱼苗被人毒死了，全部的家底加借款，还让不让她活了。小虎妈妈伤心过度也病了。小虎爸爸坐在鱼塘边，看着空荡荡的鱼塘，他在问自己，难道这个世界上就没有公理了吗？难道好人就不能平安度日吗？我们真是人们认为的傻子吗？不，我不信，我不相信！坏人会得到应有的惩罚，一定会的！

“王叔。”一个女子这样叫着。

正对着鱼塘发呆的老王头突然听见有人叫他，回头一看，原来是娜娜。面对原来抛弃过自己儿子的女孩，他心里虽然也有点儿反感，但从上次他们一起在山东学习养鱼技术后，他改变了对这孩子的一些看法。他心里说，这孩子脱胎换骨了。

“噢，娜娜，听小虎说，你常去看他，王叔谢谢你了！”

“王叔，您别难过。”娜娜说，“我爸妈说，把我家的鱼苗先给你们家匀点，等鱼塘晾干，毒气都蒸发了，蓄了水，再把鱼苗放过来。”

娜娜话音未落，小花的父母和其他几位养鱼户都说：“我们也给你家匀点。”

一会儿，李书记和山东的那位技术指导也来了。李书记说：“老王，我刚才和山东那边联系了，他们听说你家的情况后，说这几天专门给你家送一些鱼苗过来，而且不要钱。”

老王头忽地站起身来，紧紧地握着李咏斌的手说：“好书记哩，太谢谢你了，谢谢大家，谢谢你们！我这就回去告诉老伴去。”他忘乎所以地松开李咏斌的手转身就往家跑去，并对着家那边喊道：“老伴啊，看我说什么来着，这世上还是好人多嘛，嘿嘿……嘿嘿……好人多呀！”

第六十一章

小虎出院后，先回了趟家。看着一塘的小鱼仔欢快地游来游去，他对身边的娜娜说："真谢谢你们大家了，谢谢你们对我家的帮助！"

"谢什么，要是我家鱼塘子出事，你能袖手旁观吗？大家能看着不管吗？还以为就你有觉悟呢。"娜娜说。

小虎盯着娜娜良久，娜娜红了脸说："怎么啦，不认识我了？"

"你真变了。"

"咋，你没看咱家乡，咱古城，咱国家都变成啥样了，我要再不变，我成蠢人了我。"

小虎笑了。

娜娜又说："唉！问你个事。"

"你说。"

"是我好还是小花好呢？"

"还真蠢！"

"我知道这话问的愚，我也知道你心里一直喜欢她，而我什么也赶不上她好。可是，可是，最起码我比她对你好，我是真心爱你的。"

"我知道。"小虎低下头说，"也许，只有陈家新才配她。"

他们沉默片刻，娜娜又说："我看，小蕊对你挺有意思。"

她只是个小妹妹而已。小虎说："倒是挺可爱！"说着小虎情不自禁地将娜娜的手握在自己的手心里，娜娜心头顿时感到温暖，头一偏，轻轻地靠在小虎的肩上，那种久违的感觉又回来了，她觉得自己又恋爱了，真意而深情地恋着他。

数日后，李萧和王斌从上海、南京、苏、杭一带蜜月归来，调整两天之后，将小花、娜娜、小虎、陈家新他们约来再一次的郑重答谢。他俩给每人都带了礼物，给娜娜的是胭脂口红，给小虎一身运动衣，给陈家新剃须刀(陈家新胡茬重)，独给小花带了一套书，是法国作家马塞尔·普鲁斯特的《追忆似水年华》(上海译文出版社出版)。他们说，这套书送给书虫是最合适不过了。李萧见小虎恢复得不错，又知娜娜与他和好如初，特别为他们高兴。小花呢，虽然和陈家新那层窗户纸还没捅破，但也八九不离十了。从他们脸上流露的幸福指数来看，差不多达到百分之九十了，有了这样的基础，就是他们在今后的生活中遇到再大的困难，估摸着他们都能相互担当。

小花心里最为李萧感到高兴，因为她走出了阴影，收敛了自己放浪的个性，和以前的李萧一刀两断，脱胎换骨出一位漂亮标致的王夫人，洋溢着从未有过的幸福。

李萧婚后辞了职，她要等宝宝出生以后，想和王斌一起开家健身房。而娜娜也和小虎重归于好，还原了本来的自己，并且有了一份养鱼的小事业。小花频频举杯为娜娜和李萧祝福，红葡萄酒犹如甘泉，流入口中，淌进胃里，沁入五脏六腑，融入血液。刹那间，小花的脸粉红起来，露出饧眼微醉之态，她左手撑着额头说："不行不行了，不能喝了，要醉了。"娜娜吆喝着，问大家可都听过《等女婿》那首民谣吗，李萧鼓噪着让她说，只听娜娜学着陕北调说道：

手里拿着袜底底，我坐在门前等女婿。
东来的，西去的，都是扛锄下地的，
就是没有个称心的，最终等来个心仪的。

娜娜看了一眼家新，使了个眼色接着说："有些人还不趁着今儿这好机会快快表白，还等什么?"

王斌在陈家新背上戳了一下，陈家新端起眼前的酒杯仰脖而下，他放下酒杯，说他前段时间去陕北出差，学了一首陕北民歌，蛮好听，歌名忘了，只记住歌词，却唱不了陕北民歌那调调。不过，这首词挺押韵，他就唱读给大家听：

阳婆婆出宫满面面红，小妹妹白脸脸爱死个人。
阳婆婆落山烧晚霞，小妹妹漂亮勾住个咱。
水灵灵的双眼柳叶叶眉，浑身身她匀称长得真可喜。
杨柳细腰一卡卡，憨眉圪俊像一朵花儿。
远看妹妹媚人近看妹妹亲，红嘴唇唇一笑就扰乱哥哥心。
满嘴嘴的牙牙一水水齐，哥哥我这里心头哦——

“怎么样？”大家齐声问。

“就，就，”

“就什么呀？”娜娜又问。

“就爱妹妹你。”

此时，娜娜硬是把个小花推在了陈家新的面前，谁知家新这最后一字，正好落在小花的眼里。小花这时已是浑身灼热、面目绯红了。

“没想到，家新用周杰伦这种唱法使这首歌别有味道了。”王斌笑说。

李萧和娜娜看着小花的脸羞道：“不知是酒热还是心热，有些人的脖颈子都变成红酒了。”

李萧又说：“前天，那位给我们主婚的还打电话说，那伴郎和伴娘要是结婚千万不要叫别的司仪噢。”

娜娜说：“当着那么多人抱都抱了，今儿就当我们几个的面亲一亲，亲一亲算是情定终身了，我们可都想做一回红娘。”

大家都赞成。

王斌说：“家新，看你的了。”

这时，王小虎说要先回店里，他说，店里没人招呼不行。大家也知工作重要，只好让他先行。娜娜送小虎出去一会儿又进来，她让陈家新继续。陈家新走到小花跟前，俯身在小花脸蛋上亲一下，小花就势软在桌上。

娜娜不依不饶的。李萧说算了，意思到了就行了。

他们散了后，外面下起雨，风伴着密集的雨点落下，一股雨天的清新扑面而来，使人倍感清爽。陈家新乘出租将小花和娜娜送到店门口，看着她们进去，方才离开。

第六十二章

云山居安静得只听到雨打屋顶的声音。玉舒刚和李咏斌通完电话，又捧起书靠在床头继续读。忽然一阵风声紧雨点急，打得窗玻璃噼噼啪啪响，她合上书下床撩开窗帘，只见疾雨滂沱而下，发出万马奔腾的喧闹。她放下帘子又上床重新打开书，手捧着书伴着雨声读着读着，忽然间脑海里溢出了几句：

手捧红楼听雨声，千丝万线理得清。
绿肥红瘦滴滴翠，声声伴我到天明。

她赶快将这几句记在手写本上，待来日再细细斟酌。玉舒将《红楼梦》加上书签放在枕边，将头惬意地放在枕头上，听着雨声，脑海里一会儿这样那样的想法一个接一个，突然她来了一个奇想，想来想去，越想越兴奋，却毫无了睡意，她在床上翻来覆去，就连她平日里翻开就入迷的《红楼梦》竟也看不进去了。她趴在床上，摊开一沓信纸，开始写写画画起来，只见这山谷的雨夜里影影绰绰的灯光在云山居闪烁着，直到和黎明的天光融汇一起。

雨还在下，玉舒走进教室，给孩子们上完阅读课以后，她问孩子们，想不想爸爸、妈妈。孩子们都说，想。玉舒让孩子把想给爸爸、妈妈说的话写在一张纸上，写好之后把信和爸爸妈妈的地址交到她那里，她帮孩子们寄给爸爸、妈妈们。

下课后，玉舒拿着这些信到图书室和张宇弦一起看，最上面的一封题目是：爸爸、妈妈，你们快回来吧！

亲爱的爸爸、妈妈！你们好吗？这几天，我总是心不在焉的。特别地想你们，天天都想和你们在一起。爸爸、妈妈，你们走了快半年了，每到深夜，别人都睡觉了，我却偷偷爬在被窝里哭，不知爸爸、妈妈能否听见我的哭声，能否感觉到我在想你们？你们也这样想我吗？

爸爸、妈妈，你们快回来吧！你们可知你们的女儿是多么地想你们。每当我看到别人的爸爸、妈妈拉着他们孩子的手时，我心里便有一种酸涩的感觉。你们知道吗，每当这个时候，我更加地想念你们。爸爸、妈妈，你们快回来吧！

又一封：妈妈，快给我回电话吧！

“爸爸、妈妈，你们好！爸爸、妈妈，你们好多天都没有给我打电话了。妈妈，妈妈，快给我回个电话吧，我等您好多天了！我哭着，喊着。号，你号什么号？有什么好号的？你妈妈不是为你赚钱供你上学吗？有什么好号的？别整天号个不停！给我闭嘴！我没有理睬婆婆的话。

爸爸、妈妈，每当家里的电话铃一响，我总是抢上前第一个接。接上电话我第一句话就是：妈妈，妈妈，您是妈妈吗？您为什么不早点儿打电话给我？当听到不是妈妈的声音时，我的眼眶立刻泪水盈盈，眼前一片模糊；当电话铃再一次响起时，我眼前一亮，肯定是妈妈，一定是妈妈；晚上，我睡着了，电话铃响了，我总是不顾冷暖，不顾黑灯瞎火地就直奔电话去了，还是重复着那句话：妈妈，妈妈，您是妈妈吗？您为什么不早点儿打电话给我？我好想您和爸爸。

妈妈，我需要阳光，我需要温暖。我就像小草一样，您给予我阳光，给予我水分，我就会茁壮成长；如若不然，我就会枯死！妈妈，给我阳光吧！同时，我也要对所有的留守儿童的父母说一声：

我们要阳光！阳光是滋养我们成长的动力！回来吧，爸爸、妈妈，回来吧！天下留守儿童的爸爸、妈妈们，你们听到你们的孩子呼唤了吗？我们需要你们的拥抱和爱抚啊！……”

……

玉舒一封一封读着孩子们的心声，张宇弦不禁潸然泪下，她说：“他们最起码还有爸爸、妈妈，总还有个期盼，而我，叫都没个人叫去，从不知母爱是什么滋味。”

玉舒心里一热，将张宇弦拥在怀里，抚摸着她的长发，亲切地对她说：“就把我当你的亲人吧，我就是你的亲姐姐，好吗？”

张宇弦紧紧地抱着玉舒，在玉舒的怀里呜咽着点头。

玉舒说：“那好，打起精神来，和姐姐一起给那些家长们写封信。”她们俩酝酿一会儿，你一句我一句一会儿写好。她们将写好的信抄写了上百份，和孩子们的心声一起寄给了他们的爸爸、妈妈们。

信在邮箱里传出去，传到四面八方孩子们的爸爸、妈妈手里，爸爸、妈妈们无论在北方还是南方，在工地还是在工厂，当他们一双双手摊开孩子给她的信，念着孩子们对他们想说的话，他们会流泪吗？会心软吗？他们能从信中看到孩子那双期待的眼睛吗？

……爸爸，您还记得吗？自从我上学后，您就长年在外打工，每年都是正月初几就走，腊月二十几才回家。因此，我对您的印象并不是那么深刻，您和我之间似乎隔着一层雾，我怎么也看不清，每当我看见您时，虽然心情是那么的愉快、激动，但是，我的心中总是与您有隔膜，似乎我见到您像是见到亲戚一样，那么的熟悉而又生疏……

……

……妈妈，你和爸爸放心，今年的化肥是村里统一组织运来，按照各户的需要量送到家的，咱家的果树是邻居大伯帮着打药修剪的，上树的粪是我和爷爷用担子挑到地里的，上个星期天，我和爷爷整整干了一天，我手上还磨起了两个泡。妈妈，今年咱家的苹果一定能结好多好多，中秋时你们回来吃吧。你们放心，爷爷、奶奶的身体结实着呢，就是老是唠叨你们，盼你们早一点儿回来，还有我天天都在想你们……我们经常唱着这首儿歌：爸爸、妈妈去打工，爷爷、奶奶把我宠，家校社会三不管，少年江湖任我冲。自从来了志愿者，温暖洒在我心中。

……在每个孩子的信后都附有一封同样的信：

留守儿童的父母们，你们好！

你们远离家乡和亲人，辛勤的工作在各个行业，用自己的双手和汗水，改善着自己和家人的生活，改变着城乡社会的面貌，为国家建设和经济发展默默奉献着自己的力量。

然而，当您怀着一份致富的梦想离家的那一瞬间，您的孩子已经成了一名留守儿童！这些孩子中，有的由于长期得不到父母的关爱与呵护，在品德、心理健康和行为习惯等方面的问题日渐凸现，严重影响着他们的健康成长。还有，因为得不到你们的呵护与关爱，你们的孩子中有许多已经辍学，甚至不想念书；有的变得孤僻自卑；有的都成了流浪儿。你们不要忘记你们的责任，父爱如山，母爱似海。家庭是孩子成长的第一课堂，父母是孩子的第一监护人，是孩子成长需要的养分。一个孩子的身心健康与否，究其根源在于家庭，一个家庭对孩子的影响是至关重要的，不光是学习，还有生活的勇气、价值观、人生观等诸多问题。你们有没有想过，你们的辛苦是为了什么？如果是为了孩子，你们有没有想过，年迈的奶奶和爷爷又怎么能管好他们？你们的孩子曾在作文中这样写道：爸爸、妈妈，您知道女儿最怕什么吗？女儿最怕打雷下雨，听着噼里啪啦的雷声，没有人能给我勇气，让我不怕。有父母在的孩子，他们会一头扎进父母的怀里，而我只能蜷缩在炕角，然后哆嗦着哭着鼻子喊着爸爸、妈妈……

家长们，孩子的心灵还很脆弱，他们的双肩还很稚嫩。他们需要你们的关心与爱护，需要你们的拥抱和爱抚！

特别在节日里，古人云，每逢佳节倍思亲。孩子想父母，老人念儿女，家人盼团圆。我呼吁你们，有条件接孩子去城里，就让他们去城里读书；无条件接孩子的，请不要忘记你们的孩子，要常回家看看，用你们温暖的臂膀拥抱孩子吧！平时再忙也要多与孩子沟通，多给他们写信，多倾听孩子的心声，要尽到为人父母的责任，从而让孩子感受到父母的爱。要坚持做到每星期给孩子打一个电话，每月至少给孩子写一两封信，每季度和班主任老师联系一次，每半年至少见孩子一面。你们也许知道，父母的爱对于孩子是无价之宝，因为你们也做过孩子。有了您的关爱，您的孩子才能健康成长，而孩子的健康成长，不正是您外出务工的初衷吗？您想让您的孩子成为国家栋梁吗？如果是，您就多关爱孩子，关心他们的成长，让他们能安心、安静地坐在教室里读书，等到他们成才了，回报家庭和社会的那一天，我相信，您会露出最灿烂、最骄傲、最幸福的笑容！

学校志愿者　玉　舒　张宇弦

信发出后到五月底，玉舒收到十几封家长的回信，说是看了她的来信后深有感触，他们忽略了对孩子的教育和爱护，缺少和孩子间的沟通……他们没有想到，给孩子吃饱穿暖只是孩子需求的最基本保证，还有更重要的——那就是孩子们的心灵成长，这正是他们疏忽掉的。有的说，接走孩子，有的说，一定抽时间常回来和孩子团聚。

使玉舒没想到的是六一儿童节这天，家长突然多了起来。孩子们拉着妈妈们的手走到玉舒面前说："老师，这是我妈妈，她回来了……老师，这是我妈妈，妈妈说，下学期接我去城里念书……这是我妈妈……"妈妈们将玉舒围在中间感激不尽。她们说，看了玉舒和孩子的信，他们突然明白，成年的离家在外奔命是为了啥呀，不就是为了孩子能有个幸福快乐的未来吗？可是，在孩子们正需要他们关心时，他们却忽略了孩儿们，他们仔细盘算盘算，觉得耽误了孩子是大，挣再多的钱也没用处。因此，她们中大部分决定，这次回来就不出去了，男人在外面挣钱就行，他们回来管孩子，伺候公婆，务好庄稼，这也叫促什么来着？玉舒说："是促和谐。"她们异口同声说："对对对，是促和谐。"

玉舒高兴地说："你们觉悟就好。孩子们是祖国的未来，他们不光是你们的孩子，更重要的他们是祖国的未来。长大后无论他们干哪行，他们首先是一位有文化有素质的中国公民。妈妈们，我要郑重提醒你们，千万不要轻视对女孩子的教育！我们身为女人，难道不懂得一个女人对家庭和孩子的影响有多大吗？巴尔扎克曾说：决定未来的是孩子，决定孩子的是母亲，民族的未来掌握在母亲手中。也就是说，决定孩子未来的是妈妈。是你们啊！想想看，我们老祖宗造字为什么造个‘安’字，安字的上部代表的是房子，房子底下有个女字，是什么意思，你们知道吗？妈妈们摇摇头。玉舒接着说，姐妹们，正因为屋檐下有了我们，家才会安宁，才会和谐，否则，家还是家吗？一个女人的素质决定孩子们能否健康的成长，特别是有女孩子的妈妈们，你们千万不能忽视对女孩子的教育，别动不动让女孩儿辍学，她们关乎着一代又一代人的成长！我知道并且也理解——你们出去辛苦挣钱，也是为了日子过得好点儿。可是，你们想过没有，你们都走了，这家里剩下老的老小的小，不但是荒疏了地里的庄稼，更荒疏了孩子的教育，你们说说，那头大？如果你们真要在外一起打拼，有条件的就带上孩子，现在国家政策好，农民工的孩子在城里照样可以念书，尽量让孩子不要和你们分开，孩子需要父母的陪伴。特别我们是母亲，我们有责任承担对孩子的教育。一个母亲对孩子的教育，不像学校教育那样有课堂，有教材，有系统，它不受时间、地点、场合等条件的限制，可以随时进行，‘遇物则诲’相机而教。你们常年将孩子撇在你们的视线之外，又怎么能了解自己的孩子？不了解，又怎样来教育他们呢？这岂不是误了孩子的前程吗？”

“是啊。”妈妈们七嘴八舌地说：“听玉舒老师这样说，我们终于明白点，我们女人原来有这么大作用啊，不光是会生孩子，什么也离不开我们，以前要是有先生这样教我们就好了，说不定也能考个大专、本科什么的，那也许命运就大不同了，也不至于连个孩子怎么教育都不懂！”

玉舒说：“好了好了妈妈们，看孩子们演节目去吧，有什么问题去云山居找我，无论白天黑天都可以。”

六一的大部分节目都是玉舒和张宇弦编排的，她俩临时加了一个节目，朗诵了几篇孩子们写给家长的信。其间，台下的家长们听着孩子们的心声，感动涕流唏嘘不已。

这时，默然悄悄地站在家长们中间。玉舒看见他，他微笑着点点头，张宇弦顺着玉舒的目光望去，给默然挥挥手。

到了最后一个节目，孩子们不分年级，全部站在台子上，只听前面站的一个男生和女生领诵道：

女：今天的校园花更红、草更绿、人更美。当我站在这儿，欢庆自己的节日，心中感慨万千，成长的岁月中，那些鲜活的记忆涌上我的心头！多少次，我们享受着春风化雨的关怀；无数回，感觉一双双温暖而有力的大手扶着我们长大。

男：不知什么时候起，我们的影子在不断伸长，脚步匆匆，却那么坚定，点点滴滴都在记录着我们的成长！

合：我们去努力、去尝试，构建着丰厚的知识大厦，打造着我们的道德基石。

女：光阴似箭，弹指一挥间，一切都已经化为遥远的往昔。还记得，初入学时，老师们便为我们戴上了鲜艳的红领巾。那一刻，我们便在心底默默告诉自己：我已经是一名光荣的中国少年先锋队队员，我要为飘扬的队旗添上光辉的一笔！我下定决心要认真学习、踏实做人。

男：全体少先队员们，我们是祖国的未来和希望，深知自己肩上的重任。因此，我们郑重承诺：

合：努力学习，刻苦锻炼，争做文明和谐的小使者，为建设我们伟大的祖国，实现我们的梦想，时刻准备着！

女：让我们在知识的海洋里踏浪而歌，奋勇前进；让我们撑起勤奋之舟，托起明天的太阳！

男：无论前进的道路上有多少艰难险阻，我们都不怕！我们要为少先队的未来而努力！为中华之崛起而读书！

合：少年中国者，则中国少年之责任也。故今日之责任，不在他人，而全在我少年。少年智则国智，少年富则国富，少年强则国强，少年独立则国独立，少年自由则国自由，少年进步则国进步，少年胜于欧洲则国胜于欧洲，少年雄于地球则国雄于地球……美哉我少年中国，与天不老；壮哉我中国少年，与国无疆！

诵读声感天动地，家长们掌声雷鸣，泪流满面。就连孩子们诵着诵着都滚下热泪。

节目之后，学校放假半天，默然告别了玉舒，说他要回县里，赶下午有个重要会议。玉舒和许校长也没有再挽留。默然上车后，司机启动了引擎，这时，张宇弦急道："默然老师，我正好去县上买点儿东西，可以搭个便车吗?"

默然看了一眼玉舒问："你有没有要办的事，我拉你们一起去。"

"哦，不，我还有篇文章，下午必须写完。"她对张宇弦说："宇弦，你回来给我捎点儿洗发水和面包就行。你们快走吧。"

到了县里，已过中午饭时间，默然和司机吃了两个凉菜，一人一碗臊子面之后，默然对张宇弦说："你先去买东西，完了以后给我打电话。我这儿还有几样东西，你帮我带给玉舒。"张宇弦答应着去了。

第六十三章

小花最近发现，小蕊自知道娜娜和小虎重修旧好后，一直情绪低落，没以前那么爱说话了。她趁客人不多时，就将小蕊叫到办公室，问她最近怎么一直不高兴啊，让她说说看，看是否能帮助她。

小蕊噘着嘴未先开口泪已两行。

“怎么，是小虎哥哥不理你了。”

“讨厌的娜娜姐，还不如让那些有钱人拐跑了去，非得跑回来跟人家抢小虎哥。”

小花扑哧一笑说：“原来，王小虎这么讨人喜欢啊。”

“她们讨厌他，我却喜欢。我觉得，小虎哥超好呢。我就喜欢他。可是，现在有什么用，他又被娜娜姐抢走了。”

小花本想开导开导小蕊，见她如此痴情又可爱，又不忍心打击她。心下想，还是让她自己慢慢消化吧。她只说一句：“你这样可人，自会有人来倍加宠你这个小傻瓜。”

张宇弦买完所需要的东西，立即给默然打电话。默然说，会议马上结束，让她在县委大院等他。

张宇弦走进县委大院，她四周望望，大门朝南，东西北三面都是关中那种盖法的厦房，房子被梧桐树叶掩盖去一半，剩下的叶影投在地面上，仿佛姑娘的花裙在婆婆娑娑窸窸窣窣地摩挲着，似有一群姑娘在耳语什么。大院中间一个花坛，怒放着叫不上名的几样花草。她心下想，他就住在这里吗？

这大院和她心目中想象的可不一样，简陋而朴素，干净而宁静……她思想着，默然突然喊她，她急走过去，默然一边开门，一边说："先进来坐会儿喝杯水，一会儿我让司机送你回去。"

"不，不用，我坐公交回去就行。"张宇弦有点儿紧张地说。

"司机的老家离你们不远，他正好回去有事。你喝什么茶？"默然说。

"哦，随便。"

默然给杯里放了点绿茶，冲了水递给她又问："钱够用吗？"

"钱？哦，够，足够。您就住在这里吗？"张宇弦又说。

"是的，外面办公，里面宿舍。"

"可以参观一下吗？"

"当然，哦不，太乱了。"

"乱了，我帮你收拾。"张宇弦放下水杯走过去，她撩起白色门帘，愕然了，屋里纸、笔、书一团乱麻，她四下扫一眼，真不知从何处收拾。

"我说你不用管它，我已经习惯了，拿啥我知道。"

这么多书啊。她自言自语走近书柜，一张玉舒和他的合影映入她的眼帘，她心里酸酸的，暗想道，他们好甜蜜呀，真是看不下去了。她的视线赶快移开，随那些山水人物画转向另一侧，床头柜上一个十寸大的镜框里镶着一张女孩的素描，她定睛细看——是玉舒年轻时的画像，她说："这是你给她画的吗？"

"是，是大学时。"

"那张也是你俩大学时的？"

"是的，那时我们在热恋。"

"谁也替代不了她，是吗？"

"无法替代。"

张宇弦眼睛一热，珍珠大的泪珠儿一个接一个地顺着脸颊落下来。

"宇弦，你听我说，做我的妹妹，好吗？"

她不言语，但是哭得更厉害。

"她结婚后，我闪电般结了婚，又闪电般离了。"默然说。

"那是因为你心里已装不下别人了，是吗？"她哽咽着说。

"是的。她在我心里满当当的，没有人能够挤进来。"

"我不想代替玉舒姐，就让我待在不远处，只要能看见你，照顾你就好。"

张宇弦心里默默地对他说，“你是我在这个世界上唯一的亲人，爱人，尽管你不爱我，那又有什么关系呢。你独身，我也独身，你为玉舒姐而生，我为你。虽然我们彼此不能结合，但我们在感情上彼此又是那样的相似。”

一阵电话铃声切断了宇弦的心思。

默然对司机说：“马上就走。”

然后，他拿了一样卷起的油画对宇弦说：“这个给玉舒带去。”

她接过画，看着他半天才说：“默然大哥，让我拥抱你一下，行吗？”

默然慢慢地拥她在怀，拍着她的肩膀说：“我一定帮你找个好婆家，看着你出嫁。”

她在他的怀中默默地对他说：“默然大哥，除非嫁给你，我谁也不想嫁。”

“宇弦，别这样，你的路还很长。”

她沉醉在他怀里对自己说：“要是永远这样，该多好啊！”

默然送她到车上，又叮嘱几句，然后看着汽车驶出他的视线。

到云山居，张宇弦将默然捎的东西一并给玉舒，玉舒接过画说：“这又是他画的什么？”张宇弦说：“打开不就知道了。”玉舒慢慢打开画卷，啊，原来是一张云山居的油画，里面的女子手捧着《红楼梦》似乎在思想着什么。玉舒突然想起那天早上，默然手拄着竹竿站在她面前的情景……

张宇弦说：“简直太美了，用什么美词绝句都显得苍白。这种美仿佛永远镶嵌在他的心里了，瞧他用的这色调，让人感觉多么温暖、亲密、惬意啊！玉舒姐，你知道吗？我不但艳羡，而且更妒忌。你是他心中永远的女神，谁都不可替代。”宇弦在说这些话的同时，内心的复杂就像这幅画一样难以言表。

玉舒鼻子酸酸的，眼里辣辣的，她从画里读出了他对美好生活的眷恋和某种说不出的忧伤，明丽的色彩中暗藏着她一时难以把握的情绪，这使玉舒在看到这幅画的刹那，产生一丝莫名的忧虑。

第六十四章

这天小蕊、燕子和杜鹃她们下班已是夜里十一点多了，燕子和杜鹃打电话给自己的男朋友让晚点来接她们，说小花要请她们吃夜宵。小花提前下班让小虎暂时招呼店里，小虎答应着并嘱咐她们注意安全。

她们一行来到市里最繁华的夜市吃老王家烤鱼，这家的烤鱼脆脆香地，吃的人很多，她们边吃边闹着已近凌晨一点。小花说："时间不早赶快回去。"正好，李航来接燕子，宁向前来接杜鹃，她们走后，小花付完账和小蕊一起回宿舍，小花本想打出租车，小蕊却说走走消消食。小花依着她正好也想给她宽宽心，两人漫步在夜灯下，任凉爽的夏风窃听她们的私语，小蕊一会儿哭一会儿笑的，两个影子在夜光里一会儿直起，一会儿弯曲，一会儿聚，一会儿离的，就连天上的月亮都被她们俩笑去一半钻到云里去了。

正当她们走到一个拐弯处，三个黑影像三座铁塔般杵在她们面前，小蕊吓得直往小花身后躲。只听一个男人阴阴地说："这回可跑不了了，多次不得手，都是那个混蛋小子挡了我们的道，竟然还假装警察逮了我大哥。哼，今天可他妈的算撞着了！我大哥捎话了，无论采取什么手段，要杀杀他的威风，想必你们也知道，他家的鱼塘损失不小吧。呵呵，今晚可没他来给你们帮忙。好啊，一个是王小虎喜欢的，一个是喜欢王小虎的，好机会呀，弟兄们给我上"，小花刚喊出"救命……"就被一个黑影迅速用胶布封了口，小蕊早已被吓得瘫在地上打哆嗦。那个声音又说："给老子把她们扒光了。"她们挣扎着，那几个黑影开始撕扯她们的衣服，并且口吐着脏话。小花灵机一动，飞起一脚踢在一个黑影的裤裆。只听“哎哟”一声，那黑影应声倒地，另一个亮出尖刀说：“尝尝这个的厉害。”只见他用刀尖贴在小花的面颊上又说：“再反抗就毁了你这张漂亮的脸蛋，你是想让哪里完好呢?”小花眼里冒火，小蕊在一边拼命挣扎着抵抗另一个狂徒对她的侮辱，小花见状顾不了许多突然向后一闪，再飞起一脚，踢倒骑在小蕊身上的黑影，另一个家伙扑倒小花，骑在她身上用刀顶着她的胸口说：“再动就戳死你!”正在这时，一个声音高叫着：“住手!不许伤害她们!”拿刀的那个坏蛋立即从小花身上起来说：“唉呀！你又来送死，上次没要你的命，今儿又缓过来了，我今儿他妈的让你也死个明白。”他用刀指指小花和小蕊继续说，“你们听着，每次我们劫财劫色都被这个‘拦路虎’给搅了，要不你们早就是我们的桌上菜，以前我们在这里做事，没人敢挡路。自从有了个王小虎，我们没得过一次手。是你，断了我们的财路、色路，我们也要断了你的生路。今儿我们就做个了断。伙计们给我上。”三个黑影拿着凶器一起向小虎扑来，小虎飞起一脚踢掉两把匕首和他们打斗起来。小花突然间明白了小虎是为了保护她们，才惹得大家讨厌，真是冤枉死了，她羞愧至极。小花来不及多想，她急忙踢了一脚在那里发呆的小蕊，示意小蕊快去喊人，小蕊看了小虎哥一眼不舍地飞速离去。小花担心小虎上次的伤势还未彻底痊愈，怎抵得三个匪徒的攻击。但见小虎拳脚利索的已将两个歹徒打倒在地，他们又挣扎着起来，三把明晃晃的尖刀直对着小虎，而小虎却毫无惧色，双拳紧紧握在胸前，三把尖刀一齐向他逼近，向他刺来，他灵活地躲闪几招，他们又一起向小虎扑来，小花在一旁都快急死了，她被胶布粘上的嘴焦急地喊着：“小虎小心!”正在这时，小蕊喊着跑来：“小虎哥，警察来了，警察来抓他们了。”话音未落，几个歹徒听见警笛声就想逃跑，小虎一声：“哪里跑!”趁机将两个歹徒打倒在地，熟练地用他们的衣服将他们绑在一处，小虎急忙上前撕掉小花嘴上的胶布，将两把刀扔在地上说：“看住他们。”扭头就去追另一个，突然那个匪徒不见了，他正四下搜寻时，突然那个匪徒跳在他的背后，对着王小虎的脊背连捅数刀，然后仓皇逃跑，王小虎握紧拳头身体痉挛着倒在血泊之中……小花哭喊一声：“小虎……”

小蕊悲惨地喊道：“小虎哥……”

王小虎被大家护送着进医院急诊室抢救。

陈家新、小花、小蕊他们和几个警察在急诊室外面焦急地等待着。小花打电话通知了老总，老总疾驶着车来到医院，小花大概讲了一遍事情的经过，

老总一句话也没说，他眼睛一直盯着急救室的门，等待着。

几个时辰过去，医生疲倦地走出手术室，大家一起围了上去，医生摇摇头说："我们尽力了。现在他醒了，你们可以进去和他告别。"小花、小蕊再也无法控制自己的情绪，她们冲了进去，喊着："小虎……小虎哥……"

陈家新在外面等娜娜，娜娜此刻似受惊的小鹿向急救室奔来……听到小虎被刺并且危在旦夕，她一下子晕了过去。一阵匆忙的抢救，娜娜慢慢醒了过来，她跌撞着跑到小虎面前，只见小蕊双手握着小虎的手，像个泪人儿似的轻轻地说："小虎哥，你一定会好起来的，会好的。"小花对小虎点点头说："你要坚强，会挺过来的。"

娜娜扑倒在床前，拉着小虎的另一只手说："小花说得对，你能挺过来的，你一定会挺过来的，我还要做你的新娘呢。"小蕊听娜娜这么说，哭得更凶了，小蕊鼻涕一把泪一把地说："小虎哥哥，我……我以后就是你的亲妹妹，你的爹娘就是我的爹娘，我会侍奉他们孝敬他们一辈子。"小虎抽出手摸了摸小蕊的头吃力地说："我从来都当你是我的妹妹一样。"他转过脸对娜娜说："我最放心不下的就是我爸妈。"小虎说着脸又转向小花："我走了，他们身边没有一个亲人，娜娜，小花，还有小蕊，你们若有时间，以后替我多去看看他们，跟他们说说话，他们就不寂寞了。先别告诉他们，我……我……我走了，你们，你们各自要好好地活着……"

最终，这个世界没有留住王小虎，他平静地离开了这个纷杂的世界，勇敢地将自己回归给了大地。小虎的母亲悲痛欲绝，死去活来。父亲对着小虎说："儿子，你是好样的。当生则生，当死则死，死得其所，爸爸为你骄傲！"

王小虎牺牲了。健康堂浴足中心的老总说明了一切。他说，小虎在第一次舍己救人以后，他在小虎面前说起浴足中心曾有女工被歹徒抢劫的事，一直很担心，因为女孩们下夜班，大约都在一两点钟，若再出事，恐怕是招不来女浴足师了。小虎听说后，主动请缨保护这些夜班女孩子们的安全。此后，小虎因暗中护送女孩子们下班，经常被她们误解，其实，她们根本不知道，小虎为了保护她们的安全，曾多次和歹徒交手，歹徒因此而不能得逞，穷凶极恶之下报复小虎，给他家的鱼池投毒。而王小虎并没有胆怯，他用生命保护这些女孩子的安全，可那些可恶的家伙，最终还是夺取了他的生命。

火化的那天，来为小虎送行的有很多人，有十字镇有关领导和浴足中心的全体员工，浴足中心老总在致悼词时还说，王小虎不仅保护了浴足中心女孩子们的安全，还不顾个人安危，配合公安破获几起抢劫案。这就是王小虎，一个普通而又不普通的人，一个经常被人误解被人嗤笑的好青年。就是这样的一个人，他为了保护别人而舍弃自己的生命！

听完悼词，所有人一下子明白了王小虎。

哀乐一起，向遗体告别，燕子、杜鹃她们再也抑制不住眼里的泪水，特别是燕子，平日里对小虎尖酸刻薄，小虎从没有和她计较，现在想说一声对不起却来不及了，小虎他再也听不见了，她越想心里越难过，再也无法抑制自己心中对小虎的愧疚，她哇地哭出声来，说她对不起小虎……她这一哭不要紧，在场的所有女人跟着一起哭起来……

一直在一旁默默流泪的娜娜，突然疯了似的向小虎遗体冲过去，站在她旁边的小花一把将她抱住，娜娜嘴里哭喊着："放开我，让我再看看他，让我再看他一眼吧，小虎，小虎，你起来呀……"

李书记和浴足中心老总安排人将王小虎的骨灰送回老家埋葬。浴足中心给王小虎的养父母一笔数目不小的抚恤金。

之后，有关部门知道了王小虎的事迹后，通过各媒体，号召全市人民向王小虎同志学习。并追认王小虎为中国共产党党员。并且要为王小虎立一个英雄碑。

立碑之前，公安机关将刺害王小虎的犯罪团伙一网打尽，当小花、娜娜和小蕊将这一消息告诉了小虎的养父母后，他们的泪水顺着满脸的皱纹滚落下来。

英雄碑落成的那天，十字镇的李书记、韩镇长等，浴足中心的全体同人，小虎的亲人，以及老乡、亲友、娜娜和小花、小蕊、燕子、杜鹃他们，全部来到小虎的墓碑前，望着墓碑上刻着的——"见义勇为，当代英雄"八个大字，所有人肃然起敬。这时，李书记大声说："向我们的英雄——王小虎致敬！"大家的眼前仿佛出现了无数个王小虎，憨憨地对他们微笑着。

第六十五章

小虎牺牲的消息最终瞒不过小花的妈妈，小花妈妈悲伤之下心脏病突发又住进医院。她知道自己的时日不多了，在为小虎悲伤的同时，最为担心的就是女儿小花。她听说了女儿和陈家新在谈恋爱，可女儿一直没有正经给她提过此事，她也没有见过这个叫陈家新的青年。现在又出这样的事，虽然那几个坏蛋被公安机关抓住绳之以法了，但是，还会有同样的坏人再出现，叫她怎能不担心呢。她唯一的心愿就是看见女儿能够嫁个好人家，有人疼她、护她，她才好安心。然而，冥冥中她觉得自己怕是撑不到女儿出嫁的那一天。

小花来到妈妈的病床前，看见妈妈眼角的泪水，她拉着妈妈的手，眼泪扑簌簌地滚下来，妈妈见她这样，将她搂在胸前调整一下自己的情绪，然后平静地说："小花儿，你谈恋爱了，是吗?"

小花摇摇头。

"不用瞒着妈妈，我的女儿，我能不了解吗？脸上都写着呢。"

"没有，妈妈，我说了不嫁人的。"小花说。

"孩子，我知道你是怕妈妈……可是这次，妈恐怕是撑不过去了，你还能忍心瞒着妈，不让妈见见我未来的女婿呀。"

"不，妈，你会没事的，我不嫁人，我永远守在妈身边。"

"傻孩子，哪有姑娘大了不嫁人的，岂不叫人笑话。"

小花爸爸从外面打水回到病房，轻轻走到妻子床前对妻子说："别说那么多话，医生让你好好休息，尽量少说话。"

“说完了就不说了。谢谢你这么多年忍受我一个病身子，真苦了你。等女儿嫁了人，你好好找一个健健康康的老伴伺候你。”

她又转向小花说：“孩子，千万不要阻拦你爸找伴儿，妈让他受了半辈子苦。你以后要好好孝敬你爸爸。妈走了，你一定回来帮爸爸管理鱼塘。”

“妈，您别说了。为了您，我可以一辈子不嫁人，我只要您活着，好好地活着。”小花此时已是涕不成声。

“瞧瞧你们娘儿俩，这是说些什么话。”小花爸爸说着用毛巾拭去老伴眼角的泪，自己的眼里却也是热辣辣的。

就在此时，小花妈妈突然呼吸急促起来，小花急喊着：“妈，妈，医生，快来呀，医生……”

一阵急救之后，小花妈妈终于又醒了过来，当她再睁开眼睛时，老伴、小花，还有陈家新都站在她的面前，她脸上一阵喜悦，小花半跪在妈妈床前说：“妈，他就是陈家新，他来看您了。”

“伯母，您好!”陈家新弯下腰也蹲在小花旁边。

小花妈妈柔弱地拉过小花的手，再拉过陈家新的手，又将女儿的手放在陈家新的手心里，然后对陈家新说：“家新，我把……女儿就……交给你了，你要……好好待她，并且，要好好……好好孝敬……她爸爸。”说完就大喘气。

“伯母，您就放心吧。我会好好待小花，孝敬伯父和您。”陈家新说。

“好孩子。”她又对小花说，“将来一定要做一个好媳妇，孝敬公婆。”

小花点点头。

小花妈妈又说：“我有一个……一个请求。”

“妈，什么?”小花问。

“你们……你们俩……一起叫我……一声妈，好吗?”她看了陈家新一眼说。

陈家新此刻再也管不住眼眶的泪珠儿了，任它滚过他的脸颊掉在小花妈妈的手上，他和小花一起双膝跪地，一起喊了一声“妈妈”。妈妈欣慰地笑了，嘴角带着微笑安心地走了，走了，带着对女儿的祝福走向她生命的又一旅程。

送走了小花妈妈后的一个星期天，陈家新将小花带到碧水花园去见一个人。小花问他去见谁？家新神秘地说：“去了就知道了。”

他们乘电梯上到五楼，下了电梯往右侧，陈家新拉着小花的手说，“到了。”然后他定定神按一下门铃，里面有人应着“来了”。门开了，一位夫人优雅地出现在她们面前，她绾着高高的发髻，漂亮的额头下一双明亮而慈善的眼睛，素静而又有风韵，一眼看上去让人感觉特别舒服和亲切。

“快进来吧。是小花吧。”夫人关上门，仔细地打量着姑娘说。

“不是她，我敢领这儿来吗。这是我妈。”陈家新又对着小花说。

“哦，阿姨好！”

“快坐，快坐！家新，快给小花沏茶，顺便拿些茶点来。”

“我去帮他。”小花说。

“不用，他行的，你坐着，来这儿就和家一样，你不必客气。”家新妈妈说，“听家新说，你母亲不在了，唉！本想送她一程，可不凑巧，我正好在外地开笔会。孩子，以后这里就是家，有什么难解的事就告诉阿姨。”

家新烧上水，端着茶点过来说：“听见没，妈都当你是我家人了，看来从此该改口了。”

家新妈妈爱怜地端详着小花，慈祥地笑着。小花一下子面如桃花低头不语，心里却说：人家还没有嫁给你，怎么改口叫，叫妈呢。

“别难为他了，水开了，快沏茶吧。”家新妈妈又看着小花说，“你父亲他还好吧？”

“妈妈不在了，爸爸整天在鱼塘忙，饮食起居，无人照料，好像那些鱼儿成了他的寄托。我也劝他找个伴，他死活不依。所以，我想辞了现在的工作，回家帮爸爸养鱼，并且还能照料他的生活，这也是我妈的遗愿。”

“这也何尝不是好事，现在也只有你才会给他些许的安慰。”家新妈妈说完起身去了书房。不一会儿，她拿了一把钥匙放在他们面前说：“这个你们拿着，你们来来回回做事也方便。”

“妈，这是您的车，给我们，您用啥？”

“我用处不大，本来就是给你们准备的。小花若回去养鱼，你们比我更需要车。”她顿了一下又说，“孩子，不管你们做哪行，要做就做出个样儿来，人只要能够自食其力就好。”

他们边喝茶，边聊至晚上六点多钟，家新妈妈说：“今天妈妈请客，带你们去一个好去处。”说完他们一起出了家门。

第六十六章

李咏斌大清早和玉舒刚通完电话，紧接着就是周良的电话。今天又逢古龙村的食品加工厂开工奠基仪式，催他剪彩，他说路过鱼塘顺便去看看鱼就到，说完急急忙忙接过母亲给他的肉夹馍，边下楼边吃着去停车场。

路上，他又接了几个电话，车已经到达鱼塘。

他将车停在门口，走进养殖场，只见娜娜正在帮小虎的父母亲一起给鱼喂食，他走过去看着鱼塘的小鱼说：鱼儿没有辜负你们啊，长得挺快嘛。

他们回头说："哟，书记来了。"

李咏斌说："娜娜在帮王叔呢。"

"王叔和婶眼神不好，我帮他们看看温度计。"娜娜说。

"现在天热，水温有没有太大变化?"书记问。

"天天得多测几回，特别是晌午开始，水温一有变化，就马上注凉水，反正水温不能超过36℃。"王叔说。

"是啊，天越来越热，要特别注意水温的变化，好好伺候着它们，到了11月就可以给咱们出效益了。"书记说。

"我这50多平方米一池鱼，可产鱼4万公斤，每公斤按5.5元计算，每池效益可达20多万元。"王叔咧嘴一笑说。

"是啊，咱们就这六个鱼塘，平均可达一百多万的收益，到明年，我们可以扩大养殖面积，争取成为古城新农村科技致富的一道亮丽风景。"

"好书记啊，你真是我们的救星啊!"

“不是我，王叔，真正的救星是我们的好政策。”

娜娜想起王小虎就开始奔泪，泪如泉涌，她在心底默默地告诉小虎：

你听见了吗，小虎，本来我们要一起过上美好的幸福生活，可你却永远地离开了我们。

李咏斌看见娜娜抹眼泪，就告别了王叔他们，对娜娜说：“走，和我一起去看看别的鱼塘。”王叔对书记说：“好好劝劝这孩子，她对小虎心重。”

李咏斌告别了王叔，和娜娜往小花家的鱼塘走去，李咏斌一边走，一边对娜娜说：“想小虎了是吗?”娜娜低头不语。李咏斌又说：“你还年轻，生活的道路还很长，我相信，小虎他一定是希望你幸福。重新生活并不意味着无情。小虎他并没有死，他还活着，你不觉得吗?”

“是，他没有死，我们永远不会忘记他，他永远活在我的心里。”娜娜慢慢拭去脸颊的泪水，转悲为喜说：“他一定是希望我生活得更好，我怎能辜负他呢，我可真傻。李书记，您放心，我明白了。”

“这就对了，好好地生活。为了他，为了自己，为了亲人，为了所有活着的人们。”李咏斌和娜娜一边说着，不觉到了小花家的鱼塘，李咏斌又和小花爸爸聊了几句，问问鱼的生长情况，然后又到别的鱼塘看了看，便离开养殖场，赶去古龙村。

古龙村早已是彩旗飘飘，锣鼓喧天，人畜共贺了。人声叽叽喳喳，牲畜哼哼唧唧，鞭炮噼里啪啦，一片热闹景象。人们期待已久的肉食加工厂今天就要开工建设了，这不光是古龙村人的幸事。也是周边养殖场的幸事，因此聚集在古龙村的不光是古龙村人，还有周边村的乡亲们，他们纷纷前来祝贺。区上有关领导和李书记、韩镇长等人为加工厂的开工仪式剪了彩，欢呼雀跃声无以言表。

第六十七章

浴足中心又招聘了一位刚退伍的军人顶了王小虎的角儿。小花思量许久，还是提笔给老总打了辞职报告，老总看着小花的辞职报告思忖再三，也能体恤小花家的情况，只好回复小花说，等他找到合适人选，就准小花离开。

燕子、杜鹃听说小花要离开，一大早起来就跑到宿舍，她俩和小蕊都不舍得小花走，虽说小花是经理，但平日里她们相处的却情同姐妹。乍一听小花要走，姐几个全没了精神，闹着都要走。

小花说："你们这是拆台。别人走，我且不说，就你们几个，无论如何都要好好待在这里。"

燕子说："怎么，我要结婚也不让走吗？"

小花说："那要另当别论，这会子你又不结婚，就别和我说这话。现在，人员紧缺，不能说走都走了。"

杜鹃说："我最多坚持到 9 月份，我们十一结婚，结婚后我们家宁向前，他不让再干这个了。"

杜鹃话未说完，小蕊却在一边呜呜咽咽哭起来了。小花示意她俩少说为好，她过去搂住小蕊的肩膀说："我们小蕊一定会找到比她们的男朋友都好的男朋友，等你嫁人的那天，我和杜鹃姐、燕子姐姐都来参加你的婚礼。"小花帮她擦擦眼泪又说："小蕊，你知道姐姐家就剩下爸爸了，我不得已才要走的，要不是这样，姐姐一定陪你到出嫁。你看啊，现在的交通、通信这样的发达，谁想谁了，打个电话不就可以见面了吗？"

“不是我说你，小蕊，经一些事也该长大了，动不动就哭，明儿我们都走了，谁还为你撑腰不成。”燕子抢话说。

“你们都走了，小花姐也走了，宿舍就剩我一个人了，也没有小虎哥了，怕死我了。”

“你以为老板会让你一人住一屋，美了你了。”杜鹃说：“我们走了，给咱老板省了费用了，老板高兴还来不及呢。小花是经理级别，让你和她住一起，是她和老板要求了的，她要走了，你就挤在四五个人一起住的宿舍去了，谁还让你一人住不成？没一点儿脑子，怎么还长不大似的。”

“好了行了。反正那两个床铺还空着，小花走了，我和杜鹃再搬回来陪你一段时间，等我们也走了，可就没法子了，你自己去适应别人吧，别人可不像我们事事都体恤你，你就瞧好吧你——长不大的小妮子。”说着，燕子用手指戳了戳小蕊的额头。

“你们可要说话算话，我走了，你俩可真要搬回来陪她。”小花说。

“那还有假嘛。”燕子说。

“李航和宁向前要是不同意呢？”小花说。

“他们要是这点理都不通，踹了他。”燕子说。

“真的吗，杜鹃？”小花有意问杜鹃。

“还能有假。”杜鹃低头说。

“你尽可以去养你的鱼，去疼你的什么‘家新’面包了。”燕子说。

“你们若说话算数，我就隔几日逮几条鱼儿来犒劳你们，你们若不算，我就去告诉你们的那位，说你们心歹休了你们才好。”

燕子给杜鹃一个眼色，两人一起上前去将小花压倒在床，挠她的痒痒肉，顿时屋子里欢闹声一片。

本来，小花想和燕子她们一起吃午饭，没想到，陈家新打来电话约小花出去，陈家新要开车过来接她，她说要低碳生活坐公交过去就行。燕子她们很是耽搁了小花一阵子，换了好几件裙子，大家才满意地让她去赴约。

陈家新按约定的时间在广场影院门前等小花，小花却迟到了一刻钟。见了陈家新，小花急忙解释说：“都是燕子她们给闹的。”

“她们是想考验我的诚心。快走吧，电影快开始了。”

“你今天不上班？”

“今天周六。”

“哦，过糊涂了。不过，我最晚12点前必须赶到店里去。”小花说。

“十一点电影结束，我们吃点快餐，完了我送你过去。你在这儿等我一会儿，我去买水和爆米花。”陈家新说。

“好吧。”

小花略等片刻，只见家新拿着东西过来，但身边却多了一个女孩子，他们说笑着一起走过来。她细看看原来是妮妮，手里也拿着两瓶水。陈家新走过来说：“可巧了，在那边碰见妮妮了。”

“真巧，没想到在这里碰到你们。”妮妮看看小花说。

“那，进去一起看吧。”小花心里酸酸的并有点儿怀疑，她强迫自己不要流露出来。

“唉！你今天怎么没去辅导班上课。”陈家新说。

“我已经不去了。你不是说好好务弄正业吗？怎么我学好了你倒忘了。”

“真羡慕你，我做梦都想当老师。”小花找话说。

“那明年咱再参加一次高考，就报师范学院。”陈家新玩笑着说。

“真有时间，我就去考。”小花说。

“好。那你们先聊会儿，我去买票。”

“不用买我的。”妮妮忙说，“我男朋友在里边等我呢。我这就先进去了。”

“那好，再见。”陈家新转身去买票。

妮妮转过身对小花说：“正像我表嫂说的那样，你们很般配。我祝你们幸福白头。”

“谢谢，也祝福你。”

妮妮说了声谢谢，走进电影院。

小花看着妮妮的背影，刚才心里弥漫的疑惑已经烟消云散了。她心下责怪自己说，真不该猜疑他，自己怎么心胸狭窄起来了。看着向她走来的陈家新，她在心里告诉他，你注定就是我要找的那个人。

“怎么不认识我了，这样看着我？”家新说。

“我想就这样把你印在我的心里。”小花说。

“傻丫头。”陈家新说着摸摸她的头，然后牵着小花的手向检票口走去。

第六十八章

2010年6月30日　星期三　白天多云　傍晚雨　凉爽

惠特曼在《草叶集》中曾说过，文学的魅力是把昨天、今天和明天连在一起，怎么连在一起？不是靠已获得的结论，而是靠永远的悬念。别林斯基曾说，我们的祖先把解决不了的问题交给我们，我们也解决不了，只能交给后代，这种递交就是文学。文学最有魅力的地方，就是在一些永远找不到答案的领域里来体验世界的神秘、人生的壮阔，来体验我们和祖先共同的苦恼惊慌、共同的精神连接。

文学创作就像迷宫，将读者引入迷宫，还要让读者找到出去的路径，似乎没有什么特定的技巧。这就是为什么每个人写作所涉及的面各自不同，一百个作者有一百个写法，因为人的成长经历没有一个是重复的。因此，创作风格也各有异。好作品的语言对话一定要生动真实，读来对劲才好。

默然写完这段，身体又是一阵痉挛，他双手离开键盘，用力地顶住疼痛的地方，他脸上渗出颗颗汗珠儿。过一会儿，疼痛减轻了，他双手又按上键盘敲打起来。

城市的巨大变化，使多年不回家的人恐怕一时难找到家。我自不知，若回到家是否能找到妈妈的小屋，妈妈她不知又平添了多少白发……唉！人有一天天老的，有一天天走的，天地轮回，光阴流转，世上的一切似有情无情，有情是我生命中有她，无情是我与心爱之人不能一起慢慢变老。我呢，就像一粒尘埃，在你的空气中飘啊荡啊，旋啊转啊，快要飘不起，快要转不动了。

默然又疼痛一阵，昏倒在床上……

第二天是七一，县里举办党庆文艺演出，默然和县里有关领导坐在台下第二排。演出一开始，主持人诵主持词：

男：八十八年前的七月，一个伟大的政党庄严宣告成立

女：八十八年前的七月，一面火红的旗帜迎风冉冉升起

男：从此，中华大地发生了前所未有的变化

女：从此，华夏儿女创造了震惊世界的奇迹

男：中华儿女前仆后继，一条巨龙于世界的东方傲然屹立

……

默然又一阵剧痛，他弯着腰移步出了座位，大家以为他是去洗手间，怕影响别人看节目。他出去以后就乘一辆出租赶往医院。

医生说："你该住院治疗。"

"再开些药止痛行吗？我不想住院。您知道，我没有多少时间了，手里的活还没干完。"默然说。

"你在这里难道就没有亲近的人？"

"哦，有是有。只是，只是不想让她伤心。"

"不行，看你也是个明白人，不想和你多说什么。你必须住院治疗，而且要去大医院。"

默然正想辩驳，手机却响了。

"喂，玉舒啊，你说。"

"张宇弦说，已经拿到学士学位了，过几天她就回这里，我想留一把钥匙给她，让她住在云山居。学校也要放假了，我就要回去。这会儿我正往县里赶呢，顺便逛逛，然后把钥匙留在你那儿，你转交给她。"

"你今天，别，噢，不。"

“默然，你怎么了，病了吗?”

“哦不，我没病。”

“什么没病。你是他家属吧，他病了很久瞒着你们，如果再不去大医院，恐怕……”医生一把抢过电话说。

“没事，玉舒，别听医生说得那么邪乎，我没事。”默然从医生手里又抢过电话说。

“你是在县医院吗?”

“嗯。你走哪儿啦?”

“我快到县城了。”

“那好，我在县委大院等你。”

第六十九章

玉舒急急忙忙先到县医院，没找到默然，又忙赶去县委大院。进了他的办公室，看见他眼窝子都陷进去了，心里"咯噔"一下，眼泪差点儿没掉下来。他却好人一样从椅子里起来打趣说："你看，我是不是好好的，只是这几天胃病又犯了。"

"默然，你何必这样苦自己呢。宇弦她对你……"

"她有她的生活，你不要给我凑合一个家，说不定，没几天就要散，在这个世上，唯有感情不可强求，也不可凑合，我宁可清高地孤单着。"

"我怎么觉得你瘦很多，你到底怎么了，你可别瞒着。"

"真没事，胃病犯了，吃不下饭，能不瘦吗？你不是想逛逛街吗？走，我陪你去逛逛。"

"你，你今天没事吗？"

"今天什么事都不管了。"默然说着推着玉舒出屋，将门哐当一声锁住了。

"你还不了解这县里的文化吧？"默然边走边说。

"还不那么透彻。"玉舒微笑着说。

"我告诉你，咱们这个县是炎帝生息、周室肇基之地，是周文化的发祥地，是民族医学巨著《黄帝内经》、古代哲学鸿篇巨制《周易》诞生之地。这里有周公庙、太平寺等旅游景点，又是有名的青铜器之乡，可要挖掘的东西太多，只可惜……"

"可惜什么？"

“可惜人的生命是有限的，我们要将自己解决不了的问题留给下一代，一代一代去解决上一代人无法解决的问题。”默然突然话题一转说：“玉舒，今天我带你去周公庙看看如何？我们乘公交车去。”

“成啊。”

他们乘公交出县城前往周公庙，默然一路上给她讲着。周公庙《诗经》里记载的”凤凰明矣，于彼高岗”处。周公名姬旦，周文王的第四子，武王的弟弟，成王的叔父。武王死后，成王即位，少不更事，由周公摄政。在此期间，周公率军东征，平定了管蔡之乱，稳定了周初政局。同时，他还制定礼乐，建立朝纲制度，为巩固新兴的周王朝做出了卓越贡献。所谓“周公吐哺，天下归心”，一直为人们所乐道，周公不愧为我国古代杰出的政治家呀！周公庙就是为纪念他而修建的，距今已有 1300 多年。相传大禹治理了洪水之后，接着又铸造了九个大鼎，到了商周九鼎成为传国之宝，谁想统治天下，就要先夺取九鼎。商朝末年，纣王荒淫无道，周武王举兵讨伐，灭了商朝。灭商后，周武王的第一件事就是准备把九鼎搬运到周朝的国都镐京(今西安市西南)。谁知那九尊大鼎个个重似小铁山，既难搬又难运。武王组织了大批人马，据说一尊鼎就动用了八九万人，花了几个月的工夫，才拉到洛阳。当他们准备再向西拉时，不管用什么办法，大鼎像生了根似的，定在那里岿然不动。武王闻知此事，感叹地说：“九鼎是镇国之宝，它们到了洛阳不往西走，定有缘故。夏朝国都在洛阳，洛阳又位于天下之中，上天莫不是要我把国都迁到洛阳不成？如果这样，就把九鼎安放在洛阳吧。”不料正当武王准备奉行安放九鼎的典礼时，却不幸病故了。周武王的儿子周成王继了位，在周公旦的帮助下，在太庙里建成了一座宏伟壮丽的大殿，选择了良辰吉日，召集文武百官，四方诸侯，举行了隆重的定鼎大典，表示周朝已完成了灭商的大业，取得了天下。

默然讲到这里突然停下，手指着窗外说：“你看，玉舒，这道路两侧有不少‘农家乐’‘民俗村’可供游人吃喝玩赏，这里的擀面皮、臊子面，那可是相当有名的。”

玉舒说：“那中午我们就在农家乐歇息用餐。”

“那是自然。”默然说。

他们下车之后，随人群一起走进周公庙。默然给玉舒拍了不少照片作为纪念。

进入周公庙，院内绿叶成荫，花草遍地，庙宇掩映在一片绿荫之中。在通往周公殿的小道两侧，依然矗立着唐时所植楸树、柏树、槐树、杨树等高大乔木，道路旁边新立的近代名人题诗、题词，如同游龙飞凤，让人感叹。经过戏楼、穿过八卦亭，径直到了周公殿。在蓝天白云之下，殿堂巍峨，青砖褐瓦，雕梁画栋，彩绘斗拱，更加令人肃然起敬。默然和玉舒在此虔诚地焚香拜过，继续前行，游了姜源祠，后稷殿，又去观三公殿。他们沿着石阶，步步登高，直到庙后土山顶，再转往玄武洞，润德泉。默然对玉舒说，相传此泉在唐宣宗大中二年(848)，涸而复喷，泉水如涌，当时地方官逐级上报朝廷，唐宣宗将这一自然现象与自己个人功德联系起来，赐名为“润德泉”。

出了周公庙，已是正午，带着对周公满心的敬意，他们继续聊着走进农家乐，休息用餐。

默然叫了几个小菜，一人一碗臊子面，两人惬意地享用着。默然正吃着面条，突然放下筷子，忍受着突如其来的剧痛，他尽可能地不让玉舒发现，可他脸上一时渗出的汗珠儿却瞒不过她，玉舒忙问：“你怎么了，默然?”

“没什么，有点儿胃痛。”他强装笑脸回答道。

玉舒赶紧放下筷子过去扶着他说：“我看，咱们还是去医院。”

“不用，我口袋有药，你帮我拿一下。”

玉舒掏出一小瓶药一看：“什么，泰勒宁！默然，你怎么服这种药，这是，这是……啊，默然，你到底是什么病呀，你不要瞒我了。”玉舒说着，脸已经煞白，手开始颤抖起来。

“你先给我两片喝了，我再告诉你。”

玉舒紧张地拿出两片药，给老板要了杯温开水，让默然服下，稍息片刻，默然缓过来，看着玉舒期待的目光想了想，还是不能说，他淡淡一笑对她说：“其实，就是胃溃疡，不能吃辣椒，面里有辣子，吃了就疼。”

“你怎么吃泰勒宁？那可是癌症用药。”

“那个止痛好，吃了就不疼了，我才吃。”

“你不用骗我。回去就到县医院。”

默然还想说什么，立即被玉舒挡了回去：“这回说什么都没有用，你得听我的。老板，换一碗没辣子的臊子面。”她对外面喊一声。

饭毕，他们坐上返程的中巴车。玉舒前思后想觉得默然不对劲，她想起医生在电话里说“你是他家属吧，他病了很久瞒着你们，如果再不去大医院那就”，就什么？难道他病得不轻……不，不能。我一定要搞清楚。

到了县里，玉舒连拉带拽把默然拽到医生面前，医生说：“哟，想通要住院了。我把病历整理一下，让你爱人赶快带你去省城大医院住院治疗。”

“医生，他到底是什么病?”玉舒问。

“怎么，他没有告诉你?”

“他说是胃病，胃溃疡。”

“默然先生，你是名人，是领导。这样大的事，你不该瞒着你爱人，本来是不告诉你的，你说，家不在这里，你爱人胆小。现在她来了，没必要再隐瞒。”

医生说着将默然的病例递给玉舒。玉舒打开病历，只见上写道：

默然　男　42岁　病理诊断：晚期原发性肝癌　医生建议：住院治疗……

玉舒眼前一阵眩晕，身子一软差点儿跌倒，默然急忙扶住她，她停顿数秒，突然紧走几步到医生面前乞求道：“医生，这病有什么好法子?”

“他已经不能进行手术切除了。”

“那，还有什么办法?”

“只能中西医结合控制。你们还是去大医院看看，还有什么好办法。”

“大夫，他为什么老有阵痛?”

“肝癌晚期的正常组织会受到肿瘤的破坏和浸润，引起对邻近的神经根受到压迫和破坏，局部组织缺血坏死，血液回流受阻，骨与骨膜受到浸润，均可造成疼痛。因此，疼痛是晚期肝癌病人最常见的并发症状。”

听完医生的话，玉舒又差点儿晕倒，她告诉自己挺住，一定挺住，否则，默然他，他会多难过，他会多难过啊！她眼泪止不住地流了下来。她拿着病历辞谢了医生。

默然扶着玉舒边出医院，边笑说：“你可听见医生说什么了?”

“哦，什么？你的病情，还有什么?”

“你没听见他说‘你爱人你爱人’的。”

“我只想着你的病，根本没听见他说这个。”

“他说得没错，你是我的爱人，是我心中永远的爱人，是我的女神。”

“你还真有心思，现在什么时候了，还说这些。”

“玉舒，你不用躲闪，这是事实，只不过，这是我个人的事情。”

“默然，你个人的事，就是现在赶紧去住院，好吗?”她说着，眼泪吧嗒吧嗒地往下掉。

“玉舒，别担心我,”默然一边给她擦眼泪，一边说，“我知道自己该怎么做，住院并没有多大的意义。”

“你别拿自己的生命开玩笑，好吗?”玉舒呜咽起来。

“我很珍惜和你在一起的分分秒秒。玉舒，对你——我并没有过多的奢求，只要能看见你，死了也瞑目了。”

玉舒赶忙用手去捂他的嘴，泪眼汪汪地阻止他别说了，她什么都明白。默然情不自禁地将她的手攥在手心里，紧紧地贴在他的胸前，一脸的幸福，眼里充盈着泪花。

回到默然宿舍，玉舒赶紧让他躺着，她倒杯水递在他手中，看着他像个听话的孩子，乖乖地喝下药，她令他闭眼休息。之后，玉舒借着去卫生间的空，给李咏斌打了电话，李咏斌正在古龙村视察肉食加工厂的建设情况，听见玉舒在电话一边呜呜咽咽地说不出一句话，急道：“玉舒，你说话呀，到底怎么回事？出什么事了？玉舒，你说话呀。”

玉舒哽咽着告诉了缘由。李咏斌听后立即安慰她别着急，说他这就赶过来。

第七十章

李咏斌和玉舒硬拉扯着将默然塞进车里，连夜拉到省城第四军医大学附属医院肝病科住下。他告诉玉舒和咏斌，他住院的事不能告诉任何人。否则，他就不住院。玉舒他们只好答应他。

这期间，玉舒和张宇弦轮换看护他。医生对他也并不隐瞒病情的严重性，他对此也早有精神准备。

住院的第四天，一大清早，玉舒和张宇弦买来早点给他，结果是床空人不见。她们急急忙忙去问医生、护士，值班医生和护士都说："昨晚查房还在的，没见他走啊。奇怪，怎么没影了？"

张宇弦都急哭了。玉舒打电话，他已经关机。他会去哪里呢？玉舒对医生说："我们去找找，若他回医院来可千万看好了，别再让他走了。"说完拉着宇弦就往外跑，她们挡了一辆出租赶往他在省城的办公室，到了办公室敲门，没有人。玉舒给李咏斌打电话，李咏斌说，默然也没有和他联系过，怀疑他是否回到县里去了。玉舒和张宇弦即刻乘大巴赶去县城，依然没有他的影子。当她们回到医院已是晚上了。医生说，没见病人回来。玉舒和张宇弦在医院焦灼不安地团团转。

而默然此时此刻已背着行囊站在娘亲的面前。对他的归来，默然娘没有显示出一点的惊讶，就像他的父亲结婚—离婚—再结婚一样，这些好像都在妈妈的意料之中似的。但是，她看见儿子比从前消瘦了许多，却有了一丝怜爱和心疼。

母亲摸着默然的脸说："儿子，你怎么这样消瘦？你还在为她守护着那份感情？你又何必这样苦自己呢。"

"娘，儿子一点儿也不苦。"

"哎，唯这一点儿却不像你爹。"

"娘，这点是您的遗传。"默然一边放下背包，一边说。

"儿子，你这样苦自己会生病的。你是不是病了？"娘上下打量着默然，眼角忍不住地滚下泪水。

"没有，娘，我就是胃不舒服，医生说没事，调养一段时间就好，所以，我就回来了。"默然一边给娘擦眼泪，一边说。

"好，回来好，回来就好，让娘好好给你调养调养。噢，你去看看你爹，他回这里避暑呢，前儿来了还问起你。娘赶快去市场买只鸡来煲汤给你补补。"默然娘抹着眼泪出门去了。

默然到了父亲那里，客厅里坐满了人，有来求画的，有来看望老师的。父亲看见他，上下打量一番，见儿子消瘦了许多，掩饰不了惊讶的眼神，他定定神，转而温和地笑道："默然回来了。"

默然点点头。

"默然先生，真的是你吗？"客厅里有人立即站起来握着默然的手惊喜道，"在这里见到先生，真是荣幸之至。"

"这是我儿子。"默然父亲骄傲地说。

"难怪，书画都有老先生的风骨，以您的小说改编的电视剧感动了太多的人。"

"那都是演员和导演的功劳。"默然说。

"让他们父子团圆团圆，我们就此作别吧。"在座的一位先生说着，大家都响应了，一起辞别了他们父子。父亲送客回来，父子俩来到书房，默然父亲担心地问："儿子，你病了。"

默然笑了笑说，"什么也瞒不过您。"

"什么病？严重吗？"

"严重，我就是为这个回来的。"

"告诉爹到什么程度？"

"爹，我只有几个月的时间。"默然说完，父亲眼眶湿润了，手里的烟斗缓缓抖动着。

“你娘知道吗？”

默然摇摇头。

“瞒着她。”默然爹说。

“爹，我回来就是想让您——以后多回来看看娘，她为您，一直一个人，娘不容易。”默然说着流下眼泪。

默然爹从书桌抽屉里拿出两张单子说：“儿子，这是你的，本来想你结婚时再给，可现在，你还是先拿去吧，想干啥干点儿啥。另一份交给你娘，就说是你给的，否则，她不会要的。”

默然深情地喊了一声“爹”，父子俩紧紧地拥抱在一起。此刻，默然嗅到了爹爹身上那股熟悉的味道，他感到无比的温暖。他对爹说：“爹，您一定要多保重身体，常去看看娘，我还有几件事没做完，不能在家多停留。”

“玉舒还在你们那儿做志愿者？”爹问。

“是的，她在县里偏远的一所学校。不过，我经常可以看见她，她就住在云山居。”

默然爹拍了拍默然的肩膀，慢慢松开搂得紧紧的儿子，怜惜地说：“去吧，儿子，你去吧，常给爹爹来个电话报个平安，有空爹去看你。”

父子俩默默地看着对方，眼睛里都闪烁着泪光。

第二天天不亮，默然留下一封信、一张存单在写字桌上。他背起背包，再看一眼自己曾经生活了十八年的家，他轻轻地关上门，又悄悄推开娘的房门，娘还在酣睡中，他轻轻地跪在娘的床头，想说的话全堵在了嗓子眼，他鼻子一酸，眼泪滴滴答答掉在地上，他抑制住自己的情感，心里深情地对着娘说：“娘，原谅儿吧。儿子本应守着娘尽孝，可是，儿子还有很多事情没有做完，儿子更不愿意看到娘为儿子悲伤；娘，您多保重，您的养育之恩，只有等来世再报答了。娘，来世默然还做您的儿子。娘，原谅儿子不孝。”

默然给娘磕了三个头，然后慢慢起身，又在床前看了娘许久，他俯下身去，想用手去抚摸娘满头的银发，却又怕惊醒娘，只好洒泪退出娘的房间，轻轻地合上房门。在儿子合上房门的刹那，娘的泪水再也无法阻挡地爆发出来，娘急忙下床，匆匆走近门跟前，扒在门隙悄悄看着儿子抹着眼泪。这时默然站在客厅中央，擦了擦脸上的泪水，将家和娘收在心底，踏上征程。

默然走了，娘走出房间，偷偷站在客厅的窗帘后面，望着儿子消瘦的背影，手捂着胸口呜呜咽咽起来，“傻儿子……”再后来，便听不清默然娘嘴里咕噜着什么……

张宇弦留在医院等候默然。

玉舒回到家里，她和李咏斌猜测默然到底会去哪里？李咏斌说：“如果我没有猜错的话，他一定是回老家了。人到了这时候，一定会去看看父母，看看自己生长的地方。”

“然后呢？”玉舒问。

“然后，他会了却他未了的心愿。”

“那会是什么呢？”

“比如，他未写完的书稿或者未做完的什么事情。”

“他会不会又回到县里？”

“也许。”

李咏斌说完，俩人沉默片刻，玉舒说：“咏斌，我想去……”

李咏斌知道玉舒想说什么，他没让玉舒说下去，他深知这么多年，默然对玉舒的感情，眼下，默然都这样了，以玉舒的为人，她不可能不管，给他一个了却心愿的机会，就让玉舒去照顾她，这话怎么能让玉舒说出来，我应该大度地让她去。于是，他对玉舒说：“默然现在比任何时候都需要你，家里有妈和我，你就放心去吧。”

“你，你不会多心？”

“不会。我要是你，也会这么做的。”

玉舒在李咏斌的怀里哭了，李咏斌将妻子紧紧地抱着抚慰着。

张宇弦在医院等不着默然，就想上街去溜达溜达，看能否侥幸碰上他。可巧的是，她刚出医院门，默然打老远就看见宇弦，他急忙躲起来，宇弦东张西望地从他的眼皮子底下过去，他窃笑着跑回病房，医生和护士都七嘴八舌地埋怨他。他却说，对于像他这样的病人，医生应该开恩，他想做什么，就去做什么。他有一大堆的事情要做，一样是死，只是他不想死在医院。医生钦佩他对死亡的这种态度，就批准他出院，给他开了些必需的药品，他带着离开了医院。

当张宇弦再回到医院，护士告诉她说，默然先生刚回来开了些药，结了出院手续走了。

“你们为什么不给我打电话？”宇弦责怪护士说。

“我们要打，是他硬不让的。”

宇弦匆匆拨电话将此事告诉了玉舒，玉舒说："宇弦，不必找了，你也不要在医院傻等他了，先回学校去吧。"

宇弦正在办理各项毕业手续，这几天，同学们都难舍难分的，为毕业的事忙活。她一再叮嘱玉舒，有了默然的消息后，一定要在第一时间通知她。

且说默然，离开医院后就去移动公司做了销号。他认为，自己再也用不着手机了，剩下的事就看天意了。

他到了县里，趁着天黑钻进自己的宿舍，摸黑插上电源，打开电脑，一宿未睡将那个《孤独也多情》做了结尾，趁天色未亮，将自己的书画作品整理一下，带了几本书和几个相框，以及手提电脑，走到县委大院门房，门卫问他怎么回来了。他说，拿点东西这就走。门卫说了一声："您保重！"默然潇洒地对门卫笑着说了声谢谢，挥手再见！

第七十一章

默然拿着那天玉舒留给张宇弦的钥匙，走进云山居。他打开门，一股温暖向他袭来，一种从未有的幸福浸满全身，这就是他梦中生活的地方。他将书画放在书柜顶上，将装有玉舒照片的镜框摆在书桌上，他摸摸镜框里她的脸，笑一笑说：

“想不到吧，我的姑娘，我在这里。”

他插上电源，打开电脑，搜索他每天必看的新闻节目，一周多了，这个世界都发生了什么？

2010.7.5　湖北西部洪涝灾害已造成十堰、襄樊、宜昌、恩施等地的16个县市区受灾，截至5日下午4时统计，受灾人数已达41.14万。

2010.7.6　西宁湟源境内普降暴雨引发雹灾、洪灾。

2010.7.7　湖南邵阳隆回县发生强暴雨造成洪涝灾害。

2010.7.8　新疆伊犁遭冰雹、洪水灾害；同日湖南西北部地区遭强暴雨袭击，造成182个乡镇76万余人受灾。

2010.7.9　湖南湘北、湘中等地遭遇暴雨洪涝灾害，受灾人口已达205.6万人，紧急转移安置10.7万人，塌房5269间，损房104万余间。

7月9日10时统计，7月3日以来，强暴雨共造成湖北省黄冈、十堰等69个县区473.6万人受灾。

7月9日重庆暴雨洪灾造成10人死亡，3人失踪，直接经济损失达10.66亿元。

7月9日—10日贵州正安、道真等4县发生严重洪水灾害。

这么大面积的洪涝灾害，这个老天怎么了？他毫不犹豫地收拾了行装，带着自备的药品和手提电脑出发了。

他日夜兼程来到湖南、湖北一带受灾地区，亲眼看见灾区情形：受灾区80%的土地被水淹没，农民房屋不断倒塌……交通瘫痪，停水停电，城市街道的商铺，已经浸到了二楼，有些地势较低的地方甚至到了三楼，平房更是不见屋顶。医院也被淹到了2楼。大面积的农田被洪水吞噬；洪水所到之处，老百姓家里的家具电器全被淹没损坏；虽然有些地区的洪水在渐渐退去，但基础设施还没有得到恢复，还有许多地方停水停电；灾民们没房住，缺吃少喝，还有很多人连衣服都没得穿……

他详细记录了灾区的情况，记录了灾区的急需用品：

1. 衣服，毛毯，被子，蚊帐等。

2. 食物：干粮、面食、米等(最好是耐存的)。

3. 水：矿泉水、纯净水都可。

4. 药物：乙脑、疟疾、血吸虫病、炭疽、感染性腹泻、细菌性食物中毒、化学性食物中毒等。

他从灾区立即又返回西安，采购了所需用品，雇用了一辆大卡车，将衣物、干粮、水、药品等物捐给湖南灾区当地负责捐助的工作组，不留姓名转身就走。

往返几次，购买同样的物品，分别亲自带车送到湖南、湖北、西宁、新疆伊犁、贵州灾区。

在此期间，玉舒往返云山居和古城多次，知道他曾到过云山居，却一次还未在云山居住过，他到底去了哪里，在干什么？

在默然马不停蹄地为灾区奔波的同时，还有许多地区不断地遭到洪涝袭击：他坐在车里，将电脑放在腿上时时关注着灾区动向，就连司机都认为，他是国家红十字会的干部，默然笑而不答。

2010.7.10　安徽亳州市涡阳县普降大到暴雨，造成29个县201.93万人受灾，转移安置8189人，塌房1879间，损房10036间。

同日，安徽旌德县遭强暴雨洪水袭击。

2010.7.12　贵州遵义市正安、务川、赤水等10个县区137个乡镇遭受特大暴雨袭击，全市农作物绝收面积11299.8公顷，毁坏耕地650.2公顷，塌房3888间。

2010.7.13　凌晨4时左右，云南昭通市巧家县突降暴雨，引起山洪暴发，次生灾害造成20人死亡，33人失踪。

同日，安徽池州市贵池区受暴雨袭击突发山洪，全区受灾人口35万人，农作物受灾面积39366公顷，直接经济损失达19870万元人民币。

2010.7.16　陕西紫阳全县普降暴雨，25个乡镇普遍受灾，滑坡险情达1157处，农作物受灾面积11510公顷。

2010.7.18　陕西安康遭遇特大洪水灾害；四川渠县遭洪水灾害，35万人因灾转移。

2010.7.18和23日，吉林省遭两轮特大暴雨袭击。

2010年7月23日—24日陕西山阳强降雨造成洪涝灾害使34万人受灾。

2010.7.24—25日河南13市70多县遭洪涝灾害363万人受灾。

2010年7月26日8点—27日8点，辽宁省强降雨造成600多万亩农田被淹，使农作物生长受到很大影响。

同日云南怒江发生泥石流。

2010.7.27　四川汉源发生山体滑坡，造成58户房屋受损，21人失踪。

同日，安徽因长江干流全线超警戒水位，受灾人口达725万人。

同日报道，重庆特大暴雨造成187万人受灾，塌房3156间，农作物受灾58.17千公顷。

2010.7.29　广西河池遭强暴雨袭击，数名村民被洪水围困。

2010.7.31　吉林白山市遭暴雨袭击；辽宁抚顺遭遇洪水泥石流。

默然在外奔波了近一月时间，他的止痛药也用完了，人更瘦了。他去了医院，让医生又为他开了些必备的药物，他买完最后一批物资，给司机师傅结了运费，让他自己送往安徽，默然觉得自己再也跑不动了。

他支撑着回到县城，理理发，美美地洗了个澡。他回到云山居时，天已接近暮色，刚走上坡，见小屋的灯却亮着，他温情地自言自语：“是她，我的姑娘。”他欣喜若狂地疾步跑到小屋门口，又刹住脚，定定神，然而，门却意外地慢慢打开了。”

“默然，你这些天都去哪儿了？”玉舒上下打量着他轻轻问道。

默然面带着微笑还没来得及回答，就软软地倒在玉舒的怀里，昏了过去。

接到玉舒的电话，张宇弦急匆匆从学校宿舍赶了来，门开着，她看见玉舒坐在床边伤心落泪，默然却握着她的手说：“还记得我讲给你的那个神话吗？”

玉舒点点头。

“我知道你会回来的。这下子，我什么遗憾也没有了。”

“默然，咱们还是去医院吧。”

“不，我哪儿也不去了，有你在这里，陪我度过残生，我已经死而无憾了。”

“默然……”

“玉舒，你别哭，人总有一死，生死乃平常事。”默然喘息片刻又说，“我喜清静，等我死了，你把我的骨灰就埋在这里——云山居的旁边，我要在这里守护我心中的那个神话。”

“不，不，默然，不会，你不会……”

“玉舒，你一定要帮我一个忙。”

“什么？”

“我死了，先不要告诉我的爹娘，还有，你一定替我给宇弦找一个好婆家……”

张宇弦站在门外已不能自已，她默默地说：“默然大哥，不，我爱你，只爱你，你知道吗？”

忽然，宇弦听见玉舒喊道：“默然，默然……”

她冲进屋去，只见地上一大摊的血，玉舒抱着默然，正在给他擦嘴角的血渍。宇弦不知所措、不管不顾地大哭起来。

“宇弦，快倒杯水把杜冷丁和针管拿过来。”玉舒忙说。

打这天起，默然再也没有起来，玉舒和宇弦天天日夜守护着他，看着他忍受着疼痛，看着他一天天消瘦。他什么也吃不下了，还天天地让玉舒给她读诗、念新闻。

直到8月8日那天，他听到甘肃舟曲突降特大暴雨，引发特大泥石流灾害的消息后，他让玉舒将他所剩积蓄全部捐给舟曲的孩子们；将他所画的书画和其他全部赠予玉舒保存；将他现在未出版的《孤独也多情》的版权收益和以后再版的书籍所得收益，成立一个儿童文学基金，用来奖励那些对儿童文学有重大贡献的人。

他告诉宇弦：“好好工作，教书育人。尽自己所能去帮助那些需要帮助的人们，这才是做人的本分。”

宇弦哭着点着头。

他转向玉舒说：我想听……听陶翁的那首《饮酒》，在大学时……我们经常一起读：

结庐在人境，而无车马喧。
问君何能尔？心远地自偏。
采菊东篱下，悠然见南山。
山气日夕佳，飞鸟相与还。
此中有真意，欲辨已忘言。

他们一起读完，默然紧紧地抓着玉舒的手，玉舒也紧紧握着默然的手，默然深情地略带微笑地望着玉舒说：我写了一首《西江月·怀思》送给你。玉舒点点头，只听他念道：

月洒碧枝花影，晓风拂面还寒。暗香残处话相思，独悯落红一片。

无数朵花相看，多少杯酒喝干？回追往事不成欢，醉里梦中相见。

默然的声音里充满了幸福，满脑子都是玉舒和他花前月下的情景，只见默然面带微笑轻轻合上眼睛，眼角滚落尽最后两颗泪滴……玉舒浑身颤抖着说："默然，别闭上眼睛好吗？别闭上眼睛，你听见了吗？……"可是，默然的眼睛再也没有睁开，从此不会睁开了。

8 月 8 日晚上 8 点 45 分，默然在玉舒和张宇弦的陪伴下，安静地离开了这个纷繁的世界。

默然所在县的领导以及同事朋友，和当地的一些群众、老师、学生自发地都去参加了他的追悼会。他的遗体火化后，玉舒和李咏斌将他的骨灰带回云山居，掩埋在云山居的旁边，李咏斌给他定做了墓碑，上面写着：

默 然 先 生 墓　　　　挚友：玉　舒　李咏斌立碑

安葬了默然，玉舒也病倒了，李咏斌将玉舒接回家休养。到了默然头七这天，李咏斌带玉舒到云山居去祭奠默然。玉舒手捧着鲜花走近云山居，却见一位老者和张宇弦正在默然墓碑前站立着。

李咏斌和玉舒走到默然墓地前，宇弦给他们介绍说："玉舒姐，这位老伯是默然大哥的父亲。"老人听见玉舒的名字，立刻转身凝望着玉舒，玉舒轻轻地叫了一声"伯父"，老人握着玉舒和李咏斌的手感激地说："谢谢，谢谢你们！我和默然他娘——谢谢你们！"说着，老人给玉舒深深鞠一躬，玉舒急忙搀扶老人，眼泪不听话地涌出眼眶，却一句话也说不出来。老伯拍拍玉舒的肩膀说："孩子，你什么也不用说，我都懂，懂你们。你们都是好样的，好样的啊！"

默然爹话音刚落，只听张宇弦跪在默然墓前呜咽道：

"碧草青青花烂漫，流水淙淙想君来。默然大哥，我已经决定了，就在这里教一辈子书，陪你一辈子。"

第七十二章

玉舒和李咏斌他们祭奠完默然，送走了默然的老爹，又返回云山居，刚到院子中央，玉舒电话响了，原来是小花。小花说："玉舒姐，陈家新说，他在报纸上看到默然大哥走了，是真的吗？"

"是，已经一个星期了。"玉舒说。

"报纸上说他——病危之际还做了那么多的善事，我们，我们这些活着的人真是羞愧难当了。玉舒姐，为什么不告诉我们，也好去送大哥一程？"

"他不让张扬。他这人就这样。"玉舒转悲为喜说，"先不说默然了，我听咏斌说，你回家当养鱼专业户了。怎么样，你和你的鱼儿都好吧？"

"现在政策这么好，我们又遇着你们和李书记那么好的人，能不好吗？！"

"小花，你和家新都那么优秀，将来一定会成就一番事业的。"

"向你们学习，向你们靠近呗。玉舒姐，替我给默然大哥上炷香吧！"小花说。

"好的。谢谢！"

"那好，我就不打扰你们了，鱼儿给我要吃的呢，我该照顾它们了。你若回来，有空到我这里来看看我的鱼儿们，它们可爱极了，你一定会喜欢。"

"一定。快去照看你那些宝贝吧。再见！"玉舒说完挂了电话。

"这丫头蛮有闯劲儿的。陈家新不但不嫌弃小花回村养鱼，还大力支持，家新的妈妈还送他们一辆小车，比咱们的车高级多了。"李咏斌说。

"羡慕了？"玉舒说。

“唉！妮妮没福分呐！”李咏斌感叹道：“他们将来一定会有大出息。”

玉舒和李咏斌在云山居住了一宿，第二天起大早赶回古城。

出版社紧催书稿，玉舒整理好她和默然的书稿，她的《儿童教育启示录》，默然的《孤独也多情》，两本书要同时出版。玉舒处理完出版的有关事项，她亲自去舟曲灾区完成默然未完成的心愿。

玉舒数日从灾区归来后，打开默然的电脑在上面接着写道：

2010.8.8　甘肃舟曲由于7日晚突降大暴雨，引发特大山洪泥石流灾害，造成沿河房屋被冲毁，泥石流阻断白龙江，形成堰塞湖，舟曲县三分之二区域被水淹没，堰塞体泥石流掩埋300余户，造成1434人死亡，358人失踪。村庄被淹，通信及交通中断，受灾人数2万多人，水毁农田1500多亩，水毁房屋5000多间。

2010.8.14　四川映秀镇阿坝州特大泥石流洪涝灾害，造成岷江河道水位上涨，形成堰塞湖。大量人员被困，水电通信交通全部中断，使灾情最为严重的清平乡成为一座孤岛。

2010.8.18　云南贡山特大泥石流灾害，造成贡山县11212人受灾，90人失踪。直接经济损失1.4亿元人民币。

2010年8月18日—19日成都及周边地区遭受强暴雨，造成7个县区2.7万人受灾，7000间房屋倒塌，3座大桥被冲垮。

2010年8月舟曲、映秀等地遭遇泥石流洪涝灾害，基础设施正在恢复建设中；我国西南部、西北部和东北部等地区近几日依然在强降雨过程中……

默然，我最亲爱的朋友，我们的祖国虽然灾难重重，但是，你知道吗？有多少像你一样的中华儿女都在为我们的国家排忧解难。你就安息吧，默然。我一定会尽自己所能去帮助灾区的孩子们。因为我知道，青少年的教育是你最在意和关心的。

默然，我遵照你的遗愿去了舟曲，依你的意思，将你存单上剩下的金额，加上我的一点亲自交给地方工作组，让他们专款专项为舟曲的孩子们建立一所校园图书室。

你就安息吧，我最最亲爱的战友！

2010.8.28

此后，玉舒将默然的一些遗物，除了手提电脑她留作纪念，其余全部封存起来，放在云山居默然留下的一个樟木箱里，她看了一眼书桌上、镜框里默然为她画的那幅油画，心里说，有它陪着也好。她锁好门，走出云山居。

第七十三章

陈家新受规划局领导派遣，带几个民工正在古城的交通要道处挂公益广告牌，“让古城天天有变化，使百姓人人有收益”，他站在地下指挥着，左呀右呀、高呀低呀地喊着，并不断地嘱咐民工注意安全。硕大的广告牌后面就是建筑工地，正在建设中的阳光商业大厦已经盖到十几层。一个民工说：“古城变化真快呀！大拆大建的，环境越来越好了。”另一个说：“是啊，我来这里已经十几年了，亲眼看见了古城的变化，街道变宽了，环境变好了，高楼大厦越来越多，我们早上出来上班，你看那公园、湖边、各大休闲广场，唱歌的，跳舞的，打拳的，舞刀弄剑的，就连那些鸟儿，在人们头上叽叽喳喳的都高兴得不得了。”

又一个说：“我们几个都是拆建后的回迁户，住上了高楼后再也闻不见厕所的臭气，夏天蚊虫少，冬天有暖气，好得不得了。”

陈家新说：“国家政策好啊。加大西部经济带的建设，要将咱古城发展建设成国际化大都市，以后的日子会越来越好。”

说话间，陈家新电话响了，他接通电话告诉小花，他正在安广告牌，就要好了。他抬手看看手表，让她买好东西就等在那里，他完了之后就去接她。

小花买了些急需的日用品，在超市门口等着陈家新。不一会儿，陈家新开着车过来，将所买的东西放在后备厢里。上车后小花告诉家新，说李萧他们要开健身房，他们找到了房子正在和房东签合同呢，让他们顺便过去参谋参谋。

陈家新驾着车和小花往和泉路欣怡大厦驶去。

他们边上楼梯边聊天，小花告诉家新，娜娜今天来相亲了。她搭娜娜便车。

陈家新问她什么时候考科目三？

“就这几天。”小花说。

“再不拿上驾照，过些日子，我看你怎么忙得过来。”

“放心，不会耽误你的工作，到时候车交给我就行了。”

“我怎么放心。”家新摇摇头说。

“大不了，我只打电话让客户到鱼塘来。”

“那恐怕别人家鱼都卖光了，你们家还一塘子呢。”

说话间到地方了，李萧和王斌在电梯口等着他们。

“唉呀！我的美丽企鹅。”小花说着拥抱了李萧的肚子，王斌和陈家新握手相互问好，小花轻轻摸索着李萧的肚皮问：“他踢你了吗？”

“经常的事。”

“是他要急着出来吧。”

“也许他等不及想见我们，我们还没有同意呢。”

大家说笑一会儿，王斌给他们介绍他们的规划，一进门是接待厅，一边是操房，一边是瑜伽房，还有健身区和羽毛球及乒乓球活动区，最里边是动感单车和办公区。

陈家新说：“不错，比原来你兼职几家的健身房可大多了。”

“明天就开始装修，赶在我儿子出世以后就开业。你们看，怎么样？”

“万一是女儿呢？”李萧说。

“无论女孩男孩，这都是我送你们娘儿俩最好的礼物。”

“唉，羡慕死了！”小花说。

“你羡慕什么，老天送你这么好一个宝贝，还不知足呀。”李萧指指陈家新说。

“我是羡慕你肚里的宝贝还没出生，你们家王斌就……哎，我太感动了。”

“哦？这个简单，你抓紧让陈家新给你一个不就行了。”李萧说完，小花已经脸红到脖颈子了。

“看来，我们要抓紧把事办了，要不，人家又要说我欺负她。”陈家新说完，大家笑着下楼，王斌请他们吃中饭，陈家新和王斌驾车一前一后到了百姓厨房门口的停车场。

饭毕，陈家新将小花送回鱼塘，匆匆和小花父亲说了几句家常话，就赶回去上班了。家新走后，小花问父亲鱼儿可吃过饭了。父亲说刚喂过。她又问父亲，可见娜娜回来？父亲摇摇头说没有。小花让父亲到屋里休息着，她来照料鱼儿。

她坐在鱼池边的凉棚下，心下自思，这功夫还没回来，兴许这次有门。小花合掌为娜娜祈祷着：愿上天赐给他一个好男人。她刚阿弥陀佛、阿弥陀佛地念叨完，娜娜的车就停在小花家鱼塘边。

成了……小花话未说完，只听娜娜抢道："别提了。说起来还是城里人，还是个爷们儿，可做出事来还不如个女人。"

"怎么？"

"你猜他说什么？"

"这可没法猜。"

他说："我倒不嫌你是农村的，也不嫌你有过过去。我虽然离了婚，只是有个女儿让前妻带着，我前妻下岗了，又没什么能耐，所以，我每月的工资要给她们一多半。听介绍人说，你条件不错，咱俩要是能成，我还能沾点光什么什么的……啊呸！感情我是去养他一家子去的，我还没这么傻，竟有人把我当傻子了。大不了我不嫁了，我独身当老姑子，只要我有钱。"

"娜娜，你别跟那种人置气，不是我说你，还是你选择对象的方向有问题。"

娜娜赌气说："我还就不信了，你能遇到陈家新那样的，我却不能！"

"娜娜，不是不能，这事儿要靠缘分的。"

"小花，你说要是小虎还活着的话，我们这会儿是不是都结婚了。"

小花搂着娜娜，望着池里欢快的鱼儿说："会的，你会找到和小虎一样好的人。"

娜娜口里喃喃地念道：小虎，小虎……不觉眼里流出豆大的泪珠儿。

第七十四章

转眼又是九月，开学了，李咏斌送玉舒到云山居，等她安置好一切，便来到默然的墓前，他摸摸墓碑，不知他念叨些什么，然后拥抱了妻子，让她保重，而后匆匆返回古城。

玉舒望着李咏斌离去，她站在云山居门前的土坡上，向学校的方向眺望着，心里思忖道，默然的父亲又捐款百万，要在这所小学专门给这里的孩子建一个图书室，延续了默然未了的心愿。张宇弦有机会调到县中学去教学，但她毅然决然留在小学任教。通过这段时间的实践，孩子们的国文和对文学作品的欣赏水平有了很大的进步。而且最让自己感到欣慰的是学生的妈妈们，她们中有的回家来照顾孩子和老人，有的将孩子带进城里去念书。现在这里有了宇弦，为学校注入新的教学理念，等过一段时间我也可以安心地走了，去更艰苦的地方一边做志愿者，一边做调研，了解孩子们的心声，写出相关报告，呼吁社会共同来解决贫穷地区孩子们的教育问题，以及留守儿童的教育问题。

“玉舒姐。”张宇弦打断了玉舒的沉思，“你来了，他就不会寂寞了。”

“宇弦，有你在这里，他永远都不会寂寞。”玉舒顿了一下，接着说，“等过一段时间，我也走了，你就常来陪他说说话。”

“你又去哪里，玉舒姐?”

她俩说话间已来到默然墓前，玉舒说：“去孩子们需要我的地方。”

“哦，玉舒姐，默然大哥的事迹上报了，一整版呢。”

“我看过了。记者整天打电话，我让他们自己去了解，默然做人低调，我们要说多了，他肯定会不高兴的。”

“不过，我告诉了记者他资助我的事，还有……”

“还有什么？”

“还有你们的爱情故事。”

玉舒看她一眼：“瞎胡说，你知道什么呀。”

“我当然知道。”宇弦接着说，“爱一个人而又不能朝夕相伴是什么滋味，何况，他爱你一生一世。我一定要写一本书，关于你们的爱情故事。你们和咏斌大哥都是天下最好的人，境界高远，平凡而又伟大。”

“默然没教你吗？这些都是做人的本分。”

“我懂了，玉舒姐，我终于懂了。”

玉舒牵着宇弦的手，站在默然的墓碑前许久许久，玉舒仿佛觉得，默然又站在她面前谈笑风生，时而缄默，时而狂放，时而凝视着远方，远方再远，他却在远方里。

李咏斌回到十字镇，听韩镇长汇报工作后，镇领导班子开了个简短会议，就目前存在的一些问题做了商讨和安排，然后大家各执其事。李咏斌驱车来到古龙村和周良商议加工厂的事。他对周良说：“近日来，猪肉价又开始回升，这是好事。”

周良说：“咱们中国人的习惯，还是爱吃猪肉。据了解，猪肉的市场需求会越来越大，有了加工厂，咱古龙村无论是白条猪，还是特种猪的养殖户，都不会受市场价格的影响。现在关键是，加工厂即将建好，厂房空空需要设备，这，可不是一笔小数目。第一道屠宰线成套设备，第二道分割肉生产线成套设备，第三道肉类深加工成套设备，就第三道深加工生产线什么火腿生产线，灌肠类生产线，肉圆生产线，等等。这都不是一笔小数目，这些天，我都快愁死了。你看书记，白头发都添了不少。”

“这就把一个好汉难住了？”

“怎么，想必书记已经有了解决的办法？”

“江苏通达公司是专业制造成套屠宰设备及不锈钢食品机械的企业。公司能提供从工艺设备的整体设计、单机设计、安装、调试等集技术、工贸为一体的全方位服务，通达公司长期坚持‘提高顾客满意度、维护企业信誉为重中之重’的原则，在努力提高产品质量的同时，积极优化技术服务环境。企业的资信等级为3A级。无论是单机和生产线的安装、调试，还是售后服务方面，他们都做到最好！我通过咱陕西肉类协会和通达公司董事长张雪明先生联系后，说了咱们的难处，人家不愧是大企业、大手笔、大胸怀啊！”

“怎么，张先生同意给咱们供设备？”

“岂止是供设备。”

周良眼都亮了，期待着李书记往下说。

“不但是我们需要什么设备供什么设备，而且还派技术人员到咱村来安装调试到正常运行为止。”

“好是好，钱怎么解决？”

“哎呀，周良啊，你是绝对想不到的。”

“哎呀，书记，您就别卖关子了。”

“你我亲自去一趟江苏常熟市通达公司，见了张董事长就知道了。”

没过几日，他们一起去了江苏通达公司见到了张董事长。张董事长说：“我们江苏肉类协会与陕西肉类协会不止一次合作过。又逢西部建设经济带的好势头，我们省肉类协会号召有关企业支援西部建设，我们巴不得能为西部经济建设做点儿事。你们尽管看设备，需要什么设备，我们就供什么设备。李书记已经说过了，你们大可不必为钱的问题犯难，需要的设备定好后，我们尽快运送过去，包你们满意。”

“张董事长，那钱，我们现在没钱付给你们呀。”周良拘谨地说。

“哈哈哈哈，李书记原来没有告诉你。”张董事长说。

“我想给他个惊喜。”李咏斌说。

“先交个定金，等你们有钱的时候，一并连利息一起还我们。”张董事长爽快地说。

周良差点儿跪下去。张董事长急忙搀起周良，说：“我看好这行，相信你们要不了几年就能打个翻身仗。”

“谢谢，谢谢张董事长！”周良巴不得给贵人磕一百个响头。

他们定了几套所需设备就返回古城。李书记让周良抓紧加工厂的建设速度，赶在10月份设备到达前，要将一切准备就绪，技术人员到后就可以顺利进行安装调试。争取11月中下旬投入生产，赶元旦前产品上市。

周良还有什么可说的，他觉得自己处处遇贵人。这真是上天对古龙村的眷顾和恩赐！他还有什么可说的，只有埋下头去好好干，带领古龙村的群众奔向富裕之路。

第七十五章

一天早上，小花天不亮就起床，做好早饭将家里收拾妥帖，带着给爸爸煮好的鸡蛋急匆匆去鱼塘。爸爸刚起来，他将鸡蛋放在小屋的桌上说：“爸，快吃早餐，我去喂鱼。”说着就将拌好的鱼食端起，她将盆放在地上，掬起一捧食嘴里说着：“小宝贝们，要早餐了……”突然她停下来，惊慌道：“爸，快来呀，快看鱼儿怎么了！”

爸爸扔下正在剥皮的鸡蛋几步跑过去，“啊，这鱼儿都怎么了？”

“我这几天就发现塘里的水有点儿泛黄，以为是鱼儿长大了，是视觉出现了问题。糟了，爸，鱼儿病了。”她快速捞了几条翻了肚的上来，急忙让她爸爸拿一个盆来，他又让爸爸拿剪刀来，她一边自言自语，一边剪开鱼的肚子，这好像是肝胆综合征，肝脏都花了，胆囊肿大发黑，肠道瘀血发紫，真是书上所说，是得了肝胆综合征了。“爸，你先待着，我去叫娜娜。”

小花疾步跑到娜娜家的鱼塘子，娜娜正在喂鱼，她小声地对她说：“快去看看，我家鱼儿生病了，好像是肝胆综合征，这方面你比我在行，快去看看怎么处理。”

“呀，糟糕！现在天热那病传染很快。”娜娜一边跑，一边说，“你家里有没有欧克的氟鱼康和肠胆舒？”

“有。”

“有没有聚维酮碘消毒液？”

“有。不过不多了。”

“没关系，我那儿还有。”娜娜转而又问小花，“告诉陈家新没有?”

“他有他的工作，又不是星期天，不想打扰他。”

娜娜斜了她一眼也没说什么。她俩迅速下到鱼塘边，娜娜看了看果断地说，赶快叫人来帮忙，先把翻了肚的鱼儿，和有病的鱼儿捞起来，分别放在一处。

小花明白，赶紧将平日里预备好的帆布水池放好水，按娜娜吩咐倒进消毒液，由于天热，水温比要求的低一两度。

几家鱼塘的乡亲都来帮忙，将捞上来的鱼分别放在两个帆布池子里。然后一边抽水，一边进水，给鱼塘里放药，用“天然磷脂酸宝”做黏合剂，黏合药和鸡肠给鱼喂，提高药物的利用率，预防疾病传播。

陈家新知道鱼病之后，下班又买了小花说的欧克牌鱼药驱车赶来，李书记也赶了来和大家一起忙到晚上七八点钟才将鱼儿安顿好。翻了肚的鱼小花忍痛将它们埋在地里，病鱼养在帆布池里等痊愈后再放进大塘里。

小花送走李书记他们，回来后娜娜对小花说：“这几天，就用天然磷脂酸宝和抗生素氟鱼康、肠鳃舒搅拌均匀后，与鸡肠黏合在一起喂，别的先停停。还好，亏了发现及时，否则，后果不堪设想。”

“看来，照顾它们一点儿都不能马虎。”

“你和它们待的时日短，这些鱼呀就和孩子一样，时常会得病，什么腐皮病，腹水病，肝胆综合症时有发生，你得细心，别把个小病染成大病，一池子鱼就毁了，得时不时地预防着点，‘酸宝’可是不能离的。”娜娜说完就要回去，家新说，要带她们去吃饭。

“爸。”小花刚要说话，老人家忙道，“你们快去吧，给我带点儿回来就行。”

他们驱车在十字镇的小饭馆要了几个凉菜，一边吃着，一边等着臊子面，娜娜看着家新对小花无意间那种亲密劲儿，不由得想起王小虎，小花见娜娜又独自伤情，给陈家新使了个眼色，家新会意后，急忙给娜娜夹菜道：“娜娜，我有个同学他……”

娜娜瞅他一眼说：“怎么?”

“自那次咱们一起聚了之后，他老对你念念不忘，好像对你有那么点儿意思。”

“那又怎样?”

“他就怕你嫌弃他胖，长得有点儿一般。”

“小虎哥帅吗？我最见不得人说帅不帅的，男人要的是品质。”

“那就好，下次我可带他来了。”

“下次，下次我可没说让你带他来。”

陈家新悄悄地对小花说：“有门儿。”

“什么有门儿没门儿的，我可什么都没答应。”

“瞧，这么小的声都被他听见了，耳朵真够尖的。”小花说着，臊子面上来了。娜娜说：“快吃吧，有些人的老丈人还眼巴巴地等着女婿给他送饭回去呢。”

“哟，差点儿忘了。”陈家新对老板喊着，“老板，赶紧的下一大碗干拌面，再调两个拼盘，打包带走。”

“好嘞，马上就来。”老板答应着。

他们抓紧吃完面，给小花父亲带了晚饭回去。

老人家吃完饭催着小花和家新回去，家新将小花送到家，又和小花待了一会儿，近十一点时方才离开。

第七十六章

玉舒和张宇弦在云山居挤在一张床上聊着，她们的话题没有离开已故的默然和那个大学生向南。

“他能放弃了在城里当老师的机会来到这里，人家图啥呢?”玉舒说，“不就是因为爱你吗？我知道你爱默然，可是，你难道想违背他的遗愿吗？你想让他在天堂也为你担心吗？他临终把你托付给我，让我代他帮你找个好对象，现在这样的好人到了你身边，你竟这样待别人，人家向南心里怎么能好受？你让我怎么向默然交代？你又让我怎么安心地离开这里?”

“玉舒姐，我不想结婚，我就这样一辈子守着默然大哥，没有他哪里有我的今天呀。”

“宇弦，默然大哥要是听见你这样说，一定会非常伤心。他供你念书，不是为了让你守着他的坟墓过一生，而是想让你更好地生活。然后，能像他那样地去为大家做点事儿。你懂吗……”

“我懂。可是，”

“没有可是。”玉舒说，“向南是个了不起的青年，他为了你能舍弃舒适的生活，而且和父母都闹僵了，你想想看，人家也是独生子，和爸爸、妈妈闹僵了，只身来这里和你一起教书，这是多大的牺牲啊！就凭这一点，他就胜过了所有同龄人。这样的男子，你还想错过吗?”

“可是……”

“宇弦，人这一生遇到一个真正爱你的人不容易，你不觉得，你和向南就像默然讲的那个神话中的一对儿吗？希望你们俩能够在这里继续演绎他讲的神话，为了你们的爱情，为了这里的下一代。”

“玉舒姐，你真的国庆节放假就走啊，能不能再陪我一段日子？”

“宇弦，现在向南来了，默然图书馆正在筹建当中。小学的那些课程，你和向南已经绰绰有余了。还有更多的孩子需要我们去启发，还有更多的家长需要我们去做工作。”

“玉舒姐，你整天这样奔忙在贫穷落后的地方，为了那些孩子，你的儿子他愿意吗？咏斌大哥就没有意见吗？”

“当然有。但是，当他们来这里以后就没有了。我和咏斌交换最多的意见——就是相互支持，每次相见，我们一家人亲热还不够呢。我们的儿子很有爱心，也很乖。我想，他将来一定比我们更强。”

“我觉得吧，我这一生最大的幸福——就是遇到默然大哥和你们，你们就是我在这个世界上最亲的人。当我迷茫的时候，当我走到十字路口的时候，有你们在我面前，我便有了方向。”

宇弦说着，将头倒在玉舒的肩头，玉舒转身捧着她的脸笑了笑，又轻轻抚摸着她的头发，宇弦的眼里闪烁着温暖的泪花。

9 月 22 日是中秋节，玉舒这天没有回古城，她告诉李咏斌，陪宇弦和向南在云山居过中秋。李咏斌告诉玉舒，古龙村肉食加工厂到了关键时刻，他也不能休息。他让玉舒替他给默然敬杯酒，并告诉默然：我们都很想念他。之后，玉舒给婆婆和明明也打了电话说明了原因。

到了晚上，玉舒做了一桌好菜，分出来几样默然最爱吃的摆在他的墓碑前，开了一瓶他最爱喝的西凤酒，燃了一根他最爱抽的好猫烟。玉舒将西凤酒斟满在一个玻璃杯中，一边将酒洒在碑前，一边默默念道：默然，这个中秋，我和宇弦、向南陪你过了，你看见了吗？宇弦有了向南，他很优秀，这下你可以放心了。

宇弦和向南相继各斟满一杯，毕恭毕敬地将酒洒在墓碑前，向南说：“默然老师，您放心，我一定会好好照顾宇弦，为了这里的孩子们，尽我们自己所能。”

望着渐渐升起的圆月，玉舒又斟满三杯酒放在默然碑前，然后她望着古城家的方向……此刻，几乎是在同时，李咏斌在家里的阳台上，举头望着明月，对着云山居的方向，他们不约而同地诵着苏轼的《水调歌头》：

明月几时有？把酒问青天。不知天上宫阙，今夕是何年。我欲乘风归去，又恐琼楼玉宇，高处不胜寒。起舞弄清影，何似在人间？

转朱阁，低绮户，照无眠。不应有恨，何事长向别时圆？人有悲欢离合，月有阴晴圆缺，此事古难全。但愿人长久，千里共婵娟。

当诵到下阕的时候，宇弦、向南、明明跟着玉舒和李咏斌，在不同的空间中一起诵完这首妇孺皆知的中秋词。

这时的月亮好像在和人们捉迷藏似的，它一会儿就像一个小女孩似的躲进云里，那洁白的云朵如轻纱一般遮住它的面孔；一会儿又似一位多情的少女，含羞半露，等待心爱的人儿揭起它的面纱；一会儿就像一位成熟的女人，将柔柔的清辉洒满在大地上。千千万万个家庭，千千万万人的心中，此时此刻都升起了一轮圆圆的中秋明月！

与此同时，陈家新驱车带着爸爸、妈妈和小花一起在酒店吃完饭，因为妈妈要去古都大酒店参加一个中秋赏月晚会，他先将妈妈送到酒店，下车后，家新的妈妈对家新的爸爸说："老陈，按时吃药，多注意身体啊。"家新爸爸答应着也让她保重。临别时，妈妈让小花转达对她父亲的问候，并嘱咐家新开夜车要特别注意安全。他们答应着去了。

小花爸爸正在鱼塘等着小花和家新回来，老远地看着两束灯光越来越近，他知道是女儿和女婿回来了，咧着嘴乐呵呵地急忙拿出两个小凳子，将自己备好的月饼和一个大水果盘从房子里端出来，里面有苹果、关中酥梨、葡萄、柿子等各色水果。

陈家新从车里拿出妈妈捎给亲家的一瓶五粮液说："伯父，今天我陪您老好好喝两盅。"说着他急忙起酒瓶，小花准备着他们带回来的下酒菜和小酒盅，又准备了三套碟碗。爸爸说，再拿一套来。小花愣了一下，突然明白了，急忙又拿出一套碟碗，爸爸接过来摆在自己旁边，拿着筷子夹了几样菜放在盘里，又接过家新手中的酒盅，他仰着头对着月亮说："花儿她妈，这是女儿、女婿带回来的酒菜，你吃点儿喝点儿，咱们一家子一起过个团圆节啊。"说着，他将杯中酒洒在地上，以表对老伴的怀念，如此连续三杯敬给另一世界的老伴，他凝神望着天上时隐时现的明月，两行泪水急促而下，小花见爸爸如此，嗓子也像被什么东西堵上了似的，两颗晶莹的泪珠儿一下子从眼眶滑到下巴底下，流进心窝子里。家新忙站起身来，抬头望着明月说：“今天的月色多美呀！妈若看见我们一家团团圆圆，日子一天更比一天好，不知会有多高兴呢。来，我们举杯邀上明月，为了明天更加美好的生活，干一杯。”小花急忙抹抹眼泪举起杯说：“爸，妈最不喜人流泪了，妈爱喜庆，来，咱们为了明天的幸福生活——干！”老人家也起身擦擦眼泪儿，乐呵呵地和女儿女婿干了这杯酒。

他们在鱼塘子边，一边喝酒一边赏月，酒过数旬之后，小花爸爸已不能支撑，家新和小花将爸爸扶进屋子歇息。爸爸让小花泡杯酽茶来解酒。小花说：“家新妈妈说，酽茶不但不能解酒，酒后喝下还有害健康。她给了我专门解酒的茶。”于是，她拿出家新妈妈给的葛根茶，泡了两杯给他们喝。

家新面红耳赤，端起茶杯喝了几口，放回桌上，抬眼望着明月，凝思半晌，嘴里竟然咕噜出几句诗来：

去年八月十五夜，古城湖畔绿园边。
今年八月十五夜，西郊梅花鱼塘前。
四处望乡都是景，水中鱼儿多团圆。
昨风一吹良辰会，今夜清光更斑斓。

小花听家新念完诗，拍手叫绝。她说：“白居易的《八月十五夜湓亭望月》让你这样一套改，真是应了今天的景。特别是‘四处望乡都是景，水中鱼儿多团圆。昨风一吹良辰会，今夜清光更斑斓’四句。竟比原句的意思还要好呢。”家新说：“不如你也套改几句。”小花说：“不能了，你这首这么好，我的再也好不过了。不如这样，将那些古诗里有关中秋的诗句，能记得的你一句我一句都念出来，也不辜负了今晚的月色。”家新说：“这不是玩飞花令了吗？”小花说：“谁输了谁继续喝酒。”他们在鱼塘前一边赏着月，一边将那苏轼、李白、杜甫等人的不知多少关于中秋月的诗诵读出来，自娱自乐到了子夜时分，方才一起回去休息。

第七十七章

一星期后，玉舒告别了许校长和宇弦他们，想悄悄地离开云山居，没想到，9 月 30 日这天大清早，许校长、山花和学校的所有老师，以及许许多多学生和家长们，手里捧着山野花来送玉舒，玉舒接过那一捧捧的山野花，激动得一句话也说不出来，她默默地走到默然的碑前，将手里的山花献给了他。不一会儿，默然的墓碑前放满了山花，她和大家一起向默然三鞠躬。

她和许校长、山花等诸位老师一一握手告别，她拥抱了宇弦并对她和向南说："默然就交给你们照顾了。"转身她告诉孩子们："要好好学习，天天向上。"孩子们和家长围住她说："玉舒老师，您别走，别走好吗?"玉舒拉着孩子们的手说："孩子们，以后老师会回来看你们的……"那些妈妈们满眼泪花说："玉舒老师，您什么时候再回来啊?"玉舒说："我会来看你们的，会回来的。"

人们一直簇拥着将玉舒送到山下，没想到县委书记在山下等着。书记握着玉舒的手说："默然和你为这里的孩子做了这么多，我代表全县里的老百姓向你们表示致敬!"

"这是我们应该做的。"玉舒说。

"我送送你。"说着，县委书记将玉舒手中的行李接过去，放进小车后备厢里。

"谢谢!"玉舒说。

无数双眼睛望着县委书记的小车驶出云山居，玉舒坐在车里眼里闪烁着泪花。

在离开云山居的路上，县委书记对玉舒说：“玉舒老师，有一件事，我想和你商量一下？”

“和我商量？”

“是啊，这件事必须要征得你的同意，我们才可以执行。”

“这么严重吗？”

“因为这和你有关系啊！”书记接着说，“是这样，我们为了纪念默然在这里所做的贡献，他又正好葬在云山居。因此，我们想将云山居作为默然纪念馆，以供后来人学习参观。”

“可是，默然他不会喜欢那样的。”

“我们以他的事迹教育后人，激发后人，我想，他地下有知是会同意的。玉舒老师，他是我们的榜样啊！”

玉舒低下头，不语。

书记接着道：“我知道有关云山居的那个传说，这是默然梦中的地方。当然，如果你不同意，我们可将这事放一放。”

玉舒犹犹豫豫地从包里掏出云山居的钥匙递给县委书记说：“我这里一把，张宇弦哪里还有一把。”

“谢谢你，玉舒老师！谢谢你对我们工作的支持！”书记到了县里，委托司机和他的秘书将玉舒送回古城。

从那天起，云山居小屋和默然的墓地被县里保护起来，默然和玉舒的所作所为在当地已传为一段佳话。为云山居的传说又增添了一段新的浪漫故事。

十一放假期间，玉舒在家里一边整理最近的书稿，一边尽一个儿媳、妻子、妈妈的责任。李咏斌在古龙村忙得不亦乐乎。清理场地，打扫卫生，准备迎接张董事长以成本价格给他们的生产设备。

就在此期间，出版社打来电话说，默然的《孤独也多情》和玉舒的《儿童教育启示录》在全国出版发行后，很快销售一空。他们要和玉舒商量再版的事宜和版税等问题，问她是否亲自去北京，玉舒说，她正有一本新书想尽快出版，所以决定还是去一趟北京，商榷出版事宜和处理再版版税等问题。

数日后归来，玉舒和省作协的有关领导见面，将默然要成立“儿童文学基金会”的遗愿，写成书面材料做了汇报。将默然所有的版权版税，在基金会成立后交予基金会管理，起名叫“默然儿童文学基金会”，以此来鼓励那些为儿童文学事业做出贡献的人们。

没多久，作协通知玉舒，由她来当基金会会长，基金会成立的人员选定，及所有规章制度和章程的制定，都由她来实施。玉舒想借去当志愿者的理由推掉。然而，作协领导说，此事非她莫属，和志愿者行为不发生冲突。玉舒推诿不过，只好听从组织安排，开始筹建默然儿童文学基金会，会址就选在古城。

就在玉舒忙着基金会的各项事宜时，李咏斌却日夜奋战在古龙村，肉食加工几条生产线的安装调试正在紧张有序地进行着，张董事长派来的技术指导告诉李咏斌和周良他们说："钱的事，张董说了，等你们盈利了分期还他。"周良感激不尽，激动地说："真不知该如何感谢张董事长对我们的支持，真是天下少有的大好人啊！"技术指导说："这有何难，将你们研发的特种猪肉每年给张董事送一袋就行了。"大家哈哈一笑，李咏斌说："别说一袋，就是一百袋一千袋都没得说。要是没有张董事长的支持，我们还不知怎样发愁呢。"技术指导又说："嗨，这个世界上其实就是人帮人，一个人的能力是有限的，大家就应该相互帮助嘛。"周良说："真是苍天有眼，净让我们遇到好人啊！""是啊。"李咏斌接着说道："承蒙张董事长对我们的支持和帮助。周良，咱们第一批加工的肉食品，先送一些给张董事长他们尝尝，好了的话，让他们给我们做个口碑宣传，没准那边就会有我们的市场。""哎呀！谁说北方人不会做生意，技术指导说，都精到这份儿上了。"李咏斌又哈哈一笑说："论起做生意，北方人还是缺少经验啊，亏得现在的政策好，大家为了致富不得不动动脑子。说实在的，我们北方人慢慢地也精打细算了。要说这生意经，那可都是跟你们南方人学的。"

大家又一笑，便各自忙去了。

第七十八章

从此，李咏斌率领的十字镇渐渐走向了富裕之路，成为古城的模范镇。周良他们的古龙村成为模范镇中的模范村。

却说 11 月 5 日是农历的九月二十九日，这天，十字镇简直热闹得不亦乐乎。到处一片喜气洋洋的景象。

一是十字镇梅花鱼塘首批鲇鱼出塘的日子，鲇鱼除了销往本市各售鱼点，还销往周边县市，以及省内的几大城市。二十九日大清早，梅花鱼塘方圆几里，已是人来人往，各种车辆进进出出，真可谓鱼跃人欢，一片沸腾。就连记者手中的镜头都忙得不知抢哪边的景好了。

二是古龙村肉食品加工厂隆重开业，锣鼓喧天，鞭炮齐鸣。只见那特种猪、白条猪部队一列列哼哼着队歌，准备着为人类的胃口做出它们必然的贡献。它们在锣鼓声中，在人们的欢笑声中，壮烈地走向屠宰生产线……顿时，古龙村炮声如雷，欢声一片，上至书记，下至每一位村民，个个都咧着嘴，露出上齿和下齿，手掌相击，击出了一片欢腾的繁荣景象。

说也奇了，干什么都赶着好日子。正在小花忙着和一批批欢跳的鱼儿做告别时，王斌的电话硬挤进来说："今早 7 点 30 分，李萧在中医附院产下一男婴。说他一周前装修好的健身房一直在等待这个日子。儿子一落地，他就下令开业，这正是他送给李萧和他们的儿子最大的礼物，美佳健身俱乐部即日起正式营业了。"

"真是好事扎堆儿。"小花高兴得不知说什么好了。她告诉王斌："忙完这几天就去看他们母子。”刚将电话撂在一边，电话又响起来，是燕子、小蕊和杜鹃。她们告诉小花，说她们快到鱼塘了。小花高兴地喊起来，急急忙忙地前去迎她们，见面后，她们高兴地拥抱在一起。燕子说，“瞧这景象，真是鱼肥人美，好一番热闹！”

“假斯文，你就别贫了。”杜鹃说。

“是啊，赶紧给小虎哥家帮忙去。”小蕊说。

“燕子怪嗔道，一点儿情调都没有，还不让人家借景抒发一下感情。”

小花说：“你们呀，什么时候都没有忘记斗嘴。”

小蕊说：“我可不跟她们逗了，去给小虎哥家帮忙去喽。”

燕子说：“你赶紧去吧，我跟杜鹃和小花说几句话就来。”小蕊答应着跑过去，她俩爬到小花的耳根子说：“我们俩都要回老家结婚了。”

小花说：“定了？”

她俩点点头。

小花说：“那我可喝不上喜酒了。”

燕子抢着说：“饶了你，等我们回来，你要随大份子，谁让你赚了鱼儿的钱呢。”

小花说：“哼，不知足的贪心鬼。”

杜鹃说：“好了，快忙活去吧。”

说完，杜鹃和燕子正想过去帮小蕊，却看见陈家新和玉舒姐一起走过来。小花和燕子她们急忙奔过去喊道：“玉舒姐，您怎么来了？”

“怎么，我不能来吗？”

“我们太意外了。”小花说。

娜娜和小蕊她们看见玉舒也喊着跑了过来。娜娜说：“什么风儿把玉舒姐吹来了，您整天忙的。”

“改革的春风呗。”玉舒说，“我来看看你们，还有你们的鱼儿，它们要是都跑到别人的胃里，我可就没法子看到你们鱼儿的长相了。”

燕子对杜鹃说：“看来，我们以后都改行养鱼吧。”

大家说笑着一起走到鱼塘边，看着人们将鱼儿捞进车里，有人力三轮车、机动三轮车，有小卡车、大卡车……鱼儿在塑料帆布里似乎不愿意离开它们生长的地方，好不情愿地在车厢水里摆动着，玉舒望一眼整个鱼塘，她喟叹道：“真是鱼欢水跃，人间美景！”

“是啊，多么生动的一幅画！”陈家新话音落地，一个拉鱼的喊道，“谁收钱？”

“来了来了。”家新应着跑过去。

那边，小虎的爸爸对着这边喊：“娜娜，小蕊快过来收钱了。”

娜娜和小蕊、燕子她们答应着，并对玉舒说，她们一会儿再过来。

“你们快去忙吧。”

玉舒望着娜娜她们跑去，转过身来对小花说：“小蕊真是个好姑娘，精灵可爱，她经常来照顾小虎的爸妈？”

“是的，这会儿和娜娜相处得跟亲姐妹似的。”小花说。

“都是善良的好姑娘！现在，娜娜的个人问题解决了吗？”

“正在解决。是家新的同学，说也奇了，跟王小虎长得还挺像的，都是胖乎乎的。”

“胖有什么关系，人好就行。”玉舒话锋一转又说，“你呢？什么时候喝你们的喜酒？”

“还没定。”

“我可等不及了。”

小花娇羞地说：“到时候，给您和书记下双帖。”

“好吧，不过，可别让我等得太久哦。”

小花脸一红对玉舒点点头，沉默数秒，小花问玉舒说：“听李书记说，你们成立了默然儿童文学基金会？”

玉舒点点头。

默然大哥真伟大，直到现在还为孩子们做着贡献。

“人活着都是一种贡献，只是大小不一而已。”玉舒说。

小花沉默着。玉舒问：“怎么不说话了？”

“我是在想，我该如何向你们学习呢？”

“其实，做人只要我们不断地成长就好。”

小花点点头说：“玉舒姐，你又去哪里做志愿者？”

“去那些孩子们需要我的地方。也许，我帮不了他们太多，但是，至少我可以为他们做一些我力所能及的事情。”玉舒看她一眼又说，“过几天，我就走了，所以来看看你和你的鱼儿。”

“别人都忙着，你们俩却在这里聊什么？”李咏斌突然出现在她们身后说。

“李书记，您来了。”小花转身说，“我们聊什么，就是不告诉您。”

“那边开业顺利吗?”玉舒问。

“顺，一切都顺。”李咏斌又问小花道，“你算了没算，这一池鱼儿能卖多少钱啊?”

娜娜她们见李书记来，早跑过来，见李书记这样问，娜娜急忙说：“毛收入近20万吧。”

小花一边心里算着，一边接着说：“还上贷款，刨去成本，再刨去买鱼苗的钱，还能剩几万呢。要是到了明年春上，那可就不一样了。”

“哦，那你们一个个的都成小富婆了。”李书记对着小花、娜娜说。

“不，我们要做和你们一样的人。”小花说。

陈家新和娜娜等人附和道：“是，我们要做和你们一样的人。”

李咏斌望着他们感慨道：“再有十年就是2020年，我们这一代就要退出历史舞台。而当你们80后，在完成你们所肩负的历史使命时，90后也成长起来了，他们将是下一个时代的开拓者，我们希望那时的老百姓，日子越来越好，越来越红火!”

第七十九章

几日后，玉舒收拾好行囊，准备去一个较偏远的小学校。在去之前，她先来到云山居。

果然，云山居被铁栅栏圈了起来，而且有人看着。玉舒走过去说：“老伯，我能进去一下吗?”

“你是?”老伯寻思一会儿说：“噢，想起来了，你是玉舒老师吧?”

“嗯。老伯，我来放几本书，看看默然就走。”

老伯急忙打开栅栏门说：“白天，我在这里看护着，怕有些孩子进来胡闹。”

“辛苦您了，老伯。”

“比起你们，这算什么呀。”老伯一边说着，一边打开木屋的门。

玉舒推门进去，虽然是自己住过的地方，但是，扑面而来的都是默然的气息。他那双桀骜不驯的眼睛，似乎从屋子里所有他的遗物里探了出来，深情地望着玉舒，他在照片里对她笑着，只笑着，什么话也没有；在大学的操场上，草地上，教室里，他拉着她，跑着，停下，停下，跑着，笑啊笑，那么率真率性，那么无所顾忌。

“玉舒老师，你看看，我天天擦，不敢让上面有一点儿灰尘。”

“哦，”玉舒抹了抹眼泪，将几本《孤独也多情》和那些书放在一起。她说：“老伯，谢谢您。您锁上门吧。”

玉舒出了木屋，来到默然的墓碑前，告诉默然说：我替你了结了所有的心愿，你就安心地睡吧。我走了，回来再来看你。

玉舒告别了老伯，悄悄地离开了云山居。一时间，只听身后老人低沉的声音：

路漫漫其修远兮，吾将上下而求索……亦余心之所善兮，虽九死其犹未悔……

老人深沉浑厚的低吟，使玉舒前进的脚步更有力量。玉舒迈开步伐，坚定不移地向远方走去。

第八十章

且说李咏斌正在古龙村视察，周良陪他一起来到上访了数年的李大爷家。只见李大爷家和隔壁贺解放家正在给二层楼上吊楼板，李大爷见李书记来高兴地说：“我们家养猪种大棚菜赚钱了，贺解放家就更不用说了，我们两家商量以后，让周主任给我们把庄基地重新划停当了，这不，我们都盖小洋楼了。”

李书记玩笑着说：“这下还去上访吗?”

李大爷哈哈一笑说：“世道变了。我们农民的素质也跟着经济提高了，不再干傻事了，你不常说要宽容待人嘛。”

“说得好，瞧李大爷说出的话都与先前不一样了，值得庆贺。”李咏斌说完，在口袋里拿出钱来转身递给司机，吩咐司机到村子商店给李大爷家和贺解放家各买一万响鞭炮。李大爷和贺解放激动得不得了，连声说谢谢。李书记说：“这不是正好赶上了嘛。”

李大爷说：“好好好，赶上了，什么好事儿都赶上了。”

正当此时，一辆车突然停在李大爷家不远处，来人急切地喊：“李书记，李书记。”只见一个戴眼镜的，三十出头的小伙子喊着往这边跑来。

原来周良认识这小伙子，他是区委的王秘书。周良见李书记正在将鞭炮分别递给李大爷与贺解放手中，周良赶忙问王秘书：“有什么事，竟这样急急火火找我们李书记?”

王秘书悄声说：“你们的李书记，他现在可是我们的区委书记了。”

“啊，真的吗?”周良暗暗惊喜道。

王秘书点点头。

李书记和李大爷说完话转身问王秘书：“小王，急急火火什么事?”

“新区那边有个拆迁户站在楼顶上企图跳楼，谁去也劝不住。田区长和拆迁办的王主任让我来请您赶快过去。”

李咏斌说：“人命关天，好，赶快过去看看。”说着和大家匆匆道别。他走到汽车旁，刚打开车门，却突然回头对周良说：

“周良，你只管勇敢地往前走，只要是为了群众，有事，你来找我。”

周良点头说：“放心吧，李书记，只要是为了群众，一定去找书记。”